NICHT NUR FREUNDINNEN

ELIZABETH LULY

elizabethlulyauthor@gmail.com

PO Box 2, Brunswick West 3055 VIC AUSTRALIA

ISBN Taschenbuch 978-1-7641225-2-8

ISBN Ebook 978-1-7641225-3-5

Sapphire Springs
Red Tractor Farm
Old Cedar Tea Rooms
Antiques
Sapphire Blooms
Levi's Farm
Novel Gossip
Dippin' Donuts
Blake's Medical Clinic
Cherry Lane
MAIN STREET
PUB
Builders Arms
TRAIN STATION
General Store
Store
Breakback Ridge
Van Hoorn's Creamery
Creamery
Dockside Park
Kayak Rental
River's Edge
Bandstand
Hudson River

Red Tractor Farm

PROLOG
JENNY

„DU WILLST MIR ALSO SAGEN, dass ich gecancelt wurde?" Ich blinzelte die Tränen weg und bemühte mich, meine Stimme ruhig zu halten.

„‚Gecancelt' ist ein zu heftiges Wort. Eher, pausiert?" Serena, die in ihrem geräumigen Büro in West Hollywood hinter ihrem gläsernen Schreibtisch saß, schenkte mir ein wenig überzeugendes Lächeln, bei dem ihre strahlend weißen Zähne glänzten. „Hör mal, ich bin sicher, dass das bald wieder vorüber sein wird. Wir müssen nur abwarten und es aussitzen."

Serena hatte leicht reden. Sie hatte eine ganze Reihe von Superstar-Klienten, die ihr ein regelmäßiges Einkommen bescherten, mit dem sie die Hypothek für ihr wunderschönes Haus in Beverly Hills bezahlen konnte. Als Mode-Schrägstrich-Hundemama-Influencerin war ich meine einzige Einnahmequelle. Eine Quelle, die schnell versiegte.

Ich schluckte. „Über ... über wie viel Zeit reden wir hier? Tage? Wochen? Monate?" Die Miete für meine kleine Einzimmerwohnung in Los Feliz war letzten Monat erhöht worden. Und das kleine Missgeschick meines Hundes Walter mit einer auf Instagram berühmten Katze, die ihn vor zwei Wochen bei einem Fotoshooting für einen Artikel namens „Zehn Haustiere, die die sozialen Medien im Sturm erobern" unprovoziert biss, hatte zu einer teuren Tierarztrechnung geführt. Ich hatte ein paar Ersparnisse, aber nicht genug, um mehr als ein oder zwei Monate über die Runden zu kommen.

„Vielleicht ein paar Monate?"

Oh Gott. Ich schluckte erneut. Der Kloß in meinem Hals war diesmal größer. „Hat diese Sache mit Tom Henson nicht nur ein paar Tage gedauert und dann war er wieder auf TikTok, so als wäre gar nichts passiert? Und das war sexuelle Belästigung. Das hier ... das hier war nur ein dummer Fehler, zu dem ich mich voll und ganz bekenne."

Serena spitzte die Lippen. „Das ist wahr. Aber ich sage es nur ungern, Jenny ... Er ist ein Mann. Und die Leute vergeben und vergessen bei Männern schneller als bei Frauen, wenn es um Social-Media-Skandale geht. Es tut mir also wirklich leid, aber ich würde nicht damit rechnen, dass sich die Wogen so schnell glätten, wie sie es bei ihm getan haben." Entweder war mein Tränenwegblinzeln nicht so heimlich, wie ich es gehofft hatte, oder es lag ein Hauch von Panik in meiner Stimme, denn Serenas Ausdruck wurde weicher. „Hör zu, Jenny. Du fliegst doch nächste Woche zu dieser Hochzeit nach Hause, oder?"

Ich nickte.

„Nun, warum bleibst du nicht über die Feiertage dort und kommst im Januar zurück? Du kannst deine Wohnung untervermieten und jede Menge erbauliche Inhalte von dir auf dem Land posten." Serenas Augen funkelten. „Weißt du was? Ich halte das tatsächlich für eine großartige Idee. Du könntest Fotos von dir und Walter einstellen, auf denen ihr Flanellklamotten trägt und durch niedliche, kleine Landstraßen spaziert, die von wunderschönen Herbstbäumen gesäumt sind. Ich wette, Bridgewater & Molton würden dich im Handumdrehen als Markenbotschafterin engagieren!" Serena stand auf und fing an, auf und ab zu pirschen. Die Aussicht auf einen neuen Vertrag begeisterte sie sichtlich, egal wie unwahrscheinlich es auch sein mochte. Serena war eine großartige Agentin, aber manchmal überschätzte sie die Dinge ein wenig.

„Ähm, ich bin mir nicht sicher, ob ich ihre Zielgruppe anspreche. Richten die sich nicht eher an wohlhabende Frauen mittleren Alters, die sich für Gartenarbeit und das Reiten interessieren? Mein mittleres Alter ist fast ein Jahrzehnt entfernt. Und ich bin noch weiter davon entfernt, wohlhabend zu sein, töte alle Topfpflanzen, die ich besitze und bewundere Pferde gern aus einer sicheren Entfernung von mindestens drei Metern. Wie dem auch sei, waren die nicht gerade erst in den Schlagzeilen wegen der schrecklichen Bedingungen in ihren Fabriken? In Anbetracht meines derzeitigen ,noch nicht ganz gecancelten' Status halte ich das nicht für die beste Entscheidung. Und außerdem bin ich natürlich auch gegen schlechte Arbeitsbedingungen", fügte ich hinzu und zuckte. Wahrscheinlich hätte ich das zuerst sagen sollen, aber Serena schien es nicht zu bemerken.

„Ja, okay, vielleicht. Aber du weißt, was ich meine. Es könnte eine Gelegenheit sein, etwas anderes zu machen und den Leuten dein ,wahres Ich' zu zeigen. Und um dich auszuruhen und aufzutanken." Ein verträumter Blick schien in Serenas Augen. Sie blieb stehen und lehnte sich gegen die Glaswand. „Vielleicht lernst du sogar einen heißen Holzfäller kennen und hast einen Urlaubsflirt. Du weißt schon, auf Heuballen in einer rustikalen Scheune rummachen, gemütlich vor dem Feuer in einer Blockhütte kuscheln und gemeinsam romantische Wanderungen unternehmen." An der Art, wie Serena sich auf die Lippe biss, war deutlich zu erkennen, dass sie ihre eigenen Fantasien auslebte – und dass sie noch nie versucht hatte, es auf einem Heuballen zu tun. Glaubt mir, das war *nicht* bequem. Obwohl ich besorgt war, unterdrückte ich ein Kichern. „Und du dokumentierst das Ganze natürlich für deine Follower. Lass es nur nicht zu ernst werden. Ich möchte, dass du Anfang des Jahres wieder hier bist. Und wir haben außerdem noch die Whamz-Kampagne für Januar gebucht. Ich habe heute mit ihnen telefoniert und solange deine Follower Anzahl nicht unter 2,7 Millionen fällt, sind sie immer noch dabei. Ich bin sicher, dass bis dahin alles vergessen ist und wir wieder zur Tagesordnung übergehen können."

So unrealistisch Serenas Fantasie auch war – heiße Holzfäller waren in Sapphire Springs Mangelware und ich hatte Affären ohnehin abgeschworen –, war es doch keine schlechte Idee, ein paar Monate zu Hause zu verbringen. Wenn ich ehrlich zu mir selbst war, befand ich mich in einem Tief, war meines Lebens in L.A. überdrüssig und erschöpft davon, mir stets neue Inhalte auszudenken, erschöpft von der Unberechenbarkeit meiner Karriere.

Beinahe gecancelt zu werden, war ein Weckruf. Etwas musste sich verändern. Vielleicht würde mir eine Auszeit von L.A. helfen, herauszufinden, was das war.

1

JENNY

VERDAMMT NOCH MAL.

Ich aktualisierte die Seite, kaute auf meiner Unterlippe, starrte auf mein Handy und wünschte, dass die Zahlen stiegen. Immer noch nur 1.234 Aufrufe und 20 Likes. *Mist.*

Offenbar hatten die Videos von mir und Walter in passenden Flanellhemden, wie wir vor einer rustikalen Scheune im Hudson Valley standen, während das Herbstlaub auf uns herabrieselte, nicht die Popularität, die Serena vorausgesagt hatte. Ich fand, dass wir beide supersüß aussahen, aber anscheinend standen meine Follower nicht auf Holzfällerkleidung und idyllische Herbstszenen. Ich hatte meinen armen Vater umsonst dazu gebracht, auf eine Leiter zu klettern und Herbstblätter auf uns fallen zu lassen.

Eine Nachricht von Amanda erschien auf dem Display.

Wo bist du? Wir fangen in fünf Minuten an!

Ich stand vom Toilettensitz auf, auf den ich mich gehockt hatte, und wollte gerade die Tür öffnen, als ich Schritte hörte. Mein Herz wurde schwer. Ich war nicht in der Stimmung für peinliche Toilettenbegegnungen, schon gar nicht mit meinen ehemaligen Lehrern. Und da ich mich auf der Lehrertoilette der Sapphire Springs Highschool befand, war dies eine offensichtliche und gegenwärtige Gefahr.

Tatsächlich war die erste Person, die ich gesehen hatte, als ich vor zwanzig Minuten die Highschool betrat, Mrs. Harding. Die Englischlehrerin war in der zehnten Klasse der Fluch meines Daseins gewesen. Erinnerungen an lautes Vorlesen in ihrem Unterricht wurden in mir wach. Mein Gesicht war vor Verlegenheit heiß, als ich über die Seiten von *To Kill a Mockingbird* stolperte. Ich hatte gegen den starken Drang angekämpft, mich auf der Stelle umzudrehen und so schnell, wie mein Overall es mir erlaubte, in die andere Richtung zu rennen. Während ich die geselligen Aspekte der Highschool genossen hatte, war die akademische Seite ein Kampf für mich gewesen. Eine Legasthenie-Diagnose in meinen frühen Zwanzigern hatte vieles erklärt. Leider wurde diese Diagnose nicht rechtzeitig gestellt, um die Schule für mich zu einer weniger schmerzhaften Erfahrung zu machen.

Ich atmete erleichtert auf, als zwei Frauen zu sprechen begannen. Sie waren ganz sicher nicht Mrs. Harding. Ihre Stimmung würde ich überall erkennen.

„Kommst du zur Berufswahl-Talkrunde?"

Die andere Frau seufzte. „Ja. Hast du gesehen, wer die Podiumsgäste sind? Eine von ihnen ist eine Social Media-Influencerin." Ich zuckte beim Spott in ihrer Stimme zusammen und war mir sicher, dass sie ihre Worte mit einem dramatischen Augenrollen verbunden hatte. „Das ist nicht gerade eine Karriere."

Normalerweise machte ich mir nichts aus solchen Kommentaren. Es steckte viel mehr harte Arbeit und Kreativität dahinter, Influencerin zu sein, als die meisten Menschen wussten. Und ich war stolz auf das, was ich erreicht hatte. Aber ihre Worte trafen mich härter als sonst.

„Ja. Ich weiß auch nicht, was Amanda sich dabei gedacht hat. Die Kinder sind so schon genug von ihren Handys besessen. Wir sollten *Influencen* nicht auch noch als Karriereoption anpreisen."

Im Stillen verfluchte ich Amanda dafür, dass sie mich zu dieser Sache überredet hatte.

Mein Handy summte. Amanda hatte mir eine weitere Nachricht geschickt.

> Triff mich so schnell wie möglich im Auditorium! Wir fangen gleich an und Walter wird langsam unruhig!

Ich hatte den Verdacht, dass Amanda ihre eigenen Emotionen auf Walter projizierte, der so ziemlich alles gelassen hinnahm. Als @charlietheinstagramcat ihm vor ein paar Wochen ein Stück Fleisch aus dem Bein gerissen hatte, hatte Walter nur ein klägliches kleines Kläffen von sich gegeben und sich dann würdevoll aus der Situation gerettet, indem er in meine Arme sprang.

Ich schaute auf die Uhr. *Scheiße.* Ich musste jetzt gehen, sonst würde ich zu spät kommen. Leider bedeutete das, dass ich mich nicht in der Toilettenkabine verstecken konnte, bis die Frauen gegangen waren. Ich holte tief Luft, machte mich bereit und öffnete die Tür.

Zwei Frauen in ihren Vierzigern trugen am Waschbecken Lippenstift auf. Sie warfen einen Blick auf mein Spiegelbild, ohne mich zu erkennen. Gott sei Dank. Eine unangenehme Begegnung vermieden.

Ich wusch mir die Hände, prüfte im Spiegel, dass ich vorzeigbar aussah, und verließ eilig das Bad.

Ich wusste, dass es eine schreckliche Idee war, als Amanda mich gestern Morgen in Panik über FaceTime angerufen hatte. Ich war nur wenige Stunden zuvor nach einem Nachtflug in Sapphire Springs angekommen. Die Journalistin, die sie für den Karriere-Talk gebucht hatte, war in letzter Minute abgesprungen, und sie war verzweifelt.

„Die Journalistin war die einzige Person, auf die sich die Kinder so richtig gefreut hatten. Ohne sie mache ich mir Sorgen, dass sie völlig abschalten werden. Eine einheimische TikTok-Sensation, die ein glamouröses Hollywood-Leben führt, würde das Podium wirklich aufpeppen, und außerdem werden sie Walter lieben. Ich brauche dich. *Bitte*", hatte Amanda gebettelt. Es war mir schon immer schwergefallen, Amanda etwas abzuschlagen, und das war auch gestern nicht anders.

Es fiel mir auch schwer, ihr schlechte Neuigkeiten zu überbringen. Amanda hatte weder TikTok noch ein Instagram-Konto und sie hatte mich in letzter Zeit auch nicht in L.A. besucht, sodass ihr nicht bewusst war, dass ich momentan alles andere als glamourös in Hollywood lebte.

Ich hatte zähneknirschend zugestimmt, an der Podiumsdiskussion teilzunehmen, und hoffte, dass keins der Kinder nach dem Skandal fragen würde. Meine Hauptzielgruppe waren zwanzig- bis vierzigjährige Frauen, die sich für Mode und Hunde interessierten, sodass die Wahrscheinlichkeit hoch war, dass sie mir nicht folgten. Und selbst wenn, hätten sie die ganze Angelegenheit leicht verpassen können – ich hatte lediglich eine Instagram-Story veröffentlicht, in der ich die Anschuldigungen widerlegte, die nur vierundzwanzig Stunden lang online war, und hatte die Sache ansonsten nicht angesprochen.

Ich war fast im Auditorium angekommen, als mein Handy zu klingeln begann. Wieder Amanda.

„Wo zum Teufel bist du?", flüsterte sie und klang gestresst.

„Entschuldigung, tut mir leid. Ich bin fast da."

Ich betrat das Auditorium, das sich seit einem Jahrzehnt nicht verändert hatte. Die vertrauten blau-weiß gestrichenen Wände, der abgenutzte Holzboden mit den Markierungen des Basketballfeldes, der abgestandene Geruch von Schweiß, die klapprigen, grauen Plastikklappstühle, die in Reihen aufgestellt waren, um den Oberstufenschülern Platz zu bieten, und die erhöhte Holzbühne an einem Ende. Als ich auf die Bühne zuging, wurden Erinnerungen an langweilige Schulversammlungen, stressige Klausuren, unbehagliche Schultänze und peinliche Sportstunden in dieser Mehrzweckhalle wach.

Ich beschleunigte mein Tempo, als ich bemerkte, dass die beiden anderen Diskussionsteilnehmer bereits auf der Bühne saßen. Amanda, die ihre Standard-Lehrerinnenuniform aus schwarzer Hose, geblümter Bluse und einer Strickjacke trug, hatte ihr glänzend schwarzes Haar zu einem strengen Pferdeschwanz gebunden, den sie nur bei der Arbeit trug – sie behauptete, es helfe ihr, in die Miss Lui-Rolle zu schlüpfen –, starrte mich von ihrem Platz als Moderatorin an. Im Gegensatz dazu war Walter, ein karamellfarbenes Fellknäuel, das neben ihr lag, das Abbild hündischer Ruhe. Amanda hatte definitiv ihre eigenen Emotionen auf ihn projiziert.

Ich nahm auf der Treppe zur Bühne zwei Stufen auf einmal und ging auf den leeren Platz zu.

Und dann sah ich sie und wäre fast gestolpert.

Was zum ...?!

Mein Herz setzte einen Schlag aus. Die Welt geriet

plötzlich aus den Fugen. Ich hatte mich den ganzen Morgen auf die Podiumsdiskussion eingestimmt, aber auf das hier war ich nicht gefasst.

Zum zweiten Mal heute kämpfte ich gegen den Drang an, mich umzudrehen und wegzulaufen.

Warum zum Teufel hatte Amanda mir nicht gesagt, dass *sie* hier wäre? Mit mir auf dem Podium. Neben mir sitzend. Und sie sah genauso gut aus, wie ich sie in Erinnerung hatte. Tatsächlich sogar noch besser. Sie trug ihr braunes Haar in einem Pixieschnitt – kürzer an den Seiten und mit einer Welle oben – und es stand ihr. Die marineblaue Jeans, die grauen Halbschuhe und der graublau karierte Blazer standen ihr ebenfalls gut. Sehr gut sogar. Verdammt noch mal.

Aber ich wusste, warum Amanda mich nicht gewarnt hatte. Weil ich nicht zugestimmt hätte, hier mitzumachen, hätte ich es gewusst.

Ich hatte gehofft, Blake Mitchell so lange wie möglich aus dem Weg gehen zu können.

Blake schenkte mir ein gezwungenes Lächeln und ich erwiderte etwas, das sich bestenfalls wie eine Grimasse anfühlte. Dann schaute ich weg, um den direkten Blickkontakt zu vermeiden. Ich setze mich neben sie und wünschte mir verzweifelt, ich könnte die nächste Stunde bis zu meinem Entkommen vorspulen.

Aber noch bevor ich Zeit hatte, über Blakes unwillkommene Anwesenheit zu sinnieren, räusperte sich Amanda.

„Danke, dass ihr alle gekommen seid. Wir haben heute eine fantastische Gruppe von Ehemaligen bei uns, die mit uns über ihre sehr unterschiedlichen Karrieren sprechen werden. Ich werde ihnen einige Fragen stellen und danach haben wir Zeit für eine Diskussionsrunde. Aber lasst sie mich euch zunächst vorstellen. Neben mir sitzt Tom Harrison, der 2007 seinen Abschluss gemacht hat, und ein eigenes Kfz-Reparaturen-Geschäft in Sapphire Springs betreibt. Zu seiner Linken haben wir Blake Mitchell, die ihren Abschluss in 2010 gemacht hat, und vor zwei Jahren hierher zurückkehrte, um die einzige medizinische Praxis in Sapphire Springs zu eröffnen, nachdem sie an der Columbia University Medizin studiert und in New York gearbeitet hat. Und schließlich haben wir Jenny Lynton, die ebenfalls der Abschlussklasse von 2010 angehört, und ihren entzückenden Zwergpudel Walter. Sie leben in L.A. und haben zusammen über 3 Millionen Follower auf TikTok und Instagram." Diese Zahl war im letzten Monat auf 2,8 Millionen gefallen, aber ich wollte sie nicht korrigieren.

Nachdem die Schüler halbherzig geklatscht hatten, begann Amanda mit ihren Fragen. Zu meiner Erleichterung wandte sie sich zuerst an Blake.

„Blake, vielen Dank noch mal, dass Sie sich bereit erklärt haben, an unserer Diskussionsrunde teilzunehmen. Was hat Sie dazu bewogen, Medizin zu studieren?"

Blake schenkte Amanda ein aufrichtiges Lächeln und ihr ganzes Gesicht strahlte. „Seit ich ein kleines Mädchen war, habe ich immer davon geträumt, Krankenschwester oder Ärztin zu werden. Ich wollte einen Beruf, der erfüllend ist. Etwas, bei dem ich anderen Menschen helfen und einen Beitrag zur Gesellschaft leisten kann. Als ich dann das Glück hatte, an der medizinischen Fakultät angenommen zu werden, war es für mich eine klare Sache."

Amanda wandte sich an mich. „Und was ist mit Ihnen, Jenny? Was hat Sie daran gereizt, in den Medien und als Influencerin zu arbeiten?"

Mein Gesicht wurde heiß. Wie zum Teufel sollte ich diese Frage so beantworten, dass ich nach Blakes Antwort nicht wie eine oberflächliche Tussi wirkte? Mein ganzer

Stolz und mein Selbstvertrauen in Bezug auf meine Arbeit waren verschwunden. Ob es an dem Skandal lag, daran, dass ich wieder in meiner Highschool war, oder an Blake, wusste ich nicht.

Ich schaute in die Menge und hoffte, dass mich etwas inspirierte, aber ich entdeckte nur Mrs. Harding mit ihrem gewohnten missbilligenden Gesichtsausdruck in der ersten Reihe. Weiter hinten in der Reihe saßen die beiden Frauen aus dem Bad, die ähnlich unbeeindruckt aussahen.

Mein Blick wanderte zu dem strapazierten Holzfußboden der Bühne vor mir und ich wünschte, er würde sich öffnen und mich verschlucken.

„Ich ... ähm, ich ..." Ich holte tief Luft. Scheiß drauf. Ich war weder akademisch brillant noch so zielstrebig wie Blake, aber das war okay. „Um ehrlich zu sein, hatte ich diese Karriere nicht geplant. Als ich die Highschool abschloss, hatte ich keine Ahnung, was ich machen wollte. Ich hatte keine guten Noten, um an die Uni zu gehen, und ich wollte es auch nicht. Ich wusste nur, dass ich die Welt sehen wollte." Ich wollte *verdammt noch mal raus aus Sapphire Springs*, entspräche eher der Wahrheit, aber ich glaubte nicht, dass Amanda es gut fände, wenn ich das laut sagte.

„Meine Tante, die in L.A. lebt, bot mir einen Job im Café ihrer Freundin an, und ich ergriff die Chance. Ich wohnte bei ihr, bis ich genug Geld angespart hatte, um auszuziehen. In dem Café freundete ich mich mit ein paar erfolglosen Schauspielern an, die ebenfalls dort arbeiteten. Eines Abends ging ich auf eine Party, wo ich Vanessa Milan kennenlernte. Wir verstanden uns auf Anhieb und sie bot mir sofort einen Job als persönliche Assistentin von Chris Trent an." Ein aufgeregtes Gemurmel ging durch die Reihen der Schüler, als ich die Namen der Prominenten erwähnte. Ich lächelte und fühlte mich wieder wie ich selbst.

„Anfangs wusste ich nicht, was ich tat. Aber ich lernte bei der Arbeit und es stellte sich heraus, dass ich tatsächlich ziemlich gut darin war. Während ich für Chris arbeitete, fing ich an, TikTok-Videos mit seinem Hund Alfie zu drehen, und dann, als ich Walter bekam, mit diesem kleinen Kerl." Ich schaute liebevoll zu Walter hinunter, der zu mir herübergetrottet war und nun vor meinen Füßen kauerte. „Und dann ist die Sache irgendwie ... in die Höhe geschossen. Ehe ich mich versah, wurden Walter und mir Werbeverträge angeboten, wir wurden zu Partys eingeladen und bekamen *jede Menge* kostenloses Hundefutter." Das Publikum lachte. Im Ernst, das örtliche Tierheim liebte uns. Uns wurde viel mehr Futter zugeschickt, als Walter jemals fressen konnte, und ich schleppte ständig große Tüten von dem Zeug zu ihnen. Eine Welle von Schuldgefühlen überkam mich, aber ich drängte sie beiseite. Jetzt war nicht der richtige Zeitpunkt, um an den Skandal zu denken.

Ich schaute die Schüler an und setzte mein bestes, ermutigendes Lächeln auf. „Ich hoffe, dass es euch ein wenig Mut macht, dass, selbst wenn ihr euch jetzt noch nicht sicher seid, was ihr machen wollt, Dinge einfach ... passieren können. Vor allem, wenn ihr offen für neue Möglichkeiten seid. Man muss nicht sein ganzes Leben vorausplanen. Und es ist auch in Ordnung, wenn ihr nicht aufs College gehen wollt, oder es nicht schafft."

Ungeachtet der jüngsten Ereignisse stand ich zu meinen Worten. Die Gesellschaft legte so viel Wert auf akademischen Erfolg, auf die Uni und darauf, dass man im letzten Schuljahr schon wusste, was man machen wollte. Mit anderen Worten darauf, eine Blake zu sein. Ich wollte, dass die Kinder wussten, dass es auch in Ordnung ist, wenn sie keine Blake sind. Ich hatte das große Glück, meine Mutter als Vorbild zu haben, die auch nicht studiert hatte. Sie hatte sich in ein paar Jobs probiert, bevor sie bei einem Bauunternehmer in die Lehre ging, eine schwierige Aufgabe für eine junge Frau. Aber sie arbeitete hart und eignete sich schließlich die erforderlichen Fähigkeiten, Erfahrung und Ersparnisse an, um ihr eigenes, sehr erfolgreiches Bauunternehmen zu gründen. Obwohl ihre Karriere so ziemlich das Gegenteil von meiner war, war sie für mich immer eine Inspiration.

„Danke, Jenny. Ich bin sicher, dass unsere Schüler das sehr ermutigend finden werden." Amanda lächelte und wandte sich dann an Tom, der über fünf Minuten lang leidenschaftlich über seine Liebe zu Autos sprach. Ich hatte absolut null Interesse an Autos, aber Toms Leidenschaft war echt und ansteckend, so sehr, dass ich mich fragte, ob er Personal brauchte. In Anbetracht meiner derzeitigen Situation wäre es keine schlechte Idee, mir einen Job zu suchen.

„Blake, was ist das Highlight Ihrer bisherigen Karriere?"

Blake dachte einen Moment lang nach. „Es gab viele Highlights, aber ich würde sagen, wahrscheinlich der Umzug zurück in meine Heimatstadt, um die erste Arztpraxis hier zu eröffnen."

„Jenny, was ist Ihr größtes Highlight?" Amanda lächelte mich an.

„Ähm, vielleicht das eine Mal, als ich bei der Afterparty der Grammys Beyoncé kennengelernt habe?" Ich zuckte zusammen. *Und genauso klingt man wie eine oberflächliche Tussi, Jenny.* Kaum hatte ich den Satz ausgesprochen, fielen mir so viele bessere Antworten ein: Ich hatte mein eigenes Unternehmen gegründet, bevor ich dreißig wurde, mehrjährige Sponsorenverträge abgeschlossen und nutzte meine Plattform, um Tierschutzorganisationen zu unterstützen, setzte mich für die produktiven Rechte der Frauen und für andere würdige Zwecke ein.

„Und Tom?"

Tom grinste. „Ich würde sagen, das eine Mal, als ich an einem 1964er Aston Martin DB arbeiten durfte. Ein absolut atemberaubendes Auto. Die werden nicht mehr so hergestellt wie früher."

Amanda wandte sich wieder an Blake. „Was sind die größten Herausforderungen in Ihrem Job?"

Blake runzelte die Stirn. „Es ist sehr schwierig, Leuten schlechte Nachrichten zu überbringen. Und auch das Wissen, dass das Leben von Menschen in deinen Händen liegt. Wenn man einen Fehler macht, kann es wirklich um Leben und Tod gehen."

Verdammt noch mal. Wie schaffte es Blake, so attraktiv auszusehen, selbst wenn sie die Stirn runzelte? Ihre Augen schimmerten mit einer Intensität, die sehr ablenkend war.

„Jenny?"

Ich brauchte eine Sekunde, um zu bemerken, dass Amanda auf meine Antwort wartete. *Konzentriere dich, Jenny.*

„Obwohl es in meinem Job definitiv *nicht* um Leben und Tod geht, gibt es ein paar Herausforderungen. Der Druck, sich ständig neue kreative Inhalte auszudenken, das unvorhersehbare Einkommen und die Trolle." Während dies zwar echte Probleme waren, mit denen ich zu kämpfen hatte, klangen sie im Vergleich zu Blakes Herausforderungen jedoch trivial.

Der Rest des Gesprächs ging auf diese Art weiter. Blake war das Aushängeschild für eine sorgfältig geplante Karriere, auf die sie unermüdlich hingearbeitet hatte. Ich war das Aushängeschild dafür, dass sich Dinge einfach so ergeben konnten, dass ich Chancen ergreife, ohne ein höheres Ziel oder einen größeren Plan zu verfolgen. Und Tom ... nun, Tom war das Aushängeschild dafür, seinen Leidenschaften nachzugehen.

Armando gestattete die Beantwortung von Fragen der Schüler. Die Jugendlichen fragten Blake, wie viele Leben sie schon gerettet hatte (zu viele, um sie zu zählen) und was das Schlimmste war, das sie gesehen hatte (sie lehnte die Antwort ab). Ich wurde nach Berühmtheiten gefragt, die ich getroffen hatte (die meisten Prominenten, für die sie sich interessierten, wie Billie oder Harry, fielen mir nicht ein, dafür erwähnte ich jedoch Adele und Oprah). Und ob sie ein Selfie mit Walter machen könnten (ja). Und Tom wurde zu bestimmten Autoproblemen befragt, mit denen die Schüler konfrontiert waren (die er mit Begeisterung beantwortete). Zu meiner Erleichterung überstand ich die Diskussionsrunde ohne Fragen über das Sponsoring-Fiasko.

Achtunddreißig Selfies später – Walter war wirklich der wunderbarste, geduldigste Hund auf der Welt – waren wir die Schüler schließlich los. Ich schaute mich suchend nach Amanda um und entdeckte sie in dem nun fast leeren Auditorium in ein Gespräch mit Blake vertieft. Ich seufzte. Ich wollte mit Amanda reden, aber ich hatte *keine* Lust, mich mit Blake zu unterhalten. Schon gar nicht, nachdem ich in der letzten Stunde zugehört hatte, wie wunderbar sie war. Auf der Couch meiner Eltern zu liegen, den Erfolg meines letzten Beitrags zu prüfen und Ideen für neue Inhalte zu sammeln, schien mir eine attraktivere Option zu sein. Ich wandte mich dem Ausgang zu. Ich würde später mit Amanda sprechen. Ich war nur noch zwei Schritte von der Tür entfernt, als Amanda meinen Namen rief.

„Jenny!" *Verdammt.* Ich warf der Tür einen sehnsüchtigen Blick zu, bevor ich mich umdrehte und zu Amanda und Blake zurückging.

„Du wolltest doch nicht schon gehen, oder?" Amanda kniff die Augen zusammen.

„Ich? Nein!", erwiderte ich wenig überzeugend. „Ich wollte nur mit Walter Gassi gehen."

„Aha." Amanda zog die Augenbrauen hoch, aber dann wurde ihr Gesicht weicher. „Danke noch mal, dass du in letzter Minute eingesprungen bist. Du warst großartig."

„Kein Thema." Ich freute mich aufrichtig, dass ich den Schülern von meinem alternativen Berufsweg erzählen konnte.

Ich vermied es, Blake anzusehen, aber aus dem Augenwinkel konnte ich sehen, dass sie zustimmend nickte.

„Nun, ich muss los", sagte Blake abrupt und schaute auf ihre Uhr. „Ich habe in fünfzehn Minuten einen Patienten."

„Schön, dich wiederzusehen", schaffte ich es, zu sagen.

Blake schenkte mir ein Lächeln, das ihre Augen nicht erreichte, und ging zur Tür.

Ich wartete, bis Blake das Gebäude verlassen hatte, bevor ich mich an Amanda wandte. „Ich kann nicht glauben, dass du mir nicht gesagt hast, dass sie hier sein würde."

„Es tut mir leid, ich war verzweifelt. Wenn ich es getan hätte, hättest du dich aus der Sache herausgeredet. Wie dem auch sei, du wirst dich daran gewöhnen müssen, in ihrer Nähe zu sein."

Das stimmte. Amandas Junggesellinnenabschied fand dieses Wochenende statt und ihre Hochzeit folgte in einer Woche. Nicht nur das, wir waren auch beide Brautjungfern. Als Amanda mir erzählte, dass Blake ebenfalls Teil der Hochzeitsgesellschaft war, war ich überrumpelt gewesen. Mir war nicht klar, wie eng die Freundschaft der beiden in den letzten Jahren geworden war. Innerlich gab ich mir einen Schubs. Amanda zuliebe musste ich meine Gefühle für Blake beiseiteschieben – zumindest bis ihre Hochzeit vorbei war.

Amanda musterte mich genau. „Ich weiß, dass sie etwas ruppig sein kann, aber ich verstehe immer noch nicht, warum du sie so sehr ablehnst."

„Du weißt, dass sie in meiner Gegenwart mehr als nur ein wenig ruppig ist, und das schon seit Jahren." Seit der Highschool, um genau zu sein. Und es half auch nicht, dass sie nicht nur unhöflich und abweisend war, sondern auch nervtötend perfekt. „Ich weiß, dass nicht alle queeren Menschen Freunde sein müssen, aber es wäre schön gewesen, wenn wir wenigstens freund*lich* miteinander umgehen könnten." Wir waren die einzigen beiden geouteten Mädchen in unserer Klasse. Ich hatte mich in der zehnten Klasse als bisexuell geoutet, Blake ein Jahr später als lesbisch. Aber Blake hatte alle meine Versuche zu einer Freundschaft abgewiesen.

„Wie laufen die Hochzeitsvorbereitungen?", fragte ich in der Hoffnung, das Thema zu wechseln.

Amandas Augen leuchteten auf. „Großartig! Meine Hochzeitsplanerin ist ein Superstar, obwohl sie sich während ihrer Schwangerschaft die Hacken für die Hochzeit abläuft. Um ehrlich zu sein, hatte ich gedacht, es würde viel stressiger werden, als es war, aber sie hat alles im Griff. Und das ist auch gut so, denn ich muss diese Woche eine ganze Menge Aufsätze benoten." Sie verzog das Gesicht.

„Das klingt alles großartig! Lass mich wissen, wenn ich dir irgendwie behilflich sein kann."

Amanda biss sich auf die Lippe. „Da du es schon ansprichst ..." Sie verstummte wieder. „Könntest du Blake beim Junggesellinnenabschied helfen? Ich habe den Eindruck, dass sie deswegen gestresst ist. Sie hat mit der Arbeit viel zu tun und ich glaube nicht, dass sie so viel Zeit für die Planung hatte, wie sie ursprünglich dachte. Sie ist schrecklich darin, um Hilfe zu bitten, aber ich denke, sie könnte wirklich welche gebrauchen. Und du bist so gut in solchen Dingen."

Mein Herz wurde schwer. Ich hatte gerade eine Interaktion mit Blake überlebt und war nicht sonderlich scharf auf eine weitere. „Hättest du mir von vornherein erlaubt, es zu planen, wärst du jetzt nicht in dieser Lage", sagte ich und klang dabei gereizter, als ich es beabsichtigt hatte. Aber ich hatte nicht ganz unrecht.

Anstatt einer einzigen Trauzeugin die üblichen Aufgaben zu übertragen, hatte Amanda die Aufgaben an mehrere Brautjungfern verteilt. Sie behauptete, dass sie damit vermeiden wollte, eine einzelne Person zu überfordern, aber ich vermutete, dass es in Wirklichkeit darum ging, niemandem wehzutun. Ich hatte mich zwar bereit erklärt, den Junggesellinnenabschied zu planen, aber Amanda hatte darauf bestanden, dass es zu schwierig wäre, dies von L.A. aus zu tun. Stattdessen war ich beauftragt worden, beim Probeessen einen Toast auszusprechen und emotionale Unterstützung zu bieten.

„Ich weiß, ich weiß, aber jetzt ist es so. Kannst du ihr einfach helfen, Jen? Bitte?" Ich seufzte. So sehr ich Blake auch aus dem Weg gehen wollte, ich liebte Amanda und wollte, dass ihre Hochzeit ein Erfolg wurde. Und wenn das bedeutete, dass ich mich mit Blake auseinandersetzen musste, dann war es eben so. Und zumindest war ausnahmsweise Blake diejenige, die Schwierigkeiten hatte.

„Okay, in Ordnung", sagte ich. „Aber hast du mit ihr darüber gesprochen? Ich kann ja nicht einfach in ihrer Praxis auftauchen und verkünden, dass ich den Junggesellinnenabschied übernehme."

Amanda verzog das Gesicht zu einem breiten Lächeln.

„Nur um das klarzustellen, du übernimmst ihn nicht. Du hilfst ihr nur. Und ja, ich habe erwähnt, dass ich fragen würde, ob du ihr helfen kannst. Ich werde dir ihre Nummer schicken.“

Aus dem Augenwinkel sah ich, wie sich die Hintertür öffnete und Mrs. Harding erschien. Sie kam in unsere Richtung.

„Oh scheiße“, murmelte ich. „Mrs. Harding ist auf dem Weg hierher. Ich muss los.“

„Sie ist wirklich ein Schatz, wenn man sie besser kennenlernt“, sagte Amanda.

Nicht überzeugt, zog ich eine Augenbraue hoch. „Muss ich dich an den Vorfall mit *To Kill a Mockingbird* erinnern? Oder an das eine Mal, als sie mich durchfallen ließ, weil sie nicht glaubte, dass ich *The Great Gatsby* tatsächlich gelesen hatte? Oder an das Mal, als ...“

„Okay, ich versteh’ schon“, sagte Amanda hastig. „Versprich mir nur, dass du dich bei Blake melden wirst.“

„Ja, mach dir keine Sorgen. Ich werde es regeln.“ Und damit drehte ich mich um und ging schnell zum anderen Ausgang, bevor Mrs. Harding uns erreichte und ich gezwungen war, ein weiteres Highschool-Trauma erneut zu durchleben.

2

BLAKE

ICH ZUCKTE ZUSAMMEN, als Dad auf den Drucker schlug und laut fluchte. Mehrmals am Tag fragte ich mich, ob es eine gute Idee gewesen war, Dad für meinen Empfang einzustellen. Dies war einer dieser Momente. Wenigstens waren keine Patienten im Wartezimmer, die Zeuge seines Angriffs auf meinen armen Drucker hätten werden können.

„Hast du versucht, ihn aus und wieder einzuschalten?", rief ich von meinem Schreibtisch aus.

Ich wandte mich wieder dem Antrag auf finanzielle Unterstützung zu, den ich für Mrs. Alvarez ausfüllte, und seufzte. Sie war nicht in der Lage, sich selbst in dem komplexen System der finanziellen Beihilfe zurechtzufinden, und sie brauchte dringend die Behandlung für ihre Diabetes-Komplikationen. Es gehörte zwar nicht zu meinen Aufgaben, aber ich konnte mich auch nicht einfach zurücklehnen und sie leiden sehen. Hoffentlich konnte ich das Krankenhaus davon überzeugen, ihr die Behandlungen, die sie brauchte, unentgeltlich zu gewähren.

Sobald ich hier fertig wäre, würde ich zu meinem kleinen Häuschen fahren, mir eine Tiefkühlmahlzeit in der

Mikrowelle aufwärmen, mich auf der Couch wieder einlog-
gen, um ein paar Versicherungsangelegenheiten zu regeln,
und mich dann um Amandas Junggesellinnenabschied
kümmern, der mir schon seit Wochen im Nacken saß. Ich
war so sehr mit meiner Arbeit beschäftigt, dass ich kaum die
Zeit und Inspiration fand, um mich darauf zu konzentrieren. Aber jetzt, wo es nur noch ein paar Tage waren, musste
ich dem Ganzen oberste Priorität einräumen. Ich durfte
Amanda nicht im Stich lassen.

Nach einigen Momenten des Schweigens steckte Dad
grinsend seinen Kopf durch die Tür. „Es stellt sich heraus,
dass ich ihn nicht eingeschaltet hatte. Danke, Schatz. Ich
werde jetzt nach Hause gehen. Hab einen schönen Abend."

Lächelnd schüttelte ich den Kopf. Gott, er war ein hoffnungsloser Fall. Aber er war auf eine liebenswerte, wohl-
meinende Art, die es unmöglich machte, ihn zu entlassen,
hoffnungslos. Und die Tatsache, dass er mein Vater war,
machte die Sache natürlich noch schwieriger. Er war vor
ein paar Jahren bei der Bank in den Ruhestand gegangen.
Aber nach etwa drei Monaten in Rente – in denen er meine
Mutter, die fünf Jahre zuvor als Lehrerin in den Ruhestand
gegangen war und sich daran gewöhnt hatte, das Haus für
sich allein zu haben, in den Wahnsinn trieb –, waren sich
Mom und Dad einig, dass es das Beste sei, wenn er wieder
arbeiten ginge. Zufälligerweise fiel diese Entscheidung mit
meiner Rückkehr zusammen. Als ich verkündete, dass ich
jemanden für den Empfang brauchte, reichte Mom sofort
seinen Lebenslauf bei mir ein.

Aus der Sicht meines Vaters war es der perfekte Job. Er
konnte Zeit mit seiner ältesten Tochter verbringen, mit
meinen Patienten plaudern und in seiner Mittagspause die
Main Street hinunterwandern, um sich mit seinen Kumpels
im Pub zu einem Steak zu treffen oder im Blumenladen

meiner Schwester Olivia vorbeizuschauen, und Hallo zu sagen. Meine Mutter freute sich, dass sie das Haus wieder für sich hatte, um in Ruhe lesen und ungestört im Garten werkeln zu können. Und auch für mich hatte diese Lösung ihre Vorteile. Mir gefiel der Gedanke nicht, meine Praxis von jemandem leiten zu lassen, den ich nicht kannte und dem ich nicht vertraute. Aber meinem Dad vertraute ich voll und ganz, trotz seiner Unfähigkeit, was die Technik anging. Ich konnte ihm auch nur den Mindestlohn zahlen, ohne ein schlechtes Gewissen zu haben, denn ich wusste, dass er das Geld nicht brauchte. Das war eine enorme Erleichterung, denn das Geld war knapp. Und bei diesem Gedanken wurden die Kopfschmerzen, die ich den ganzen Nachmittag mit einem Gemisch aus Ibuprofen und Paracetamol bekämpft hatte, wieder stärker und dröhnten unter meinen Schläfen.

Ich konzentrierte mich wieder auf Mrs. Alvarez' Antrag, aber bevor ich Fortschritte machen konnte, piepste mein Handy und eine SMS-Nachricht leuchtete auf dem Display auf.

> Hi, hier ist Jenny. Amanda hat erwähnt, dass du möglicherweise Hilfe bei der Junggesellinnenparty brauchst?

Ich seufzte. Jenny Lynton brauchte ich im Moment wirklich nicht. Nach einem langen Tag und den Kopfschmerzen, die nicht abklingen wollten, war ich nicht in der Stimmung für schmerzliche zwischenmenschliche Begegnungen. Und wenn es um Jenny ging, waren schmerzliche zwischenmenschliche Begegnungen fast garantiert.

Seit ich vierzehn war, war ich in Jenny verknallt. Der Reißverschluss meines Rucksacks versagte kurz vor einer Matheprüfung und alle meine Stifte waren darin eingeschlossen. Sie hatte gesehen, wie ich vor dem Prüfungsraum mit dem Reißverschluss kämpfte, und bot mir ihre Hilfe an. Als sie sich neben mich kniete und sich beherzt bemühte, den Reißverschluss zu öffnen, wandelte sich meine Panik, dass ich zu spät kommen würde, zu gebannter Faszination von Jennys konzentriertem Gesicht. Die liebenswert gerunzelte Stirn und die gespitzten Lippen. Die Intensität ihrer blauen Augen, die auf den Reißverschluss gerichtet waren. Als es nicht klappte, lieh sie mir zwei ihrer Stifte und reichte sie mir mit einem strahlenden Lächeln, von dem meine Knie weich wurden. Ich konnte mein Glück kaum fassen, als sie sich ein Jahr später als bisexuell outete.

Leider verwandelte ich mich seit dem Reißverschluss-Vorfall in Jennys Gegenwart von der normalen, selbstbewussten Blake zu einer unbeholfenen, schüchternen Blake, die irgendwie immer das Falsche sagte oder gar nichts herausbrachte. Mein Gehirn hatte die Tendenz, in ihrer Nähe zu versagen. Ich merkte, dass Jenny nicht mein größter Fan war, und ich konnte es ihr nicht verdenken. Ich war in ihrer Nähe ein totales Desaster.

Als Jenny vorhin unbekümmert in die Aula geschlendert kam, waren all diese vertrauten, beunruhigenden Gefühle wieder hochgekommen. Mein Herzschlag beschleunigte sich und ich wurde mir plötzlich meiner Haltung und meines Gesichtsausdrucks übermäßig bewusst. Krümmte ich den Rücken? Was sollte ich mit meinen Händen machen? Schaute ich sie komisch an? Es war, als wären wir wieder an der Highschool. Und okay, ja, physisch *waren* wir auch wieder an der Highschool gewesen, aber Jenny zu sehen, versetzte mich auch emotional und geistig dorthin zurück.

Ein Vorteil, wenn dein Highschoolschwarm zu einer Social Media-Influencerin wurde, war der, dass es sehr einfach war, ihre Karriere aus der Ferne zu verfolgen (ich ziehe dieses Wort dem Wort ‚stalken' vor). Und obwohl ich Jenny seit unserem Schulabschluss kaum noch persönlich gesehen hatte, dachte ich an sie. Sehr oft.

Jennys TikTok und Instagram zu checken, war eines meiner heimlichen Vergnügen, wenn auch eines, dem ich versuchte, nicht zu häufig nachzugehen, weil ich mir dabei etwas widerlich vorkam. Es stellte sich heraus, dass all die Eigenschaften, die mich an der Highschool an ihr fasziniert hatten – sie war aufgeschlossen, witzig, warmherzig, aufrichtig und wie ich zugeben musste, superheiß – auch Millionen von Fans auf TikTok und Instagram anzogen. Natürlich hatten die Kinder sie heute bei der Podiumsdiskussion alle geliebt.

Ich massierte mir die Stirn. Ich brauchte zwar die Emotionen nicht, die Jenny Lynton im Moment auslöste, aber ich brauchte dringend Hilfe bei Amandas Junggesellinnenabschied. Und als Amandas engste Freundin und jemand, der – zumindest ihrem Instagram-Feed nach zu urteilen – eine gute Entertainerin war, war Jenny die perfekte Person um mir zu helfen.

Ich starrte auf mein Handy und mein Daumen schwebte über den Tasten.

Sosehr ich es auch hasste, jemanden um Hilfe zu bitten, insbesondere Jenny Lynton, wollte ich die Sache für Amanda wirklich nicht vermasseln. Partys zu planen, war nicht meine Stärke.

Ich holte tief Luft, schluckte meinen Stolz hinunter und antwortete mit einer SMS.

> Danke. Hast du heute Abend Zeit? Um 7 im Builders Arms?

Die Junggesellinnenparty fand schon am Samstag statt,

also in drei Tagen. Wenn ich Jennys Hilfe annehmen wollte, musste ich es schnell tun. Der Papierkram für die Versicherung würde einfach warten müssen.

ICH STIESS die Tür auf und schaute mich in dem wunderschönen alten Pub um. Holzbalken verliefen an der Decke, passend zu den dunklen Eichenböden. Freiliegende rote Backsteinwände und zwei gemütliche Holzkamine verliehen dem Innenraum Wärme. Im Builders Arms war immer viel los, und auch heute Abend war keine Ausnahme. Die halbe Stadt schien ihr selbstgebrautes Bier und das köstliche Essen zu genießen, das meiner Meinung nach mit den besten Gourmet Pubs in New York mithalten konnte. Trotz meiner Nervosität knurrte mir bei dem Gedanken daran der Magen.

Ich entdeckte Jenny, die an einem runden Tisch im hinteren Teil des Lokals saß und auf ihr Handy starrte. Das Knurren in meinem Magen wurde durch ein mulmiges Gefühl ersetzt. Ich holte tief und kräftig Luft und schlenderte cool zu ihr hinüber, stieß jedoch sofort gegen die Ecke eines Tisches. Autsch. Schmerz schoss durch meinen Oberschenkel. *Sehr cool, Blake.* Ich ließ den Blick zu Jenny hinüberhuschen, die den Kopf zum Glück immer noch gesenkt und meine mangelnde Koordination nicht gesehen hatte.

Ich sammelte mich und humpelte die restlichen zwei Meter zum Tisch hinüber. Mein Herz schlug laut. Jenny war so sehr in ihr Handy vertieft, und runzelte entweder konzentriert oder besorgt die Stirn, dass sie nicht bemerkte, wie ich unbeholfen vor ihr stehen blieb.

Jenny sah in Wirklichkeit genauso gut aus wie auf

meinem Handy. Ihr langes, blondes Haar fiel in Wellen über ihren Rücken. Sie trug einen bunten Einteiler, der ihre Kurven betonte, und darüber eine gemütliche, weich wirkende Strickjacke. Ich hatte den bedenklichen Drang, die Hand auszustrecken und sie zu streicheln. *Behalte deine Arme an der Seite, Blake.* Es war ein seltsames Gefühl, jemandem so nahe zu sein, den man in den letzten zehn Jahren hauptsächlich auf dem Display seines Handys gesehen hatte. Sie war so ... dreidimensional.

Ich räusperte mich. „Hi", sagte ich leicht stockend. Ich schluckte.

Jenny schaute von ihrem Handy auf. Ihre blauen Augen begegneten meinem Blick und löschten augenblicklich all meine sozialen und sprachlichen Fähigkeiten aus meinem Gehirn. *Scheiße.*

„Hi", sagte sie mit einem vorsichtigen Lächeln im Gesicht, als sie aufstand.

Wie schaffte es Jenny nur, stets so auszusehen, als hätte sie sich absolut keine Mühe gegeben, und trotzdem so verdammt hinreißend zu sein? Ich hingegen hatte dreißig Minuten damit verbracht, mein Outfit für die Podiumsdiskussion auszusuchen, nachdem Amanda heute Morgen erwähnt hatte, dass Jenny anwesend wäre.

Sie stand immer noch da und mir wurde bewusst, dass ich sie einen Takt zu lange angestarrt hatte. Mehrere Takte zu lang. Oh Gott. Was war denn die Etikette, wenn man auf seine unerwiderte Highschool-Schwärmerei zum Planen einer Junggesellinnenabschiedsparty traf? Sollte ich sie umarmen? Ihre Hand schütteln? Mich setzen? Eine erbärmliche Entschuldigung murmeln und aus der Kneipe fliehen? Die letzte Option klang im Moment sehr attraktiv, obwohl ich mir nicht sicher war, ob mein geprellter Oberschenkel einen schnellen Abgang zulassen würde.

Es war lächerlich, dass mich in meinen frühen Dreißigern, und mit einem Medizinabschluss der Ivy League in der Tasche, eine hübsche Frau zu einem blubbernden Häufchen reduzieren konnte. Nun, nicht nur irgendeine hübsche Frau. Jenny. Nicht einmal meine Ex, Grace, hatte diese Wirkung auf mich.

Zu meiner Erleichterung setzte sich Jenny und ich tat es ihr nach. Der Stuhl hatte eine erdende Wirkung, drückte gegen meinen Rücken und meine Beine, und erinnerte mich daran, dass ich ein Mensch und zu grundlegenden menschlichen Interaktionen fähig war. Mein Gehirn fing an, zu surren, und ein gewisser Wortschatz kehrte zurück.

„Hast du schon bestellt?" Ich nahm die Speisekarte und studierte sie aufmerksam – obwohl ich genau wusste, was ich bestellen wollte – und war dankbar, dass ich auf diese Weise etwas mit meinen Händen tun konnte. Und mit meinen Augen. Es war zwar keine langfristige Strategie, aber den Blickkontakt zu Jenny zu vermeiden, gab mir die Gelegenheit, mich wieder zusammenzureißen.

„Nein, ich habe auf dich gewartet. Hast du Hunger? Wenn ja, würde ich mir einen Burger bestellen."

„Ja, etwas zu essen, hört sich gut an", antwortete ich und versuchte, lässig zu klingeln, obwohl es eher wie der Ton meines Bruders in seinen mürrischen Teenagerjahren herauskam. Ich zuckte innerlich zusammen, hatte aber keine Zeit, darüber nachzusinnen, denn Dan, der Besitzer des Builders Arms, tauchte vor uns auf.

„Dr. Mitchell. Jenny. Was kann ich euch bringen?" Dan lächelte auf uns herab. Seine Tochter war in der Schule in unsere Klasse gegangen, er kannte uns also beide gut. Trotzdem bestand er darauf, mich mit Dr. Mitchell anzusprechen, obwohl ich ihm schon eine Million Mal gesagt hatte, er solle mich weiterhin Blake nennen.

„Ich nehme den Burger und ein Indian Pale Ale." Jenny lächelte ihn an.

„Und für mich das Steak mit einem Glas Pinot Noir. Danke." Widerwillig reichte ich Dan die Speisekarte zurück, da ich noch nicht bereit war, meine Deckung aufzugeben.

Nachdem er gegangen war, kam Jenny zur Sache. Sie lehnte sich über den Tisch. Ihr Haar fiel nach vorn über ihre Schultern und sie starrte mich direkt an. Ein elektrischer Stromstoß schoss an meiner Wirbelsäule hinunter. „Also, wie sieht der Plan für den Junggesellinnenabschied bis jetzt aus?"

„Nun,", sagte ich und schluckte erneut. „Ich habe die Old Cedar Teestube gemietet und dachte, wir könnten dort Kaffee trinken und dann zum Abendessen hierherkommen." Ich stockte, aber Jenny starrte mich weiter an und erwartete offensichtlich weitere Einzelheiten. Ich räusperte mich. „Also, nun ja, soweit bin ich gekommen. Ich habe versucht, mir Aktivitäten auszudenken, die wir machen können. Es ist nur ... die ganze Sache fühlt sich nicht sehr besonders an, weißt du?"

„Ich verstehe." Jenny biss sich auf die Lippe. Eine Geste, die absolut liebenswert gewesen wäre, hätte sie nicht auch die Stirn gerunzelt und allgemein besorgt ausgesehen. „Wie viele Leute sind wir? Amanda, ich, du, Jacinta, Heather ..."

„Und Maya und Evie", schloss ich. Maya und Evie waren beide in unserer Klasse gewesen. Und Maya arbeitete jetzt mit Amanda als Kunst- und Theaterlehrerin an der Sapphire Springs Highschool.

„Hmmm." Jenny biss sich weiter auf die Lippe und ich konnte nicht aufhören, sie anzustarren. Weich, voll, rosa ...

Peng! Ich zuckte auf meinem Platz zusammen, als Jenny

mit der Hand auf den Tisch schlug und mich aus meiner Träumerei riss.

„Ich hab's!", rief sie und ein paar ältere Männer am Nachbartisch drehten sich zu uns um. „Tut mir leid!" Jenny lächelte. „Ich bin manchmal ein bisschen zu aufgeregt, wenn es um Partyplanung geht. Okay, wie du mit Sicherheit weißt, ist Amanda ein riesiger Jane Austin-Fan ..." Leider wusste ich das nur zu gut, da ich seit meiner Rückkehr zu mindestens drei Jane Austin-Filmeabenden gezwungen und im Mai zur Aufführung von *Emma* an der Highschool geschleppt worden war. „Und hat die Schule nicht gerade erst vor ein paar Monaten *Emma* aufgeführt? Ich bin sicher, Amanda hat es erwähnt."

„Ja ..." Ich verstand nicht, worauf sie hinauswollte.

Jenny klatschte in die Hände. „Großartig! Hast du zufällig Mayas Nummer?"

Die hatte ich. Ich las sie Jenny vor, die sie in ihr Handy tippte und die Anruftaste drückte.

„Maya, hallo, hier spricht Jenny. Hör mal, Blake und ich sind gerade dabei, Amandas Junggesellinnenabschied den letzten Schliff zu geben. Hast du noch die *Emma*-Kostüme? Das sind doch die fließenden, die nicht zu eng anliegen? Okay, super. Dann sollte es funktionieren. Können wir sie uns für Samstag ausleihen? Sieben, wenn du sie hast." Jedes Mal, wenn Jenny „wir" sagte, entfachte es einen warmen Funken in mir, obwohl ich wusste, dass Jenny das nur für Amanda tat und nicht für mich.

Dan stellte unsere Getränke vorsichtig auf den Tisch, während Jenny Maya zuhörte. Ich schenkte ihm ein dankbares Lächeln und griff nach meinem Glas Wein. Vielleicht würde der Wein mir helfen, mich zu entspannen.

„Aha, sechs, okay. Ich bin sicher, wir können uns etwas einfallen lassen. Ich spreche mit Blake und wir melden uns dann bei dir. Danke. Du bist ein Lebensretter. Wir sehen uns am Samstag!"

Jenny legte auf und trank einen Schluck von ihrem Bier. „Also, was ich mir vorstelle, ist eine Jane Austen-Teeparty. Wir können uns verkleiden, Fotos machen und ein paar Jane Austen-Spiele spielen. Für das Abendessen könnten wir sehen, ob Dan den Veranstaltungsraum frei hat, und versuchen, es ein wenig im Regency-Stil zu gestalten. Und wie ich Amanda kenne, wird sie danach ins Frankie's gehen wollen, um etwas zu trinken und zu tanzen, und dann ... fertig!" Jenny klopfte sich die Hände ab und lächelte. „Also, was denkst du?"

Mir fiel eine Last von den Schultern. „Das klingt groß-artig!" Angetrieben von einer Welle der Erleichterung gelang es mir, noch ein paar Worte aneinanderzureihen und den Blickkontakt mit Jenny aufrechtzuerhalten. „Das wird ihr sehr gefallen. Partyplanung ist nicht meine Stärke. Danke."

„Nun, ich bin vielleicht gut darin, Partys zu planen, aber du rettest regelmäßig Leben, also denke ich, du gewinnst", erwiderte Jenny. Ich schaute sie genauer an. Trotz ihres Lächelns war in ihrer Stimme eine gewisse Schärfe zu hören.

„Das ist kein Wettbewerb, weißt du." Ich biss mir auf die Zunge, sobald die Worte meinen Mund verlassen hatten, und bereute sie sofort. Mein Ton sollte eigentlich neckisch klingen, aber es kam schroff und abrupt, ja, fast schon unhöflich heraus.

Jenny starrte mich an. Ihr Lächeln verschwand und ihre Stimme wurde flach. „Oh, es gibt nur ein Problem. Wir sind sieben Leute, aber Maya hat nur sechs Regency-Kleider. Also müssen wir sehen, ob wir irgendwo noch eins finden können."

„Ich kann für mich selbst etwas finden", sagte ich. Ich war kein Fan von Kleidern. Seit unserem Abschlussball hatte ich keins mehr getragen, also war ich froh, eine Ausrede zu haben, es zu vermeiden.

„Okay, danke, wenn du dir sicher bist." Jenny beäugte mich besorgt, da sie mir offensichtlich nicht zutraute, die Kleiderordnung richtig zu verstehen.

„Mach dir keine Sorgen. Amanda hat mich gezwungen, genügend historische Filme zu schauen. Ich weiß, was ich anziehen muss." Ich zuckte erneut zusammen. Die Worte kamen völlig falsch heraus. Sie klangen wortkarg und flapsig. *Verdammt noch mal.* Warum konnte ich mich nicht einfach normal verhalten, wenn Jenny in der Nähe war? Es war wie an der Highschool, Version 2.0.

3

JENNY

DER HERBST WAR meiner Meinung nach die beste Zeit, um Sapphire Springs zu besuchen. Als ich die Main Street hinaufging, sah ich überall rotgefärbte Bäume. In den Schaufenstern der Geschäfte hingen Zierkürbisse und vor dem Sapphire Springs Dorfladen stapelten sich riesige Schnitzkürbisse auf rustikalen Karren. Efeu rankte an den zweistöckigen, roten Backsteingebäuden hinauf, die den unteren Teil der Main Street säumten, und leuchtete in einer Mischung aus rot, gelb, orange und grün. Amerikanische Flaggen wehten sanft im Wind. Der Himmel war blau und die Luft frisch. Es war das perfekte Wetter für Pumpkin-Spice-Latte, warme Zimtdonuts, S'mores und Punsch. Ich stieß einen glücklichen Seufzer aus. Es war überraschend, wie sehr ich das vermisst hatte.

Dan, der vor seinem Arbeitsbeginn im Park mit seinem Hund spazieren ging, rief mir über die Straße zu und winkte. Ich winkte zurück. Als Teenager hatte ich die fehlende Anonymität, die das Leben in einer Kleinstadt mit sich brachte, als klaustrophobisch empfunden. Aber jetzt war es irgendwie erfrischend. So ganz anders als L.A.

Im Vorbeigehen warf ich einen Blick in das Fenster von Blakes Praxis und entdeckte ihren Vater hinter dem Empfangstresen. Ich ging weiter. Seit Mittwochabend hatte ich Blake ein paar SMS geschickt, damit sie wusste, dass ich alles unter Kontrolle hatte – nicht, weil ich ständig an sie dachte oder so. Ganz sicher nicht. Aber ich wollte nicht dabei erwischt werden, wie ich in ihr Fenster spionierte.

Das Abendessen mit Blake war besser gelaufen als erwartet. Ja, die Konversation war gestelzt und sie war ein paarmal schroff und abweisend gewesen, aber hin und wieder schien die Blake durch, die alle anderen kannten und mochten. Trotzdem war ich erleichtert, als Blake sich kurz nach ihrem Steak mit der Begründung verabschiedete, sie habe Kopfschmerzen. Hätte unser anstrengender Small Talk noch länger gedauert, hätte ich wahrscheinlich auch Kopfschmerzen bekommen.

Kurz bevor Blake im Pub angekommen war, entdeckte ich, dass eine weitere Tierschützerin mich in einem TikTok-Video markiert hatte, was meinen Magen und die Zahl meiner Follower noch weiter in Richtung Süden trieb. In der Zwischenzeit lief mein Herbst-Flanell-Beitrag immer noch nicht gut an. Wenigstens waren die Vorbereitungen für Amandas Junggesellinnenabschied eine willkommene Ablenkung von meinen algorithmischen Problemen. Da Blake einen anspruchsvollen Tagesjob hatte und ich nicht, hatte ich angeboten, die Hauptarbeit zu übernehmen.

Ich erreichte mein Ziel, den Blumenladen, ohne eine peinliche Begegnung mit Blake und stieß die Ladentür auf. Ein Schwall süßlich duftender, warmer Luft begrüßte mich. Olivia Mitchell, die Besitzerin des Blumenladens – und ja, Blakes jüngere Schwester – schaute von dem Blumenstrauß auf, den sie band, und ihre Augen strahlten, als ihr Gesicht in ein breites Lächeln ausbrach.

„Jenny! Wie schön, dich zu sehen. Wie geht es Walter? Du hättest ihn mitbringen sollen." Olivia und Blake hatten das gleiche dunkle Haar und die gleichen Wimpern, große braune Augen, eine markante Kieferpartie und volle Lippen, aber damit endete die Ähnlichkeit. Olivia war warmherzig und freundlich, trug ihr gewelltes, braunes Haar bis knapp über den Schultern und hatte eine beeindruckende Garderobe von geblümten Kleidern. Heute trug sie ein locker sitzendes Kleid mit roten Blumen und braune Stiefeletten. Wie zum Teufel konnten die beiden so unterschiedlich geraten sein?

„Es geht ihm gut. Tatsächlich großartig. Er liebt den Garten von Mom und Dad. Viel mehr als meine winzige Wohnung in L.A. Ich hätte ihn mitgebracht, aber ich musste heute Morgen ein paar Besorgungen machen und dachte, er würde mich nur aufhalten. Tatsächlich bin ich hier, um ein paar Blumen zu kaufen."

„Oh! Wie kann ich behilflich sein?" Olivias Augen leuchteten auf.

„Also ... und das ist eine Überraschung, also sage es bitte nicht Amanda ...", sagte ich, wohlwissend, wie klein Sapphire Springs war. „Wir veranstalten eine Jane Austen-Teeparty im Old Cedar und ein Abendessen im Builders Arms für ihren Junggesellinnenabschied. Ich hatte gehofft, ein paar Blumen für die Dekoration des Veranstaltungsraums im Builders Arms zu bekommen, damit es ein bisschen mehr nach *Stolz und Vorurteil* und ein bisschen weniger nach ..." – ich suchte nach den richtigen Worten – „Bier und Penissen aussieht?" Gott, das klang schrecklich, aber Olivia kicherte. Ganz anders als Blake, die sicher nur mit einem unbeeindruckten Blick reagiert hätte. „Ich, ähm, habe nur ein kleines Budget. Wenn du also einen Vorschlag hast, der nicht zu teuer ist, wäre das großartig."

„Ich helfe gern. Und wenn du sie nur für morgen brauchst, habe ich ein paar wunderschöne Blumen, die ich diese Woche nicht verkaufen konnte. Sie wären perfekt dafür und ich könnte sie dir zum Kostenpreis geben, da sie nicht mehr lange halten werden."

„Oh wow, das wäre fantastisch, danke." Angesichts meiner finanziellen Situation klang Kostenpreis nach Musik in meinen Ohren. Blake und ich hatten gestern Abend nicht über Geld gesprochen, also ging ich davon aus, dass alles Geld, das ich ausgab, von meinem eigenen leeren Konto kommen würde.

„Da Amanda alle ihre Hochzeitsblumen bei mir kauft, ist es das Mindeste, was ich tun kann."

Olivia wuselte herum, sammelte Blumen zusammen und erzählte mir angeregt von ihren Ideen für die Arrangements. Während sie mir in der hinteren Ecke des Ladens ein paar rosa Dahlien zeigte, entdeckte ich eine Auslage mit Kerzen. Ich hatte eine Schwäche für ein warmes Bad mit Lavendelkerzen, aber das Haus meiner Eltern war enttäuschend kerzenlos. Nachdem ich zugestimmt hatte, dass die Dahlien einen wunderschönen Tafelaufsatz abgeben würden, ging ich zu den Kerzen hinüber und inspizierte sie. Ihre Verpackungen waren zwar schlicht – braune Glasgefäße und einfache weiße Etiketten –, aber ihr Duft war es nicht. Bourbon und Holzrauch. Pfirsich und Zedernholz. Birne und Bergamotte. Kaffee und Leder.

Ich atmete tief ein, schloss die Augen und mir wurde durch den Sauerstoffüberschuss leicht schwindlig. Sie waren göttlich. „Die riechen alle unglaublich." Ich schaute mir die Etiketten genauer an und fragte mich, ob ich in L.A. einen Laden finden würde, der diese Kerzen führte, wenn sich meine finanzielle Situation verbessert hatte, aber sie verrieten nichts. „Weißt du, wo die hergestellt werden?" Ich schaute zu Olivia auf, die mit geröteten Wangen lächelte.

„Sie werden hier hergestellt ... von mir. Ich habe letztes Jahr als Hobby damit angefangen und dann beschlossen, welche herzustellen, um sie im Laden zu verkaufen. Es freut mich, dass sie dir gefallen."

„Ich liebe sie! Ich halte mich für einen ziemlichen Kerzenkenner und diese hier sind wirklich gut." Jetzt, da ich wusste, dass Olivia die Kerzen selbst hergestellt hatte, musste ich welche kaufen. Die Pfirsich-Zedernholzkerzen würden morgen Abend beim Abendessen für Stimmung sorgen und ich könnte den Rest mit zu meinen Eltern nehmen, um sie für den Rest meines Aufenthalts zu genießen. Und die Bourbon-Holzrauchkerze wäre perfekt, wenn das Wetter kälter würde. „Ich nehme dreimal Pfirsich und eine Bourbon-Kerze."

Olivia wickelte die Kerzen sorgfältig in Papier ein und stellte sie in eine Pappschachtel. „Hier, bitte schön. Viel Spaß damit! Ich werde die Blumen morgen früh für dich bereit haben."

Zufrieden mit meinen Einkäufen ging ich mit federndem Schritt die Main Street hinunter. Ich konnte es kaum erwarten, mich in ein warmes, entspannendes Bad sinken zu lassen, ein gutes Buch zu lesen und eine Kerze anzuzünden.

Als ich Blakes Praxis erreichte, widerstand ich der Versuchung, einen Blick hinein zu werfen. Stattdessen starrte ich auf die andere Straßenseite und tat so, als würde ich das Laub eines besonders hübsch gefärbten Baumes bewundern. Leider war meine Täuschung zu erfolgreich. Ich übersah völlig, dass sich die Tür der Praxis öffnete und jemand herauskam, bis ... *bumm!* Ich stieß mitsamt meiner Kerzenschachtel direkt mit der Person zusammen.

„Autsch!", schrie sie auf.

„Mist, Entschuldigung", sagte ich, als die Person zurücktaumelte.

Mein Herz rutschte in meine Kniekehlen.

Blake.

Natürlich war es Blake.

Ich stellte die Schachtel auf den Boden und hoffte, dass die Kerzen den Aufprall überstanden hatten. „Geht es dir gut?"

„Du hast mich zu Tode erschreckt", sagte Blake abrupt mit schroffer Stimme.

„Das tut mir leid." Ich versuchte, mir eine andere Erklärung einfallen zu lassen als, *Ich habe versucht, dir aus dem Weg zu gehen, was ironischerweise dazu geführt hatte, direkt mit dir zusammenzustoßen*, aber mir fiel nichts ein.

„Du könntest wirklich jemanden verletzen, wenn du so die Straße hinunterstürmst." In Blakes Stimme lag deutliche Missbilligung. Meine Brust zog sich zusammen. Ernsthaft, was sah Amanda in dieser Frau? Und wie zum Teufel war sie mit der liebenswerten Olivia verwandt?

„Ich versuche nur, das Geschäft für dich anzukurbeln", versuchte ich zu scherzen, um meine Verärgerung darüber zu verbergen, dass Blake nicht zu akzeptieren schien, dass es sich um ein ehrliches Missgeschick handelte.

Blake starrte mich stumm und unbeeindruckt an. Jegliche Wärme, die ich ihr gegenüber nach unserem Abendessen empfunden hatte, war verflogen. Es war ein echtes Missgeschick und außerdem nur passiert, weil ich ihr einen Gefallen tat.

„Okay, ich gehe besser. Ich habe noch jede Menge für Amandas Junggesellinnenabschied zu erledigen. Wir sehen uns dann morgen", sagte ich knapp und war von der Aussicht nicht gerade begeistert. Ich hob die Schachtel auf und versuchte, um Blake herumzugehen, als sie probierte, mir auf die gleiche Weise auszuweichen, und wir stießen erneut zusammen. „Scheiße, tut mir leid."

Wir tänzelten noch ein paar Mal unbeholfen von einer Seite zur anderen, bevor Blake die Kontrolle übernahm.

„Okay, ich bleibe stehen, bis du um mich herumgegangen bist."

Mit jedem anderen wäre es lustig gewesen, aber Blake hatte die Lippen zu einer Linie zusammengepresst. Ich seufzte und ging an Blake vorbei, wobei ich dem Drang widerstand, zurückzuschauen, um zu sehen, wo sie hinging. Blake Mitchell brachte mich wirklich auf die Palme. Wenigstens war es nur noch etwas mehr als eine Woche bis zur Hochzeit und abgesehen von weiteren zufälligen, peinlichen Begegnungen würde ich dann nichts mehr mit ihr zu tun haben müssen.

4

———

JENNY

WO ZUM TEUFEL IST BLAKE?

Sie hatte gesagt, sie würde früh genug hier sein, um mir beim Aufbau zu helfen. Alle anderen Gäste würden jede Minute eintreffen, um die Kleider anzuziehen, damit wir bereit waren, Amanda zu überraschen, wenn sie ankam.

Tatsächlich hatte ich schon alles vorbereitet und um ehrlich zu sein, gab es gar nicht so viel zu tun. Die Old Cedar Teestube war ein wunderschöner, alter Salon und der private Veranstaltungsraum, den Blake gemietet hatte, war bereits perfekt dekoriert: weiße Spitzentischdecken, zartes, blumenbedrucktes Porzellan, dreistöckige Torten-ständer mit Miniaturkuchen, Törtchen und herzhaften Leckereien sowie Vasen mit wunderschönen Blumen aus dem beeindruckenden Garten.

Aber es ging einfach ums Prinzip. Ich sollte Blake beim Junggesellinnenabschied helfen und nicht die ganze Sache selbst in die Hand nehmen. Und nach unserem gestrigen Zusammenstoß war ich ihr gegenüber nicht gerade wohl-gesonnen.

Mein Handy piepste. Es war Blake.

> Es tut mir leid, bin spät dran. Bei der Arbeit aufgehalten.

Ich seufzte und schaute zu Walter hinunter, der sich nach einer Stunde aufgeregten Schnüffelns endlich beruhigt hatte und nun neben meinen Füßen saß. „Was denkst du, Mister? Sagt sie die Wahrheit oder will sie nur nicht helfen?"

Er schaute auf und neigte den Kopf. Walter wusste es ganz offensichtlich auch nicht.

„Nun, wir sollten dieses Foto lieber hinter uns bringen, Kleiner."

Ich musste heute wirklich einen neuen Beitrag teilen. Ich setzte Walter mit seiner kleinen blauen Fliege am Halsband auf einen Stuhl, damit es so aussah, als würde er allein bei einer eleganten Teeparty sitzen. Das musste genügen. Ich fügte etwas Musik hinzu und schrieb: *Auch wenn ich als pfotastisches Partytier bekannt bin, möchte ich manchmal einfach nur stilvoll ein paar Leckerlis schnabulieren! Wau, wau!*, über das Bild und stellte es ein. Walter-Beiträge kamen normalerweise gut an, also drückte ich die Daumen, dass es besser laufen würde als mit meinen anderen jüngsten Bildern.

Ich gab Walter gerade ein Leckerli, weil er so gut mitgemacht hatte, als ich sah, wie Maya den Weg hinauflief und mit dem Gewicht der Kleider zu kämpfen hatte. Ich beeilte mich, ihr die Tür aufzuhalten. „Vielen lieben Dank dafür!"

„Kein Problem. Ich dachte, wir könnten dieses hier für Amanda aufheben, weil es das Schönste ist." Maya, die selbst bereits ein blassgelbes Kleid trug, das sich wunderbar von ihrer braunen Haut und ihrem Haar abhob, reichte mir ein wunderschönes lila Kleid im Regency-Stil, das ich für Amanda beiseitelegen sollte.

Als die anderen Gäste eintrafen, suchten sie sich Kleider aus und zogen sich im Bad um. Für mich war ein hellblaues Kleid mit kurzen Puffärmeln übrig. Als ich mich im Spiegel betrachtete, war ich überrascht, wie schmeichelhaft und bequem es war. Die „Taille" des Kleides saß knapp unter meinen Brüsten, sodass ich genug Platz darin hatte, um ein paar der Törtchen zu verschlingen, auf die ich ein Auge geworfen hatte. Und das Blau passte zu meinem blonden Haar. Das einzige Problem war, dass es für meine Größe von einem Meter siebzig viel zu lang war. Um richtig gehen zu können, musste ich das Kleid vorn hochheben. Gut, dass ich für diese Phase des Junggesellinnenabschieds keine körperlichen Aktivitäten geplant hatte, sonst würde ich wahrscheinlich darüber stolpern und mich vor Blake blamieren. Das heißt, wenn Blake überhaupt auftauchte. Aber Blake hin oder her, ich würde mich auf jeden Fall umziehen, bevor wir zum Tanzen ins Frankie's gingen.

Amanda war normalerweise pünktlich und so verließ ich das Badezimmer, nachdem ich meinen Lippenstift aufgefrischt hatte, und gesellte mich zu den anderen Frauen, die sich miteinander unterhielten. Ein paar Minuten später hörten wir einen Wagen vorfahren.

Maya spähte durch das Fenster. „Ja, das ist sie!" Wir hörten auf, zu schnattern, und versammelten uns am Eingang, bereit, Amanda zu begrüßen. Sie stieg aus dem Auto und stolperte fast rückwärts, als sie uns alle in unseren Regency-Kleidern und mit einem breiten Grinsen auf dem Gesicht dastehen sah. Ich räusperte mich und setzte meinen besten britischen Akzent auf. „Willkommen in Pemberley, meine Liebe. Meine Güte, was habt Ihr denn da an? Bitte zieht Euch das hier an." Nachdem ich Amandas Outfit, ein niedliches Cocktailkleid mit passenden Stöckelschuhen, mit gespieltem Entsetzen von oben bis unten gemustert hatte, reichte ich ihr das lila Kleid und führte sie in den Raum.

„Oh mein Gott! Das ist unglaublich." Amanda umarmte mich herzlich. „Danke Jenny und ..." Amanda schaute sich um, vermutlich auf der Suche nach Blake.

Wie aufs Stichwort öffnete sich die Tür und Blake trat herein. Sie trug lange, schwarze Stiefel über einer cremefarbenen Reithose, ein weißes Hemd mit hohem Kragen, eine weiße Krawatte und eine dunkelblaue Weste mit einem passenden langen Frack.

Ich erstarrte.

Und schluckte.

Sie sah absolut unglaublich aus.

Es war Mr. Darcy, gekreuzt mit ... einer sehr heißen Frau. Und ich stand darauf. Ich stand *richtig* darauf.

„Jenny, geht es dir gut?", fragte Maya, als ich Blake mit offenem Mund anstarrte.

Nein. Nein, es ging mir nicht gut.

Ich wusste, dass ich mich über Blake ärgern sollte, weil sie sich verspätet hatte und gestern unhöflich gewesen war, und weil sie mich in der Highschool ignoriert hatte, aber ich spürte nur eine unbändige alles verzehrende Anziehung zu ihr.

Hormone durchfluteten meinen Körper, ließen mein Herz rasen und mir wurde schwindelig. Ich zwang meinen Mund, sich zu schließen, bevor ich zu sabbern anfing.

Verdammt. Wer hätte gedacht, dass eine Frau in einem schicken Anzug diese Wirkung auf mich haben könnte? Bis vor einer Minute wusste ich es jedenfalls selbst nicht. Wenn ich es mir recht überlegte, hatte ich schon viele

Frauen in Smokings und ähnlichen Outfits gesehen. Aber nicht *Blake Mitchell*.

Ich räusperte mich. „Okay, alle zusammen! Wir fangen mit Jane Austen-Trivia an. Und ja, Amanda startet mit fünf Minuspunkten, damit der Rest von uns überhaupt eine Chance hat."

5

BLAKE

GOTT SEI DANK FÜR JENNY.

Amanda, die bereits einen Höhenflug hatte, nachdem sie uns alle im Quiz besiegt hatte, machte sich vor Lachen fast in die Hose. Mit verbundenen Augen versuchte sie, ein an die Wand geklebtes Bild von Colin Firth zu küssen, während ihr Mund mit rotem Lippenstift bemalt war. Es war die Erwachsenenversion von ‚Steck dem Esel den Schwanz an‘. Während die Ärztin in mir sich Sorgen über das Risiko der Verbreitung von ansteckenden Krankheiten machte, freute sich die Freundin in mir, dass Amanda sich so gut amüsierte. Wenn ich mir vorstellte, wie die Party ohne Jennys Hilfe verlaufen wäre, erschauderte es mich. Wir würden wahrscheinlich nur Tee trinken und langweiligen Small Talk führen.

Amanda küsste schließlich die Wand, hinterließ einen knallroten Fleck mindestens einen halben Meter von Colin entfernt und zog sich dann dramatisch die Augenbinde ab.

„Verdammt!" Sie schaute zu Colins Gesicht hinüber. „Es tut mir leid, Colin. Du weißt, dass ich dich liebe, obwohl ich mit einem anderen verlobt bin. Ach, scheiß drauf." Sie gab ihm einen weiteren leidenschaftlichen Schmatzer direkt auf die Lippen – *mein Gott, leckte sie das Papier ab?* – und wir gackerten alle.

„Okay, das zählt nicht", sagte Jenny immer noch lachend. „Maya, du hast einen Augapfel geküsst, *als deine Augen noch verbunden waren ...*", sagte sie und warf Amanda einen strengen Blick zu, „also bist du offiziell Mrs. Darcy. Herzlichen Glückwunsch!" Jenny reichte Maya eine Schachtel Pralinen.

Jenny sah in ihrem babyblauen Kleid, das viel zu groß für sie war, bezaubernd aus. Ihr Haar, das sie zu Locken frisiert hatte, umrahmte ihr Gesicht perfekt. Ihre Wangen waren gerötet, vielleicht vom Prosecco oder von der Anstrengung, die Party zu leiten. Schuldgefühle durchzuckten mich.

Als wir eine Pause einlegten, um unsere Gläser nachzufüllen und uns an weiteren Törtchen zu bedienen, ging ich zu Jenny hinüber. Ich hätte schwören können, dass sie versuchte, mir aus dem Weg zu gehen. Jedes Mal, wenn ich mich ihr näherte, musste sie sich plötzlich um Walter kümmern oder das nächste Spiel vorbereiten. Hin und wieder glaubte ich, ihren Blick auf mir zu spüren, aber wenn ich zu ihr hinübersah, war sie stets auf etwas anderes konzentriert.

Um ehrlich zu sein, konnte ich ihr nicht verdenken, dass sie sauer auf mich war. Nicht nur, dass sie in letzter Minute hatte einspringen müssen, um den Junggesellinnenabschied zu retten, ich war auch noch zu spät gekommen und hatte mich gestern wie ein Arschloch benommen. Es sollte keine Entschuldigung sein, aber ich hatte gerade die Scans von Mrs. Jeffries' zurückbekommen und es waren keine guten Nachrichten. Verzweifelt versucht, einen klaren Kopf zu bekommen, war ich an die frische Luft hinausgegangen. Zu sagen, dass ich nicht in der allerbesten Verfassung für einen buchstäblichen Zusammenstoß mit der Frau war, deren pure Anwesenheit mich ins Trudeln brachte, wäre eine Untertreibung. Und zu allem Überfluss hatte mich die Ecke der Schachtel, die Jenny in der Hand gehalten hatte, direkt unterhalb des Brustkorbs getroffen und einen stechenden Schmerz durch meinen Bauch gesandt. Wie immer waren meine Worte falsch herausgekommen. Ich hatte schroff, vielleicht sogar unhöflich geklungen. Ich erschauderte, wenn ich nur daran dachte.

Ich holte tief Luft und ging zu Jenny hinüber, die Walter gerade ein Leckerli gab. Ich war fest entschlossen, dieses Mal mit ihr zu sprechen, und würde mich nicht entspannen können, bis das getan war.

„Hey, vielen Dank für all das hier. Es tut mir leid, dass ich zu spät gekommen bin. Das ist wirklich großartig – viel besser als alles, was ich hätte planen können. Bitte lass mich wissen, wie viel das alles gekostet hat, und ich werde es dir zurückzahlen. Und kann ich dir irgendwie helfen?" Meine Worte klangen gestelzt und unbeholfen.

„Nein, danke, ich habe alles unter Kontrolle." Jennys Stimme klang höflich, nett, aber nicht gerade warm.

Sie ließ ihren Blick mit einem seltsamen Ausdruck auf dem Gesicht an meinem Outfit hinunterwandern. Oh scheiße, vielleicht ärgerte sie sich darüber, dass ich kein Kleid angezogen hatte.

„Ich, ähm, ich hoffe, mein Outfit ist in Ordnung. Ich habe mir die obere Hälfte von Maya geliehen – es war Mr. Knightleys Kostüm. Allerdings passte mir keine der Hosen, aber ich dachte, die Reithose und die Stiefel würden funktionieren." Ein Vorteil meines relativ flachen Busens war, dass ich in einige Männerkleidungsstücke hineinpassen konnte.

„Es ist ... großartig." Jennys seltsamer Gesichtsausdruck verweilte. War es Unbehagen? Abneigung? Ein ungutes Gefühl machte sich in meinem Bauch breit.

Okay, Blake. Jetzt ist es an der Zeit, dich richtig zu entschuldigen – für gestern, für die Verspätung und dafür, dass Jenny die ganze Arbeit machen musste.

Ich schluckte und öffnete den Mund, aber es kam nichts heraus. Ich räusperte mich und wollte es noch einmal versuchen, als Jenny mir einen weiteren unverständlichen Blick zuwarf. Sie klatschte in die Hände und wandte sich mit einem Lächeln von mir ab. Mein Herz wurde schwer.

„Okay, alle zusammen! Als Nächstes spielen wir ‚Das Päckchen geht um'. Bitte bildet einen Kreis. Ja, ich weiß, das hört sich sehr nach Grundschule an, aber ich kann euch garantieren, dass die Preise ganz sicher *nicht* grundschuld-gerecht sind – oder Jane Austen-Etikette, wenn wir schon dabei sind!" Jenny zwinkerte und obwohl ich mich über meine verpatzte Entschuldigung ärgerte, wurde ich neugierig. Über dieses Spiel hatten wir nicht gesprochen.

Jenny änderte die Hintergrundmusik zu Lizzo und drehte sie lauter, bevor sie Amanda, die neben mir saß, ein großes Paket reichte.

Es wurde schnell klar, dass Jenny einen der Erotikläden in Oldburgh besucht hatte, denn jedes Mal, wenn die Musik verstummte und eine weitere Lage Geschenkpapier abgerissen wurde, kam ein nicht ganz so jugendfreies Geschenk zum Vorschein. Ein kleiner schwarzer Kugelvibrator, süße Unterwäsche und eine nach Rosen duftende, vulvaförmige Kerze. Wir bekamen alle einen Preis. Ich war die neue Besitzerin eines Paars Plastikhandschellen, die so aussahen, als würden sie entweder nicht richtig schließen und jedes SM-Spiel ruinieren, oder zu gut schließen und einen demütigenden Ausflug zum Baumarkt erfordern, um eine Säge zu kaufen. Nicht, dass es wichtig wäre, da ich sowieso niemanden hatte, mit dem ich sie benutzen konnte.

„Okay, Leute, jetzt sind wir beim letzten Preis angelangt“, verkündete Jenny mit einem frechen Grinsen auf dem Gesicht und drehte „Juice“ voll auf. Wir reichten das Päckchen ein paarmal im Kreis herum.

Amanda hatte mir das Paket gerade übergeben, als die Musik verstummte.

Überrascht schaute ich zu Jenny auf. Da das Spiel offensichtlich manipuliert war und Jenny die Musik anhielt, um sicherzustellen, dass jeder etwas bekam, hatte ich angenommen, dass Amanda das letzte Geschenk bekommen würde. Jenny murmelte etwas vor sich hin. Ich war kein Lippenleser, aber ich war mir ziemlich sicher, dass sie „Scheiße“ sagte. Innerlich musste ich kichern. Sie hatte eindeutig beabsichtigt, die Musik anzuhalten, während Amanda das Paket in der Hand hielt.

„Ich glaube, das war für dich“, sagte ich zu Amanda und hielt ihr das Päckchen hin.

Amanda schüttelte den Kopf und grinste. „Nein, du hast es ehrlich und fair gewonnen. Es gehört dir.“

Jenny meldete sich mit rosa Wangen zu Wort. „Ähm, Blake hat recht. Es war für dich bestimmt, Amanda.“

Amanda schüttelte erneut hartnäckig den Kopf. „Nein, ich bestehe darauf. Blake hatte es in der Hand, als die Musik verstummte. Ich werde der wahren Gewinnerin doch nicht ihr Geschenk stehlen! Für welche Art von Brautzilla hältst du mich? Komm schon Blake, mach es auf.“

Alle fingen an zu singen: „Aufmachen! Aufmachen! Aufmachen!“ Unter dem Druck der anderen öffnete ich widerwillig das Geschenkpapier.

Das Geschenk war größer als die anderen und auch

fester verpackt mit mehreren Lagen rosa Papier, die es zu entfernen galt.

Unbeholfen riss ich Stückchen der Verpackung ab und schaute zu Jenny auf, die wie erstarrt dasaß und mich beobachtete.

Ein rosafarbenes, abgerundetes Ende ragte durch das Geschenkpapier. Ich starrte einen Moment lang verständnislos darauf, bevor ich begriff, was es war.

Ich kratzte mich am Hals und holte tief Luft. Jetzt gab es kein Zurück mehr. Ich brachte es besser hinter mich. Ich riss das letzte Stück Geschenkpapier ab.

In meinen Händen hielt ich einen großen, rosa Rabbit-Vibrator. Hitze stieg an meinem Hals auf und alle im Raum brachen in quietschendes Gelächter aus.

Ich schluckte. Ein Bild von Jenny in einem Sexshop, wie sie die angebotenen Spielzeuge musterte und diesen Vibrator in den Händen hielt und genau inspizierte, tauchte in meinem Kopf auf.

Das Blut schoss mir bei dem Gedanken ins Gesicht und meine Hände zitterten. Ich hoffte, niemand würde es bemerken. *Es ist ja nicht so, dass sie ihn für dich ausgesucht hat. Reiß dich zusammen, Blake.*

Ich riss meinen Blick von dem Vibrator los und schaute zu Jenny auf. Unsere Blicke trafen sich und meine Wangen brannten noch stärker. Plötzlich paranoid, dass sie meine Gedanken lesen konnte und wusste, dass ich daran dachte, wie sie ihn anfasste, schaute ich weg.

Ich war nicht gerade prüde, wenn es um Sexspielzeug ging – ich hatte meine eigene Sammlung in meinem Nachttischschubfach und hielt mich für einen sexpositiven Menschen –, aber dass Jenny mir aus Versehen einen Vibrator geschenkt hatte, brachte mich völlig aus der Fassung. Hatte sie ihn ausgesucht, weil er ihr gefiel?

Blake. Was auch immer du tust, denke nicht daran, wie Jenny ihn benutzt.

„Du hast ihn wahrscheinlich sowieso nötiger als ich." Amandas neckische Stimme unterbrach meine Gedanken zum Glück.

Nun, Amanda hatte nicht ganz unrecht, denn ich war ja nicht diejenige, die glücklich liiert war und kurz davor stand, zu heiraten. Und obwohl rosa normalerweise nicht meine Lieblingsfarbe war, würde ich für einen von Jenny ausgesuchten Vibrator eine Ausnahme machen.

JENNY

ICH RÄUSPERTE MICH.

„Wie wäre es, wenn wir ‚über das Gelände promenieren', um den Kuchen zu verdauen", schlug ich mit unnatürlich fröhlicher Stimme vor. Ich versuchte, zu vermeiden, Blake anzusehen oder an sie zu denken, aber die Luft schwirrte mit ihrer Präsenz und mein ganzer Körper reagierte darauf, besonders meine Wangen. Wenn das so weiterging, würde ich nie wieder Wangenrouge auftragen müssen.

Ich war mir nicht sicher, warum es mir so peinlich war, dass Blake den Vibrator bekommen hatte. Wäre es jemand anderes gewesen, hätte es mich nicht gestört. Aber es fühlte sich sehr persönlich und sehr intim an, dass Blake ihn in der Hand hielt. Ich war mir sicher, dass ihr derzeitiges Outfit auch nicht hilfreich war. Und der Gedanke, dass Blake ihn möglicherweise benutzen könnte ... *oh Mann.* Obwohl ich mich für einen dieser teuren, eleganten, minimalistischen Vibratoren entschieden hätte, wenn ich gewusst hätte, dass ich einen Vibrator für sie aussuchte. *Der Gedanke, einen Vibrator für Blake zu kaufen, ist nicht gerade hilfreich, Jenny!* Ich atmete tief aus.

Ich brauchte etwas Abstand. Und frische Luft. Zum Glück hatten wir auf der anderen Seite der Tür davon im Überfluss. Die Old Cedar Teestube befand sich am Rande eines Naturschutzgebietes, gesäumt von rot gefärbten Bäumen, mit Blick auf einen großen Teich mit Seerosen wie auf einem Monet-Gemälde.

Alle schienen für einen Spaziergang offen zu sein, also standen wir auf und verließen den Tee-Salon. Ich hielt mein Kleid hoch, damit es nicht auf dem Boden schliff und ging im Gleichschritt mit Maya, mit der ich noch keine Gelegenheit gehabt hatte, mich zu unterhalten. Das Gespräch über Arbeit, Familie und aktuelle Ereignisse sowie die kühle Luft trugen dazu bei, die Hitze von meinen Wangen zu vertreiben und meinen Puls unter Kontrolle zu bringen.

Es war ein weiterer perfekter Herbsttag. Die Spätnachmittagssonne war golden und sanft und ließ die Blätter der alten Eiche glänzen. Walter amüsierte sich prächtig, rannte herum, schnüffelte an Steinen und pinkelte an Baumstämme. Knackende Blätter knirschten unter unseren Füßen. Und zu meiner Erleichterung ging Blake hinter mir. Es war zwar nicht ganz aus den Augen aus dem Sinn – denn ich war mir Blakes leiser, warmer Stimme übermäßig bewusst –, aber es war viel besser, als mit ihr im selben Raum zu sein und mich abmühen zu müssen, sie nicht anzusehen.

Langsam atmete ich die frische Luft ein. Alles war in Ordnung. Alles würde gut werden. Amanda hätte einen großartigen Junggesellinnenabschied und eine tolle Hochzeit und dann würde ich keine Zeit mehr mit Blake verbringen müssen. Alles wäre mehr als in Ordn–

Ein goldbraunes Fellbüschel raste vor mir auf den Teich zu. Der Teich war mit Seerosen überwuchert, die eine so dichte grüne Decke bildeten, dass sie eher wie eine Fortsetzung des Grases als ein Gewässer aussah. Ich hatte das ungute Gefühl, dass Walter, der es hasste, nass zu werden, nicht wusste, was es war. „Walter!", rief ich. „Komm zurück!"

Aber es war zu spät. Walter sprang von einem Felsen. Mit der Athletik eines Weitspringers landete er mit einem gewaltigen Klatschen im Teich und ließ die Seerosen wie Gelee wackeln. Als Walter nicht sofort wieder auftauchte, schoss Panik durch meine Brust. So schnell es mein langes Regency-Kleid zuließ, sprintete ich zum Ufer. *Verflucht.*

Verzweifelt suchte ich den Teich nach ihm ab. Nach ein paar Sekunden tauchte Walters durchnässtes Köpfchen zwischen den Seerosen auf. Seine Augen waren vor Schreck geweitet und sein normalerweise flauschiges Haar klebte nass an ihm. Erleichtert atmete ich tief aus.

„Walter! Komm her!", rief ich, aber er starrte mich nur panisch an. Ich konnte sehen, wie seine Beine wild strampelten und die Seerosen zum Wackeln brachten, aber sonst nichts erreichten. Wenn überhaupt, ruderte er noch tiefer auf den Teich hinaus. Walter stieß verzweifelte kleine Kläffer aus und ich hielt es nicht länger aus.

Ich sprang in den Teich.

Eiskaltes Wasser spritzte auf meine Haut. Ich keuchte, riss mich zusammen und fing an, im hüfttiefen Wasser zu Walter zu waten. Das war gar nicht so einfach, wenn man bedachte, wie viel Stoff ich trug und wie viele Seerosen es gab. Ich hatte mir noch nie Gedanken darüber gemacht, was sich unter den Seerosenblättern befand, aber ich fand bald heraus, dass sie überraschend dicke Stängel hatten, die im schlammigen Grund des Teichs verankert waren.

Da ich mich darauf konzentrierte, Walter zu erreichen, bemerkte ich kaum, wie der Rest der Junggesellinnengruppe zum Rand des Teiches hinuntergelaufen war und mir Sachen zurief.

Mein Unterkörper gewöhnte sich langsam an das kalte Wasser. Ich dachte gerade, dass dies eine tolle Aqua Aerobic-Stunde wäre – meine Oberschenkel wurden richtig trainiert – als mein Fuß in einem Seerosenstängel hängen blieb und ich mit dem Gesicht nach vorn ins Wasser platschte.

In diesem Moment verstand ich die Panik, die Walter erlebte, vollkommen. Die schleimigen Seerosenwurzeln fühlten sich wie die Tentakel eines Mörderkraken an, der mich in die Tiefe des trüben Teichs ziehen wollte. Das eiskalte Wasser sandte Schockwellen durch den oberen nicht akklimatisierten Teil meines Körpers. Mein Kleid war plötzlich so schwer wie Blei. Ich schlug um mich und hatte Mühe, meinen Kopf über Wasser zu halten.

Ich hätte schwören können, dass die Seerosenwurzeln sich um meine Beine schlangen. Furcht überwältigte mich. Was, wenn ... das gar keine Wurzeln waren? Was, wenn es Aale waren oder ... noch schlimmer, Wasserschlangen?

Mein Strampeln wurde immer heftiger und mein Herz schlug hoch in der Brust. Ich wollte mein Ende *nicht* im wässrigen Grab des Teiches der Old Cedar Teestube finden.

Und dann packte eine Hand meine Taille, eine andere meinen rechten Arm und jemand zog mich hoch. Ich spuckte Teichwasser aus und schaffte es, zu schreien: „Schlangen! Schlangen an meinen Beinen!", als ich gleichzeitig nach Luft schnappte.

„Das sind nur Seerosen, keine Schlangen", hörte ich

jemanden streng sagen, der mich mit starken Händen fest-hielt. Mühsam strich ich mir die Haare aus dem Gesicht, um nachzusehen, ob es Walter gut ging, und um herauszu-finden, wer mein Retter war. Walter zappelte immer noch verzweifelt zwischen den Seerosenblättern und mein Retter war ...

Mein Retter war Blake.

Blake. Die wunderschöne Blake, die neben mir stand, mich berührte und mich mit gerunzelter Stirn ansah. Ein Schauer lief mir über den Rücken, und es lag nicht am eiskalten Wasser. Blake löste ihre Hände von meinem Körper und trat einen Schritt nach hinten.

Vernünftigerweise hatte Blake ihre Weste und den Frack ausgezogen, bevor sie hineingesprungen war, sodass sie nur noch ihr weißes Hemd trug. Umgeben von grünen Seerosenblättern bis zur Hüfte im Wasser und mit ihren intensiv dunklen Augen und dem kurzen, braunen Haar, das ihr leicht in die Stirn fiel, sah sie umwerfend aus. Mein Herz, das aufgrund meiner Nahtoderfahrung durch die Seerosen bereits gerast hatte, schlug noch schneller. Mein Blick, mit dem ich Blake gemustert hatte, begegnete ihrem und mein Magen zog sich zusammen. Die Luft knisterte zwischen uns.

„Danke ... Vielen Dank", brachte ich hervor, bevor mir wieder einfiel, warum ich überhaupt in den Teich gesprungen war. Ich ließ meinen Blick zu Walter schwei-fen, der immer noch wie ein kleiner Champion strampelte.

„Geh du zurück an Land. Ich hole Walter", befahl sie. Verblüfft gehorchte ich und watete vorsichtig durch den Wald von Seerosenblättern zurück zum Rand des Teiches, wo Maya und Amanda mir heraushalfen, während sich der Rest der Gruppe um mich scharrte, um zu sehen, ob es mir gut ging. Ich würde kein Monet-Gemälde je wieder in demselben Licht sehen.

Ich drehte mich um, um zu sehen, wie es Blake und Walter erging. Walter, dessen Augen immer noch panisch weit aufgerissen waren, krallte sich an Blake, die ihn an ihre Brust drückte, als sie sich auf den Weg zurück aus dem Teich machte. Walter sah nur noch halb so groß aus wie sonst, da sein braunes nasses Fell an seinem kleinen Körper klebte.

Einen halben Meter vom Teichrand entfernt sprang Walter aus Blakes Armen ins Gras, wo er sich wütend herumwälzte und schüttelte und die gesamte Junggesellinnengesellschaft mit Teichwasser bespritzte.

Ich schaute zurück zum Teich und da stand Blake, völlig durchnässt. Ihr weißes Hemd klebte an ihr.

Oh Mann.

Es sah so aus, als würde sie Mr. Darcys Teichszene aus der BBC-Reihe *Stolz und Vorurteil* nachspielen. Und obwohl mich die Originalszene nie so berührt hatte wie Amanda (die jedes Mal, wenn wir den Film sahen, zu schwärmen begann und ihre Liebe zu Colin Firth beteuerte), so war es bei dieser Szene ganz sicher der Fall.

Blake war atemberaubend. Ich konnte die Linien eines weißen Sport-BHs unter ihrem Hemd erkennen – nicht dass ich auf ihre Brust gestarrt hätte oder so. Ich wandte den Blick ab und bemerkte ein paar dunkle Linien an ihrem Bizeps, die durch den nassen Stoff sichtbar geworden waren. War das ... eine Tätowierung? Ich blinzelte.

Einen Moment lang vergaß ich alles und starrte sie einfach nur an. Ich wollte ihren Arm wieder an meiner Taille spüren. Ich wollte ihr das durchnässte Hemd ausziehen und mit den Fingern über die geheimnisvolle Tätowierung streichen. Ich wollte ...

„Ihr beide müsst so frieren. Ihr solltet euch umziehen, bevor ihr noch eine Lungenentzündung bekommt." Maya riss mich aus meiner Trance. Plötzlich wurde mir bewusst, dass Blake vielleicht so aussah, als wäre sie gerade einer queeren Neuverfilmung von *Stolz und Vorurteil* entsprungen, während Walter, der sich in einem Haufen Herbstlaub wälzte, wie eine dreckige, ertrunkene Ratte wirkte, es mir ganz sicher nicht viel besser ergangen war. Mir wurde heiß, als ich mich daran erinnerte, dass ich über Schlangen geschrien hatte, als Blake mich rettete. *Sie muss denken, dass ich eine komplette Idiotin bin.*

„Das mit den Kleidern tut mir so leid, Maya. Ich werde sie alle reinigen lassen." Ich schaute auf mein durchnässtes Kleid hinunter, dessen untere Hälfte mit Schlamm bedeckt war.

„Ist schon gut. Mach dir darüber keine Sorgen", sagte sie. „Lasst uns einfach reingehen, damit ihr euch aufwärmen könnt."

Ich fröstelte. „Komm schon, Kumpel. Lass uns etwas finden, womit wir dich abtrocknen können", sagte ich zu Walter und wandte dem Teich und Blake den Rücken zu. Ich versuchte das Bild von ihr, wie sie aus dem Wasser gestiegen war, aus meinem Kopf zu löschen.

6

JENNY

„ES TUT MIR LEID, dass ich so spät dran bin", sagte Amanda und sah deutlich mitgenommen aus, als sie sich auf den Stuhl mir gegenüber fallenließ, während sie immer noch ihre Sonnenbrille trug. Sie hatte ihr Haar zu einem ungeordneten Dutt auf dem Kopf zusammengebunden. „Ich weiß nicht, warum ich dachte, es sei eine gute Idee, heute mit dir zu brunchen."

Ich setzte mein bestes gespielt beleidigtes Gesicht auf, als meine Mundwinkel zuckten. „Mensch, danke. Vielleicht, weil ich deine beste Freundin bin, die du seit Monaten nicht mehr gesehen hast und mit der du ein paar schöne Stunden allein verbringen möchtest?"

„Du weißt, was ich meine. Du und Blake, ihr habt das alles so toll geplant, dass ich mich viel zu gut amüsiert habe ..." Amanda verzog das Gesicht. „Aber im Ernst, es war großartig. Nochmals vielen Dank für alle eure Mühen." Amanda klang nicht ganz wie sie selbst, aber ich führte das auf ihren leichten Kater zurück.

„Ist schon gut. Und ich hatte schon vermutet, dass du

ein wenig angeschlagen bist, also habe ich dir schon mal einen Kaffee bestellt."

Ich reichte Amanda die Speisekarte und fing an, meinen Laptop einzupacken. Da ich mich heute Morgen trotz der langen Nacht nicht allzu schlecht fühlte, war ich früh mit meinem Laptop hergekommen, um ein paar E-Mails zu beantworten und Ideen für neue Inhalte zu erarbeiten. Das Novel Gossip war die Art von Café, in dem man sich nicht schuldig fühlte, wenn man stundenlang blieb, solange man ab und zu einen Kaffee bestellte. Es war warm, einladend und geräumig. Ein zusätzlicher Bonus war, dass es gleichzeitig eine Buchhandlung darin gab. Wenn einem also langweilig wurde, konnte man sich aus den überfüllten Holzregalen im hinteren Teil des Ladens ein neues Buch aussuchen, um es zu seinem Kaffee zu lesen.

Ich schaute auf, als Amanda die Sonnenbrille abnahm, um die Speisekarte zu studieren, und musste zweimal hinsehen. Amandas Augen waren rot und geschwollen.

Scheiße.

So sah Amanda normalerweise nicht aus, wenn sie verkatert war.

So sah sie aus, wenn sie geweint hatte. Nicht, dass Amanda oft weinte, weshalb dies umso alarmierender war.

„Ist alles in Ordnung?", fragte ich sanft, während mir mögliche Szenarien durch den Kopf gingen. Hatte ihr der Junggesellinnenabschied nicht gefallen? Oder war ihrer Familie oder Peter bei seinem Junggesellinnenabschied gestern Abend etwas zugestoßen? Bilder von Peters Abend, der wie in den *Hangover*-Filmen in Chaos ausartete, schossen mir durch den Kopf. Der vernünftige, nette Peter, der nach einer Nacht voller Ausschweifungen verschwunden war. *Mach dich nicht lächerlich, Jenny.* Ich unterdrückte meine überaktive Fantasie und richtete meinen Fokus auf Amanda.

Ihrer Unterlippe bebte und meine Brust zog sich zusammen. Ich rutschte zu ihrem Stuhl hinüber und legte einen Arm um sie.

„Hey, was ist denn los?"

„Die Hochzeit ..." Amanda verstummte.

Was zum Teufel könnte es sein? Peter hätte die Hochzeit nicht abgesagt. Er liebte Amanda über alles. War der Veranstaltungsort niedergebrannt?

Ich rieb Amandas Rücken und schaute sie mit meinem bestmöglichen Ausdruck des Mitgefühls an. Sie holte tief und zittrig Luft.

„Meine Hochzeitsplanerin Miriam hat Schwangerschaftskomplikationen und kann nicht zur Hochzeit kommen. Die Ärzte haben ihr Bettruhe verordnet."

„Scheiße, ist alles in Ordnung mit ihr?" Ich wusste nicht viel über Schwangerschaft, aber Bettruhe klang überhaupt nicht gut.

Amanda nickte. „Wenn sie sich ausruht, wird für sie und das Baby alles gut, Gott sei Dank."

Die Anspannung in meiner Brust löste sich. Okay, die Situation war natürlich nicht toll, aber auch nicht so schlimm, wie ich es erwartet hatte. Mit einer abwesenden Hochzeitsplanerin würden wir schon zurechtkommen. Ein verschwundener Bräutigam oder ein fehlender Veranstaltungsort wären eine größere Herausforderung gewesen.

Amanda rieb sich die Stirn, die Falten waren tief. „Miriam klang sehr gestresst wegen der Hochzeit. Sie kann zwar immer noch E-Mails schicken und telefonieren, aber ich bin sicher, dass Stress das Letzte ist, was sie im Moment braucht. Also habe ich ihr gesagt, dass sie sich keine Sorgen machen soll. Dass wir uns darum kümmern werden. Sie wird mir alle Informationen per E-Mail schicken und sagte, dass sie für Fragen zur Verfügung steht. Aber ich bin mir nicht sicher, ob ich es schaffe. Ich habe dummerweise zugesagt, bis Freitag zu arbeiten. Mist!" Amandas Unterlippe bebte erneut und sie schnappte sich eine Serviette, um sich die Nase zu putzen.

Eine kleine Flamme der Aufregung entfachte in meiner Brust, als ich eine Idee hatte.

„Hör mal, ich habe im Moment jede Menge Freizeit und ich liebe solche Sachen. Ich habe Chris und Sophies Hochzeit organisiert, weißt du noch? Lass es mich übernehmen."

Mich beflügelte die Aussicht, Amandas Hochzeit zu organisieren, mich in etwas Greifbares zu stürzen und meiner besten Freundin zu helfen, ihren großen Tag zu feiern. Aber Amanda sah nicht überzeugt aus.

„Ernsthaft, ich würde es gerne machen. Biiiiiitte!" Ich schenkte ihr ein flehendes Grinsen und klimperte mit den Wimpern.

„Wenn du dir wirklich sicher bist?" Amandas besorgtes Gesicht wurde etwas weicher.

„Ja, ich bin mir sicher", sagte ich mit Überzeugung.

Amanda starrte mich ein paar Sekunden lang an, bevor sie ein erleichtertes Lächeln aufblitzen ließ. „Vielen lieben Dank. Du bist unglaublich. Ich werde dir alles per E-Mail schicken, sobald Miriam es zu mir weitergeleitet hat."

Ich beugte mich über dem Tisch vor. „Großartig! Also warum erzählst du mir nicht von deiner Vision für die Hochzeit? Ich kann es kaum erwarten, loszulegen."

„Lass uns zuerst bestellen." Amanda brachte ein schwaches Grinsen zustande und sah wieder etwas mehr wie ihr normales Ich aus. „Meinst du, es ist schlimm, wenn ich zum

Brunch Kuchen bestelle? Georges Blaubeer-Zitronen-Kuchen ist fantastisch."

„Ganz und gar nicht. Ich nehme den Frühstücksburrito, ich kann also nichts sagen." Ein Kellner kam und nahm unsere Bestellungen auf. Sobald er gegangen war, beugte Amanda sich vor.

„Bevor wir über den ganzen Hochzeitskram sprechen, möchte ich mich erst einmal richtig austauschen. Ich habe das Gefühl, dass wir bisher kaum dazu gekommen sind, miteinander zu reden. Also was gibt es Neues bei dir?"

Das aufgeregte Summen in meinem Körper verschwand. Das war meine Gelegenheit, Amanda von dem Skandal zu erzählen. Ich öffnete den Mund, um ihr alles zu berichten, und schloss ihn dann wieder. Amanda hatte im Moment genug um die Ohren. Ich wollte nicht, dass sie sich auch noch Sorgen um mich machte.

„Nicht viel. Es ist so schön, für eine Weile aus L.A. wegzukommen. Eine Pause von der Szene dort einzulegen." Zumindest der letzte Teil entsprach der Wahrheit. Es waren nur ein paar Tage gewesen, aber ich hatte es kein bisschen vermisst.

Amanda lächelte und drückte meine Hand. „Ich bin so froh, dass du kommen konntest." Sie hielt einen Moment inne. „Gibt es Neuigkeiten in Sachen Liebe?"

Ich schüttelte den Kopf. „Ich hatte ein paar Verabredungen, aber nichts Ernstes. Was, wie du weißt, typisch in meinem Leben zu sein scheint." Ich grinste reumütig.

„Was ist mit diesem Kerl ... hieß er Jeremy? Was ist mit ihm passiert?"

Ich seufzte. Jeremy war ein großer, blonder Künstler, den ich im Januar bei der Party eines Freundes kennengelernt hatte. Wir hatten uns sofort gut verstanden. Er hatte eine Leidenschaft für Kunst, war witzig und sah extrem gut aus. „Nachdem wir uns ein paar Wochen lang regelmäßig getroffen hatten, fragte ich ihn, ob er sich eine langfristige Beziehung wünscht. Die Antwort war ein klares Nein, also habe ich die Sache beendet. Laut Instagram ist er jetzt verlobt."

Amanda zuckte zusammen. „Oh nein! Was für ein Arschloch. Und diese Sarah?"

Ich stieß ein leises Lachen aus. „Genauso."

„Oh, das ist wirklich schade. Sie hörte sich wirklich nett an."

„Ja, das war sie auch." Ich hatte mich bei unserer ersten Verabredung in meiner Lieblingskneipe sofort in Sarah verliebt. Eine hinreißende Tierärztin mit einem großartigen Sinn für Humor.

Ich merkte, dass Amanda mich erwartungsvoll ansah, also fuhr ich fort. „In ihrem Dating-Profil stand, dass sie nur nach einer ernsthaften Beziehung sucht, also nahm ich an, dass wir in diese Richtung steuerten. Aber unsere Beziehung schien sich nicht zu entwickeln. Wir gingen nur ein oder zweimal pro Woche zusammen etwas trinken und landeten danach im Bett. Jedes Mal, wenn ich vorschlug, uns öfter zu treffen, am Wochenende zu brunchen oder wandern zu gehen, wies sie mich ab. Irgendwann habe ich sie darauf angesprochen und sie sagte etwas in der Art wie: ‚Hör mal, ich genieße es einfach, die Dinge zwanglos zu halten, und denke, dass ich im Moment keine langfristige Zukunft für uns sehe.' Also habe ich Schluss gemacht. Ich will meine Zeit nicht mit Beziehungen verschwenden, die zu nichts führen. Vor zwei Wochen habe ich beim Brunch gesehen, wie sie eine andere Frau geküsst hat." Der Schmerz darüber, die beiden zusammen gesehen zu haben, durchzuckte mich erneut und schoss durch meine Brust. Was hatte es mit Sarahs neuer Freundin oder Jeremys

Verlobten auf sich, dass Sarah und Jeremy sich mit ihnen niederlassen wollten, aber nicht mit mir?

Und das waren nur die zwei aktuellsten Beispiele. Trotz meiner besten Absichten schien ich mich immer wieder auf kurzfristige Affären einzulassen.

„Es ist wirklich schwer, es nicht persönlich zu nehmen. Ich meine, bin ich einfach nicht für eine ernsthafte Beziehung geschaffen?"

In meinem Beruf wurde ich von vielen Leuten als blondes Dummerchen abgetan. Sahen mich alle meine Liebschaften auf die gleiche Weise?

Amanda schüttelte den Kopf. „Natürlich bist du das. Du bist klug, witzig und ein wirklich netter Mensch. Aber ..." Sie verstummte.

„Was?"

Amanda verzog das Gesicht. „Ich hoffe, du nimmst es mir nicht übel, aber ich glaube, du gehst einfach mit den falschen Leuten aus. Sosehr ich deine Neigung schätze, in jedem das Beste zu sehen – nun ja, in allen außer in Blake –, denke ich, dass es manchmal bedeutet, dass du, ähm, die Alarmglocken ignorierst. Ich weiß noch, wie du mir erzählt hast, dass Jeremy den Ruf hatte, ein Aufreißer zu sein, als du ihn kennengelernt hast. Aber du bist trotzdem mit ihm zusammengekommen ..."

Ich seufzte. Amanda hatte nicht ganz unrecht. Ich hatte die Angewohnheit, mich kopfüber in Beziehungen zu stürzen, ohne darüber nachzudenken, ob die Person die richtige für mich war.

„Schau, ich bin sicher, du wirst bald jemanden kennenlernen. Das ist Wahrscheinlichkeitsrechnung. Ich weiß, es ist ein Klischee, aber im Ernst, wäre ich nicht hetero und verlobt, würde ich sofort mit dir ausgehen. Ich finde, du bist ein richtig guter Fang."

Amanda sagte es mit solcher Überzeugung, dass ich mir ein Lächeln nicht verkneifen konnte, auch wenn ich ihre Zuversicht nicht teilte. „Danke. Ich hoffe, du hast recht."

„Wie du weißt, hatte ich viele schlechte Bekanntschaften, bevor ich Peter kennengelernt habe. Es ist ätzend, aber man muss sich einfach immer wieder aufraffen. Wie man so schön sagt, man muss erst ein paar Frösche küssen, bis man seinen Prinzen findet ... oder seine Prinzessin."

„Aber was ist, wenn *ich* der Frosch bin, den alle küssen?" Ich verzog das Gesicht.

„Ach du meine Güte, du bist kein Frosch, Jenny!" Amanda lachte. „Hey, davon mal ganz abgesehen, wie bist du in den letzten Tagen mit Blake ausgekommen? Seid ihr immer noch Todfeinde oder hat euch die Vorbereitung meines Junggesellinnenabschieds näher zusammengebracht?"

Ich musterte Amandas Gesicht. War ihre Bemerkung ernst gemeint oder hatte sie mitbekommen, wie abgelenkt ich gestern von Blake gewesen war?

„Haha. Komm schon, *Todfeinde* ist ein wenig übertrieben. Aber keine Sorge, dein Anspruch, meine beste Freundin zu sein, ist nicht in Gefahr", antwortete ich.

Amanda starrte mich mit einem durchdringenden Blick an und ich zuckte nervös. „Aha", sagte sie. Zu meiner Erleichterung ließ sie es dabei bewenden. „Und wann fliegst du zurück nach L.A.?"

„Tatsächlich bleibe ich bis Januar hier." Ich hielt meinen Tonfall leicht und hoffte, dass Amanda nicht nach dem Grund für meinen verlängerten Aufenthalt fragen würde.

„Wirklich?! Das ist ja aufregend. Oh, Jenny, ausgezeichnet!", rief Amanda und ihre Augen funkelten. Glücklicherweise wurde unser Kaffee gebracht, bevor sie mir weitere

Fragen stellen konnte. Amanda konzentrierte sich auf ihre Tasse, griff danach und trank einen großen Schluck. Sie schloss die Augen.

„Oh, Gott sei Dank", stöhnte sie.

„Okay, jetzt, da du deinen Kaffee hast, erzähl mir mehr über die Hochzeit", sagte ich begierig darauf, das Thema zu wechseln und mich auf Amandas großen Tag zu konzentrieren.

Angesichts meiner Probleme bei der Partnersuche schien es unwahrscheinlich, dass ich jemals meine eigene Hochzeit planen würde. Aber zumindest würde ich meiner besten Freundin helfen können, ihre zu feiern.

7

BLAKE

ICH STIESS die Tür des Novel Gossips auf und steuerte auf den Tresen zu. Ich war eine Frau auf einer Mission, und diese Mission bestand darin, so schnell wie möglich Koffein durch meine Adern zu pumpen.

Seit ich zurück nach Sapphire Springs gezogen war, war ich nur selten spät abends unterwegs gewesen – Sapphire Springs war nicht gerade für sein Nachtleben bekannt –, und das Tanzen im Frankie's bis weit nach Mitternacht hatte mich umgehauen. Es hatte auch nicht geholfen, dass ich, als ich schließlich ins Bett gegangen war, nicht aufhören konnte, an Jenny zu denken – ich hatte die Erinnerung an meine Hand um Jennys Taille im Teich und die Art, wie sich unsere Blicke trafen und es Stromstöße über meinen Rücken wandern ließ, immer wieder durchgespielt. Und später hatte Jenny mit schwingendem Haar, funkelnden Augen und einem breiten Lächeln im Gesicht im Frankie's getanzt. Schließlich hatte ich der Versuchung nachgegeben und den neuen Vibrator aus dem Nachtisch geholt. Ich benutzte ihn und stellte mir vor, was passiert wäre, wenn Jenny und ich in einem alternativen Universum miteinander geschlafen hätten. Es musste etwas von der Spannung gelöst haben, denn schließlich schlief ich ein.

Ich war etwa fünf Schritte weit ins Novel Gossip gegangen, als ich Jenny entdeckte, die allein über ihren Laptop gebeugt an einem Tisch in der Ecke saß. Ich erstarrte. *Mist.*

Ich trug eine graue Jogginghose und einen Kapuzenpulli und hatte nicht in den Spiegel geschaut, bevor ich das Haus verließ. Außerdem hatte ich vergessen, mir die Zähne zu putzen. Ich sah nicht nur nicht gut aus, sondern war auch geistig nicht darauf vorbereitet, Jenny zu sehen oder mit ihr zu sprechen. Schließlich war ich erst vor acht Stunden beim Gedanken an sie zum Orgasmus gekommen, um Himmels willen.

Mein erster Impuls war, mich umzudrehen und aus dem Novel Gossip zu fliehen, aber der himmlische Duft von Kaffee und die Erkenntnis, dass Jenny mich bereits gesehen hatte, hielten mich davon ab – und die Tatsache, dass ich ihr eine ordentliche Entschuldigung schuldete.

Aber erst den Kaffee, dann die Höflichkeiten. Ohne würde ich keinen Satz zustande bringen und ich hatte schon genug Schwierigkeiten, mich mit Jenny zu verständigen. Ich schluckte, winkte Jenny zu und ging weiter auf den Tresen zu.

Als ich zurück nach Sapphire Springs gezogen war, war ich begeistert, zu entdecken, dass ein neuer Café-Buchladen eröffnet hatte. Noch mehr freute ich mich, als ich erfuhr, dass die Besitzerin, George, eine warmherzige Lesbe mit einem großartigen Sinn für Humor war, die es sich zur Aufgabe gemacht hatte, guten Kaffee und Kuchen nach Sapphire Springs zu bringen. Und obwohl George und ich uns blendend verstanden, gab es zwischen uns keinerlei romantische Anziehungskraft, sodass sie keine Bedrohung für meine ‚Keine Beziehungen‘-Regel darstellte, die ich nach Grace aufgestellt hatte.

George stand in ihrer üblichen Uniform aus Oberhemd und Chino-Hose hinter dem Tresen. Sie starrte mich mit einer hochgezogenen Augenbraue an, die fast ihr braunes Haar berührte, das sie in einem Bürstenschnitt trug.

„Das Übliche?", fragte George. Ich nickte. Sie musterte mich von oben bis unten und verzog das Gesicht. „Bist du dir sicher, dass du heute keinen dreifachen Espresso in deinem Milchkaffee brauchst?"

Das war genau das, was ich brauchte. „Gott, ja. Das klingt fantastisch."

George erkannte offensichtlich, wie dringend ich Koffein benötigte, denn in weniger als einer Minute hielt ich meinen riesigen Milchkaffee in der Hand. Ich trank ein paar Schlucke.

„Mmmmm. Hast du jemals darüber nachgedacht, an einem dieser ‚Beste Baristas der Welt‘-Wettbewerbe teilzunehmen? Ich glaube ernsthaft, dass du gewinnen könntest."

George grinste und verdrehte bei diesem Kompliment die Augen. „Amanda war vorhin schon hier und sah ziemlich fertig aus. Und deine Kumpeline da drüben" – George nickte in Jennys Richtung – „sieht auch müde aus. Es ist gestern wohl spät geworden."

Ich folgte Georges Blick zu Jenny hinüber. Sie kaute auf ihrer Lippe und schaute Stirnrunzeln auf ihren Laptop. Ich ließ meinen Blick auf ihr verweilen.

George räusperte sich. „Tut mir leid, Blake, aber die Schlange ist etwas lang. Können wir uns später unterhalten, wenn sich die Lage hier etwas beruhigt hat?" Ich riss meinen Blick von Jenny los und sah, dass sich halb Sapphire Springs hinter mir angestellt hatte.

Verdammt. Ich hatte gehofft, mehr Koffein in meinen Körper zu kriegen, bevor ich mit Jenny sprach.

Ich trank einen großen Schluck Kaffee, fuhr mir mit der Hand durch die Haare und ging auf ihren Tisch zu. Jenny beugte sich über ihren Laptop und ihre Haare fielen wie ein goldener Vorhang seitlich über ihr Gesicht.

„Hi, wie geht es dir heute Morgen?", fragte ich. Das Herz schlug mir bis zum Hals, als sie mich mit ihren dunkelblauen Augen ansah.

„Überraschenderweise geht es mir gar nicht so schlecht. Amanda hingegen ..." Jenny schüttelte mit einem schiefen Lächeln auf dem Gesicht den Kopf. „Wir haben vorhin gebruncht, aber sie hielt nicht lange durch und musste sich wieder hinlegen."

„Oh, das ist gut – ich meine, was dich betrifft, nicht Amanda, natürlich. Ich ... ähm ... hoffe, es geht ihr bald wieder besser." *Sehr geschmeidig, Blake.* Es gab eine unangenehme Pause, als Jenny zu mir aufstarrte. Sie hatte offensichtlich den Eindruck, dass ich noch mehr zu sagen hätte. Ich schluckte.

„Ist sonst alles in Ordnung? Ich hatte den Eindruck, du siehst irgendwie besorgt aus."

Jenny schüttelte den Kopf. „Oh, es ist nichts Ernstes. Amandas Hochzeitsplanerin musste kürzertreten, also übernehme ich für sie. Ich habe nur versucht, mir einen Überblick über all die E-Mails zu verschaffen, die sie mir weitergeleitet hat."

Ich riss die Augen weit auf. Kein Wunder, dass Jenny die Stirn runzelte.

„Nichts ... nichts Ernstes? Du übernimmst einfach die Organisation einer Hochzeit? Scheiße. Was ist mit Ihrer Hochzeitsplanerin passiert?"

Jenny klärte mich über Miriams Situation auf. „Also,

um fair zu sein, ist die Absage ihrer Hochzeitsplanerin wahrscheinlich die Ursache für Amandas rasende Kopfschmerzen und nicht ihr Kater. Sie ist ziemlich gestresst deswegen."

Ich schüttelte den Kopf. „Nun, lass mich wissen, wenn ich diese Woche irgendetwas tun kann, um zu helfen. Ich bin tagsüber mit der Arbeit ziemlich eingespannt, und meine Nichte und mein Neffe sind zu Besuch, aber wenn ich abends irgendwie helfen kann, sag mir Bescheid." Obwohl es Sonntag war, hatte ich vor, fast den ganzen Tag zu arbeiten, damit ich meine Büroarbeiten erledigen konnte. Vor allem, weil ich mir den Dienstagnachmittag freinehmen wollte, um etwas mit den Zwillingen zu unternehmen.

„Danke, mach ich." Jenny hielt inne und ein nachdenklicher Ausdruck huschte über ihr Gesicht. „Sag mal, wenn du schon mal hier bist ... Könntest du dir den Sitzplan ansehen? Amanda hat ihn vor einer Weile erstellt, er könnte also etwas veraltet sein. Ein paar Leute können nicht kommen, also dachte ich, ich schaue einmal nach, ob wir ihn ändern müssen. Ich bitte dich nicht darum, deine ärztliche Schweigepflicht zu brechen, oder so, aber du weißt wahrscheinlich besser als ich, wer sich in dieser Stadt versteht und wer nicht. Ich war schon auf ein paar Hochzeiten, bei denen Alkohol in Verbindung mit früheren Feindseligkeiten zu einem Eklat geführt haben. Das möchte ich beides unbedingt vermeiden, sowohl als Freundin der Braut als auch in meiner neuen Rolle als Hochzeitsplanerin! Ich werde die Änderungen natürlich auch mit Amanda besprechen."

„Sicher." In meiner Funktion wurde ich in jede Menge Klatsch und Tratsch eingeweiht.

Ich machte mir Sorgen, weil ich mir die Zähne nicht geputzt hatte, und der Kaffee wäre auch nicht gerade förderlich, also hielt ich den Atem an und beugte mich über Jennys Schulter, um auf den Bildschirm zu schauen.

Ich erkannte sofort ein Problem, trat einen Schritt von Jenny zurück und hoffte, dass ich in sicherem Abstand zu ihr war, bevor ich den Mund öffnete.

„Joe Livanidis und Rory Goldsworthy nebeneinanderzusetzen, könnte böse enden. Sie sind letztes Wochenende im Builders Arms fast aneinandergeraten, als sie sich über den neuen Zaun zwischen ihren Grundstücken stritten. Offenbar wollte Rory ihn unbedingt knallrot streichen, aber Joe war der Meinung, dass er nicht zu seinen roten und rosa Rosen passen würde, und beharrte auf weiß. Sie einigten sich auf einen Kompromiss, jeweils ihre Seite des Zauns in der von ihnen bevorzugten Farbe zu streichen, aber Rory war etwas nachlässig und jetzt sind überall auf Joes weißem Zaun rote Farbspritzer zu sehen. Joe meint, es sähe aus wie Blutflecken von Leuten, die auf seinem Zaun aufgespießt wurden, und wie ich hörte, drohte er damit, auch Rory aufzuspießen!" Kichernd schüttelte ich den Kopf. Ich hatte das alles von Ms. Berry, der größten Klatschbase der Stadt, gehört, als sie am Dienstag zu ihrer jährlichen Kontrolluntersuchung gekommen war.

„Ach du liebe Güte! Nun, wir wollen ja nicht, dass jemand bei der Hochzeit mit einem Kerzenständer aufgespießt wird, also bringe ich das lieber in Ordnung", kicherte Jenny und schob Joe und seine Frau an einen anderen Tisch. „Sonst noch etwas?"

Ich glaube nicht, dass ich Jenny jemals zuvor zum Lächeln gebracht hatte, geschweige denn zum Lachen, und es fühlte sich gut an. Wirklich gut. Wärme durchflutete mich. Ich trat wieder näher heran, holte tief Luft und hielt den Atem erneut an. Verdammt, ich hatte nicht gewusst, dass diese Hochzeit so groß wäre. Es sah so aus, als wären

Hunderte von Menschen anwesend. Ich würde meinen Atem nicht lange genug anhalten können, um den gesamten Sitzplatz zu studieren, bevor ich ohnmächtig wurde. Mir wurde schwindelig und meine Lunge bettelte darum, wieder zu ihrem normalen Atemrhythmus zurückzukehren.

„Wenn es einfacher ist, kannst du dich auch setzen", sagte Jenny, schaute mich mit einer leicht hochgezogenen Augenbraue an und deutete auf den leeren Stuhl ihr gegenüber.

Erleichtert darüber, wieder atmen zu können, ließ ich mich auf den Stuhl sinken. Mein Gesicht wurde bei Jennys gehobener Augenbraue heiß. Sie hatte mich eindeutig dabei erwischt, wie ich mich seltsam verhielt. Jenny drehte den Laptop um, sodass er mir zugewandt war.

Also verbrachte ich die nächsten zwanzig Minuten damit, die Liste durchzugehen und Jenny einen Überblick über die neuesten Dramen in Sapphire Springs zu geben. Endlich wirkte das Koffein in meinem Blutkreislauf und ich fing an, mich in ihrer Gegenwart zu entspannen. Und als wäre es ein Weltwunder, hatte ich bis jetzt nichts gesagt, was ich sofort bereut hätte, sobald es aus meinem Mund kam. Tatsächlich hatte ich sogar einige verständliche Sätze aneinandergereiht und Jenny ein paarmal zum Lachen gebracht.

Mein Blick fiel auf zwei Namen, die nicht nebeneinanderstanden. „Hmmm. Okay, das ist eine schwierige Frage. Also, im Moment sitzen Maya und Jasper, der Mathelehrer der Highschool, zwar am selben Tisch, aber nicht nebeneinander. Angeblich haben sie sich vor zwei Wochen im Frankie's geküsst und sind jetzt unheimlich unbeholfen in der Nähe des jeweils anderen." Ermutigt durch die Tatsache, dass *ich* im Moment nicht unerträglich unbeholfen war, grinste ich und drückte meine Fingerspitzen in einer teuflisch hinterhältigen Geste aneinander.

Jenny kicherte und mein Herz machte einen Sprung. „Also, was schlägst du vor, Doc? Sollen wir sie zusammensetzen und hoffen, dass die Funken fliegen, oder sollten wir ihnen einen Abend mit potenziellen Unannehmlichkeiten ersparen und einen von ihnen an einen anderen Tisch setzen?" Jennys freches Grinsen ließ meinen Magen kribbeln.

„Hmmm. In Anbetracht des Jane Austen-Mottos dieses Wochenendes sollten wir uns eine Scheibe von *Emma* abschneiden und ihnen einen Abend der Unbehaglichkeit aufzwingen, der hoffentlich zu einem betrunkenen Kuss führen wird. Es ist klar, dass sie sich mögen, aber zu schüchtern sind, um etwas zu tun. Eine Hochzeit, bei der der Alkohol fließt, könnte genau die richtige Gelegenheit sein, um sie endgültig zusammenzubringen."

Jenny lächelte mich erneut an und mein Magen machte einen dreifachen Rückwärtssalto. Sie zog den Laptop zurück und tippte eine Minute lang eifrig auf der Tastatur herum. „Erledigt! Operation *Emma* ist im Gange. Noch irgendwelche Anmerkungen?"

Jenny schob den Laptop zu mir zurück. Es sah alles ... *Verdammt noch mal, Amanda!* Sie hatte mich und Jenny nebeneinandergesetzt, obwohl sie genau wusste, dass wir uns nicht verstanden. Und obwohl es in den letzten zwanzig Minuten gut – erstaunlich gut – gelaufen war, gab es keine Garantie, dass es so bleiben würde. Aber das konnte ich Jenny ja nicht wirklich sagen.

Ich drehte den Laptop zu ihr zurück und setzte ein Lächeln auf. „Nein. Der letzte Tisch sieht gut aus."

8

JENNY

„UND ICH WOLLTE NUR BESTÄTIGEN, dass es auch kleine Vasen mit, ähm ...“ Ich prüfte meine Notizen – „zimtfarbenen Nelken, Dahlien und Herbstblättern für die Beistelltische geben wird?“

„Ja, das ist richtig“, bestätigte Olivia.

„Großartig, danke. Wir sehen uns dann am Samstag!“

Ich legte auf und strich „Floristin“ mit einem zufriedenen Lächeln von meiner Liste. Wieder etwas erledigt, nur noch neun weitere Aufgaben. Ich arbeitete mich durch die Liste der Hochzeitsdienstleister, stellte mich vor und bestätigte die Bestellungen. Ich hatte den Esszimmertisch meiner Eltern als Hauptquartier für meine Hochzeitsplanung in Beschlag genommen und im Moment war er komplett mit Papier übersät.

Mit Olivia zu sprechen, hatte mich an Blake erinnert. Nicht, dass ich eine Erinnerung gebraucht hätte. Mit alarmierender Regelmäßigkeit tauchten Bilder von Blake in meinem Kopf auf. Blake, wie sie mit zerzausten Haaren, grauer Jogginghose und Kapuzenpulli ins Novel Gossip kam und hinreißend strubbelig aussah. Blake, die sich mir unbeholfen näherte. Blake, die sich benahm, als würde ich furchtbar stinken – ich hätte schwören können, dass sie den Atem anhielt und bei der ersten Gelegenheit von mir wegsprang. Es hatte mich so verunsichert, dass ich ihr anbot, sich mir gegenüberzusetzen, nur damit sie den widerlichen Geruch nicht einatmen musste, den ich offensichtlich verströmte. Und dann hatte Blake mich mit Geschichten über Sapphire Springs unterhalten. Ich hatte sie nicht für jemanden gehalten, der den Finger am Puls des Stadtgesprächs hielt oder gut in komödiantischen Nacherzählungen wäre, aber ich hatte fast Tränen gelacht. Ich hatte meine Meinung über sie gerade überdacht, als ich das Entsetzen auf ihrem Gesicht aufblitzen sah, als sie einen letzten Blick auf den Sitzplan warf. Es war auch nicht so, dass ich unbedingt neben ihr sitzen wollte, aber ... Es hatte sich angefühlt, als würden wir uns tatsächlich verstehen. Ich kam nicht umhin, ein wenig verletzt über Blakes Reaktion zu sein. Aber jetzt, da sie es gesehen hatte, konnte ich die Sitzordnung schließlich auch nicht mehr ändern. Das wäre zu peinlich. Also würden wir bei der Hochzeit nebeneinandersitzen.

Ich schüttelte den Kopf, um ihn von Gedanken an Blake zu befreien, und konzentrierte mich wieder auf meine Liste der Lieferanten. Ich hatte gerade nach meinem Handy gegriffen, um den Fotografen anzurufen, als es mit einer Nachricht piepste. Ich schaute besorgt darauf hinunter. Obwohl Miriam, die eigentliche Hochzeitsplanerin, Bettruhe hielt, hatte sie mich regelmäßig angerufen und mir SMS geschickt, wenn ihr weitere Dinge einfielen, die ich erledigen musste. Obwohl es mir bisher Spaß machte, hoffte ich, dass nicht noch zu viele Dinge zu meiner Aufgabenliste hinzugefügt würden.

Aber es war nicht die Hochzeitsplanerin. Es war Serena. Meine Brust zog sich zusammen.

> Hi Jenny, wie bekommt dir das Landleben? Ich habe nicht viele Updates in deinen sozialen Medien gesehen. Bedeutet das, dass du bereits einen heißen Holzfäller gefunden hast? Vergiss nur nicht, darüber zu posten! x S

Ich seufzte. Ich war so mit der Hochzeitsplanung beschäftigt, dass ich bereits ein paar Tage nichts mehr geteilt hatte. Obwohl der Ton von Serenas Nachricht leicht war, wusste ich, dies war ihre Art, mir einen Tritt in den Hintern zu geben. Sosehr mich die sozialen Medien auch nervten, wenn ich genug Geld haben wollte, um nach L.A. zurückzukehren, musste ich weiterhin posten. Ich konnte es mir nicht leisten, noch mehr Follower zu verlieren, sonst wäre die Whamz-Kampagne vom Tisch.

Ich schaute zu Dad auf, der in der Küche hantierte und Kaffee kochte. Seine Yankees-Mütze verdeckte den größten Teil seines grau melierten Haars und er trug seine Standarduniform bestehend aus Dad-Jeans, einem langärmligen Hemd und einer Vliesweste. Ein bisschen spießig, aber sehr liebenswert.

„Hey, Dad, ich muss noch ein paar Beiträge teilen. Hast du irgendwelche Ideen für malerische Herbstszenen hier in der Gegend? Es fehlt mir ernsthaft an Inspiration."

Dad goss den Kaffee sorgfältig in zwei Tassen. „Nun, es gibt die Red Tractor Farm. Du könntest ein paar Fotos in ihrem Kürbisfeld, im Maislabyrinth und so machen. Warum fährst du nicht dorthin?"

„Du meinst, warum fahren *wir* nicht dorthin?", fragte ich mit meinem besten, flehenden Grinsen und Erleichterung machte sich in mir breit. Ich konnte nicht glauben, dass mir das nicht selbst eingefallen war. Die Red Tractor Farm wäre die perfekte Kulisse für ein Herbst-Fotoshooting, und wenn ich genug Material hätte, könnte ich es im Laufe der nächsten Woche veröffentlichen, was etwas Druck von mir nehmen und mir erlauben würde, mich auf die Hochzeitsplanung zu konzentrieren.

„Ich weiß nicht. Ich habe hier noch einiges zu tun", sagte Dad und betrachtete den Haufen Geschirr in der Spüle. Dad arbeitete im Bauunternehmen der Familie, aber er hatte sich in den letzten Jahren halb zur Ruhe gesetzt und half nur noch ein paar Stunden am Tag im Büro aus. Mom arbeitete immer noch Vollzeit und ich konnte mir nicht vorstellen, dass sie sich bald zur Ruhe setzen würde. Sie liebte ihre Arbeit zu sehr.

„Komm schon, es wäre doch ein toller Vater-Tochter-Ausflug. Bitte." Ich klimperte dramatisch mit den Wimpern. „Und ich kann abwaschen, wenn wir wieder nach Hause kommen."

„Also gut. Ich werde heute Nachmittag dein Fotograf sein. Aber wir müssen um fünf zurück sein. Ich mache heute Abend Brathähnchen zum Abendessen."

„Danke, Dad. Du bist der Beste." Ich schlang meinen freien Arm um seine Taille und drückte ihn.

FÜNFUNDVIERZIG MINUTEN später hockte ich auf einem riesigen, orangefarbenen Kürbis. Walters kleiner Kopf schaute hinter einem anderen kleineren Kürbis hervor, während Dad Fotos schoss. Wir hatten bereits ein paar großartige Aufnahmen von uns auf einem Traktor gemacht, bei denen ich so tat, als würde ich ihn fahren, während Walter auf meinem Schoß saß, und ich hoffte, dass ich mich schon bald wieder der Hochzeitsplanung widmen konnte. Obwohl es bei strahlendem Sonnenschein und blauem Himmel ein perfekter Tag war, um draußen ein paar Herbstaktivitäten zu genießen.

„Lass uns als Nächstes zu den Apfelkanonen gehen."

Auf dem Weg zum Apfelschießstand ging ich kurz zu den Toiletten, um ein rotes Flanellhemd gegen ein blaues zu tauschen, damit es nicht auffiel, dass alle Fotos am selben Tag aufgenommen worden waren.

Dads Handy klingelte gerade, als er mich dabei filmte, wie ich mit Walter an meiner Seite aggressiv Äpfel aus einer Kanone schoss. Es machte unerwartet viel Spaß.

„Es tut mir leid, Schätzchen, wir müssen los. Deine Mutter möchte, dass ich ein Problem mit einem Subunternehmer für das Arnold-Projekt regele. Können wir das ein anderes Mal beenden?"

Verdammt. Ich wollte das hier wirklich hinter mich bringen, damit ich mich auf die Hochzeit konzentrieren konnte. „Danke, Dad, aber ich brauche diese Aufnahmen wirklich. Ich denke, Walter und ich bleiben hier und ich werde sehen, ob ich ein paar Leute überreden kann, mir zu helfen. Walter und ich können nach Hause laufen."

Dad strahlte. „Das ist eine gute Idee. Vielleicht lernst du ja sogar einen netten jungen Mann oder eine junge Frau kennen, die dir helfen." Er zwinkerte mir zu. Ich schüttelte lächelnd den Kopf. Trotz Dads Optimismus hatte ich keine große Hoffnung. Da es ein Dienstag war, war hier auch nicht besonders viel los. Die Besucher, die hier waren, waren fast alle Familien mit kleinen Kindern – nicht gerade ergiebiges Terrain, um Singles in meinem Alter zu treffen.

Ich winkte Dad nach und machte mich auf den Weg zu einer überraschend attraktiven, männlichen Vogelscheuche, die ich in einer Ecke des Bauernhofes neben einer heruntergekommenen Scheune entdeckt hatte. Er trug ein Flanell-hemd und einen Cowboyhut. Selbst wenn die Fotos nicht gut genug waren, um sie zu veröffentlichen, könnte ich sie doch wenigstens an Serena und Dad schicken – zusammen mit einer Nachricht, die sie wissen ließ, dass ich doch noch eine Begegnung mit einem heißen Holzfäller/netten jungen Mann gehabt hatte.

„Hallöchen, mein Hübscher. Was dagegen, wenn ich ein Foto mache?" Ich schaute mich nach jemandem um, der vielleicht bereit wäre, ein Foto zu schießen, aber dieser Teil der Farm abseits der Hauptattraktionen war menschenleer. Ich kramte in meiner Tasche mit den Wechselklamotten herum, die ich mitgebracht hatte, und beschloss, da niemand in der Nähe war, mir Stiefel, einen Jeans-Mini-rock und ein grünes Flanellhemd anzuziehen. Der Rock war eigentlich nicht mein Stil und es war auch nicht wirk-lich die beste Jahreszeit für Miniröcke, aber leider hatte ich mir ein paar Statistiken über meine Beiträge angesehen. Je mehr Haut ich zeigte, desto besser liefen sie. In Anbetracht meiner aktuellen Situation war jetzt nicht der richtige Zeit-punkt, um prüde zu sein.

Ich zog mich schnell in der mit Spinnweben übersäten Scheune um, balancierte mein Handy auf dem Rahmen eines der Scheunenfenster, stellte den Timer ein und sprin-tete dann zu der Vogelscheuche. Ich legte einen Arm darum und tat so, als würde ich ihm Küsse aufs Gesicht drücken, während die Kameraapp klickte. Da niemand in der Nähe war, ließ ich mich wirklich hinreißen. Wenn dies einer dieser Fantasy-Liebesfilme wäre, würde er jetzt zum Leben erwachen und mich zurückküssen. Das war vielleicht nicht das, was Serena im Sinn hatte, als sie einen Flirt mit einem flanelltragenden Holzfäller vorschlug, aber näher würde ich wohl nicht kommen. Ich winkelte ein Bein vor ihm an und küsste ihn heftig, als …

„Jenny?"

Scheiße. Mein Magen rutschte in meine Kniekehlen. Ich kannte diese Stimme. Ich drehte den Kopf, um hinter die Vogelscheuche zu schauen, die ich immer noch umarmte.

Blake, in flachen, schwarzen Halbstiefeln, einer schwarzen Jeans und rotem Flanellhemd, deren dunkles Haar unter einer grauen Mütze hervorschaute. Und zwei kleine Kinder, die mich mit offenen Mündern anstarrten.

9

BLAKE

„BLAKE! Hi!" Jennys Gesicht war knallrot, als sie sich von der Vogelscheuche löste und ihren kurzen Rock glatt strich. Mein Blick verweilte auf ihren nackten Beinen. *Schau nach oben, Blake.*

„Hi. Was machst du?" Meine Lippen zuckten. Das Letzte, was ich bei einem wohltuenden Besuch auf der Red Tractor Farm erwartet hatte, war Jenny im Minirock, die ihre Beine verführerisch um eine Vogelscheuche schlang, als wäre sie eine Stripperstange – und dass ich das irgendwie heiß finden würde. *Großer Gott, was ist eigentlich los mit mir? Habe ich einen Vogelscheuchen-Fetisch, von dem ich nichts wusste? Gibt es so etwas überhaupt?*

Jenny zog ihren Rock wieder nach unten und fuhr sich mit der Hand durch die Haare. „Ich ... ich kreiere nur ein paar Inhalte zum Posten." Sie deutete auf ihr Handy, das an einem der schönen Fenster lehnte. „Dad wollte helfen, sie zu schießen, aber er musste gehen. Was machst *du* hier?"

Ich zerzauste Liams Haar. „Ich mache mit meinem Neffen Liam und meiner Nichte Ava einen Ausflug, während sie in der Stadt sind. Da ich sie am Wochenende wegen Amandas Hochzeit nicht oft sehen werde, habe ich mir den Nachmittag freigenommen, um etwas mit ihnen zu unternehmen. Sagt Hallo zu Jenny, ihr zwei!"

„Hi, Jenny", antworteten die Zwillinge wie aus einem Mund.

Gott, die waren so süß. Mein Bruder und seine Frau liebten es, sie in passende Outfits zu stecken, und heute trugen sie beide blaue Jeans, braune Regenstiefel und rote Jacken. Das zusammen mit ihren runden Gesichtern und dem gelockten braunen Haar ließ sie wie den bezaubernden Noddy aus Enid Blytons Geschichten wirken. Ich hatte Bedenken gehabt, mir den Nachmittag freizunehmen, aber jetzt, da wir draußen waren, war ich froh, dass ich es getan hatte, auch wenn es ein wenig hektisch war, auf die beiden aufzupassen.

„Warum hast du die Vogelscheuche geküsst?", fragte Ava offensichtlich sehr neugierig. „Hat er dich zurückgeküsst? Darf ich ihn auch küssen?"

„Ist das dein Hund?", fragte Liam zur gleichen Zeit und zeigte auf Walter, der neben Jenny saß. „Darf ich ihn streicheln? Frisst er Kürbis? Beißt er?"

Jenny, die immer noch ganz rot war, schaute lächelnd auf die beiden herab. „Ich küsse ihn für ein albernes Foto. Nein, er hat mich nicht zurückgeküsst. Und ich würde nicht empfehl–" Die Kinder verloren das Interesse an ihren Antworten und rannten schreiend zu der Vogelscheuche hinüber, um sie mit Stöcken zu attackieren.

Ich seufzte und stellte mich neben Jenny. „Seit mein Bruder sie abgesetzt hat, schlage ich mich ständig mit Fragen und ihrer überschüssigen Energie herum", murmelte ich leise. „Ich liebe sie über alles, aber es ist ... es ist ganz schön viel."

Liam und Ava, die jetzt von der Vogelscheuche gelangweilt waren, fingen an, aufgeregt auf einem Heuballen neben ihr herumzuspringen. Ich zuckte zusammen. Wie um alles in der Welt konnten mein Bruder und seine Frau das täglich aushalten?

Ich warf Jenny, die sie kichernd beobachtete, einen Blick zu. Es dämmerte mir, dass mein Herz in ihrer Gegenwart zwar immer noch höherschlug und ihr Lächeln meinen Magen kribblig machte, dass jedoch das panische Gefühl, das mich in Jennys Gegenwart die Fähigkeit verlieren ließ, ganze Sätze zu sprechen, verschwunden war. Es war eine deutliche Verbesserung. Vielleicht hatte mich unser Gespräch im Novel Gossip am Sonntagmorgen von meiner schmerzlichen Unbeholfenheit geheilt.

Der Hauch einer Idee kam mir in den Sinn. Bevor ich sie zu Ende denken konnte, öffnete ich schon den Mund. „Hey ... wenn du Hilfe bei den Fotos brauchst, wärst du vielleicht bereit, einen Tausch zu machen? Ich kann die Fotos schießen und du könntest mir helfen, auf diese beiden neugierigen Energizer-Häschen aufzupassen."

Jenny schaute die besagten Energizer-Häschen, die nun um die Vogelscheuche herumliefen, mit Besorgnis im Blick an. Sie versuchte offensichtlich, die Vorteile meiner Fotoaufnahmen gegen die Nachteile abzuwägen, die es mit sich brachte, den ganzen Nachmittag mit mir und zwei kleinen hyperaktiven Kindern zu verbringen.

„Ich spendiere auch ein paar kostenlose Zimtdonuts und heißen Apfelwein", bot ich mit einem flehenden Unterton in meiner Stimme an.

„Würdest du auch einen Apfelkrapfen anbieten?", fragte Jenny grinsend.

Die Zwillinge fingen an, sich gegenseitig mit verfaulenden Äpfeln zu bewerfen, und brüllten vor Lachen.

Walter suchte vernünftigerweise Schutz hinter einem Strohballen.

„Oh nein!" Ich sprintete hinüber, um sie aufzuhalten, zog sie von den Äpfeln weg und kam eine Minute später außer Atem und leicht verzweifelt mit je einem Zwilling an der Hand zurück. „Ich kaufe dir so viele verdammte Apfelkrapfen, wie du essen kannst."

Jenny schaute mich an, ihre Augen funkelten und mein Herz machte einen Sprung. „Einverstanden."

Gott sei Dank. „Und was steht als Nächstes auf deiner Liste für das Fotoshooting? Bis jetzt sind wir nur kreischend ums Kürbisfeld gelaufen, also folgen wir gern deiner Route."

„Nun, ich dachte an die Heuwagenfahrt, das Maislabyrinth oder ..."

„Ponys, Ponys, Ponys", fing Liam an, zu rufen, und Ava stimmte mit ein. Sie zog am Bund meines Flanelloberteils. „Du hast uns Ponys versprochen, Tante Blake."

Ich beugte mich zu Jenny und senkte die Stimme. „Es tut mir leid, ich habe gesagt, wir könnten Ponyreiten gehen. Macht es dir etwas aus, wenn wir dort zuerst hingehen, damit das für sie erledigt ist?"

„Es scheint einfacher zu sein, den Forderungen dieser kleinen Tyrannen nachzugeben, als ihnen die Ponys zu verweigern", flüsterte Jenny und lächelte. „Aber vorher ziehe ich mich vielleicht noch schnell um, wenn das okay ist."

Ich schaute sie verwirrt an.

„Ich habe ein paar Wechselsachen mitgebracht, damit es nicht so aussieht, als hätte ich alle Fotos an einem Tag aufgenommen", erklärte Jenny, bevor sie mit ihrem Rucksack in die Scheune rannte und eine Minute später wieder auftauchte. Sie hatte den Minirock durch Jeans und braune Stiefel ersetzt.

Ich klatschte in die Hände. „Okay, Kinder, lasst uns zu den Ponys gehen!"

Ava und Liam sprinteten zum Streichelzoo, während Jenny und ich langsam joggten, um mit ihnen Schritt zu halten. Hunde waren drinnen nicht erlaubt, also band Jenny Walter an einen Pfosten neben einem Wassernapf und ging mit uns hinein.

Nachdem ich etwas Geld hinübergereicht hatte, bekamen die Kinder Helme mit aufgeklebten Cowboyhüten, wurden auf die Ponys gehoben und im Kreis herumgeführt. Nach fünf Runden auf dem Gelände hatten die Zwillinge wieder festen Boden unter den Füßen. Doch dann erregten ein paar Ziegenbabys ihre Aufmerksamkeit und sie rannten quietschend zu ihnen hinüber.

„Es tut mir leid, wir kommen bald zu deinen Fotos, ich schwöre es", sagte ich und schaute Jenny entschuldigend an. „Und zu den Donuts und dem Apfelwein auch. Ich habe die Bedingungen unseres Deals nicht vergessen."

„Und Krapfen. Vergiss die verdammten Krapfen nicht", sagte Jenny neckend. „Aber im Ernst, keine Eile. Sie scheinen sich zu amüsieren." Sie deutete auf die Zwillinge, die jetzt mit Kaninchen kuschelten, von denen eins immer wieder versuchte, auf Avas Kopf zu klettern. Sie lachte sich tot.

Eine Farmangestellte, eine junge Frau in weiter Jeans und einem warmen Wollpullover, hockte sich neben Ava hin. „Aus irgendeinem Grund klettert Donna gern auf die Köpfe der Leute."

„Vielleicht, weil sie von dort oben viel besser sehen kann", vermutete Ava. Liam nickte mit ernster Zustimmung.

Ich stieß Jenny mit dem Ellbogen an und deutete mit einem Nicken in Richtung Ava und Donna. „Das könnte doch ein gutes Foto sein."

„Was?" Sie schaute mich verwirrt an.

„Du und Donna ... wie sie auf deinem Kopf sitzt." Bevor Jenny meinen Vorschlag verarbeiten konnte, wandte ich mich an die Frau neben Ava und zeigte auf Jenny. „Meinen Sie, Donna würde sich für ein Foto auf den Kopf meiner Freundin setzen?"

„Ich bin sicher, Donna würde nichts lieber tun. Setzen Sie sich einfach hierhin und wir heben sie hoch." Sie deutete auf den Boden.

„Ich bin mir nicht sicher, ob ..." Jenny fing an, zu protestieren, aber ich drückte ihr eine feste Hand auf den Rücken und lenkte sie zu Donna, bevor ich ihr das Handy aus der Hand nahm.

Jenny setzte sich widerstrebend im Schneidersitz auf den Boden und musterte Donna genau. Sie war weiß und flauschig und hatte lange Schlappohren. Jenny streichelte sie zaghaft. „Sie ist sehr niedlich, aber sind Sie sicher, dass sie das mag? Und wie scharf sind ihre Krallen?"

„Das sind Pfoten, keine Krallen. Und keine Sorge, wir schneiden ihre Nägel regelmäßig. Und sie liebt es, das sage ich Ihnen. Jetzt sitzen Sie still, dann kann ich Donna positionieren", sagte die Farmangestellte sachlich, stellte Donnas Hinterpfoten auf ihre Schultern und legte den Rest von ihr sanft über Jennys Kopf mit Donnas Vorderpfoten auf Jennys Stirn.

„Na also, Donna!" Die Angestellte schaute uns zufrieden an, während Ava und Liam vor Freude in die Hände klatschten. Donna sah erstaunlich entspannt aus, wie sie dort auf Jennys Kopf lag.

Ich räusperte mich, versuchte, nicht zu lachen, und

verkniff mir einen unanständigen Witz über das Sitzen auf Gesichtern. „Okay, Jenny schau zu mir auf!"

Jenny setzte ein Lächeln auf und schaute vorsichtig zu mir hoch. Sie war sichtlich besorgt, dass eine plötzliche Bewegung Donna aus ihrer Position bringen könnte. Ihr Lächeln wich. „Ähm ... pinkelt oder kackt Donna oft?"

Ich schnaubte und die Angestellte lächelte. „Es wäre schon großes Pech, wenn sie sich entschließen würde, ihr Geschäft zu machen, während sie auf Ihnen sitzt. Außerdem sind ihre Köttel klein und rund, sodass sie einfach über Ihren Rücken hinunterrollen würden."

Die Antwort der Angestellten erfüllte Jenny offensichtlich nicht mit Zuversicht, denn ihr Lächeln verwandelte sich zu einer Grimasse mit weit aufgerissenen Augen. Aber Ava und Liam waren von der Idee sehr angetan und fingen an, zu singen: „Köttel, Köttel, Köttel."

Ich befürchtete langsam, dass Donna das Interesse an ihrer Sitzgelegenheit verlieren und hinunterspringen würde, bevor ich die Gelegenheit hatte, diesen Moment für die Nachwelt festzuhalten.

„Jenny! Hör auf, dir über Donnas Toilettengewohnheiten Gedanken zu machen, und konzentriere dich auf die Fotos. Je schneller wir sie aufnehmen, desto schneller können wir Donna von dir herunternehmen." Obwohl Donna immer noch sehr komfortabel aussah, wie sie sich dort auf Jennys goldenen Locken ausruhte.

Jennys Brust hob sich, als sie tief einatmete, dann nahm sie ihre Pose ein und setzte wieder ein Lächeln auf.

Ich fing an, Fotos aus allen Blickwinkeln zu schießen, und gab mein Bestes, um die Zwillinge zu unterhalten, die aufgehört hatten, Köttel zu rufen. Aus früherer Erfahrung wusste ich, dass sie eher Unfug machen würden, wenn sie nicht beschäftigt waren. „Perfekt!" Ich hockte mich tief hin. „Oh ja, das ist gut. Gib es mir, Donna!"

Jenny fing an, zu kichern. Ich warf ihr einen gespielt strengen Blick zu. „Jenny, du musst aufhören, zu lachen. Es ruiniert nicht nur die Fotos, sondern du machst Donna auch nervös, wenn du so wackelst. Und weißt du, was passiert, wenn du nervös wirst? Du musst pinkeln."

Jenny riss die Augen weit auf und ich versuchte, nicht zu lachen.

„Ich bin sicher, du hast inzwischen ein paar gute Fotos. Macht es Ihnen etwas aus, Donna jetzt herunterzunehmen?" Jenny schaute die Farmangestellte flehend an.

Sie nickte, löste Donna sanft von Jennys Kopf und setzte sie auf den Boden. Donna hoppelte zu Jenny hinüber und stupste sie liebevoll an, bevor sie zu einer Gruppe kleiner Kinder sprang, die sie mit Aufmerksamkeit überschütten wollten.

„Oh, ich glaube, du hast eine neue Freundin gefunden", sagte ich und grinste Jenny an.

Jenny stand auf, klopfte sich den Schmutz von der Jeans und kam kopfschüttelnd zu mir herüber. „Ich hoffe, ein paar dieser Fotos sind gelungen und meine Demütigung war nicht umsonst."

Ich reichte Jenny das Handy und sie scrollte durch die Fotos, während ich ihr über die Schulter schaute. Gott sei Dank, hatte ich mir heute Morgen die Zähne geputzt.

Manche von ihnen waren absolut lächerlich – Jennys rotes Gesicht und die zusammengepressten Lippen, wenn sie versuchte, nicht zu lachen, während Donna lässig mit schlackernden Ohren auf ihrem Kopf ruhte –, aber es gab auch ein paar wirklich süße Fotos, von denen ich dachte, dass sie ihren Followern gefallen würden.

„Sind sie okay?", fragte ich.

„Sie sind großartig. Danke." Sie lächelte mich an, was mein Herz höherschlagen ließ. Ich hatte vielleicht meine Nervosität überwunden, aber alle meine anderen Gefühle für Jenny waren definitiv noch da. „Okay, sollen wir uns das Maislabyrinth ansehen?"

Als wir den Eingang zum Labyrinth erreichten, hielt Jenny inne. „Macht es dir etwas aus, noch einmal ein Foto von mir mit dem Mais zu schießen? Tut mir leid."

„Du brauchst dich nicht zu entschuldigen. Das war Teil unserer Abmachung, vergiss das nicht. Du hilfst mir mit den beiden und ich schieße ein paar Fotos. Und jetzt stell dich auf!"

Jenny zog sich eine braunkarierte Jacke an, stellte sich vor den Mais und versuchte, cool kultiviert auszusehen, während die Zwillinge knapp außerhalb des Bildes um Walter herumtanzten, und ein äußerst schiefes Lied über Donna, das Kaninchen, und ihre Köttel sangen.

Zufrieden mit den Fotos gab ich Jenny ihr Handy zurück. „Hier, bitte sehr. Sag mir Bescheid, wenn du sie nicht magst, dann mache ich noch ein paar mehr. Ich finde, du siehst toll aus, trotz der schwierigen Arbeitsbedingungen." Hitze stieg in meinem Gesicht auf, als mir das unbeabsichtigte Kompliment herausrutschte. Unsere Blicke begegneten sich für einen Augenblick und mir stockte der Atem.

Die Zwillinge rannten auf uns zu und fingen an, an meinem Hemd zu zerren. „Können wir jetzt reingehen, Tante Blake?"

„Ich bin sicher, dass die Fotos in Ordnung sind, danke", sagte Jenny, steckte das Handy ein und rief nach Walter, der herübergetrottet kam und seine Leine hinter sich herzog. „Jetzt lasst uns dieses Labyrinth erkunden."

„Kannst du meine Hand halten, damit ich mich nicht

verlaufe, Jenny?" Liam streckte Jenny seine kleine Hand entgegen und mein Herz schmolz dahin. Wie verdammt niedlich.

„Natürlich." Jenny lächelte zu ihm hinunter und nahm seine Hand.

Wir begannen, durch das Labyrinth zu gehen, wo der Mais auf beiden Seiten von uns hoch hinaufragte. Liam ließ fast sofort Jennys Hand los und sprintete voraus, und Ava folgte ihm.

„Liam, Ava! Kommt wieder her. Wir müssen zusammenbleiben." Meine Worte schienen sie anzuspornen, noch schneller zu rennen. „Verdammt", murmelte ich. „Es tut mir leid, ich gehe sie besser holen."

„Entschuldige dich nicht. Das war auch Teil unserer Abmachung, schon vergessen?" Jenny schenkte mir ein Lächeln, als wir anfingen, ihnen hinterherzujagen. Mein Herz schlug höher. Ava und Liam bogen plötzlich um eine Ecke und rannten aus unserem Blickfeld.

„Scheiße!", rief ich und wir beschleunigten unser Tempo. Wir erreichten die Stelle, an der Ava und Liam abgebogen waren, und folgten ihren Spuren, aber wir konnten sie nicht sehen. Vor uns befand sich eine Weggabelung. „Ava! Liam!"

Wir konnten sie zwar schwach hören, jedoch nicht sagen, in welche Richtung sie gelaufen waren.

„Sollen wir uns trennen?", keuchte Jenny mit besorgtem Blick.

Ich nickte und wir rannten in entgegengesetzte Richtungen.

10

JENNY

WALTER und ich bogen nach links ab und rannten, so schnell wir konnten. Während ich mir Sorgen um die Zwillinge machte, amüsierte sich Walter prächtig und sprang mit heraushängender, kleiner rosa Zunge über die getrockneten Maisblätter. Wir erreichten eine weitere Weggabelung und blieben stehen. Ich konnte Ava und Liam über mein schweres Atmen hinweg schreien hören, aber ich konnte nicht sagen, in welche Richtung sie verschwunden waren.

„In welche Richtung sind sie gegangen, Kumpel?" Ich schaute zu Walter hinunter. Er zerrte mich nach links und wir machten uns wieder auf den Weg. Wir bogen um eine Ecke und ich sah etwas Rotes aufblitzen, das nach rechts verschwand. *Gott sei Dank.*

Meine Lunge fing an zu brennen, aber ich drängte weiter vorwärts. Ich bog um die Ecke und hätte vor Erleichterung fast geschrien. Die Zwillinge waren etwa zehn Meter vor mir und wurden eindeutig langsamer. Sie rannten jetzt nicht mehr. Tatsächlich sahen sie eher so aus, als hätten sie beim Mittagessen ein Bier zu viel getrunken und stolperten den Weg hinunter, weil ihre kleinen Beine müde wurden. Walter und ich erreichten sie schnell.

„Stopp, stopp, ihr zwei!" Zu meiner Erleichterung hörten sie auf mich. Ich hockte mich neben sie. „Wir müssen zusammenbleiben, okay? Sonst habe ich Angst, dass wir keine Zeit mehr haben werden, Donuts zu essen. Also lasst uns Tante Blake suchen."

Ich zog mein Handy heraus und rief Blake an. Sie nahm ab und atmete schwer. „Ich habe sie. Treffen wir uns am Eingang?"

„Oh, Gott sei Dank. Ja, wir sehen uns dort."

Ich ließ Walters Leine fallen und nahm die Zwillinge bei den Händen. Von Walter, Ava und Liam würde Walter den ‚Am vertrauenswürdigsten und am unwahrscheinlichsten wegzulaufen'-Preis mit Abstand gewinnen.

Wir begannen, unsere Schritte langsam zurückzuverfolgen, wobei wir auf dem Rückweg ein paarmal falsch abbogen. Die Zwillinge waren erschöpft und fingen an, zu quengeln.

„Ich bin müde. Kannst du mich tragen?", fragte Ava und schaute klagend zu mir auf.

„Kannst du mich auch tragen?" Liam zog an meiner Hand. „Oder kann ich auf Walter sitzen?"

Ich musterte sie. Einen von ihnen zu tragen, wäre schwierig, zwei unmöglich. „Ich fürchte, ich bin nicht stark genug, um euch beide zu tragen, und Walter auch nicht. Aber wir sollten bald draußen sein."

„Können wir jetzt Donuts essen? Ich möchte mich hinsetzen." Liam ging in die Hocke. Sich hinzusetzen und sofort Donuts zu essen, klang äußerst verlockend, aber solange nicht ins Maislabyrinth geliefert wurde, war das keine Option. Endlich verstand ich, warum man die Auslieferung mit Drohnen in Betracht zog.

„Nein, es tut mir leid, Liam. Wir müssen erst aus diesem Labyrinth herausfinden, bevor wir Donuts kaufen können", sagte ich mit meiner besten ‚Spaßig, aber streng'-Mutterstimme – eine Stimme, die ich noch nie benutzen musste – und zog leicht an seiner Hand.

„Aber ich will Donuts!", fing Liam in einem ohrenbetäubenden Schrei an zu heulen. Ich wich zurück. Großer Gott. Ich spürte plötzlich eine neue Wertschätzung dafür, dass meine Eltern zwei Kinder großgezogen hatten.

„Wir werden Donuts holen, sobald wir aus diesem Labyrinth raus sind", sagte ich entschlossen.

Nach ein paar weiteren quälend langsamen Minuten des Gehens entdeckte ich vor mir eine vertraute Gestalt. *Gott sei Dank.* Ich hatte mich noch nie in meinem Leben so gefreut, Blake zu sehen. Sie rannte auf uns zu und hockte sich neben Liam und Ava, um sie in eine Umarmung zu schließen.

„Danke, dass du sie gefunden hast", sagte sie und schaute zu mir auf. Ihre braunen Augen waren sanft.

„Kein Problem. Ich habe ihnen versprochen, dass wir uns jetzt Donuts holen können und ich glaube, es könnte eine kleine Meuterei geben, wenn wir das nicht machen." Ich verzog das Gesicht.

Blake stand auf und lächelte. Sie trat vor und plötzlich, ganz unerwartet, kam ihre Hand auf mein Gesicht zu. *Was zum ...?*

Ihr Blick war fest auf meinen Kopf gerichtet und Blake berührte mein Haar mit der Hand und zog sanft etwas heraus. Blake so nahe zu sein, und dass sie mein Haar so zärtlich berührte, verursachte ein Flattern in meinem Bauch.

Dann trat sie zurück. „Tut mir leid, du hattest etwas im Haar."

„Oh Gott. Das war doch nicht etwa einer von Donnas Kötteln, oder?" Ich schloss entsetzt die Augen.

Blake lachte laut los. „Nein, es war ein Stück Heu." Sie schaute mich an und ihre Augen funkelten in der Nachmittagssonne, bevor sie schnell zu den Zwillingen hinunterblickte. Mein Herz stockte.

Ich bekam langsam den Eindruck, dass Blake mich vielleicht doch nicht hasste. Und dass ich sie vielleicht falsch eingeschätzt hatte. Und darüber hinaus, und zu meiner Überraschung, genoss ich ihre Gesellschaft sehr.

ZWANZIG MINUTEN später saßen wir auf einer rustikalen Holzbank in der Nähe des Hofladens. Wir verspeisten Zimtdonuts und Apfelkrapfen und tranken dampfend heißen Apfelwein.

Die Zwillinge saßen uns erschöpft von ihren Heldentaten gegenüber. Sie waren damit beschäftigt, den Zucker von den Donuts zu lecken und sie wieder auf den Teller zu legen, und waren dabei glückselig still. Als Blake bemerkte, was sie taten, öffnete sie den Mund, als wollte sie sie zurechtweisen, ließ sich dann jedoch mit einem Ausdruck der Niederlage auf dem Gesicht auf die Bank zurücksinken. Sie sah, wie ich sie anlächelte, und murmelte: „Vielleicht kaufe ich ihnen einfach weiter Donuts, von denen sie den Zucker lecken können, wenn sie das beschäftigt und sie länger sitzen bleiben." Sie griff nach einem bereits abgeleckten Donut, musterte ihn kurz, zuckte mit den Schultern und schob ihn sich in den Mund.

Ich lachte. „Ich auch. Übrigens, hast du schon diese

Apfelkrapfen probiert. Sie sind unglaublich." Ich nahm einen Bissen der frittierten Apfel-Zimt-Köstlichkeit und trank einen Schluck Apfelwein.

Blake aß einen, schloss dann die Augen und stöhnte anerkennend auf, was ein Kribbeln zwischen meinen Schenkeln auslöste. Ihr Mund war mit Zimtzucker bestäubt und ihre sonst so blassen Wangen leicht gerötet, möglicherweise von der Anstrengung, den Zwillingen nachzujagen oder von unseren dampfend heißen Köstlichkeiten und Getränken. Ich nutzte die Tatsache, dass sie die Augen geschlossen hatte, um sie schamlos anzustarren.

Sie war mir so nah, dass ich winzige kleine Einkerbungen sehen konnte, die wie Windpockennarben aussahen, und ein paar leichte Sommersprossen auf ihren Wangen. So nah, dass ich ein paar silberne Haare bemerkte, die unter ihrer Mütze herausschauten. So nah, dass ich, würde ich mich nur ein paar Zentimeter vorbeugen, ihr weiches, rosafarbenes, saftig wirkendes Ohrläppchen mit meinen Zähnen anknabbern könnte. Ich riss die Augen weit auf, als sich das Bild in meinem Kopf materialisierte. *Das ist Blake, weißt du noch, Jenny? Reiß dich zusammen.*

Sie öffnete die Augen und drehte sich zu mir um. *Scheiße, hat sie gemerkt, dass ich sie anstarre?*

Wenn ja, dann sagte sie nichts. Stattdessen nahm sie ihre Mütze ab und reichte sie mir. „Hier, setzt die auf und gib mir dein Handy."

„Okay ..." Unsicher, worauf sie hinauswollte, setzte ich die Mütze auf, die noch warm von Blakes Kopf war, und reichte ihr mein Handy.

Blake machte ein paar Fotos und schaute sie dann lächelnd durch. „Perfekt!"

Zu sagen, dass ich überrascht davon war, wie ernst Blake ihre Pflichten als meine persönliche Fotografin nahm, wäre eine Untertreibung. Ich hatte angenommen, dass Blake genau wie die Lehrer bei der Podiumsdiskussion, meine Karriere für einen Scherz hielt. Aber die Art und Weise, wie sie Fotomotive vorschlug und Bilder schoss, ohne auch nur den Hauch eines Urteils zu fällen, war eine angenehme Überraschung.

Sie reichte mir das Handy zurück. „Ich muss doch sicherstellen, dass ich meinen Teil der Abmachung einhalte", sagte sie barsch. Ich wollte mir gerade die Bilder ansehen, um herauszufinden, was Blake so gern festgehalten hatte, als eine Glocke läutete.

„Die letzte Heuwagenfahrt beginnt in fünf Minuten!", rief ein junger Farmangestellter.

Die Zwillinge, jetzt gestärkt vom Zucker, zogen die Donuts von ihren Zungen.

„Können wir auf die Heuwagenfahrt, Tante Blake? Bitte?", fragte Ava.

„Bitte!", fiel Liam mit ein.

Blake schaute mit hochgezogener Augenbraue zu mir auf.

Ich nickte. „Alles, wobei wir sitzen können, ist für mich in Ordnung. Und ich sollte sowieso aufhören, Apfelkrapfen zu essen, sonst verwandle ich mich vielleicht noch in einen." Ich stürzte den Rest meines Apfelweins hinunter und war überrascht, wie sehr ich mich darauf freute, meine Zeit mit Blake und den Zwillingen zu verlängern.

„Okay, dann machen wir es." Blake zog ein paar Babyfeuchttücher aus ihrem Rucksack und versuchte, den Zucker von den Gesichtern der Zwillinge zu entfernen, bevor sie je einen von ihnen an die Hand nahm. Sie gingen zu einem mit Heuballen beladenen Wagen, der an einen weiteren roten Traktor gekoppelt war.

Wir halfen den Zwillingen auf den Wagen und setzten

uns auf die Ballen. Blake deutete auf einen der Ballen uns gegenüber. „Wenn du dich dort drüben hinsetzt, kann ich ein Foto von dir machen."

Ich schüttelte den Kopf. „Danke, aber ich glaube, ich wurde heute genug fotografiert."

„Komm schon, ich glaube, es wird gut aussehen", sagte Blake grinsend.

Ich wollte einfach nur die Heuwagenfahrt genießen, aber Blake hatte recht. Die Spätnachmittagssonne schien auf die Bäume vor uns und hinter uns befanden sich Berge und der blaue Himmel mit ein paar Schäfchenwolken. Es war ein perfektes Bild.

Ich wechselte die Seite und positionierte Walter neben mich, um dann seitlich zu schauen, als würde sich der Heuwagen bewegen, während Blake den Moment festhielt. Dann nahm ich wieder meinen Platz neben Ava ein. Ein Mann mit einem schlafenden Baby an der Brust und einem Kleinkind im Schlepptau kletterte auf die Heuballen. Der Fahrer sicherte das Gitter am hinteren Ende des Wagens, gab uns eine kurze Sicherheitseinweisung und schon ging es los.

Der Wagen holperte den Feldweg entlang, vorbei am Kürbisfeld, den Apfelplantagen und dem Maislabyrinth. Als wir weiterfuhren, kamen wir an einem Feld vorbei, auf dem bunte Dahlien, Zinnien und Löwenmäulchen wuchsen. Daneben befand sich ein Gewächshaus ebenfalls voller Blumen.

„Von hier bezieht Olivia die meisten ihrer Blumen." Blake deutete mit einem Nicken in die Richtung des Feldes und des Gewächshauses.

„Oh, wow! Ich wusste gar nicht, dass sie sie aus der Region bekommt." Die Tatsache, dass die Blumen, die wir für Amandas Junggesellinnenabschied verwendet hatten, letzte Woche noch auf diesem Feld gewachsen sein könnten, gab mir ein leichtes Gefühl der Wärme.

Hinter den Blumen befand sich ein Feld mit grünen Kiefern, die fast bereit für die Weihnachtsbaumernte waren. Der Duft der Nadeln lag in der Luft und ich atmete ihn genüsslich ein.

„Gibt es irgendetwas, was es auf dieser Farm nicht gibt?", fragte ich nur halb im Scherz. Es war auf jeden Fall die perfekte Umgebung für einen Content-Ersteller. Ich würde im Dezember für ein weiteres Fotoshooting zum Thema Weihnachten wiederkommen müssen.

Trotz – oder vielleicht gerade wegen – des ganzen Zuckers, den die Zwillinge konsumiert hatten, waren sie zu meiner Erleichterung zufrieden und genossen die Fahrt. Das rhythmische Schaukeln des Wagens und die warmen Krapfen und der Apfelwein in meinem Bauch machten es herrlich gemütlich, während die frische Herbstluft, die leuchtend roten Bäume und der blaue Himmel uns das Gefühl gaben, in einem herbstlichen Wunderland unterwegs zu sein.

„Wie läuft es mit der Hochzeitsplanung?", fragte Blake und drehte sich zu mir.

„Ziemlich gut. Ich habe eine Menge zu tun, aber es macht mir Spaß. Ich glaube, es wird ein ganz besonderer Tag."

„Oh, großartig. Nun, mein Angebot, dir zu helfen, steht noch, falls du es brauchst." Sie hielt inne. „Also, wie lange bleibst du in Sapphire Springs?"

„Wahrscheinlich bis Januar." Ich musterte Blakes Gesicht, um ihre Reaktion zu sehen, aber sie nickte nur.

„Hey, Tante Blake, woher kommen Babys?", wollte Ava

wissen, als sie auf das schlafende Baby starrte, das uns gegenübersaß. Ich verschluckte mich fast, als ich versuchte, mein Kichern zurückzuhalten.

„Lass uns das deinen Dad fragen, wenn er euch abholt, okay?", sagte Blake ernst und ihre Lippen zuckten.

„Nein, ich will es jetzt wissen." Ava starrte Blake an.

Blake riss die Augen weiter auf und warf mir einen panischen Blick zu. Ich schlug mir die Hand vor den Mund, um das Lachen zu unterdrücken.

„Nun, Babys entstehen durch die Kombination einer Eizelle von einer Frau und eines Spermiums von einem Mann. Ein Arzt kann das in einem Labor machen oder ..."

Der Wagen wackelte, als er über ein Schlagloch fuhr, und Ava kreischte vor Vergnügen. Zu meiner großen Enttäuschung vergaß sie das Blumen- und Bienengespräch, das Blake tapfer begonnen hatte, gerade als es interessant wurde. Blake warf mir einen Blick zu und wischte sich erleichtert über die Stirn, woraufhin ich mir ein weiteres Kichern verkneifen musste.

Die Heuwagenfahrt ging viel zu schnell vorbei. Ich hätte noch eine Stunde lang die Aussicht und die frische Luft genießen können, aber die Farm würde schließen. Wir stiegen aus dem Wagen und machten uns auf den Weg zum Ausgang, als die Zwillinge eine dieser Fotowände fanden, durch die man die Köpfe stecken konnte. Sie liefen darauf zu. Cartoon-Bauernhoftiere waren darauf gemalt, deren Gesichter so ausgeschnitten waren, dass man den eigenen Kopf hineinstecken konnte.

„Geh du auch und ich mache ein Foto von euch dreien." Ich winkte Blake mit der Hand hinüber und zog mein Handy heraus.

Liam steckte sein Gesicht durch das Kopfloch der gelben Ente, Avas Gesicht erschien oben auf dem Schweinekörper und eine Sekunde später tauchte Blakes Kopf über den Schultern der Kuh auf. Ich hatte bereits ein paar Fotos geschossen, als die Farmangestellte, die mir Donna auf den Kopf gesetzt hatte, auf mich zukam.

„Wenn Sie wollen, kann ich ein Foto von Ihrer wunderbaren Familie machen, damit Sie auch drauf sein können", sagte sie und lächelte.

Blake und ich tauschten amüsierte Blicke aus. Um ehrlich zu sein, war es erfrischend. Wie oft war ich mit einer Frau ausgegangen, mit der ich zusammen war, nur damit die Leute annahmen, sie sei nur eine Freundin, meine Schwester oder sogar einmal – sehr zum Entsetzen meiner Begleitung – meine Mutter. Ich konnte es nicht zählen. Es war schön, dass die Vermutung einmal in eine andere Richtung ging. Blake und ich waren zwar nicht zusammen, nicht einmal befreundet, aber diese Frau hatte uns für ein Paar gehalten. Nun, zumindest waren wir keine Freunde gewesen. Jetzt war ich mir nicht mehr so sicher, was wir waren.

„Das wäre schön, danke", sagte ich und reichte ihr mein Handy.

„Komm schon, Jenny! Du kannst das Pferd sein!", rief Ava.

„Okay, schon gut, ich komme ja!" Ich schaute auf Walter hinunter. „Du darfst auch mit aufs Foto, Kleiner."

Ich joggte zur Fotowand hinüber, wies Walter an, sich neben Liams Ente zu setzen, und steckte meinen Kopf durch das verbleibende Loch.

„Eins, zwei, drei, sagt ‚Maiskolben'!" Die Frau schoss ein paar Fotos und dann zogen wir unsere Köpfe aus den Löchern und bedankten uns bei ihr.

„Kannst du mir die Fotos schicken?", fragte Blake.

„Natürlich." Ich lächelte und bemerkte dann Blakes

entblößten Kopf. Mein Lächeln verblasste. „Oh, Mist, ich habe ganz vergessen, dir deine Mütze zurückzugeben."

Ohne nachzudenken, drehte ich mich zu ihr um, zog die Mütze von meinem Kopf und setzte sie mit beiden Händen sanft auf Blakes Haar, um sie nach unten zu ziehen.

Plötzlich wurde mir bewusst, wie nahe ich Blake schon wieder war und wie intim sich das anfühlte. Ich konnte die Süße von Zimt und Apfelwein in ihrem Atem riechen und die Weichheit ihres Haares an meinen Fingern spüren. Wäre dies einer dieser romantischen Filme würden wir uns jetzt intensiv in die Augen sehen und uns langsam zu einem leidenschaftlichen Kuss vorbeugen. Ich zog meine Hände weg und wich bei dem Gedanken einen Schritt zurück. *Was zum Teufel machst du denn, Jenny?*

Blake räusperte sich. „Ähm, sollen wir dich nach Hause fahren?" Ihre Stimme klang normal, als wäre ich nicht gerade in ihre Privatsphäre eingedrungen und hätte mir vorgestellt, sie zu küssen. *Gott sei Dank.*

Ich hielt nur eine Sekunde lang inne, bevor ich Blakes Angebot annahm. Nachdem ich mich im Maislabyrinth überanstrengt hatte, hatte der Heimweg zu Fuß seinen Reiz verloren.

Die Fahrt nach Hause verbrachten wir in angenehmer Stelle, während die Zwillinge in ihren Kindersitzen hinter uns dösten. Warm und entspannt nach den Abenteuern des Tages lehnte ich mich mit Walter auf dem Schoß auf dem Beifahrersitz zurück. So zufrieden und friedlich hatte ich mich nicht mehr gefühlt, seit der Skandal passiert war. Vielleicht sogar noch länger. Ich warf einen Blick auf Blakes Profil, während sie sich darauf konzentrierte, die dunklen, kurvenreichen Straßen zurück nach Sapphire Springs zu fahren.

Als ich aus dem Auto stieg, räusperte sich Blake.

„Danke, dass du den Nachmittag mit uns verbracht hast. Ich bin mir nicht sicher, ob wir alle noch in einem Stück wären, wenn du nicht da gewesen wärst. Und ... ich fand es wirklich nett." Ihre Stimme klang heiser.

„Ich auch." Ich hoffte, meine Stimme klang nicht so überrascht, wie ich mich fühlte.

11

BLAKE

„SOLLTEST DU NICHT ARBEITEN?", fragte George überrascht, als ich das Novel Gossip betrat.

Ich schnaufte. „Ja, danke für die freundliche Begrüßung und die Erinnerung. Ich habe mir heute Nachmittag eine Stunde Zeit genommen, um zu versuchen, meinen Papierkram zu erledigen. Aber Dad führt einen weiteren Kampf mit dem Drucker, den ich mir nicht länger anhören kann, also dachte ich, ich verschaffe dir etwas Umsatz und sehe, wie es meiner besten Freundin geht, und arbeite ein bisschen. Aber wenn du kein Interesse daran hast, kann ich stattdessen auch zu den Dippin' Donuts gehen." Ich zog eine Augenbraue hoch.

Sie schnappte dramatisch nach Luft und starrte mich an. „Das würdest du nicht wagen!"

„Nein, du hast recht, würde ich nicht. Du hast mich mit deinen Milchkaffees mit doppelten Espressos süchtig gemacht und jetzt bin ich eine treue Kundin, egal wie sehr du mich nervst." Ich grinste sie an. „Apropos ..."

„Ein Milchkaffee mit doppeltem Espresso kommt sofort."

Ich nahm in der Nähe des Fensters Platz und zog meinen Laptop heraus, um mit der Arbeit zu beginnen. Aber zuerst zog ich mein Handy aus der Tasche, um mir die Fotos anzusehen, die Jenny mir gestern geschickt hatte. Zum zwölften Mal vergrößerte ich Jennys Gesicht, das aus dem Pferdekopf herausschaute. Eine Locke ihres gewellten, blonden Haars fiel durch das Loch auf die Brust des Pferdes hinunter. Ihre Wangen und Nasenspitze waren gerötet, vielleicht von der Kälte oder dem Apfelwein, und sie strahlte. Ich zoomte näher heran und die Hitze in meiner Brust wuchs, als ich mich daran erinnerte, wie sie mir zärtlich die Mütze auf den Kopf gezogen hatte. Sie war so nah gewesen, dass ich die Wärme ihres Atems auf meinem Gesicht spüren konnte. Ich musste gegen den Drang ankämpfen, meine Hände um ihre Taille zu schlingen und sie an mich zu ziehen. Von dem Moment an, als wir uns zu Donuts, Apfelkrapfen und Apfelwein hingesetzt hatten, hatte der gestrige Nachmittag eine magische Dimension angenommen, und ich hatte nicht gewollt, dass er endete.

Ich hörte ein dumpfes Geräusch, als George einen doppelten Milchkaffee und ihren köstlichen Zitronen-Blaubeer-Kuchen vor mir hinstellte und dann mit einer Tasse Kaffee in der Hand mir gegenüber Platz nahm.

„Ich dachte, ich setze mich ein paar Minuten zu dir, da im Moment nicht viel los ist. Ist das okay?"

„Natürlich. Wie läuft das Geschäft überhaupt?"

Die Coffeeshop-Kette Dippin' Donuts hatte vor ein paar Monaten in Sapphire Springs eröffnet. George war sehr besorgt gewesen, dass es sich auf den Gewinn des Novel Gossips auswirken könnte. Soweit ich es beurteilen konnte, hatte es jedoch keine Folgen für das Café gegeben, sie regte sich allerdings trotzdem jedes Mal auf, wenn ich das D-Wort erwähnte. Ich bemühte mich bewusst, jeden Tag Kaffee bei ihr zu trinken, um sie zu unterstützen, was mir nicht schwerfiel, wenn man bedachte, wie gut ihre Baristakünste waren. Ich trank einen großen Schluck von meinem Milchkaffee und entspannte mich.

„Es läuft gut. Ich habe zwar einen leichten Rückgang bei den Kaffee- und Gebäckbestellungen festgestellt, aber es ist nicht übermäßig schlimm. Ich plane immer noch, das Geschäft zu variieren – hin und wieder Sip-and-Paint, vielleicht ein paar Lesungen mit Autoren, so etwas in der Art, um die Dinge interessant zu halten. Ich möchte, dass das Novel Gossip ein echtes Gemeinschaftszentrum wird, ein Ort, der Menschen zusammenbringt", sagte George ernsthaft.

Ich stellte meine Tasse ab und lächelte sie an. „Das klingt großartig. Aber ich glaube, du unterschätzt, wie viel du schon erreicht hast. Du hast den Buchklub und die Spieleabende. Und schau dich heute mal um." Ich deutete auf die anderen Kunden, die sich mit Freunden unterhielten oder allein saßen und Bücher lasen oder auf ihren Laptops tippten. „Bevor es das Novel Gossip gab, mussten wir für einen anständigen Kaffee stets in eine der Teestuben fahren. Ein Ort, an dem wir uns auf der Main Street zu gutem Essen und Kaffee treffen können, hat einen riesigen Unterschied gemacht. Und Dippin' Donuts kann definitiv nicht mit deiner Atmosphäre, dem Essen oder dem Kaffee mithalten."

George stieß ein zufriedenes Schnaufen aus. „Nun, das freut mich, zu hören." Sie trank einen Schluck ihres Kaffees. „Wie ist es gestern mit den Zwillingen gelaufen?"

Ich hatte die Zwillinge vor ein paar Monaten mit hierhergebracht, damit sie George kennenlernen konnten. Obwohl sie mehrmals fast ihre Bücherregale umgeworfen und einen Milchshake auf dem Boden verschüttet hatten, war sie von ihnen sehr angetan gewesen.

„Nun, es war ... es war interessant. Ich hatte im Gegenzug für meine fotografischen Fähigkeiten unerwartete Hilfe." George zog verwirrt die Augenbrauen hoch. Ich erzählte ihr von den Ereignissen des Vortags.

Als ich fertig war, klatschte George in die Hände und tat so, als würde sie schwärmen. „Was für ein herrliches Herbstdate! Heuwagenfahrten, Maislabyrinthe, heißer Apfelwein und Donuts. Das klingt alles so romantisch."

„Hast du mir überhaupt zugehört? Kleine Kinder, die über Köttel singen, sich im Maislabyrinth verirren und generell wild toben. Es war alles andere als romantisch."

„Nun, ich habe aus zuverlässiger Quelle von Amanda gehört, dass Jenny Single ist." George grinste und mein Herz machte einen Sprung. Ich hatte mich gefragt, wie es um Jennys Beziehungsstatus stand, aber ich wollte Amanda nicht fragen, falls es unangenehme Rückfragen heraufbeschwören würde.

„Aha. Und ich wüsste nicht, inwiefern das relevant sein sollte. Wie du weißt, bin ich selbst glücklich Single, und habe die Absicht, es auch zu bleiben."

George runzelte die Stirn. „Hör mal, Blake. Da es in der Stadt noch nie eine geeignete Frau gab, habe ich mir bisher nicht die Mühe gemacht, das zu sagen. Aber Beziehungen für immer abzuschwören, nur weil das mit Grace passiert ist, erscheint mir ein bisschen drastisch. Ich weiß, es war furchtbar, aber es ist über drei Jahre her ..."

Bei Grace' Namen zog sich meine Brust zusammen. „Und es tut immer noch weh." Meine Worte kamen knapper und bissiger heraus, als ich es beabsichtigt hatte.

Obwohl die Sache mit Grace schon über drei Jahre her war, war ich noch nicht darüber hinweg. Ich war über

Grace hinweg, das war sicher, aber ich hatte mich noch nicht von der absoluten Erschütterung erholt, die ich nach alledem erlebt hatte. Die Depression. Der Verlust von Appetit und Gewicht. Die zwanghaften Gedanken. All meine Hoffnungen und Träume wurden zerstört. Es war die schlimmste Zeit meines Lebens und ich wollte nie wieder dorthin zurückkehren. Die Trennungen von Anna und Hanh waren schon schlimm genug gewesen, aber bei Grace war es eine ganz neue Ebene des Schmerzes.

„Es tut mir leid. Ich hätte sie nicht erwähnen sollen", sagte George und verzog das Gesicht.

Mein Ausdruck wurde weicher. George versuchte nur, sich um mich zu kümmern.

„Hör zu, ich bin gern Single. Mein Leben ist erfüllt. Außerdem ist Jenny nur für ein paar Monate hier, also kommt sie sowieso nicht infrage."

Ich rührte meinen Kaffee um und beobachtete den kleinen Wirbel, den mein Löffel erzeugte. Ich war der festen Überzeugung, dass nicht jeder einen Partner brauchte, und dass die Gesellschaft viel zu viel Wert auf die Ehe und langfristige Beziehungen legte. Aber wenn ich ehrlich zu mir selbst war, war ich mir nicht sicher, ob ich zu diesen Menschen gehörte. Nicht umsonst hatte ich in der Vergangenheit stets ernsthafte Langzeitbeziehungen. Mein Kater Fred war zwar großartig, aber ich vermisste die Gesellschaft, die eine Partnerin bot. Und als ich Jenny wiedersah, erinnerte sie mich an ein paar andere Dinge, die ich ebenfalls vermisste. An Sehnsüchte, die ich schon seit Langem nicht mehr gespürt hatte. Einer der vielen Gründe, warum ich zurück nach Sapphire Springs gezogen war, war der absolute Mangel an potenziellen Partnerinnen. Wenn es niemanden gab, mit dem ich zusammen sein konnte, bestand auch keine Gefahr, dass mir das Herz gebrochen wurde. Aber jetzt war Jenny wieder da und erinnerte mich daran, was ich verpasste.

Mein Handy piepste und ich schaute sofort nach unten, falls es Dad war, der mir mitteilte, dass unerwartet ein Patient aufgetaucht war. Jennys Name blinkte auf und mein Herz setzte einen Schlag aus.

> Es ist völlig in Ordnung, wenn du nicht kannst, aber ich habe mich gefragt, ob du heute Abend Zeit hättest, mich in der Scheune zu treffen und mir beim Zusammenstellen der Gastgeschenke zu helfen?

Ich war hin und her gerissen. Mit Jenny abzuhängen, hatte wesentlich mehr Reiz als ein weiterer Abend mit Fred auf der Couch. Aber war es angesichts meiner Gefühle für sie auch eine gute Idee? Vielleicht nicht, aber die Vorfreude, die bei dem Gedanken, sie zu sehen, durch meinen Körper vibrierte, war zu stark, um sie zu ignorieren.

> Okay.

Ich beobachtete die drei blinkenden Punkte auf meinem Handy.

> Super, kann ich dich um sieben anhimmeln?

Ich gluckste. Die drei Pünktchen tauchten wieder auf.

> Verdammte Autokorrektur, ich meinte natürlich abholen. Dich abholen.

Ich lachte und George zog die Augenbrauen hoch. „Mit wem schreibst du da?"

„Jenny."

„Wusste ich es doch! Habt ihr zwei euch noch einmal verabredet?" Sie beugte sich vor und wackelte anzüglich mit den Augenbrauen.

Ich funkelte sie an und unterdrückte ein Kichern. „Nein, du Dummkopf. Ich werde ihr heute Abend nur mit den Gastgeschenken für die Hochzeit helfen."

„Ach ja. Das klingt nicht besonders lustig." Sie kniff die Augen zusammen.

Ich schob mein Handy über den Tisch.

George griff danach und lachte schnaubend. „Sie will dich anhimmeln? Das ist definitiv ein Freud'scher Versprecher. Von wegen Autokorrektur. Ich glaube nicht, dass ihre Absichten deutlicher sein könnten."

„Haha, sehr witzig. Wir verstehen uns vielleicht gut, aber *so* gut nun auch wieder nicht." Für den Bruchteil einer Sekunde tauchte das Bild von Jenny vor meinem geistigen Auge auf, wie sie auf einem Heuballen saß und die sanfte Nachmittagssonne ihr Gesicht anstrahlte, während sie die Heuwagenfahrt genoss.

„Du solltest antworten: ,Du kannst mich jederzeit versohlen, wenn es dich glücklich macht'." Ich rollte mit den Augen. „Aber wenn ich dir einen unaufgeforderten Rat geben darf: Du musst an deiner SMS-Kommunikation arbeiten. „Okay."? Du klingst wie ein Teenagerjunge."

George lehnte sich auf ihrem Stuhl zurück und machte ein langes Gesicht. „„Okay', ,Gut',,Ja'", grunzte sie in ihrer besten Nachahmung eines mürrischen Teenagers. „Sie wird denken, dass du keine Lust darauf hast, Zeit mit ihr zu verbringen. Ich bin jetzt an deine SMS gewöhnt, also weiß ich, dass ich sie nicht persönlich nehmen muss, aber sie wird das nicht wissen."

Ich schnappte mir mein Handy zurück. „Ich mag Effizienz einfach. Warum soll ich fünf Wörter tippen, ein

Ausrufezeichen und zwei Emojis, wenn ich es mit einem einzigen Wort klären kann?"

„Weil du dabei ungewollt jemanden beleidigen oder unnahbar wirken könntest?", erwiderte George.

Ich seufzte. Es war nicht das erste Mal, dass ich diese Rückmeldung erhielt. Nachdem Amanda vor ein paar Monaten gedacht hatte, dass ich wegen meiner knappen Nachrichten nicht zu ihr kommen wollte, um *Sinn und Sinnlichkeit* zusammen zu schauen (was, um ehrlich zu sein, teilweise stimmte, aber ich wollte nicht, dass es so offensichtlich ist), hatte sie mir sanft vorgeschlagen, dass ein paar zusätzliche Wörter oder ein paar Emojis oder Ausrufezeichen helfen könnten, meinen Tonfall besser herüberzubringen. Es war auch eine Quelle der Frustration für meine Verflossenen gewesen. Aber SMS zu schreiben, lag mir einfach nicht. Kurze, effiziente, schnörkellose Nachrichten schon.

Ich tippte.

Klingt gut!

und ließ meinen Finger über das Ausrufezeichen schweben. Hach. Ich drückte darauf, verzog das Gesicht und schickte die Nachricht ab.

„Erledigt. Ich habe zwei Wörter statt einem geschrieben *und* ein Ausrufezeichen hinzugefügt. Ich hoffe, du bist zufrieden."

George grinste. „Sehr." Sie trank den Rest ihres Kaffees und stand auf. „Ich mache mich besser wieder an die Arbeit."

„Ich auch." Ich seufzte und warf einen Blick auf die vielen ungelesenen E-Mails auf meinem Laptop. Ich musste mich beeilen, um meine Arbeit vor sieben fertigzuhaben.

JENNY FUHR VOR DER WUNDERSCHÖNEN, alten, roten Scheune vor, in der Amanda und Peter am Samstag heiraten würden. Nicht, dass man in der pechschwarzen Nacht erkennen könnte, dass es eine wunderschöne, alte, rote Scheune war, aber ich hatte sie oft genug gesehen, um genau zu wissen, wie sie aussah. Wir zückten unsere Handys und schalteten die Taschenlampen ein, um uns den Weg zum Scheunentor aufzuzeigen.

Metall klirrte über Metall und mir wurde klar, dass Jenny mit einem Schlüsselbund herumfummelte. „Großer Gott, wie viele Türen kann eine Scheune denn haben?", murmelte sie und ihr Haar fiel ihr ins Gesicht. Ich leuchtete mit dem Handy auf das Schloss, damit sie sehen konnte, was sie tat.

Schließlich schafften wir es hinein und ich drückte auf einen Lichtschalter neben der Tür. Lichterketten gingen an, die unter den Dachbalken der Scheune gespannt waren, und leuchteten den Raum schwach aus. Wir suchten nach dem Schalter für die größeren, stärkeren Lichter, die an den Dachsparren angebracht waren, aber wir konnten ihn nicht finden.

„Ich schätze, wir müssen uns mit der Stimmungsbeleuchtung begnügen." Jenny zuckte mit den Schultern und lächelte.

Da wir es aufgegeben hatten, den Lichtschalter zu suchen, schaute ich mich interessiert um. Seit meiner Kindheit war ich oft an dieser Scheune vorbeigefahren, aber ich war noch nie drin gewesen. Jetzt war sie ein beliebter Ort für Hochzeiten – besonders beliebt bei Pärchen aus New York City, die sich eine rustikale Atmosphäre wünschten. Wir standen an der Stelle, die vermutlich die Tanzfläche sein würde. Die Scheune war riesig und hatte ein hohes Spitzdach, das mit Balken und Holzsparren ausgekleidet war. Weiße Tischdecken waren über die Tische drapiert, die den größten Teil der Fläche einnahmen. Ich war mir sicher, dass es anders aussehen würde, wenn alle Lichter eingeschaltet, die Tische gedeckt und die Scheune mit Gästen gefüllt war, aber im Moment fühlte es sich extrem unheimlich an.

Als hätte sie meine Gedanken gelesen, sagte Jenny: „Hier ist es irgendwie ... gruselig. Es wäre der perfekte Ort für eine Halloweenparty." Das wäre es wirklich. Ich hatte kein großes Interesse daran, Partys zu veranstalten, aber George lud jedes Jahr zu einer Halloweenparty im Novel Gossip ein, einem Veranstaltungsort, der zu warm und gemütlich war, um echte Horrorstimmung zu verbreiten. Ich nahm mir vor, diese Scheune im Hinterkopf zu behalten, sollte sie sich jemals einen größeren, gruseligeren Veranstaltungsort wünschen.

Jenny deutete mit einem Nicken auf einen Stapel Kisten in einer Ecke der Scheune. „Darin müssen die Gastgeschenke sein. Miriam, die Hochzeitsplanerin, sagte, sie seien hierher geliefert worden." Wir öffneten die Kisten und stellten fest, dass es sich tatsächlich um die Gastgeschenke handelte. In einer der Schachteln befanden sich kleine braune Papiertütchen, in einer anderen herzförmige Pralinen und in der letzten kleine Päckchen mit Blumensamen.

„Ruuuuuuuuuuuuuuuh." Ein lautes, quietschendes Geräusch draußen ließ uns beide zusammenzucken.

Mein Herzschlag beschleunigte sich. „Das muss ein Kojote sein", sagte ich, mehr um mich selbst zu beruhigen als alles andere. Kojoten waren in dieser Gegend weit verbreitet und normalerweise nicht gefährlich. „Obwohl es sich eher wie das Heulen einer Frau anhörte."

„Oder ein Geist", schlug Jenny hilfsbereit vor.

„Vielen Dank dafür." Ich glaubte nicht an Geister, aber das beunruhigende Geräusch hatte etwas Weltfremdes an sich.

Das Licht flackerte kurz auf und wir schauten uns mit großen Augen an. Gütiger Gott, diese Scheune vermittelte tatsächlich das Gefühl des Beginns eines Horrorfilms. Als Nächstes würde wahrscheinlich eine blutige Leiche von den Dachbalken fallen. Ängstlich beäugte ich die Decke der Scheune.

„Wir könnten die Kisten auch mit zu meinen Eltern nehmen und sie dort packen", schlug Jenny vor, die offensichtlich ähnliche Gedanken hatte.

„Und dann müssen wir sie wieder hierher zurückschleppen. Lass uns hierbleiben. Es wird schon", antwortete ich so selbstsicher wie möglich. Blake Mitchell glaubte nicht an Gespenster.

Wir schleppten die Kisten in die Mitte der Scheune und setzten uns daneben. Jenny prüfte ihr Handy auf Anweisungen. „Okay, wir sollen also vier Pralinen und ein Päckchen Blumensamen in jede Tüte packen. Ich habe die strikte Anweisung, keine der Pralinen zu essen, weil sie genau die exakte Anzahl bekommen haben, also habe ich ein paar Snacks mitgebracht, um uns bei Laune zu halten. Da sind ein paar selbst gebackene Brownies dabei, die mein Vater gestiftet hat." Sie zog eine Tüte mit salzigem und süßem Popcorn, Brownies und Limonade heraus und bot sie mir an.

„Fantastisch, danke." Ich hatte mir schnell ein belegtes Brot zum Abendessen gemacht, das nicht sonderlich sättigend gewesen war, und hatte bereits ein Auge auf die Schokoladenpralinen geworfen, also nahm ich gern einen Brownie.

Wir machten uns an die Arbeit und sortierten die Pralinen und Blumensamen in die Tütchen.

Ein paar Minuten lang saßen wir gemütlich schweigend da, während wir beim Tütenfüllen einen Rhythmus fanden. Ab und zu warf ich Jenny einen verstohlenen Blick zu, die im Schneidersitz auf dem Boden saß. Der Schein der Lichterketten verlieh ihr einen warmen, goldenen Glanz. Das Wort engelsgleich kam mir in den Sinn. *Verdammt.*

„Wie lief es mit den Zwillingen, nachdem du mich gestern abgesetzt hast?" Jenny schaute zu mir auf.

Ich lächelte. „Angeblich haben sie letzte Nacht dreizehn Stunden geschlafen, was noch nie passiert ist. Mein Bruder droht jetzt damit, sie regelmäßig zu mir zu schicken, damit sie die ‚Tante Blake-Therapie' bekommen und er am nächsten Tag ausschlafen kann. Er schlug sogar vor, ich sollte meine Praxis schließen und stattdessen eine Kita eröffnen. Natürlich habe ich nicht erzählt, dass ich die Zwillinge im Maislabyrinth verloren habe." Ich gluckste. „Warst du mit den Fotos zufrieden?"

„Einige waren großartig, andere zum Schreien schlecht. Wie der entsetzte Gesichtsausdruck, als ich mich darüber sorgte, dass Donna mir auf den Kopf kacken könnte. Und ein paar der Vogelscheuchenküsse, bei denen du mich ertappt hast." Jenny lachte, warf den Kopf zurück und ihre Augen funkelten. „Aber die Leute lieben die schrecklichen Fotos, also mache ich vielleicht eine lustige ‚Outtakes'-Reihe mit den lächerlichen daraus."

„Fällt es dir schwer, dir Sachen auszudenken, über die du posten kannst? Ich habe das Gefühl, dass mir fast sofort die Ideen ausgehen würden." Ich könnte mir nichts Schlimmeres vorstellen, als Jennys Job zu machen. Ich war ein sehr zurückhaltender Mensch und mich ständig in Szene setzen zu müssen, fröhlich und übermütig zu wirken, wäre anstrengend.

Jennys Lächeln verblasste. „Ja, es fällt mir schon seit einiger Zeit schwerer. Am Anfang habe ich es wirklich geliebt. Ich habe immer sofort gepostet, wenn mir eine witzige Idee in den Sinn kam, wenn der Hund meines Chefs besonders niedlich war oder wenn ich ein Outfit trug, das mir gefiel. Aber dann zog ich eine Menge Follower an, wurde gesponsert und die Dinge änderten sich allmählich. Ich weiß, dass ich wirklich Glück habe, meinen Lebensunterhalt damit bestreiten zu können, aber es besteht ein großer Druck, ständig irgendetwas zu teilen, sich etwas Neues einfallen zu lassen, um die Aufmerksamkeit der Leute zu erregen. Und es ist so unberechenbar. Die Algorithmen, die bestimmen, wer deine Beiträge sieht, sind nicht transparent. Sie können sich ohne Vorwarnung verändern und plötzlich werden deine Beiträge nicht mehr so oft angezeigt wie früher, ohne dass man weiß, warum. Außerdem werden einem alle möglichen ekelhaften Nachrichten geschickt. Und wenn man Mist baut, können die Leute richtig boshaft werden." Jennys Gesichtsausdruck verdüsterte sich.

Meine Brust zog sich bei dem Gedanken zusammen. „Es ist wirklich mutig, sich so zu präsentieren. Ich könnte das nicht."

Jenny warf mir einen Blick zu, den ich nicht lesen konnte. „Ich habe mich nie bewusst dafür entschieden, Influencerin zu werden. Es ist einfach passiert. Ich bin mir also nicht sicher, ob mich das mutig macht. Die ganze Zeit mit kranken Menschen zu tun zu haben, ihnen schwierige Nachrichten zu überbringen, das Leben anderer Leute in den Händen zu halten ... *das* ist mutig. Genauso wie hier ganz allein eine Praxis aufzubauen." Ich war versucht, Jenny zu fragen, warum sie weitermachte, wenn es doch so klang, als würde es ihr keinen Spaß mehr machen. Aber ich wollte nicht zu neugierig sein.

„Ich hatte definitiv jede Menge zu lernen. Aber um ehrlich zu sein, ist der Umgang mit kranken Menschen das, was ich an meinem Job liebe. Was mir nicht gefällt, ist der ganze Papierkram und die finanzielle Seite der Dinge."

Ich hielt kurz inne. Normalerweise beschwerte ich mich nicht über meinen Job, aber Jenny schaute mich erwartungsvoll an, also fuhr ich fort. „Viele Menschen in Sapphire Springs sind nicht krankenversichert und einige haben keinen Zugang zu Medicaid. Zu wissen, dass sie Schwierigkeiten haben werden, mein Honorar zu bezahlen, ganz zu schweigen von den Medikamenten oder Tests, die ich empfehle, ist hart. Ich verzichte oft auf mein eigenes Honorar und helfe einigen von ihnen, finanzielle Unterstützung zu beantragen, aber das ist wirklich zeitaufwendig. Einige Krankenhäuser scheinen sich die größte Mühe zu geben, das Antragsverfahren so kompliziert wie möglich zu gestalten. Es fällt mir schwer, meine Patienten und die Verwaltungsarbeit unter einen Hut zu bringen und dann noch etwas Freizeit zu haben."

Jenny runzelte die Stirn. „Das ist scheiße", sagte sie unverblümt. „Weißt du, wie es andere Kleinstadtärzte in dieser Gegend machen? Die müssen doch ähnliche Probleme haben."

„Ich bin mir nicht sicher. Aber das ist eine gute Idee." Ich hatte ein paar wenige Kontakte zu den Ärzten in den Nachbarstädten, aber ich hatte noch nie daran gedacht, sie um Rat zu fragen. Einige von ihnen praktizierten schon seit über zwanzig Jahren. Sicherlich hatten sie diese Art von Problemen inzwischen in den Griff bekommen.

Im Laufe des Abends arbeiteten wir wie am Fließband. Ich füllte die Pralinen in die Tüten und übergab sie dann an Jenny, die die Blumensamen hinzufügte und die Tüten verschloss.

Es gab keine störenden Geräusche oder flackernden Lichter mehr und wir naschten Brownies und Popcorn, während ich Jenny alles über den neuesten Streit zwischen Rory und Joe und anderen Klatsch und Tratsch aus Sapphire Springs erzählte. Die Scheune fühlte sich nicht mehr unheimlich an. Im Gegenteil, mit den Lichterketten, den Snacks und unserem Geplänkel wirkte sie sogar irgendwie ... romantisch.

Als wir eine weitere Snackpause einlegten, kicherte Jenny. „Weißt du, das erinnert mich an die Mitternachtsgelage, die immer in den Internatsgeschichten für Mädchen vorkamen, die meine Mutter mir als Kind vorgelesen hat. Sie schlichen sich mit Leckereien und einer Picknickdecke aus ihren Schlafsälen und trafen sich in einem verlassenen Teil der Schule. So etwas wollte ich immer machen, aber Mom hat es mir nicht erlaubt.“

„Nun, ich freue mich, dass ich dir helfen konnte, deine Fantasie auszuleben.“ Ich grinste. Kaum hatten die Worte meinen Mund verlassen, bereute ich sie. Ohne es zu wollen, hatten sie sich etwas – okay, sehr – flirtend angehört.

Scheiße.

Jenny schaute mich scharf an. Hitze stieg in meinem Gesicht auf. Hoffentlich würde sie im gedämmten Licht nicht bemerken, dass ich rot wurde. Sollte ich etwas sagen, um klarzustellen, dass ich es so nicht gemeint hatte?

Doch bevor ich die passenden Worte formulieren konnte, streckte Jenny ihre Hand nach der nächsten halbgefüllten Tüte aus und lächelte. „Die nächste bitte! Wir sollten lieber weitermachen, sonst sitzen wir die ganze Nacht hier.“

ALS ICH AN DIESEM Abend im Bett lag und meinem sündigen Vergnügen frönte, durch Jennys TikTok-Seite zu scrollen, leuchtete mein Handy mit einer Nachricht auf.

Jenny.

Mein Puls beschleunigte sich, als ich auf ihre Nachricht tippte.

> Danke noch mal, dass du heute Abend mitgekommen bist. Du warst eine riesige Hilfe und es hat mir wirklich großen Spaß gemacht 😊

Ich erinnerte mich an Georges und Amandas Drängen, mehr Emojis zu verwenden, und blätterte durch die verfügbaren Optionen auf meinem Handy. Liebesherz. Nein, das erschien mir viel zu romantisch. Smiley-Gesicht. Nee, das drückte nicht wirklich meine Zustimmung zu ihren Worten aus. Dann entdeckte ich das Daumen hoch-Emoji und lächelte.

Perfekt.

12

———

JENNY

ES WAR Freitagnachmittag und das Begrüßungsessen für die Brautjungfern und Trauzeugen sowie Amandas und Peters unmittelbare Familienangehörige sollte in weniger als zwei Stunden beginnen. Ich hätte mich darauf konzentrieren sollen, die Namenskärtchen auf die Tische zu stellen. Stattdessen hielt ich Blakes Namenskarte in der Hand und starrte aus den raumhohen Fenstern des River's Edge, dem nobelsten Restaurant von Sapphire Springs, das sich am Ufer des Hudson Rivers befand.

Aber anstatt die spektakuläre Aussicht auf den Fluss und die roten, orangen und gelben Farbtöne der mit Herbstlaub bedeckten Hügel dahinter zu bewundern, sah ich eine Bilderfolge von Blake vor meinem inneren Auge.

Blake, die aus dem Teich stieg und aussah wie der fleischgewordene Mr. Darcy. Blake, die mir zärtlich das Heu aus den Haaren zog. Blake, die wegen des Apfelkrapfens stöhnte. Blake, die mich ansah, als ich ihr sanft die Mütze über die Haare zog. Blake, die lachte, als wir auf dem Boden der Scheune saßen und viel zu viele Brownies aßen.

Ein warmes, bebendes Gefühl kribbelte zwischen meinen Oberschenkeln.

Verdammt! Ich brauchte eine kalte Dusche oder zumindest einen kalten Schuss Realität, also öffnete ich Blakes letzte Nachricht und starrte sie zum x-ten Mal an.

Ich hatte mindestens zwanzig Minuten lang über diese Nachricht gegrübelt, die ich ihr am Mittwochabend geschickt hatte. Sollte ich ein x oder ein 😃 ans Ende setzen? Sollte ich sagen, dass es mir *großen* oder *riesigen* Spaß mit ihr gemacht hatte? Sollte ich die Nachricht ganz löschen?

Und im Gegenzug hatte mir Blake nur einen Daumen hoch geschickt. Kein „Mir auch 😃"oder ein „Gern geschehen, jederzeit wieder!" Einfach nur einen Daumen hoch. Ich wusste nicht, wie ich das interpretieren sollte. Für mich kam das Daumen hoch-Emoji ein wenig passivaggressiv oder gar sarkastisch rüber. Bedeutete es, dass sie sich nicht amüsiert hatte? Oder interpretierte ich zu viel hinein? Und warum war mir das überhaupt so wichtig?

Ich ging unsere Nachrichten durch. Unsere Korrespondenz war definitiv immer ähnlich. Ich schickte eine SMS mit ein paar freundlichen Ausrufezeichen und Smileys und sie antwortete mit prägnanten Einzelsilben, denen es ernsthaft an Wärme fehlte.

Ich seufzte. Blake war so ein Rätsel. Ich dachte, wir würden gerade anfangen, uns gut zu verstehen, und dann schickte sie mir eine knappe SMS oder sagte etwas Abruptes, das mir den Eindruck vermittelte, dass sie das gar nicht so sah. Es wäre auch gar kein Problem gewesen – nach der morgigen Hochzeit gäbe es keinen Grund, sie zu sehen, es sei denn, ich bräuchte, Gott bewahre, ärztliche Hilfe –, nur konnte ich sie und diese verdammte Bildabfolge nicht aus meinem Kopf kriegen.

Es war ein Fehler gewesen, sie am Mittwochabend dazu einzuladen, mit den Gastgeschenken zu helfen. Da sie ihre Hilfe angeboten hatte, war sie die einfachste Option gewesen. Aber im Nachhinein betrachtet, hatte es nur angeheizt, was in meinem Kopf vor sich ging.

Ich starrte auf ihre Namenskarte in meiner Hand. Amanda hatte uns auch auf ihrem Sitzplan für das Willkommensessen nebeneinandergesetzt und ich kämpfte mit einem Dilemma. Ich hatte Blake den Sitzplan für dieses Abendessen nicht gezeigt, sodass ich uns leicht auseinanderplatzieren *könnte*, ohne sie zu beleidigen. Aber ich hatte ihre Gesellschaft bei den letzten Malen, die wir zusammen waren, genossen ...

Die Bilder fingen wieder an. Ich kniff die Augen zusammen. *Großer Gott, mach das es aufhört.*

Ich ging den langen Tisch entlang, bis ich Mayas Namenskärtchen entdeckte, und tauschte es mit Blakes. Ich atmete tief durch. Die Bilder verblassten. Ja, das war definitiv die richtige Entscheidung.

Mein Handy vibrierte. Ich griff danach und hoffte, dass es keine Lastminute-Probleme mit der Hochzeit geben würde. Mir wurde flau im Magen. Es war Serena.

> Ich liebe all die Herbstbeiträge diese Woche! Mach weiter so. Hast du schon einen heißen Holzfäller gefunden?

Eine Vision von Blake im Flanellhemd, die mich angrinste, als sie mich beim Knutschen mit der Vogelscheuche erwischte, schoss mir durch den Kopf.

Ich schickte Serena stattdessen das Foto, auf dem ich die Vogelscheuche küsste.

Ja! Wir sind verlobt 😊. Gibt es
Neuigkeiten an der Jobfront?

Ich hatte jeden Tag ein Foto vom Bauernhof gepostet und es lief ziemlich gut. Das Video mit den Outtakes, das ich auf TikTok geteilt hatte, war sogar mein erfolgreichster Beitrag seit einiger Zeit. Angesichts des Erfolges hatte ich ein weiteres Video mit Fotos erstellt, auf denen ich lächerlich aussah, als ich die Vogelscheuche küsste, und das würde ich heute Abend zum besten Zeitpunkt online stellen. Ja, ich sah lächerlich aus, aber den Leuten gefiel es und es machte mir nichts aus, mich über mich selbst lustig zu machen. Ich hatte sogar ein paar Hundert neue Follower gewonnen, sehr zu meiner Erleichterung. Die Fotos mit Donna hatte ich allerdings noch nicht veröffentlicht. Die Farmangestellte hatte mir zwar versichert, dass Donna es *liebte*, auf den Köpfen der Leute zu sitzen, und sie sah auch recht glücklich aus, wie sie dort oben hockte. Aber ich hatte Angst, jemand könnte behaupten, es sei Tierquälerei. Und das war das Letzte, was ich im Moment gebrauchen konnte. Mein Handy vibrierte wieder.

😂 Was für ein hübsches Paar. Noch keine
neuen Angebote, aber ich bin sicher, es ist
nur eine Frage der Zeit.

Ich seufzte. Hoffentlich hatte Serena recht. Früher wurde ich ständig von Unternehmen gebeten, gesponserte Inhalte zu veröffentlichen, aber seit Wochen hatte sich niemand mehr bei mir gemeldet. Das verhieß nichts Gutes für meinen Kontostand, zumal ich seit dem Vorfall den Kontakt zu Ruff abgebrochen hatte.

Als ich Serenas Nachricht schloss, sah ich, dass ich zuvor eine weitere Nachricht erhalten hatte, die ich noch nicht gesehen hatte. Sie war von Jeremy, dem Künstler, mit dem ich Anfang des Jahres in L.A. zusammen gewesen war – der Künstler, der sich kürzlich verlobt hatte.

> Hey Jenny! Lang nicht mehr gesehen. Wie geht es dir so? Gib mir Bescheid, ob du diese Woche einen Abend vorbeikommen willst. Ich vermisse dich.

Stirnrunzelnd öffnete ich Instagram, suchte nach Jeremys Profil und musterte das letzte Foto von ihm und seiner Verlobten, das gestern geteilt worden war. Sie küssten sich und die Bildunterschrift lautete: *Wie soll ich eine ganze Woche ohne diesen wunderbaren Menschen überleben? Viel Spaß auf Hawaii, Babe.*

Mir drehte sich der Magen um. So ein Arschloch. Amanda hatte recht, ich war wirklich schrecklich darin, Alarmglocken zu erkennen.

„Wie geht es meiner unglaublichen Hochzeitsplanerin?" Ich zuckte zusammen und drehte mich um. Amanda stand ein paar Meter von mir entfernt. Sie hielt einen Kaffeebecherhalter mit zwei Kaffee zum Mitnehmen aus dem Novel Gossip in der Hand.

„Hi! Ich habe dich erst in einer Stunde erwartet. Wie geht es meiner zukünftigen Lieblingsbraut?" Ich schnappte mir den Kaffee, auf dem ein J stand. „Danke!"

„Der Schuldirektor hat mich früher gehen lassen, also dachte ich, ich schaue einmal, ob ich bei irgendetwas helfen kann. Und mir geht es gut. Nervös, aber gut." Amanda lächelte und strich sich die Haare hinters Ohr.

„Ich denke, alles ist unter Kontrolle. Ich verteile nur noch die Namenskärtchen gemäß deines Sitzplans." Normalerweise würde ich Amanda alles darüber erzählen, dass Jeremy ein Arschloch war, aber sich am Abend vor ihrer Hochzeit über Männer zu beschweren, die Arschlöcher sind, schien mir nicht der beste Schachzug zu sein.

„Das sieht nicht nach meinem Sitzplan aus. Warum sitzt Blake neben Evie?" Amanda hob eine Augenbraue.

Ich blinzelte sie an. „Ich weiß nicht, was du vorhast, aber es ist mir nicht entgangen, dass du mich und Blake heute Abend und morgen auch zusammengesetzt hast. Du weißt, dass die Dinge zwischen uns angespannt sind. Blake hat den Sitzplan für die Hochzeit schon gesehen, daran kann ich also nichts ändern, aber ich möchte mir heute einen schönen Abend machen, also habe ich die Sache selbst in die Hand genommen."

Amanda zog die Augenbrauen mit einem schelmischen Gesichtsausdruck hoch. „Oh, wann genau hat Blake den Sitzplan für die Hochzeit gesehen?"

Verdammt. Ich spürte, wie meine verräterischen Wangen bei Amandas Worten warm wurden. „Ich bin ihr am Sonntag im Novel Gossip begegnet und sie hat einen kurzen Blick darauf geworfen. Die meisten Änderungen, die ich dir geschickt habe, sind auf ihre Anregung zurückzuführen. Für jemanden, der so unnahbar wirkt, ist sie erstaunlich gut informiert, was den Klatsch und Tratsch in Sapphire Springs angeht."

Ein verschmitztes Grinsen huschte über ihr Gesicht. „Ach, wirklich? Das ist ja witzig. Als ich diese Kaffees geholt habe, hat George zufällig erwähnt, dass du und Blake am Dienstag einen netten kleinen Ausflug zur Red Tractor Farm gemacht habt, und dass sie dir mit den Gastgeschenken geholfen hat. Für jemanden, den du nicht magst, verbringst du ziemlich viel Zeit mit ihr. Gibt es irgendetwas, das du mir sagen möchtest?"

Ich starrte Amanda an und verfluchte George im Stillen, obwohl ich mich fragen musste, was genau Blake

George über unsere gemeinsamen Aktivitäten erzählt hatte. „Entschuldige mal, willst du eine Hochzeitsplanerin oder nicht? Nur weil wir ein bisschen Zeit zusammen verbracht haben, um die Hochzeit unserer gemeinsamen Freundin zu retten und wir beide auf Frauen stehen, heißt das nicht, dass wir aufeinander scharf sind. Im Ernst. Solltest du dich nicht fürs Abendessen zurechtmachen oder so?"

Amandas Handy piepste. Sie zog es aus der Tasche und runzelte die Stirn, als sie die Nachricht las. „Nun, du hast Glück. Blake muss heute Abend einen Hausbesuch machen, also hat sie sich für das Abendessen entschuldigt."

Eine unerwartete Welle der Enttäuschung überschwemmte mich. Obwohl ich ihre Namenskarte umgesetzt hatte, hatte ich mich offenbar trotzdem auf sie gefreut.

Amanda starrte weiter mit einem schiefen Lächeln auf ihr Handy. „Gott, Blake ist schockierend mit SMS. Sie erinnert mich an meinen Dad. Im Ernst, schau dir das an." Amanda hielt mir ihr Handy vor die Nase.

Ich trat einen Schritt zurück, sodass ich es lesen konnte.

> Hast du Lust, diesen Samstag im Novel Gossip brunchen zu gehen? Ich dachte, vielleicht gegen elf? x A

> Okay.

> Danke noch mal, dass du den Junggesellinnenabschied mit Jenny geplant hast. Es war großartig!

> Dringender Hausbesuch. Schaffe Essen nicht. Tut mir leid.

Amanda schüttelte den Kopf. „Ich bin mir sicher, dass

sie sich schrecklich fühlt, weil sie nicht kommen kann, aber ihre SMS vermittelt dieses Gefühl überhaupt nicht."

Ich lachte laut und freute mich viel mehr darüber, als ich es sollte. Offensichtlich sollte ich Blakes abrupte Nachrichten nicht zu persönlich nehmen. Wenn es zu SMS kam, war sie ein hoffnungsloser Fall.

13

JENNY

ICH BLINZELTE EINE TRÄNE WEG, als Amanda und Peter zwischen zwei knorrigen Apfelbäumen in der Nähe der Scheune standen und ihr Ehegelübde ablegten. Die grün-goldenen Blätter der Apfelbäume leuchteten in der Nachmittagssonne und hinter ihnen stand ein prächtiger, rotgefärbter Ahorn, dessen Blätter purpurrot leuchteten.

Sie schauten sich so anbetend an, dass mein Herz vor Glück schmerzte. Und auch, wenn ich ehrlich war, mit einem Anflug von Neid auf das, was Amanda und Peter zusammen hatten. Ich wollte das. So sehr. Aber bei meiner Erfolgsbilanz in Sachen Beziehungen fühlte es sich völlig unerreichbar an.

Ich warf Blake einen Blick zu. Sie stand zwei Brautjungfern von mir entfernt und sah in einem Hemd aus demselben Stoff wie die Kleider der anderen Brautjungfern und einem blauen Maßanzug verdammt heiß aus. Sie beobachtete Amanda und Peter mit dem Hauch eines Lächelns im Gesicht. Ich war froh, dass Amanda kein Problem damit hatte, dass Blake einen Anzug trug. Andere Bräute wären vielleicht weniger entgegenkommend gegenüber ihren geschlechteruntypischen Freundinnen gewesen.

Bis jetzt verlief die Hochzeit reibungslos. Ich hatte Miriam ein paar Updates geschickt, um sie wissen zu lassen, dass alles unter Kontrolle war. Ich hatte sie nie kennengelernt, aber da wir in den letzten Wochen so oft miteinander gesprochen hatten, kam sie mir fast wie eine Freundin vor. Das Einzige, worauf ich noch wartete und das möglicherweise nicht unter Kontrolle war, war die Torte. Das Fehlen der Torte war der Grund für das schwere unbehagliche Gefühl in meinem Magen.

Der Bäcker aus einer nahe gelegenen Stadt hatte versprochen, die Torte vor über einer Stunde zu liefern, aber er war immer noch nicht da. Vor Beginn der Zeremonie hatte ich ihn mehrmals angerufen, eine Sprachnachricht hinterlassen und eine SMS geschickt, die allesamt unbeantwortet geblieben waren. Wenn ich nicht gerade Tränen weg blinzelte, weil Amanda und Peter sich ihr Eheversprechen gaben, oder Blake Blicke zuwarf, hielt ich besorgt Ausschau nach ihm.

Sobald die Zeremonie vorüber war, rannte ich zurück zur Scheune und schnappte mir mein Handy in der Hoffnung, eine SMS in der Art von *Sorry, ich bin in zehn Minuten da* zu lesen.

Es gab keine SMS, aber drei verpasste Anrufe und eine Sprachnachricht. Ich rief meine Mailbox an und hielt mir den Bauch mit einer Hand, um die Nervosität darin zu beruhigen.

Die Nachricht fing mit einem rhythmischen *piep, piep, piep* an, die Art von Ton, die man in Krankenhausserien hörte, wenn die Person an lebenserhaltenden Maschinen hing.

Ich holte tief Luft. *Scheiße*. Das war kein vielversprechender Anfang.

Nach ein paar Sekunden räusperte sich ein Mann. „Jenny, ich bin es Charlie. Es tut mir so leid, aber ich hatte einen Unfall. Ich ... da war ein Reh und ich bin gegen einen Baum gefahren, als ich versuchte, ihm auszuweichen. Die Torte ist zerstört und ich liege im Krankenhaus, aber es geht mir gut. Es tut mir so leid. Ich fühle mich schrecklich." Es gab ein paar gedämpfte Stimmen im Hintergrund. „Hören Sie, ich muss los. Bitte sagen Sie Amanda, dass es mir leidtut." Die Nachricht wurde unterbrochen.

Ich versuchte, meine Panik unter Kontrolle zu halten, atmete ein paarmal tief durch und schaute mich in der Scheune um. An einem Ende standen lange Tischreihen, die mit knackig weißen Tischdecken und Olivias prächtigen Herbstblumenarrangements aus roten, orangen und gelben Dahlien, Zinnien, Sonnenhut und Löwenmäulchen gedeckt waren. Rustikale Holzstühle mit weißen Seidenschleifen und passenden Kissen waren unter die Tische geschoben.

Es sah fantastisch aus.

Amanda würde eine fantastische Hochzeit feiern, auch wenn ihr die Hochzeitstorte fehlte. Mit den Kanapees und dem Drei-Gänge-Menü würde niemand hungern müssen. Doch dann fiel mir der kleine, runde, leere Tisch ins Auge, auf dem die Torte stehen sollte. Meine Zuversicht geriet ins Schwanken.

Amanda liebte Kuchen und ich wusste, dass sie und Peter wochenlang verschiedene Variationen probiert hatten, bevor sie sich für Charlies Kokosnuss-Limetten-Torte entschieden hatten. Sollte ich Miriam anrufen und fragen, ob ihr so etwas schon einmal passiert war? Oder vielleicht googeln, *Was muss man tun, wenn die Hochzeits-torte ruiniert ist?*

„Das sieht großartig aus! Keine Spur mehr von unserer Gruselscheune. Und die Hochzeit läuft bis jetzt fantastisch. Gute Arbeit", sagte Blake hinter mir und ließ mich zusammenzucken. Ich drehte mich um und sie sah mein Gesicht. „Ist alles in Ordnung?"

„Ja ... Alles bis auf die Torte, die es nicht mehr gibt." Blake riss die Augen weit auf. „Der Bäcker hatte auf dem Weg hierher einen Autounfall und die Torte hat es nicht überlebt. Gott sei Dank, scheint niemand ernsthaft verletzt worden zu sein. Aber das ist natürlich nicht gut für die Hochzeit. Jetzt haben wir keinen Nachtisch mehr. Sie werden nicht in der Lage sein, traditionell die Torte anzuschneiden ..." Ich verstummte und Tränen stiegen mir in die Augen. *Alles wird gut, Jenny. Es ist nur eine Torte.*

„Scheiße!" Blake kaute kurz auf ihrer Lippe und schaute dann auf ihre Uhr. „Wann soll die Torte denn angeschnitten werden?"

Ich warf einen Blick auf den Zeitplan. „Zwanzig Uhr dreißig."

„Großartig. Dann haben wir jede Menge Zeit", sagte Blake mit zufriedener Stimme.

„Jede Menge Zeit wofür?", fragte ich Blake, als sie sich umdrehte und aus der Scheune marschierte, ohne meine Frage zu beantworten. Ich schüttelte den Kopf und fing an, zu googeln.

Ein paar Minuten später kam Blake mit George wieder herein, die in einem schwarzen Smoking sehr elegant aussah.

„Ich habe mit George gesprochen und wir werden eine neue Hochzeitstorte backen", verkündete Blake mit Autorität.

„Ihr ... wirklich?" Ich schaute zwischen den beiden hin und her und etwas von der Spannung in meiner Brust löste sich. „Seid ihr euch sicher? Ich meine, das wäre fantastisch, aber ist das nicht ein Riesenaufwand?" Ich war gerührt davon, dass Blake und George bereit waren, die Hälfte der Hochzeit zu verpassen, um eine neue Torte zu backen. Und die Tatsache, dass Blake selbst darauf gekommen war und es geschafft hatte, George einzuspannen, war überraschend süß.

George grinste. „Ja, ich kann nicht versprechen, dass sie superprofessionell aussehen wird – ich bin kein Tortendekorateur –, aber ich werde dafür sorgen, dass sie zumindest gut schmeckt, was man von den meisten Hochzeitstorten nicht behaupten kann. Weißt du, was für eine Torte Amanda bestellt hat?"

„Es war eine Kokosnuss-Limetten-Torte mit Limetten-Füllung, Frischkäseglasur und kandierten Limetten."

George verzog das Gesicht. „Nun, das klingt ein wenig zu schwierig, um es in weniger als vier Stunden zu schaffen."

Dann kam mir ein Gedanke. „Was ist mit deinem Zitronen-Blaubeer-Kuchen? Amanda sagte, der sei unglaublich. Wäre das machbar?"

George klatschte in die Hände. „Perfekt! *Das* kann ich. Ich habe genügend unterschiedlich große Backformen, sodass wir eine drei Etagenversion mit weißer Zitronenglasur machen können."

„Das klingt fantastisch!" Dann verzog ich das Gesicht. „Aber wo wollt ihr backen? Die Caterer brauchen die Küche."

Hinter der Scheune befand sich eine kleinere Scheune, in der eine kommerzielle Küche untergebracht war. Als ich zuvor durch die Tür geschaut hatte, hatte dort reges Treiben geherrscht. Blake und George könnten wahrscheinlich in der Küche des Novel Gossip backen, aber das würde bedeuten, dass sie noch mehr von der Hochzeit verpassen würden. Außerdem müssten sie dann den ganzen Weg zurückfahren und ich wollte nicht noch eine Torte auf der Straße verlieren.

„Ich kenne Ms. Levi, die Besitzerin", sagte Blake schroff. „Ich habe sie gerade angerufen. Sie ist damit einverstanden, dass wir die Küche in ihrem Haus benutzen. Wir fahren schnell zurück in die Stadt, um Georges Backzubehör abzuholen, und dann machen wir uns an die Arbeit."

Ich atmete erleichtert auf und kämpfte gegen den Drang an, die beiden in die Arme zu schließen.

Amandas Hochzeit war wieder auf Kurs.

14

BLAKE

ICH STARRTE auf all die Zutaten, Schüsseln und Löffel, die auf dem Küchentisch verteilt waren. So hatte ich mir Amandas Hochzeit nicht vorgestellt. Aber es war eine Erleichterung, etwas zu haben, das mich beschäftigte. Als ich sah, wie Amanda und Peter sich ihr Eheversprechen gaben, kam ich nicht umhin, einen Anflug von Traurigkeit zu verspüren, dass ich nie eine ähnliche Erfahrung machen werde. Ich hatte mein Bestes versucht, diese Gefühle zu verdrängen und mich darauf zu konzentrieren, mich für Amanda zu freuen, aber es war mir nicht ganz gelungen. Ich wusste, dass ich nicht noch mal Herzschmerz riskieren konnte, aber das löschte das Gefühl nicht aus, dass ich etwas verpasste.

„Es ist, als wären wir in einer Folge des *Great British Bake Off*. Okay, was machen wir zuerst?", fragte ich in meinem besten britischen Akzent und schaute George an.

„Als Erstes musst du mit diesem grässlichen britischen Akzent aufhören. Als Nächstes ziehst du deine Jacke aus, krempelst deine Ärmel hoch und ziehst die hier an." Sie warf mir eine Schürze zu. „Dann müssen wir den Ofen einschalten, damit er sich aufheizen kann."

Ich war dem Ofen am nächsten, also ging ich hinüber, während ich meine Ärmel hochschob. „Soll ich ihn auf 260 Grad stellen, damit der Kuchen schneller backt, weil wir wenig Zeit haben?"

George unterbrach ihre Arbeit und warf mir einen Blick zu. „Um Himmels willen, nein. Stell ihn auf 175. Ähm, Blake, hast du schon einmal einen Kuchen gebacken?"

„Ja, natürlich. Aber das war eine Backmischung, nichts komplett Selbstgemachtes. Wer hat dafür schon Zeit?"

George schaute mich entsetzt an und riss die Augen weit auf. „Oh je. Da du ‚Backmischung' im Singular verwendest, liege ich recht in der Annahme, dass du nur einen einzigen Kuchen gebacken hast?"

Ich grinste und George verzog das Gesicht. „Okay. Das wäre eine nützliche Information gewesen, bevor ich mich verpflichtet habe, mit dir unter Zeitdruck eine dreistöckige Hochzeitstorte zu backen. Wie wäre es, wenn du damit anfängst, die Blaubeeren zu waschen?"

George reichte mir die Blaubeeren und fing an, die anderen Zutaten vorzubereiten.

Nach ein paar Minuten angenehmen Schweigens fragte George: „Also wie läuft es mit Jenny?" Ihre Stimme klang vielsagend. Ich schaute scharf auf. Sie konzentrierte sich darauf, das Mehl zu wiegen, aber ich konnte sehen, wie ihre Mundwinkel zuckten.

„Gut. Wieso?"

„Ich habe euch beide dabei erwischt, wie ihr euch während der Zeremonie heimliche Blicke zugeworfen habt. Und dann hast du angeboten, eine ganze Hochzeitstorte für sie zu backen, obwohl du, ähm ... keine Bäckerin bist."

Bei dem Gedanken, dass Jenny mich anschaute, wurde mir warm ums Herz. Hatte sie mich auch beobachtet?

Aber das wollte ich George nicht sagen.

„Ich weiß nicht, wovon du redest. Und wir backen diesen Kuchen für Amanda, nicht für Jenny."

Alles zu leugnen, schien mir zu diesem Zeitpunkt die beste Strategie zu sein.

Es klopfte an der Tür und dann öffnete sie sich knarrend.

„Hallo?", rief Jenny.

Verdammt. Schnell fuhr ich mit der Zunge über meine Zähne und hoffte, dass keine der Blaubeeren, die ich probiert hatte, daran klebte.

„Wir sind hier hinten", rief George und zwinkerte mir zu.

„Benimm dich", murmelte ich leise, als Jenny an der Küchentür erschien.

Obwohl die Ärztin in mir wusste, dass es physikalisch unmöglich war, hätte ich schwören können, dass mein Herz für einen Moment stehen blieb.

Jenny sah so verdammt süß aus. Der Stift hinter ihrem Ohr, das Klemmbrett mit dem Ablaufplan unter ihrem Arm und der geschäftsmäßige Gang standen in krassem Gegensatz zu dem wallenden, geblümten Brautjungfernkleid, den silbernen Stöckelschuhen und dem cremefarbenen Schal über ihrer Schulter. Ihr Haar fiel in Wellen über den Schal. Und zwischen ihrem Haar, dem Schal und dem tiefen Ausschnitt des Kleides war mehr als nur ein Hauch ihres Dekolletés zu sehen, was ich zu ignorieren versuchte. In ihren Händen hielt sie zwei Gläser Champagner.

„Wie geht es meinen Lieblingsbäckerinnen? Ich finde es furchtbar, dass ihr hier festsitzt, während der Rest von uns Champagner trinkt und Vol-au-Vents isst, also habe ich euch beiden ein Glas mitgebracht. Es tut mir leid, ich hatte nicht genug Hände, um euch auch noch Essen zu bringen, also musste ich Prioritäten setzen." Sie grinste.

George griff nach einem der Gläser und trank einen Schluck. „Danke. Ich freue mich, dass du deine Prioritäten richtig gesetzt hast!"

Ms. Levi kam gerade in die Küche, als Jenny mir das andere Glas reichte, wobei unsere Finger sich nur knapp verfehlten. „Hallo, Jenny! Ich dachte doch, ich hätte dich gehört. Ich wollte gerade nachsehen, wie es den Bäckerinnen geht. Bitte ruft mich, wenn ihr irgendetwas braucht."

„Hallo Ms. Levi. Ich bringe nur gerade ein paar Getränke. Es tut mir leid, dass ich Ihnen nicht auch ein Glas mitgebracht habe. Vielen Dank, dass Sie uns Ihre Küche zur Verfügung stellen."

„Nenn mich Leah, Jenny. Und das ist kein Problem. Das ist sogar das Mindeste, was ich tun kann." Sie lächelte mich an und wandte sich dann an Jenny. „Ich weiß nicht, ob Blake es erwähnt hat, aber wir hatten letzte Nacht einen Schrecken mit Zelda und Blake hat alles stehen und liegen gelassen, um nach ihr zu sehen. Heute geht es ihr Gott sei Dank schon viel besser." Zelda war Ms. Levis Tochter, die ein paar andauernde gesundheitliche Probleme hatte.

Jenny schaute mich an. Ich errötete und senkte meinen Blick auf die Zitrone, die ich gerade abrieb. Ich weiß nicht, warum es mir peinlich war, meine Arbeit zu tun, aber es war so. Ich spürte Jennys Blick ein paar Augenblicke lang auf mir, wagte es aber nicht aufzuschauen.

„Es tut mir so leid, dass zu hören. Das muss so stressig gewesen sein. Ich freue mich, dass es ihr besser geht." Jenny warf einen Blick auf ihre Uhr. „Also gut, ich gehe besser zurück zur Scheune, um sicherzugehen, dass in meiner

Abwesenheit nicht noch mehr schiefgegangen ist. Danke noch mal, dass ihr die Hochzeit rettet!"

ANDERTHALB STUNDEN später nahm ich neben Jenny Platz. Ich atmete tief ein und war mir Jennys Nähe nur zu sehr bewusst. Mein Blick huschte zu ihrem Gesicht und bestätigte, dass sie, ja, immer noch umwerfend aussah. Dann schaute ich wieder weg, bevor ich von ihrem tiefen Ausschnitt abgelenkt wurde.

Dem Zeitplan zufolge, den sie uns mitgeteilt hatte, sollte der erste Gang jeden Moment serviert werden.

Jenny drehte sich mit einem Lächeln zu mir um, das mein Herz stocken ließ. „Wie läuft es mit der Torte?"

„Sie kühlt gerade auf Ms. Levis, ich meine Leahs, Küchentisch ab. Wir werden zurückgehen und die Etagen zusammensetzen und sie während der Reden mit Glasur überziehen."

Jenny seufzte erleichtert auf. „Gott sei Dank. Ich bin so beeindruckt, dass du und George das hinbekommen habt." Ihr Blick wanderte von meinen Augen etwas tiefer auf mein Gesicht. Starrte sie ... starrte sie auf meine Lippen? Ohne nachzudenken, saugte ich meine Unterlippe leicht in den Mund, biss darauf und befeuchtete sie.

Sie lehnte sich vor, starrte immer noch auf mein Gesicht und mein Herz setzte einen Schlag aus. *Was macht sie da?*

„Oh, du hast einen kleinen Fleck Mehl auf deiner Wange." *Natürlich wollte sie dich nicht küssen, du Idiotin!*

Ich saß still auf meinem Stuhl, als Jenny sich vorbeugte und mit ihrem Daumen langsam und sanft über meine rechte Wange strich, was Funken in meiner Brust sprühen ließ. Sie schaute auf mein Haar und grinste. „Und in deinem Haar."

„Bist du sicher, dass das nicht nur mein Grau ist?" Ich lächelte. Es war mir nicht unangenehm, mit Anfang dreißig ein paar graue Haare zu haben. Ich mochte es sogar irgendwie. Als junge, weibliche Ärztin sah ich mich oft mit Skepsis konfrontiert, vor allem von älteren Männern, und ich fand, dass es mir ein wenig Seriosität verlieh.

„Ja, ich bin mir sicher", sagte Jenny und ihre Mundwinkel zuckten, als sie mir vorsichtig mit der Hand übers Haar strich und dabei eine kleine Mehlwolke vor mir herabschwebte, die auf das Tischtuch fiel.

„Mmmmh", summte sie und ließ mir ein warmes Kribbeln über den Rücken laufen. „Wenn dieser Kuchen auch nur annähernd so gut schmeckt, wie du riechst, wird Amanda begeistert sein."

Als Jenny fertig war, stupste sie mich an. „Sieht so aus, als würde sich unser kleiner Plan auszahlen." Ich folgte ihrem Blick zu Maya und Jasper, die in ein Gespräch vertieft waren und sich gegenseitig mit strahlenden Augen anlächelten.

„Oh, ausgezeichnet. Operation *Emma* ist im Gange. Hast du den Caterern gesagt, dass sie dafür sorgen sollen, dass ihre Gläser vollbleiben?", fragte ich scherzhaft.

„Ha, nein, aber so wie es aussieht, ist das gar nicht nötig."

Wir beide starrten Maya und Jasper unverblümt an. „Stell dir mal vor, wie entsetzt wir als Teenager gewesen wären, wenn zwei unserer Lehrer zusammengekommen wären."

Jenny kicherte. „Ach du meine Güte, kannst du dir das vorstellen? Mrs. Harding und Mr. Peck oder Mrs. Bingham und Mr. Reynolds?"

Bei dem Gedanken an diese unwahrscheinlichen Paare brachen wir beide in Gelächter aus.

Ich schüttelte den Kopf. „Eigentlich ist es ziemlich beängstigend, wenn man bedenkt, dass sie während unserer Highschoolzeit wahrscheinlich so alt waren wie wir jetzt. Damals kamen sie uns einfach so alt vor!"

„Uralt im reifen Alter von zweiunddreißig Jahren." Jenny grinste mich an und eine Sekunde lang glaubte ich, in Jennys Augen denselben Blick zu erkennen, den ich gerade in Mayas und Jaspers Augen beobachtet hatte. Aber das war lächerlich … nicht wahr?

ALS DIE REDEN BEGANNEN, schlichen George und ich zurück ins Haus, um die Torte zusammenzusetzen, sie zu glasieren und mit frischen Blaubeeren und kandierten Zitronenschalen zu verzieren.

Da George normalerweise eher auf Geschmack als auf die Äußerlichkeit ihrer Kuchen achtete, hatten wir uns ein paar Youtube-Videos angeschaut, wie man Hochzeitstorten glasiert. Nach aufregenden vierzig Minuten konnten wir unser Werk bewundern.

„Dafür, dass wir nicht alle Utensilien haben, die YouTube empfiehlt, und noch nie eine Hochzeitstorte glasiert haben, finde ich, dass sie ziemlich gut aussieht", sagte ich und schaute George bestätigend an.

Sie nickte. „Ich finde, der Gesamteffekt ist herrlich rustikal. Perfekt für eine Scheunenhochzeit auf dem Land."

Ich hoffte, Amanda war der gleichen Meinung.

15

JENNY

„DIE IST UNGLAUBLICH, Blake!", murmelte ich mit einem Mundvoll Torte. Zu meiner Erleichterung hatte Amanda die Nachricht vom Untergang ihrer ursprünglichen Torte und ihrem rustikaleren – aber absolut köstlichen – Ersatz erstaunlich gut aufgenommen.

Blake grinste mich an. „Es freut mich, dass sie dir schmeckt, aber es ist nicht mein Verdienst. Wenn überhaupt, dann wurde dieser Kuchen *trotz* mir gebacken. Wäre ich auf mich allein gestellt gewesen, wäre es ein verbrannter Brocken geworden. Aber ich nehme das Lob für die sehr sauberen Blaubeeren und die perfekt abgeschriebene Zitrone gern an."

Ich schluckte den restlichen Kuchen hinunter und lächelte sie an. „Ich liebe gut gewaschene Blaubeeren. Aber du verdienst den Applaus dafür, dass du George überredet hast. Ohne diesen genialen Einfall hätten wir jetzt keine Torte." Ich hätte Blake sonst auch nicht bei der harten Arbeit in Ms. Levis Küche gesehen, wo sie eine Schürze trug und auf die niedlichste Art und Weise völlig unbehaglich aussah.

Ich schaute mich in der Scheune um. Die meisten Leute saßen noch an ihren Tischen und ließen sich den Kuchen schmecken. Ein paar eifrige Gäste befanden sich bereits auf der Tanzfläche. Und Amanda drehte ihre Runden und unterhielt sich mit jedem. Sie sah umwerfend aus und, was noch wichtiger war, sie wirkte glücklich.

Ich atmete tief durch. Jetzt, da das Tortenproblem zufriedenstellend gelöst und das Essen und die Reden vorbei waren, konnte ich mich entspannen und den Rest des Abends genießen.

Ich beugte mich vor und zog eine Flasche Champagner aus dem Eiskübel auf dem Tisch. Ich hatte mich auf ein Glas beschränkt, um einen klaren Kopf zu bewahren, damit ich mit eventuellen Katastrophen fertigwerden konnte. Aber jetzt, da die meisten meiner Pflichten erledigt waren, füllte ich mein Glas bis zum Rand.

„Champagner?" Ich schaute Blake mit hochgezogenen Augenbrauen an und hielt ihr die Flasche hin.

„Ja, bitte! Backen ist anstrengend." Sie hob ihr Glas und neigte es, damit die Bläschen nicht überliefen.

Als es voll war, streckte sie mir ihr Glas entgegen und schaute mich unverwandt an. „Prost!"

„Prost! Auf erfolgreiches Backen und Hochzeiten." Ich schaute ihr tief in die Augen, als wir anstießen und einen langen Schluck tranken. Ich war mir nicht sicher, ob es der Champagner oder der Blick oder beides war, was mein Inneres zum Brodeln brachte und mir die Hitze in die Wange trieb.

Blake brach den Blickkontakt ab und schaute über meine Schulter in Richtung Tanzfläche.

„Und auch einen Toast auf Operation *Emma*. Wir haben heute Abend eine Glückssträhne!" Sie deutete mit einem Nicken hinter mich und ich drehte mich um, wo Maya und Jasper eng miteinander tanzten.

Wir stießen erneut unsere Gläser an, tranken beide einen großen Schluck und schauten uns wieder lächelnd und leicht errötet an. *Es ist der Champagner*, sagte ich mir. Aber die schwindelerregende Unbeholfenheit zwischen uns, die mein Herz zum Rasen und meinen Magen zum Flattern brachte, fühlte sich weniger wie alkoholbedingte Empfindungen, sondern vielmehr wie ... sexuelle Anziehung an. *Oh Mann.*

Wenn ich ehrlich zu mir selbst war, fühlte ich mich im Moment sehr zu Blake hingezogen. Sie hatte die Hochzeit mit ihrem Kuchen gerettet, sie hatte mich kein einziges Mal beleidigt – tatsächlich hatte ich ihre Gesellschaft sehr genossen – und sie sah ... nun, sie sah unglaublich aus. Das leichte Rosa ihrer Wangen betonte ihre warmen, braunen Augen, die dunklen Wimpern und die natürlich roten Lippen. Sie beugte sich vor und eine Strähne ihres Haars fiel ihr in die Stirn. Und dieser verdammte Anzug stand ihr so perfekt.

Ich hatte Blake schon eine Sekunde zu lang angestarrt, als Maya auf uns zukam. „Amanda wirft jetzt den Brautstrauß. Kommt, Ladys. Heute Abend könnte euer Glückstreffer sein!"

Blake stieß ein zynisches Schnaufen aus, während ich mit den Augen rollte. Aber wir kippten uns den Rest unseres Champagners hinunter und machten uns auf den Weg zu der Gruppe von Frauen, die vor Amanda stand.

„Oh Gott, das sieht alles etwas heftig aus", murmelte ich zu Blake und betrachtete die Menge. Maya hockte in einer Art Sumo-Stellung und verlagerte ihr Gewicht zwischen den Füßen, als wäre sie bereit, mit jedem zu ringen, der sich zwischen sie und den Strauß stellte. Eine andere Frau hatte ihre Stöckelschuhe ausgezogen, vermutlich, um ihre Geschwindigkeit und Koordination zu verbessern.

„Ich nehme also an, dass du dich nicht durch die Menge drängeln wirst, um dir eine erstklassige Position zum Fangen des Straußes zu sichern?", murmelte sie.

„Ha! Nein, danke."

Blake grinste und griff nach meiner Hand. „Na, wenn das so ist, lass es uns überspringen. Komm mit. Ich muss dir etwas zeigen."

Ich spürte, wie Blake mit ihrer weichen, warmen Hand nach meiner griff, und folgte ihr.

Wir gingen über die Tanzfläche zu unserem Tisch, wo sie mir meinen Schal reichte. Mein Körper kribbelte vor Neugier. *Wo zum Teufel will sie mit mir hin?*

Vom zweiten Glas Champagner beflügelt, schnappte ich mir eine ganze Flasche vom Tisch und schaute Blake mit einer hochgezogenen Augenbraue an. „Soll ich die mitnehmen?"

„Tolle Idee!"

Zügigen Schrittes führte mich Blake durch die Hintertür der Scheune hinaus in die kalte Nachtluft, während sie immer noch meine Hand festhielt. Das fühlte sich … gut an. Sehr gut. Hmmm.

„Wohin gehen wir?", fragte ich kichernd. „Ich hoffe, Amanda merkt nicht, dass wir vor dem Brautstraußwurf weggelaufen sind."

„Du wirst es noch früh genug sehen", sagte Blake geheimnisvoll.

Es war eine klare Nacht. Im Mondlicht konnte ich ein paar Meter vor uns eine kleine Holzscheune ausmachen. Noch berauscht vom Champagner, oder von Blake, atmete ich die kühle Nachtluft tief ein. Es roch nach Holzrauch und Herbst.

Wir erreichten die Scheune, Blake blieb stehen und drehte sich zu mir um. „Zelda hat mir gestern Abend davon erzählt, als ich den Hausbesuch gemacht habe, und ich bin vorhin hierhergekommen, um sie mir anzusehen. Als ich es sah, musste ich sofort an dich denken." *Sie hat an mich gedacht? Warum um alles in der Welt würde Blake in dieser Scheune an mich denken? Gab es dort eine weitere Vogelscheuche, von der sie dachte, dass ich sie mögen würde? Noch mehr süße Kaninchen?*

Sie zog die Tür mit ihrer freien Hand auf, während sie mit der anderen immer noch meine hielt, und zog mich in die dunkle Scheune.

„Bist du bereit?"

„Ja!", sagte ich viel zu laut. Die Spannung brachte mich um.

Blake betätigte einen Lichtschalter und die Scheune wurde in warmes Licht getaucht.

Ich blinzelte und nahm den Anblick voller Ehrfurcht auf.

Es sah aus wie eine gewöhnliche Arbeitsscheune, in der ein grüner Traktor, rostige landwirtschaftliche Geräte und Heuballen vor der Witterung geschützt wurden – bis auf die Wände.

Die Holzwände waren vom Boden bis zur Decke mit atemberaubenden bunten Wandgemälden bedeckt, die das Anwesen der Levis zu allen Jahreszeiten darstellten. Im Herbst mit den leuchtend roten Apfelbäumen. Im Winter waren die Scheunen und der Boden mit Schnee bedeckt, im Vordergrund stand ein Weißwedelhirsch. Im Frühling gab es wilde Geranien, Veilchen, Leberblümchen und andere einheimische Blumen. Und im Sommer Felder mit hohem, gelbem Gras, die für die Heuernte gemäht wurden, und Blaukehlchen, die auf den mit Äpfeln beladenen Apfelbäumen hockten. Jede Szene war in akribischer Detailarbeit festgehalten und eindeutig eine Liebeserklärung. Der Kontrast zwischen den bunten komplizierten Wandmalereien und der ansonsten normalen Scheune machte das Ganze noch eindrucksvoller.

„Wow! Das ist unglaublich, Blake", sagte ich atemlos.

„Ich weiß. Die Levis hatten vor ein paar Jahren einen Landarbeiter, der auch Künstler war, bei sich wohnen und er hat das alles selbst gemalt." Blake schaute mich an, ihre Wangen waren leicht gerötet. „Ich ... ähm, ich dachte, das wäre vielleicht ein cooler Beitrag für dich, wenn du willst?"

„Das ist eine fantastische Idee!" Ich hatte fast keine Bilder mehr von der Red Tractor Farm übrig und war in den letzten Tagen zu sehr auf Amandas Hochzeit konzentriert gewesen, um mir neue Ideen zu überlegen. Aber das hier ... es wäre perfekt.

Blake streckte die Hand aus. „Gut, gib mir dein Handy."

Ich reichte es ihr, trank einen Schluck aus der Champagnerflasche, bevor ich sie auf den Boden stellte, und rannte dann zu der Sommerlandschaft hinüber, vor der ich auf einem Heuballen posierte. Blake schoss ein Foto von mir vor jeder Wand und dann filmte ich die ganze Szene.

„Ich glaube, das reicht, danke!" Ich ging zu Blake zurück, die sich auf einen Heuballen gesetzt hatte und gegen einen anderen Ballen lehnte. Auf dem Weg dorthin griff ich nach der Champagnerflasche.

„Champagner?", fragte ich und hielt ihr die Flasche hin, als ich mich neben sie setzte.

„Klar." Sie neigte den Kopf zurück und trank einen Schluck. Ich beobachtete sie und bewunderte ihr Gesicht im Profil. Die scharfen Winkel ihres Kiefers, ihre gerade Nase, diese dunklen langen Wimpern, für die die meisten Menschen töten würden.

Es musste wohl offensichtlich gewesen sein, denn Blake stellte die Flasche ab und drehte sich zu mir um. Ihr Blick verweilte auf meinen Lippen. *Oh Gott.* Wollte sie etwa ...?

Wir starrten uns schweigend an und die Luft um uns herum knisterte vor Spannung.

Ich lehnte mich zaghaft zu ihr, um zu sehen, ob meine Bewegung erwidert wurde.

Das wurde sie. Sie beugte sich zu mir und mein Herzschlag beschleunigte sich.

Tu es. Küsse sie, drängte mein Körper.

Das bildest du dir wahrscheinlich nur ein. Es wird so peinlich, wenn sie dich zurückweist. KÜSSE SIE NICHT, flehte mein Verstand.

„Jenny?" Blakes Stimme war tiefer als sonst und heiser. *Oh scheiße.* Sie schaute mir jetzt intensiv in die Augen und verbrannte mich regelrecht mit ihrem Blick.

Ein ersticktes „Mmmm?" war alles, was ich zustande brachte. *Passiert das wirklich? Wird sie mich gleich fragen, was ich denke?*

Blake holte tief Luft und sah mir weiter in die Augen. „Darf ich dich küssen?"

Oh mein Gott. Ich kann nicht glauben, dass das wirklich passiert.

Es fühlte sich an, als flatterte ein Kaleidoskop von Schmetterlingen in meinem Magen herum, was meinen ganzen Körper mit nervöser Vorfreude, Aufregung und Verlangen vibrieren ließ.

Ich nickte, lehnte mich weiter vor und schloss die Augen, als Blakes weiche Lippen meine berührten.

Sie schmeckte nach Champagner und Zitronen-Blaubeer-Kuchen.

Blake legte ihre Hand an meinen Hüftknochen und ich drehte meinen Körper so zu ihr, dass ich meinen Arm um ihren Rücken schlingen konnte.

Meine Gedanken verstummten und ich spürte nichts als überwältigende Gefühle und Empfindungen. Blakes Zähne, die sanft in meine Unterlippe bissen, meine Zunge, die ihre neckte, die warme Rundung ihrer Brüste an meinen, das Blut, das durch meine Adern pulsierte, ein schwindelerregendes Gefühl in meinem Magen. Verdammt. Dieser Kuss würde mir zum Verhängnis werden.

Ich griff in ihr Haar am Hinterkopf, das gerade lang genug war, um es zu fassen, was Blake zum Stöhnen brachte. Mit der anderen Hand zog ich ihr Hemd aus der Hose und schob meine Hand darunter, sodass ich die warme, glatte Haut ihres Rückens spüren konnte.

Blake löste ihren Mund von meinem und fing an, an meinem Kiefer entlangzuküssen, bis sie an meinem Ohr innehielt, wo sie mit den Lippen leicht daran zog, was mir einen Schauer über den Rücken jagte. Dieses Mal war ich dran, zu stöhnen.

Ich griff fester in Blakes Haar und streichelte ihren Rücken mit der anderen Hand. Blake bahnte sich ihren Weg an meinem Hals hinunter zu meinem Schlüsselbein, während ich meine Nase in ihr Haar schob und den schwachen Sandelholzduft ihres Shampoos einatmete.

Plötzlich hörten wir einen lauten Knall.

Erschrocken rissen wir uns voneinander los und drehten uns um, um zu sehen, was das Geräusch verursacht hatte. Es war das Scheunentor, das aufschwang. Und dort, in der Mitte der Tür, standen

Maya und Jasper in einer leidenschaftlichen Umarmung.

Ich wusste nicht, ob ich lachen oder weinen sollte, dass ausgerechnet Maya und Jasper für die Unterbrechung unserer Knutscherei verantwortlich waren. Tatsächlich hatten wir es uns selbst zuzuschreiben, da wir uns in Operation *Emma* eingemischt hatten.

Ich wischte mir mit dem Handrücken über den Mund, fuhr mir mit der anderen Hand durch die Haare und hoffte, dass ich nicht so aufgewühlt und notgeil aussah, wie ich mich fühlte. Aus dem Augenwinkel sah ich, wie Blake ihr Hemd wieder in die Hose steckte. *Verdammt noch mal.*

Wir warfen uns Blicke zu, ich nickte in Richtung Tür und zog fragend eine Augenbraue hoch. Blake nickte und wir standen auf und gingen auf den Eingang der Scheune zu, bis wir nur noch wenige Meter von Maya und Jasper entfernt waren.

Wir blieben stehen und warteten unbeholfen, während Maya und Jasper, die unsere Anwesenheit noch nicht bemerkt hatten, weiter in der Tür knutschten und uns den Fluchtweg versperrten.

Nach einer gefühlten Ewigkeit, die aber wahrscheinlich nur ein paar Sekunden lang andauerte, hustete ich, um ihre Aufmerksamkeit zu erregen.

Nichts.

Maya und Jasper befanden sich im Rausch der Leidenschaft und hatten eindeutig nur Augen und Ohren füreinander. *Hatten Blake und ich eine Minute zuvor auch so ausgesehen?*

Ich hustete noch einmal, lauter, und das zum gleichen Zeitpunkt wie Blake, die ebenfalls ein lautes, falsches Husten von sich gab.

Der kombinierte Effekt von Blake und mir, die beide ein

lautes Husten fälschten, klang beängstigend und erinnerte an ein Wartezimmer voller Lungenentzündungspatienten. *Das wird doch sicher funktionieren.*

Maya und Jasper sprangen zurück, ließen die Arme an ihre Seiten fallen und rissen die Augen weit auf.

„Blake? Jenny?" Wenn Maya die Überraschung nicht ins Gesicht geschrieben gestanden hätte, hätte man es allein an ihrer Stimme erkennen können. Ich sah ihren Blick kurz zu der Champagnerflasche in meiner Hand huschen.

„Wir haben nur ... ich habe Jenny gerade die tollen Wandmalereien gezeigt." Blake gestikulierte zu den Wänden. „Wie dem auch sei, wir sollten jetzt gehen. Und euch beide ... in Ruhe lassen." Blakes Mundwinkel zuckten und sowohl Maya als auch Jasper wurden rot.

„Ähm, ja, danke ...", stotterte Jasper.

Blake und ich flüchteten aus der Scheune und unterdrückten ein Lachen, das aus unseren Mündern sprudelte, als ich die Tür hinter uns schloss.

„Es scheint, als wären unsere Verkupplungsversuche ein wenig zu erfolgreich gewesen!", sagte ich, während ich lachte.

„Ja." Blake gluckste.

Doch als sich eine Wolke vor den Mond schob und das Licht verdeckte, hätte ich schwören können, dass sich auch Blakes Gesichtsausdruck verfinsterte.

Und dann wurde mir die Realität dessen, was wir gerade getan hatten, bewusst. *Scheiße.*

Ich habe gerade Blake Mitchell geküsst. Und es hat mir gefallen.

16

BLAKE

„GEORGE, ich bin es." Ich zog meine Maske hoch und lächelte George an, die mich ausdruckslos anstarrte. Sie sah in ihrem *Wo ist Walter*-Kostüm mit einer rot-weiß gestreiften Mütze, einem passenden Pullover und einer großen runden, schwarz umrandeten Brille ganz bezaubernd aus.

„Mein Gott, du bist furchterregend. Du stehst nicht auf sexy Halloweenkostüme, oder?" George grinste, während sie meine *Scream*-inspirierte Geistermaske und meinen schwarzen Kapuzenumhang betrachtete.

„Entschuldige mal, das musst du gerade sagen. Ich würde Walter auch nicht gerade als sexy bezeichnen."

„Hey, wer liebt denn keinen süßen Typ mit einer Mütze?" George strich sich mit der Hand über die Mütze und führte mich ins Novel Gossip, das von Gelächter und Unterhaltungen schwirrte. All die verkleideten Gäste sahen aus, als würden sie sich amüsieren – prächtig.

George musste meine Gedanken gelesen haben. „Ich habe den Punsch vielleicht etwas zu stark gemacht." Sie lächelte halb und zog halb eine Grimasse.

George hatte die meisten Tische und Stühle aus dem Cafébereich des Novel Gossip entfernt, um viel Platz zu schaffen, damit sich die Leute tummeln konnten. Auch bei der Halloweendekoration hatte sie sich mächtig ins Zeug gelegt. An den Fenstern und in den Bücherregalen hingen künstliche Spinnenweben, die aussahen wie gedehnte Wattebausche. An den Wänden klebten ausgeschnittene Spinnen, Kürbisse und Skelette aus Pappe. Orangefarbene und schwarze Luftballons schwebten über einem Tisch voller Halloween-Muffins, es gab Donuts mit orangem und schwarzem Zuckerguss, gefüllte Eier, die mit Pigmentoliven und roter Mayonnaise in blutunterlaufene Augäpfel verwandelt worden waren, Minipizzen mit darauf geschmolzenen Käsespinnennetzen, Jack-o'-Lantern-Gebäck und Schalen mit den üblichen Halloween-Süßigkeiten. Auf einem anderen Tisch in der Nähe standen Flaschen mit Wein und Spirituosen, eine Bowle, Mixgetränke und rote Plastikbecher. Die warme Luft roch nach Zimt, Zucker und Glühwein.

Ich zog meine Maske wieder über mein Gesicht. „Ich stehe nicht wirklich auf Halloweenkostüme, also schien mir das hier die einfachste Lösung zu sein. Keine Schminke, kein Aufwand."

Aber es war nicht nur die Unkompliziertheit meines Outfits, die mir gefallen hatte. Nachdem George mich freudig vorgewarnt hatte, das Jenny zur Party kommen würde, kam mir der Gedanke, dass ein gruseliges Halloweenkostüm wie ein Keuschheitsgürtel wirken könnte, um zu verhindern, dass noch mehr zwischen uns passierte.

Aber jetzt suchte ich den Raum nach Jenny ab und hatte Schmetterlinge bei dem Gedanken im Bauch, sie nach der Hochzeit am letzten Wochenende zum ersten Mal wiederzusehen. Ich fing an, meine Kleiderwahl zu hinterfragen. Ich hätte etwas tragen sollen, das schmeichelhafter aussah. Und auch etwas Atmungsaktiveres. George sorgte eindeutig dafür, dass der Raum für all die spärlichen Halloweenkostümträger gut geheizt war, und mir war unangenehm warm.

„Nun, du bist nicht die Einzige. Es gibt noch ein anderes *Scream*-Kostüm hier."

Ich konnte kein anderes Geistergesicht sehen und Jenny übrigens auch nicht. „Oh, ich kann niemanden sehen, der es trägt. Wer ist es?"

„Jasper", sagte George mit funkelnden Augen. Ich hatte ihr von dem Vorfall in der Scheune am Samstagabend erzählt, auch von Jaspers und Mayas Erscheinen.

„Aha, ich verstehe. Vielleicht versteckt er sich irgendwo mit Maya", sagte ich und schaute mich weiter um. Ich entdeckte Olivia in einem niedlichen *Rosie the Riveter*-Kostüm, das aus einem Jeanshemd und Jeans mit einem rot-weiß gepunkteten Kopftuch bestand, die sich mit einem mir unbekannten Batman unterhielt. Ich lächelte. Meine Schwester war die glückliche Besitzerin von Modegenen, die ich nicht geerbt hatte.

„Jenny ist noch nicht hier, falls du dich das fragst. Wirst du mit ihr über euren Kuss sprechen?", fragte George.

Ich hatte George die ganze Geschichte am Sonntagmorgen erzählt, verkatert und gestresst. Es war nicht so, dass ich unseren Kuss nicht genossen hätte. Das hatte ich. Sehr sogar. Aber jetzt, da ich meine Teenagerfantasie endlich befriedigt hatte, schwirrte mir die Frage *Was nun?* im Kopf herum.

Ich wollte keine Beziehung.

Jenny würde in drei Monaten abreisen.

Wir sollten uns nicht noch mal küssen ... oder irgendetwas anderes tun, wovon ich geträumt hatte.

Aber ich konnte nicht aufhören, an sie zu denken – an ihre warmen, weichen Lippen, die sich auf meine pressten, an ihre Hand unter meinem Hemd oder wie sie an meinem Haar gezogen hatte. Ich fing an, unter meinem schwarzen Kittel zu schwitzen, wenn ich nur daran dachte.

„Blake, ihr müsst darüber reden."

„Ich weiß. Ich weiß. Es ist einfach nur superpeinlich. Ich habe keine Ahnung, wie sie über diese ganze Sache denkt. Ich will nicht anmaßend sein und annehmen, dass sie an mehr interessiert ist, also ... Ich weiß nicht, was ich sagen soll. Ich bin nicht gut mit solchen Gesprächen."

„Das glaube ich dir nicht. Als Ärztin führst du ständig schwierige Gespräche und nach allem, was ich hier so mitbekomme" – es hieß nicht umsonst das Novel Gossip – „machst du die ganze Sache hervorragend. Du musst nur ein paar deiner Fähigkeiten in dieser Situation anwenden."

„Ja, aber das ist etwas anderes. Bei meinen Patienten kann ich gelassenbleiben und in den professionellen ‚Dr. Blake'-Modus wechseln. Aber wenn es etwas Persönliches ist und wenn es sich um meine Gefühle dreht, ist das nicht so einfach."

„Nun, vielleicht solltest du versuchen, etwas von deiner Dr. Blake-Energie zu nutzen, denn schau mal, wer gerade reingekommen ist."

Ich folgte Georges Blick zur Tür, wo Wednesday Addams, alias Jenny Lynton, gerade ihren Mantel ablegte.

Mein Herz stockte und der Rest meines Körpers erstarrte.

Im Gegensatz zu mir hatte sich Jenny mit ihrem Kostüm richtig Mühe gegeben.

Ihr blondes Haar wurde von einer tiefschwarzen Perücke mit zwei langen Zöpfen versteckt, die nach vorn herunterfielen. Ein übergroßer, scharfkantiger, weißer

Kragen ragte über ihr langärmliges, knielanges, schwarzes Kleid. Schwarze Strümpfe, klobige, schwarze Schuhe, dunkel geschminkte Augen und ein weiß grundiertes Gesicht rundeten ihr Outfit ab. Es war ein völliger Gegensatz zu ihrem sonst so lässigen, farbenfrohen und warmen Stil. Und doch sah sie trotzdem unglaublich aus.

Plötzlich war ich dankbar für meine Maske. Vielleicht war dieses Outfit ja doch keine so schlechte Idee und ich konnte den Abend damit verbringen, Jenny anzustarren, ohne dass sie es merkte. Aber leider war meine Anonymität nur von kurzer Dauer. George erregte Jennys Aufmerksamkeit und winkte sie zu uns herüber.

„Jenny! Du siehst fantastisch aus!" George beugte sich zu ihr und umarmte sie.

Jenny ließ ein für Wednesday Addams ungewöhnliches Lächeln aufblitzen. „Danke! Ich liebe deine Streifen und die Dekoration ist auch unglaublich. Vielen Dank, dass ich hier sein darf. Und nochmals danke, dass du die Hochzeit mit deinen Backkünsten gerettet hast."

Ich stand schweigend neben George und hoffte, Jenny würde mich nicht bemerken.

„Nun, ohne meine Sous-Chefin hätte ich es nicht geschafft", sagte George liebevoll und klopfte mir auf die Schulter. Im Stillen verfluchte ich sie dafür, dass sie mich verraten hatte.

„Blake?" Jenny drehte sich zu mir. Ihre Stimme war voller Überraschung. Ich glaubte einen schwachen Anflug von rosa unter ihrer weißen Schminke zu erkennen.

„Ja, hi." Ich behielt die Maske auf, um die Hitze auf meinen eigenen Wangen zu verbergen. *Bleib cool, Blake.*

Ich versuchte krampfhaft, mir etwas Intelligentes zu überlegen, das ich zu der Frau sagen konnte, von der ich seit fünf Tagen – nun ja, eher seit siebzehn Jahren – träumte, aber mir fiel nichts ein. *Scheiße. Nicht schon wieder. Ich dachte, ich hätte das überwunden.*

Plötzlich fühlte es sich an, als wären es fünfundvierzig Grad unter meinem Kostüm.

„Entschuldigung, ich ... ähm, mir ist ein bisschen heiß. Ich glaube, ich brauche etwas frische Luft", murmelte ich und eilte zur Tür hinaus, während ich mich bereits über meine Unfähigkeit ärgerte.

Scheiße, scheiße, scheiße.

Das ist das Gegenteil von cool.

17

JENNY

„ÄHM, geht es ihr gut?“ Verwirrt schaute ich Blake nach, die aus dem Novel Gossip stürmte.

Bereute sie den Kuss so sehr, dass sie nicht mit mir reden wollte? Ich hatte gehofft, wir könnten uns wie Erwachsene benehmen. Selbst wenn es ein Fehler gewesen war, musste es zwischen uns nicht peinlich sein.

Und es war definitiv ein Fehler. Ein Fehler, über den ich viel nachgedacht hatte, seit es passiert war, während ich das Gefühl von Blakes Lippen auf meinen wiedererlebte, die an meinem Kiefer hinunterküssten und mein Ohr kitzelten. Ein köstlicher Schauer lief mir bei der Erinnerung daran über den Rücken, sogar jetzt noch.

Aber weiter durften die Dinge nicht gehen. Das konnten sie nicht. Erstens war es Blake Mitchell, die ich, obwohl ich mich etwas für sie erwärmt hatte – nun gut, sehr sogar – schon seit über einem Jahrzehnt nicht mochte. Das war ein riesiges Alarmsignal, das ich nicht übersehen wollte. Zweitens war ich nur auf der Suche nach einer ernsthaften, langfristigen Beziehung. Sich auf Blake einzulassen, wenn ich nur vorübergehend in Sapphire Springs war, wäre dieser Sache nicht dienlich. Es würde nur noch mehr Unbehagen zwischen uns schaffen, das mich jedes Mal verfolgen würde, wenn ich Sapphire Springs besuchte und ihr begegnete.

Nein, danke.

Und außerdem war ich mir auf jeden Fall sicher, dass Blake den Kuss bereute. Wir hatten uns vom Champagner und dem Rausch des gelösten Tortenproblems hinreißen lassen. Aber im Helllicht des Tages hätte Blake erkannt, dass es ein Fehler war. Sie war wahrscheinlich entsetzt über das, was passiert war.

„Ja, ich bin sicher, es geht ihr gut." George zupfte am Kragen ihres rot-weiß gestreiften Pullovers. „Ich sollte wohl die Heizung hinunterdrehen. Es wird ein bisschen warm hier drin."

„Okay", antwortete ich wenig überzeugt.

Ich war schon den ganzen Tag nervös und aufgeregt, weil ich Blake heute Abend sehen würde, aber es war eine völlige Enttäuschung gewesen. Nicht nur, dass ihr Gesicht und ihr Körper durch ihr schreckliches Scream-Outfit komplett verdeckt waren, sie schien auch wieder zu ihrer unhöflichen, schroffen Blake-Natur zurückgekehrt zu sein. Ich konnte nicht anders, als enttäuscht zu sein.

Über Blake nachzugrübeln, machte seltsame Sachen mit meinem Inneren, also wechselte ich das Thema. „Hey, ich habe gedacht ... was hältst du davon, wenn ich ein Foto von uns beiden und deiner fantastischen Dekoration auf Instagram poste und das Novel Gossip darin markiere? Wir könnten sogar ein kurzes „Wo ist Walter"-Video für TikTok drehen?"

Als ich mir neulich einen Kaffee holte, hatte George nicht gerade subtil angedeutet, dass ich das Novel Gossip gern in jeglichen Inhalten verwenden dürfe. Sie war eindeutig scharf auf etwas Publicity und mit diesem Beitrag würde ich zwei Fliegen mit einer Klappe schlagen. Ich zuckte zusammen, als mir der nicht gerade tierfreundliche Satz durch den Kopf ging.

Georges Augen blitzten auf. „Klar! Das klingt super. Wir müssen nur jemanden finden, der nüchtern genug ist, um ein anständiges Foto zu machen." Sie betrachtete die lärmende Menge und ihr Lächeln schwankte leicht. „Hmmm. Hör mal, warum hole ich nicht Blake? Sie ist selbst gerade erst angekommen, also sollten wir ihr vertrauen können, es sei denn sie hat zu Hause vorgeglüht."

Ich hielt inne. Ich wusste aus Erfahrung, dass Blake tolle Fotos schießen konnte. Unsere kurze Interaktion vermittelte mir jedoch nicht den Eindruck, dass Blake noch mehr Zeit mit mir verbringen wollte.

„Okay, wenn sie Lust dazu hat, dann geht das", sagte ich zögerlich.

George verschwand durch die Vordertür. Ich stand ein paar Minuten lang da und wartete. Nachdem ich beschlossen hatte, dass Blake entweder weggelaufen oder in einen Streit mit George über das Helfen verwickelt war, ging ich zum Tisch mit dem Essen hinüber und bediente mich an einem mit Spinnennetzen überzogenen Muffin, der sich als köstliche Karamell-Kürbis-Variante mit Walnüssen herausstellte. Großer Gott, George konnte wirklich backen.

Ich schaute mich im Raum nach bekannten Gesichtern um. Die meisten aus meinem Highschool-Jahrgang waren wie ich nach dem Abschluss aus Sapphire Springs verschwunden. Und in den letzten Jahren hatte es einen Zustrom von Leuten gegeben, die dem Stadtleben entfliehen wollten. Diese Faktoren in Verbindung mit den Halloweenkostümen führten dazu, dass ich die meisten der Gäste nicht erkannte. Ich wünschte, Amanda wäre hier, damit ich ihr die ganze Sache mit Blake anvertrauen könnte, aber sie war auf Hochzeitsreise in Mexiko. Erleichtert entdeckte ich Olivia in einem *Rosie the Riveter*-Kostüm und machte mich auf den Weg zu ihr.

„Hey! Ich liebe dein Outfit! Ich wollte dir noch einmal für die wunderschönen Blumen danken. Amanda war begeistert."

Olivia lächelte, hob einen Arm und tat so, als würde sie ihren Bizeps anspannen, um die klassische Pose nachzustellen. „Danke! Ich liebe Hochzeiten, auch wenn ich nicht oft dafür gebucht werde. Ich bin so froh, dass sie ihr gefallen haben."

„Ich werde Miriam auf jeden Fall sagen, wie toll du das alles gemacht hast. Hoffentlich kann sie dich an andere Kunden empfehlen."

„Das wäre klasse, danke!" Olivia grinste und drehte sich dann leicht, als ihr etwas ins Auge fiel. „Und hier kommt meine schaurige Lieblingsschwester mit der Gastgeberin dieser super Party!"

George und Blake tauchten wie aus dem Nichts auf und George hielt Blake am Arm, als bestünde ein Fluchtrisiko.

„Okay, ich habe unsere Fotografin gefunden. Lass uns anfangen, bevor es zu wild wird ..." Ein lautes Krachen, verursacht von Spider-Man, der über Wonder Womans Handtasche stolperte, ließ uns alle zusammenzucken. „Ähm, ich meine noch wilder."

Ich reichte Blake mein Handy. Es war beunruhigend, dass ich ihr Gesicht nicht sehen konnte. Trotz meiner dicken weißen Wednesday Addams-Schminke und dem dunklen Augen Make-up würde mein Gesicht immer noch meine Gefühle verraten. Blake hingegen war ein Buch mit sieben Siegeln.

George führte uns in eine mit Spinnweben geschmückte Ecke, wo wir vor einer großen schwarzen Vogelspinne posierten.

Als Nächstes drehten wir ein Video, in dem sich George hinter einem Bücherregal, einem Haufen Luftballons und dem Essenstisch „versteckte" und immer wieder ihren Kopf herausstreckte, während ich „Wo ist Walter?" fragte. Ein paar Gäste, die Georges Punsch ein wenig zu sehr genossen hatten, ruinierten ein paar Aufnahmen, aber wir hätten genug Material, das ich zu einem hoffentlich niedlichen Video zusammenschneiden konnte.

Ich wollte Blake gerade das Handy wieder abnehmen, als George vor uns sprang und die Hand ausstreckte. „Ich könnte auch ein Foto von euch beiden machen, da drüben." Grinsend führte sie uns von der Party weg und zu einem der Regale mit Büchern. George zog ein Buch heraus und reichte es mir, als wir den hinteren Teil des Ladens erreichten. Abgesehen von uns dreien war es dort menschenleer.

„Okay, jetzt tue so, als würdest du das lesen." George reichte mir ein Exemplar von *Shining*, packte mich an den Schultern und drehte mich leicht. „Tu so, als wärst du wirklich Wednesday Addams."

Ich setzte meinen besten mürrischen Blick auf.

„Und Blake, lehne du dich bedrohlich aus dem Bücherregal hinter ihr."

Blake folgte ihren Anweisungen und George trat zurück und grinste. „Perfekt!"

George machte ein paar Bilder und ehe ich mich versah, reichte sie mir das Handy zurück und huschte zu den anderen Gästen der Party.

„Ich sehe besser nach, wie es dort vorn läuft", rief sie auf halbem Weg durch den Gang und ließ Blake und mich allein zurück. Ich hatte den leisen Verdacht, dass das die ganze Zeit ihr Plan gewesen sein könnte.

Was hatte Blake ihr über Samstagabend erzählt? In Anbetracht der Art und Weise, wie Georges Blick zwischen uns beiden hin und her gehuscht war, kurz bevor sie davonlief, hatte ich den starken Verdacht, viel.

Ich holte tief Luft und schaute Blake direkt an. Durch die Löcher in ihrer Maske konnte ich geradeso das Glitzern ihrer Augen erkennen. „Also, ich denke, wir sollten über Samstagabend reden?"

Es gab eine Pause und dann räusperte sich Blake. „Ja."

„Also, ähm, ich bin mir nicht sicher, was du darüber denkst. Ich hatte wirklich Spaß", sagte ich. „Aber wie du weißt, reise ich im Januar wieder ab, also ist es wahrscheinlich keine gute Idee, so etwas noch einmal zu machen." Ghostface starrte mich ausdruckslos an und gab mir keinen Hinweis darauf, wie Blake auf meine Worte reagierte.

„Nicht, dass ich annehme, dass du es wolltest oder so, aber es ...", fügte ich hinzu und runzelte dann die Stirn. „Es tut mir leid. Es ist ziemlich befremdlich, dieses Gespräch zu führen, ohne dein Gesicht sehen zu können. Würde es dir etwas ausmachen, die Maske abzunehmen?"

Ich schaute zu, wie Blake widerwillig die Maske und die Kapuze abzog.

Verdammt noch mal.

Ich hatte erwartet, dass Blake zumindest etwas zerzaust und verschwitzt aussehen würde. Aber nein. Wie schaffte sie es, selbst in einem unförmigen schwarzen Serienmördergewand heiß auszusehen? Ich hatte gedacht, die Maske würde mich ablenken, aber das hier war genauso schlimm, wenn nicht sogar noch schlimmer.

Diese wunderschönen, braunen Augen, umrahmt von den langen Wimpern, starrten mich erwartungsvoll an.

„Danke. Also, was denkst du?", fragte ich begierig darauf, dieses Gespräch hinter mich zu bringen.

„Wie bitte?" Blake blinzelte.

Großer Gott, war das schmerzhaft. „Wegen Samstagabend ... sind wir ... sind wir derselben Meinung?"

„Ja, ich glaube, du hast recht", sagte Blake. „Ich hatte auch Spaß, aber ähm, ich glaube nicht, dass es Sinn ergibt, ähm ... das noch mal zu tun. Ich ... ich bin im Moment nicht auf der Suche nach einer Beziehung oder so."

Es gab eine unangenehme Pause.

Wir standen da, schauten uns an und bewegten uns nicht, während die Funken durch mein Nervensystem tobten.

Verdammt.

Es war nicht nur mein Körper, der wie elektrisiert war. Die Luft zwischen uns knisterte ebenfalls. Aufgeladen mit Anziehungskraft und prickelnd mit Spannung. Mein Atem stockte.

Es war dasselbe vibrierende Ganzkörpergefühl, das ich schon am Samstagabend in der Scheune gespürt hatte.

Wir traten beide vor und dann verlor ich mich im Gefühl von Blakes Lippen auf meinen, und der Wärme ihres Körpers, der gegen meinen presste. Blake umschloss meinen Kiefer mit der Hand und streichelte mit dem Daumen über meine Wange. Unsere begierigen Münder erforschten einander, während unsere Hände wie von selbst über den Körper der anderen wanderten. Ich fühlte mich betrunken und außer Kontrolle. Das war ganz sicher *nicht* das, was ich brauchte, aber es war genau das, was ich wollte.

Schließlich löste ich mich vorsichtig von ihr, atemlos und benommen.

So viel zum Thema, das nicht noch einmal zu tun.

Verdammt noch mal. Jetzt hatte ich keine Ahnung, wo wir standen, und ich konnte mich nicht dazu durchringen, das Thema noch einmal anzusprechen. Ich musste mich erst sammeln.

„Wir sollten zurück zur Party gehen", sagte ich leicht panisch.

Schweigend gingen wir durch den Gang zurück, während Blake ihre Maske und Kapuze wieder über ihr Gesicht zog. Ich frischte meinen Lippenstift auf, der mit ziemlicher Sicherheit von Blakes Lippen weggeküsst worden war. Von Blakes weichen Lippen, ihrer neugierigen Zunge ... *Hör auf damit, Jenny!*

Ich räusperte mich. „Möchtest du etwas trinken? Ich glaube, ich werde etwas Punsch probieren."

„Ich möchte nichts, danke." Blakes Stimme klang heiser.

Ich starrte die Maske an, die mir nichts verriet. „Okay, dann ... nun, dann hole ich mir welchen."

Erleichtert, etwas Abstand zu Blake zu haben, machte ich mich auf den Weg zum Getränketisch. Die riesige Punschschüssel war fast leer, aber ich schaffte es, einen roten Plastikbecher zu füllen. Als ich mich in dem belebten Raum umsah, wünschte ich mir erneut, Amanda wäre hier, damit ich mich ihr anvertrauen könnte.

Blake konnte ich nicht mehr sehen. Vielleicht war sie wieder zur Tür hinausgelaufen. Ich würde es ihr nicht verübeln.

Da ich mich nicht so gesellig wie sonst fühlte, ging ich zu einer Auslage mit Büchern hinüber und tat so, als würde ich sie bewundern, während ich versuchte, meine Gefühle in den Griff zu bekommen. Es ließ sich nicht leugnen, dass zwischen uns eine starke Anziehungskraft bestand. Oder dass mein Plan, den Kuss von Samstagabend eine einmalige

Sache bleiben zu lassen, nicht sonderlich gut funktioniert hatte.

Vielleicht würden die Dinge nach heute Abend einfacher werden. Wenn Amandas Hochzeit vorüber und die Halloweenparty vorbei waren, gab es keinen Grund mehr, Blake zu sehen. Aber wem wollte ich etwas vormachen? Ich würde Blake unweigerlich im Novel Gossip, im Dorfladen oder auf der Main Street begegnen. Und wenn ich ehrlich zu mir selbst war, gefiel mir der Gedanke nicht, Blake nicht mehr zu sehen. Ich wollte sie sogar sehen. Sie berühren. Sie küssen ...

Ich schlug das Buch zu, das ich in der Hand hielt, und versuchte, diesen Gedankengang zu unterbrechen. Ich griff nach einem anderen Buch und starrte mit leerem Blick auf den Klappentext.

Vielleicht war ich zu voreilig gewesen, als ich die Option einer lockeren Liebelei verworfen hatte.

Ich hatte Gelegenheitsbeziehungen abgeschworen, weil ich eine ernste Beziehung wollte. Ich wollte nicht durch Beziehungen ohne Zukunft von diesem Ziel abgelenkt werden. Aber es war ja nicht so, dass ich die Liebe meines Lebens verpassen würde, wenn ich während meines kurzen Aufenthalts hier mit Blake zusammen wäre. Die Chancen, in Sapphire Springs einen geeigneten Kandidaten zu finden, der oder die bereit wäre, mit mir nach L.A. zu ziehen, waren äußerst gering, wenn nicht sogar gleich Null.

Außerdem hasste ich es, verletzt zu werden. Die Zahl der Beziehungen, in denen ich mich viel zu schnell verliebt habe, wurde immer lächerlicher. Und die jüngsten Enttäuschungen mit Jeremy und Sarah ließen mich noch vorsichtiger werden, wenn es darum ging, mich jemandem zu öffnen. Aber das konnte ich mir hier nicht vorstellen. Ja, Blake war extrem heiß. Und ja, Blake und ich hatten uns in der letzten Woche besser verstanden. Aber bei unserer Vorgeschichte und all den Alarmglocken, derer ich mir nur allzu bewusst war, würde ich mich niemals in sie verlieben.

Während ich all diese Überlegungen anstellte, musste ich immer wieder daran denken, wie Blake mich angesehen hatte, kurz bevor sie mich küsste. Ihre weichen Lippen, ihr Körper, der an meinen gepresst wurde, und das Gefühl ihrer festen Hände an meiner Taille.

Vielleicht würde es uns helfen, unsere Anziehungskraft zu erforschen, um sie dann loszuwerden. Mit Blake zu schlafen, würde doch sicher nicht so gut sein, wie ich es mir in meinen Fantasien ausmalte, oder? Und wenn es das nicht wäre, nun, dann würde es meinen notgeilen Gedanken einen kalten Riegel vorschieben und ich könnte mich wieder auf die Wiederbelebung meiner Karriere konzentrieren. Und zwischen uns war es ohnehin schon unangenehm, also was hatten wir wirklich zu verlieren?

Entschlossen trank ich einen großen Schluck Punsch, legte das Buch zurück auf den Tisch und schaute mich um, um zu sehen, ob Blake wieder aufgetaucht war. Ich entdeckte sie auf einem der Stühle, die George an die Wand geschoben hatte, und ging zu ihr hinüber.

Ich nahm Platz, atmete tief durch und drehte mich zu ihr um. Dieses Mal bat ich sie nicht, die Maske abzunehmen. Ich hatte meine Lektion gelernt. Ich öffnete den Mund, schloss ihn wieder und schluckte.

„Also, ich habe nachgedacht ... Wir fühlen uns eindeutig zueinander hingezogen. Vielleicht sollten wir einfach die Gesellschaft der anderen genießen und sehen, wohin uns diese Anziehung führt, solange ich hier bin?" Ich hielt inne, aber Blake sagte nichts. Vielleicht hatte ich mich nicht klar genug ausgedrückt? „Du weißt schon, so wie eine zwanglose Liebelei, bei der wir wissen, dass die ganze Sache ein Enddatum hat?“

Es gab eine lange Pause. Was zum Teufel ging hinter ihrer Maske vor?

„Nun, ähm ... hör zu, ich fühle mich wirklich geschmeichelt, Jenny, aber ich bin im Moment mit jemand anderem zusammen“, sagte jemand mit tiefer Stimme. Jemand, der ganz sicher nicht Blake war.

Hitze stieg ein meinem Gesicht auf.

Oh, Gott.

Wem habe ich gerade versehentlich Gelegenheitssex vorgeschlagen?

„Bitte sehr, Schatz.“ Maya erschien vor mir und hielt zwei Gläser Wein in der Hand, von denen sie eins dem Ghostface reichte, das neben mir saß, das nicht Blake war. Ghostface zog seine Maske herunter und enthüllte einen Jasper mit geröteten Wangen.

Maya bemerkte, dass ich es war, die auf ihrem Platz saß. „Oh! Hi, Jenny. Nettes Kostüm!“

Ich sprang auf und hoffte, dass die weiße Schminke die Röte in meinem Gesicht verbarg. „Oh scheiße, ich dachte, du wärst jemand anderes. Das tut mir leid, Jasper! Und entschuldige, dass ich dir den Platz weggenommen habe, Maya. Habt einen schönen Abend!“

Jetzt war wahrscheinlich ein guter Zeitpunkt, um zu gehen, bevor ich mich noch mehr blamierte. Und selbst wenn Blake wieder auftauchen würde, hätte ich nach dem Vorfall mit Jasper keine Lust mehr, die peinliche Unterhaltung noch einmal zu wiederholen. Wahrscheinlich wäre es sowieso besser, eine Nacht darüber zu schlafen, bevor ich irgendwelche voreiligen Entscheidungen traf, zumal ich Georges starken Punsch getrunken hatte.

Ich bahnte mir einen Weg durch die Menge der zunehmend beschwipsten, fröhlichen Gäste, schnappte mir meinen Mantel von der Garderobe und ging zu George, die sich mit Harley Quinn und Batman unterhielt.

„Ich gehe dann mal. Danke, dass du mich eingeladen hast!" Ich umarmte George kurz, winkte Olivia zum Abschied zu und machte mich auf den Weg zur Tür.

Die kalte Nachtluft schlug mir ins Gesicht, kühlte meine geröteten Wangen und beruhigte mich etwas.

Ich war drei Schritte auf dem Bürgersteig gegangen, während sich meine Augen noch an die Dunkelheit gewöhnten, als ich direkt mit einer Kapuzengestalt zusammenstieß und beinahe geschrien hätte.

Es war ein weiteres Ghostface. *Großer Gott, wie viele* Scream-*Fans gibt es denn auf dieser verdammten Party?*

„Jenny?", fragte eine tiefe, aber deutlich weibliche Stimme.

Mein Magen zog sich zusammen.

Blake.

18

BLAKE

„OH, hi. Tut mir leid. Ich war gerade auf dem Weg nach Hause." Die Seite von Jennys Gesicht, die dem Novel Gossip zugewandt war, wurde angeleuchtet, aber es war schwierig, ihren Gesichtsausdruck zu erkennen.

„Oh." Ich hielt inne und zog meine Maske ab. „Kann ich … kann ich ein Stück mit dir gehen?" Ich war auf dem Weg zurück gewesen, um Jenny zu suchen. So schwer es mir auch fiel, über meine Gefühle zu sprechen, ich musste aufhören, jedes Mal hinauszurennen, wenn etwas Unbehagliches zwischen uns passierte, und stattdessen ein Gespräch unter Erwachsenen mit ihr führen. Das Problem war nur, dass ich immer noch nicht wusste, was ich sagen sollte. Ich hatte gehofft, die Inspiration würde kommen, wenn ich sie sah.

Das war nicht passiert.

„Ja, natürlich."

Wir gingen schweigend die Main Street hinunter. Ich hielt meine Hände fest in den Taschen des schwarzen Wollmantels, den ich über meiner Kutte trug. Ich traute mir in Jennys Nähe nicht.

„Nun, George weiß wirklich, wie man eine tolle Party veranstaltet", sagte Jenny.

Ich atmete erleichtert auf, da Jennys Small Talk mir Zeit verschaffte, mir zu überlegen, was ich sagen sollte. „Das stimmt allerdings. Ich weiß, dass sich einige Leute gern darüber beschweren, dass Auswärtige hierherziehen, aber das Novel Gossip ist ein unverzichtbarer Teil der Gemeinde geworden. Ich wüsste nicht, was ich ohne ihren Kaffee tun würde – oder ohne ihre Gesellschaft. Sie ist eine gute Freundin für mich, seit ich zurück bin."

„Das klingt großartig. Es muss komisch gewesen sein, wieder nach Sapphire Springs zu ziehen, nachdem du so lange in New York gewohnt hast. Zumindest hat es sich seit unserer Zeit als Teenager sehr verbessert."

„Würdest du es jemals erwägen, zurückzuziehen?" Ich versuchte, lässig zu klingen. Wenn Jenny dauerhaft in Sapphire Springs leben würde, würde das mein Leben noch viel komplizierter machen, aber mein Herz schlug schneller, während ich auf ihre Antwort wartete.

Jenny schüttelte den Kopf. „Nein, hier gibt es keine Arbeit für mich. Meine Agentin hatte gehofft, dass ich durch mehr ländliche Inhalte andere Sponsoren anlocken könnte, aber bis jetzt hat niemand Interesse gezeigt. Und keiner der lokalen Läden hätte das Budget, um einen Influencer zu bezahlen. Aber es ist schön, für ein paar Monate zurück zu sein. Ich verbringe mehr Zeit mit Mom und Dad, sehe Amanda und Maya und genieße das neue und verbesserte Sapphire Springs 2.0."

Ein Anflug von Enttäuschung überkam mich, aber ich wusste, dass es das Beste war. Wenn Jenny weg war, würde ich hoffentlich nicht länger davon gequält werden, mich zu ihr hingezogen zu fühlen.

„Diese Perücke lässt meinen Kopf ganz schön jucken", sagte Jenny, als sie sie von ihrem Kopf zog, in ihre Tasche stopfte und ihr Haar ausschüttelte, wodurch sie sich von Wednesday Addams in eine sehr blasse, aber immer noch wunderschöne Jenny verwandelte.

Ein warmer Luftzug und schallendes Gelächter strömten aus dem Builders Arms herüber, als ein Gast die Kneipe verließ, und mir wurde plötzlich klar, wo wir waren.

„Scheiße, wir sind an der Abzweigung zum Haus deiner Eltern vorbeigelaufen. Sollen wir zurückgehen?"

Jenny zuckte mit den Schultern. „Da wir schon fast da sind, willst du vielleicht zum Wasser hinuntergehen?"

„Klar", sagte ich erleichtert, dass Jenny nicht sofort weglaufen wollte, bevor ich meine Gedanken gesammelt hatte. Nicht, dass das Spazieren mit Jenny bei diesem Prozess hilfreich gewesen wäre. Es war schwierig, sich darauf zu konzentrieren, was ich in Bezug auf die Frau tun sollte, die ich unglaublich attraktiv fand und die ich immer wieder versehentlich küsste, wenn sie nur einen Meter von mir entfernt war.

Einen Häuserblock vom Wasser entfernt, atmete Jenny scharf ein. Mein Blick wanderte besorgt zu ihrem Gesicht, aber ich entspannte mich schnell. Im schwachen Licht der gusseisernen Laternen, die die Main Street säumten, konnte ich sehen, dass sie lächelte.

„Schau doch mal!" Jenny zeigte in eine Richtung. „Sie haben den Musikpavillon bereits für die Feiertage dekoriert!"

Der Musikpavillon, ein sechseckiger Pavillon am Fluss, leuchtete mit den Lichterketten, die ihn schmückten.

„Mein Gott, es ist noch nicht einmal November!"

„Nun, ich will mich nicht beschweren. Es sieht prächtig

aus. Eigentlich sollten sie die Deko das ganze Jahr über hängen lassen. Warum sollte man Lichterketten auf die Weihnachtszeit beschränken?"

„Um Energie zu sparen?", erwiderte ich mit einem neckischen Ton in der Stimme.

Jenny runzelte die Stirn, aber ich war mir fast sicher, dass ihre Mundwinkel zuckten. „Ich bin sicher, sie könnten energieeffiziente Lichterketten kaufen oder sogar Solarzellen auf dem Dach des Pavillons installieren, um sie mit Strom zu versorgen."

„Ich bin mir nicht sicher, ob sie Solarzellen auf dem historischen Musikpavillon aus 1920 anbringen würden, aber du kannst das Thema gern bei der nächsten Bürgerversammlung ansprechen."

„Vielleicht werde ich das." Jenny grinste und mein Herz machte einen Sprung.

Verdammt, es gefiel mir, Zeit mit ihr zu verbringen. Und sie zu küssen. Und je mehr Zeit ich mit ihr verbrachte, desto mehr verknallte ich mich in sie. Das Vernünftigste wäre, den Kontakt für den Rest ihres Aufenthalts hier abzubrechen. Das würde das Risiko versehentlicher Küsse eliminieren und hoffentlich meine derzeitige Schwärmerei reduzieren. Aber diese Option klang im Moment wenig verlockend.

Wir gingen am Musikpavillon vorbei und den Steg hinunter, bis wir das Geländer erreichten. Der Mond schaute unter den Wolken hervor und spiegelte sich schwach auf dem Fluss. Auf der anderen Seite des Flusses funkelten ein paar Lichter.

Ich lehnte mich gegen das Geländer, lauschte darauf, wie das Wasser an die Seite des Stegs plätscherte, und versuchte, meine Gedanken zu sammeln. Wenn es keine

Lösung war, den Kontakt zu Jenny abzubrechen, was dann? Ich seufzte und es kam lauter heraus, als erwartet.

„Geht es dir gut?" Jenny drehte sich um und schaute mich an.

Ich war noch nie gut darin gewesen, meine Gefühle mitzuteilen, und es war noch schwieriger, wenn ich mir nicht einmal sicher war, welche Gefühle das genau waren. Aber ich musste etwas sagen. Es konnte genauso gut die Wahrheit sein.

„Ja, es tut mir leid. Ich finde diese ganze Sache mit uns ein bisschen verwirrend."

„Dann sind wir schon zu zweit." Jenny lächelte schief. „Dass wir uns dreißig Sekunden nach unserer Abmachung, es platonisch zu halten, wieder geküsst haben, hat nicht gerade geklärt, wo wir stehen."

Ich schmunzelte. „Nein, nicht wirklich."

„Da platonisch zwischen uns nicht zu funktionieren scheint, was hältst du von ..."

Oh, scheiße. Wird sie vorschlagen, den Kontakt abzubrechen?

Aber Jenny beendete ihren Gedanken nicht. Stattdessen schaute sie in den Himmel. „Hast du einen Regentropfen gespürt?"

„Nein", antwortete ich schnell und hoffte, sie würde mit dem fortfahren, was sie sagen wollte.

„Hmmm. Ich bin mir sicher, dass ich einen gespürt habe." Jenny griff nach meiner Hand und die weiche Wärme ihrer Haut an meiner ließ meine Nervenenden kribbeln. „Lass uns zum Musikpavillon gehen, nur für alle Fälle."

Sie zog mich zum Musikpavillon. Ich hatte immer noch keinen einzigen Tropfen Regen gespürt. „Du weißt aber schon, dass du keine Ausrede brauchst, um dir die Lichterketten genauer anzusehen, oder? Du hättest einfach fragen können", stichelte ich.

Jenny lachte. „Hey, ich denke mir das nicht aus. Ich schwöre, ich habe einen Regentropfen gespürt."

„Aha."

Als wir näherkamen, musste ich zugeben, dass die Lichterketten wirklich nett aussahen. Sie verliehen dem Musikpavillon einen himmlischen Charme, als wäre er ein schwebendes Portal zu einer anderen, magischen Welt.

Wir gingen die Treppe hinauf auf die Bühne, wo Jenny meine Hand losließ und lächelnd herumwirbelte. „Das ist wunderschön!"

Ich konnte nicht anders, als über ihre Begeisterung zu grinsen. Und daran zu denken, wie schön auch sie war.

Plötzlich hielt sie inne und ihr Lächeln verblasste. „Aber wenn es anfängt zu regnen, kriegen wir von den Lichterketten doch keinen Stromschlag, oder?"

Ich schnaubte. „Oh mein Gott, Jenny. Sie würden doch keinen Pavillon im Freien mit Drähten überziehen, die uns einen Stromschlag geben könnten."

Jenny kicherte. „Gutes Argument. Ich schiebe diese Bemerkung auf Georges Punsch."

Jenny kam auf mich zu und mein Herz fing an, höherzuschlagen.

Ich räusperte mich. Wir mussten das begonnene Gespräch zu Ende führen, bevor wir uns wieder hinreißen ließen. „Also, vor dem angeblichen Regentropfen hatte ich den Eindruck, dass du etwas sagen wolltest, vielleicht über uns?"

Jenny blieb ein paar Zentimeter vor mir stehen und sah mich direkt an. „Angeblich?", fragte Jenny mit gespielter Empörung in ihrer Stimme. „Aber ja, ich wollte vorschlagen, dass ..." Sie schluckte. „Hör mal, ich weiß nicht, ob das eine gute Idee ist, denn ich hatte mir geschworen, so etwas nicht mehr zu tun, aber ...“

Mein Herz schlug schneller. Worauf zum Teufel wollte sie hinaus?

„Ich habe mir gedacht, da wir uns offensichtlich zueinander hingezogen fühlen, könnten wir vielleicht einfach, ähm, Spaß haben, bis ich zurück nach L.A. gehe. Du weißt schon, wir könnten un-platonisch sein, aber die Dinge zwanglos halten.“

Meine Gedanken überschlugen sich. Ich hatte bisher immer nur ernsthafte Beziehungen geführt. Noch nie hatte ich es auch nur in Erwägung gezogen, eine Freundschaft-mit-Vorteilen zu führen, wie es Jenny vorzuschlagen schien. Ich konnte den Sinn darin nicht erkennen. Entweder mochte ich jemanden so sehr, dass ich mich ernsthaft mit ihm einlassen wollte, oder ich tat es nicht. Punktum. Aber dieses Mal schien es nicht so schwarz-weiß zu sein.

Ein Gefühl der Erregung stieg in meiner Brust auf. Vielleicht war das die Lösung. Ich würde all die Dinge mit Jenny tun können, von denen ich jahrelang geträumt hatte, alles ausleben und dann im Januar zu meinem normalen, bequemen Leben als alte Jungfer zurückkehren. Ich hatte Beziehungen abgeschworen, damit ich nicht noch einmal die Qualen eines gebrochenen Herzens erleiden musste. Aber wenn ich mich auf eine Beziehung mit Jenny einließ und wusste, dass sie nur von kurzer Dauer sein würde, dann könnte ich mich sicher vor Liebeskummer schützen. Das klare Enddatum würde mir Gewissheit geben.

„Blake? Was denkst du?“

Ich bemerkte, dass Jenny immer noch vor mir stand und nervös mit ihren Händen spielte, während ich sie hängenließ. *Hör auf, zu viel nachzudenken, und triff eine Entscheidung.*

Ich trat vor und strich ihr ein verirrtes Haar aus dem Gesicht.

„Ich würde nichts lieber tun, als un-platonisch mit dir zu sein, Jenny Lynton.“

Und mit diesen Worten beugte ich mich zu ihr und küsste sie.

19

JENNY

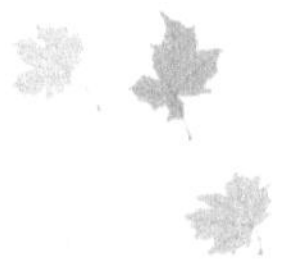

„IST es den ganzen Weg nach oben so steil?" Ich hielt inne, um wieder zu Atem zu kommen, und musterte den felsigen Pfad mit Bangen. Blake blieb ein paar Meter vor mir stehen und drehte sich um.

„Kurz vor dem Ende wird es steiler." Ihre Stimme verriet keinerlei Anzeichen von Anstrengung.

„Steiler?" Ich jaulte.

Blake lächelte mich an und mein Herz machte einen Sprung, obwohl ich erschöpft war. „Ich verspreche dir, die Aussicht ist es wert. Besonders zu dieser Jahreszeit."

Aufgrund früherer Erfahrungen war ich davon ausgegangen, dass unsere lockere Beziehung hauptsächlich aus Drinks und One-Night-Stands bestehen würde. Als Blake mir am Tag nach der Party eine SMS schickte und vorschlug, am Samstag eine Wanderung auf den Breakback Ridge zu machen, bevor das Herbstlaub verschwand, war ich also etwas überrascht. Um ehrlich zu sein, war ich überrascht, dass sie nicht vorgeschlagen hatte, nach der Halloweenparty zu ihr nach Hause zu gehen. Aber sie hatte es nicht getan und ich war nicht sonderlich scharf darauf, sie ins Haus meiner Eltern mit seinen dünnen Wänden einzuladen.

Ich hatte Blakes Vorschlag zugestimmt, weil ich dachte, es würde zumindest die riesige Menge an Halloween-Süßigkeiten wieder wettmachen, die ich konsumiert hatte, und mir hoffentlich ein paar Inhalte für meine sozialen Medien liefern.

Aber jetzt, wo wir auf halbem Weg den Berg hinauf waren, fing ich an, zu glauben, dass dies nicht die beste Idee für unsere erste Verabredung war – oder für irgendeine Verabredung. Jetzt wurde mir klar, warum der Berg den Namen Breakback Ridge trug. Ich war bereits müde, verschwitzt und verärgert vor Hunger. Ich hatte nicht daran gedacht, Wanderschuhe anzuziehen, und meine abgetragenen Turnschuhe gaben mir auf dem unebenen Boden nicht den nötigen Halt.

Wir hätten ein Glas Wein mit Blick auf den Hudson River genießen oder zu zweit zur Red Tractor Farm zurückkehren können, um dort heiße Donuts, Apfelkrapfen und dampfenden Apfelwein zu genießen – Aktivitäten, die viel eher zum Knutschen führen würden, als zu wandern.

Erschwerend kam hinzu, dass Blake _viel_ fitter war als ich. Während ich immer wieder vorschlug, die „Aussicht zu genießen", um zu verschnaufen, sprang Blake den Weg entlang und kam dabei kaum ins Schwitzen.

Das einzig Gute daran, dass ich ständig hinter Blake zurückfiel, und an dieser Wanderung im Allgemeinen, war, dass ich einen sehr guten Blick auf Blakes Hintern hatte. Ihre marineblaue Wanderhose schmiegte sich auf äußerst schmeichelhafte Weise um ihren Po und betonte, wie rund und fest er war. Wie ein Hund, dem ein Leckerli vor die Nase gehalten wurde, hielt Blakes Hintern mich auf Trab und erinnerte mich daran, warum ich überhaupt auf dieser verdammten Wanderung war.

Ich atmete tief ein und ging weiter den steinigen Pfad hinauf, während ich hoffte, dass ich nicht fallen und mir das Bein brechen würde. Was mich daran erinnerte …

„Hey, hast du eigentlich mit den anderen Ärzten vor Ort darüber gesprochen, wie sie mit unversicherten Patienten umgehen?", fragte ich und versuchte, nicht zu schnaufend zu klingen, was mir jedoch nicht gelang.

„Habe ich." Blake wurde langsamer und ging neben mir her. „Einige von ihnen bieten Ratenzahlung für ihre Honorare an, aber keiner hilft den Patienten beim Versuch, Geld für ihre Krankenhausrechnungen oder andere Kosten zu bekommen. Offenbar gibt es in einigen Städten Fonds, die unversicherten Menschen helfen, ihre medizinischen Kosten zu bezahlen, und die normalerweise von gemeinnützigen Organisationen oder der Stadtverwaltung verwaltet werden." Blake seufzte. „Aber so etwas haben wir in Sapphire Springs nicht."

„Hmmm. Würde es sich lohnen, mit der Bürgermeisterin darüber zu sprechen, warum es so einen Fonds hier nicht gibt? Vielleicht könnte die Gemeindeverwaltung sich darum kümmern. Und wenn sie genug Geld zusammenbekommen, könnten sie vielleicht jemand anderen bezahlen, der bei den ganzen Anträgen hilft?"

Blake warf mir einen Blick zu. „Das wäre großartig. Aber es wäre ein Haufen Arbeit für sie, das einzurichten, und ich glaube, sie sind ohnehin schon ziemlich überlastet. Außerdem müsste man Spenden sammeln und das ist wirklich nicht mein Ding." Blake verzog das Gesicht. „Ich hasse es, Leute um Gefallen zu bitten, und ich mag es auch nicht, in der Öffentlichkeit zu sprechen."

Ein unerwarteter Energieschub schoss durch meinen

Körper. „Ich könnte es mir ansehen. Ich denke, die Bürgermeisterin könnte an so etwas interessiert sein. Ich weiß, dass Dad gesagt hat, dass sie begeistert war, als du deine Praxis in Sapphire Springs eröffnet hast, weil das Gesundheitswesen eine ihrer Leidenschaften ist. Und wenn sie Ja sagt, könnte ich eine Spendenaktion veranstalten. Mir machen solche Dinge Spaß – Junggesellinnenabschiede, Hochzeiten und Spendenaktionen zu planen. Und ich habe nicht viel zu tun, abgesehen davon, dass ich mir zusätzliche Inhalte ausdenken muss. In L.A. war ich immerzu damit beschäftigt, auf irgendwelche Veranstaltungen zu gehen und Leute zu treffen, aber hier gibt es davon nicht so viel." Jetzt, da die Hochzeit vorbei war, fühlte ich mich ruhelos. Ich konnte schließlich nur eine bestimmte Menge an Social Media-Posts teilen.

Blake gluckste. „Oh, was? Die gesellschaftliche Szene in Sapphire Springs ist nicht nach deinem Geschmack? Ich dachte, Georges Halloweenparty wäre mit den Partys im Château Marmont vergleichbar gewesen?"

Ich schnaubte. „Ehrlich gesagt hat mir Georges Party viel besser gefallen als die meisten Partys in L.A., aber zum Kontakteknüpfen war sie nicht gerade geeignet, und mein Terminkalender für den November sieht ziemlich leer aus."

„Ich dachte, wir hätten ganz gut Kontakt geknüpft." Blake hob eine Augenbraue und ihre Mundwinkel zuckten.

Kichernd schüttelte ich den Kopf. „Ich weiß nicht, was du denkst, was ich auf diesen Partys so treibe, aber ich würde unsere, ähm, Interaktionen nicht gerade als Kontakteknüpfen bezeichnen."

Blake winkte abweisend mit der Hand. „Papperlapapp. Kontakteknüpfen, Knutschen, wo ist da schon der Unterschied?"

Unser Kichern verwandelte sich in schallendes Gelächter. Es war überraschend schwierig, zu lachen, wenn man außer Atem war, und ich hielt einen Moment inne, um meine Atmung zu regulieren. „Aber ganz im Ernst, ich würde gern mit der Bürgermeisterin sprechen und sehen, ob ich helfen kann, so einen Fonds einzurichten", sagte ich, als ich wieder normal atmete.

Blake warf mir einen skeptischen Blick zu. „Bist du dir sicher, dass du das wirklich gern tun willst?"

„Ja, ich bin mir sicher." Die Aussicht darauf ließ mich aufhorchen. „Wir könnten eine Tombola veranstalten. Vielleicht könnte George das Catering übernehmen. Wir könnten Amanda und Maya fragen, ob die Schüler für Unterhaltung sorgen können, und ein paar Leute dazu bringen, Reden zu halten. Ich bin mir sicher, die Bürgermeisterin wäre bereit, ein paar Worte zu sagen. Wenn wir das Fest Ende November veranstalten, könnten wir es als Erntedankfest gestalten, was dazu passen würde, die Leute zum Spenden zu bewegen." Es würde mir nicht viel Zeit für die Organisation lassen, aber ich hatte im Moment sehr viel Zeit. Und während die Leute in den Großstädten zu Thanksgiving oft nach Hause fuhren, war Sapphire Springs für viele Leute „dieses Zuhause", sodass unsere Einwohnerzahl sogar noch anstieg. Mehr Menschen zum Spenden.

Blake zögerte. „Nun, wenn du dir sicher bist, wäre das unglaublich. Danke." Ihre Stimme klang rau, aber ich glaubte, echte Dankbarkeit darin zu hören.

Wir erreichten einen steilen, felsigen Abschnitt der Wanderung und hörten auf zu reden, damit wir uns darauf konzentrieren konnten, das Gleichgewicht zu halten, während wir über die Felsbrocken kletterten.

„NUN, was denkst du?" Blake grinste mich an. Sie schwitzte noch immer kaum, als wir einen Felsvorsprung erreichten, von dem aus man einen weiten Blick über den Hudson River und die Sepia- und Goldtöne der Hudson Highland Mountains hatte.

„Das ist unglaublich!" Ich atmete tief ein und dann langsam wieder aus und versuchte, meinen Puls wieder auf ein normales Tempo zu senken, während ich die spektakuläre Umgebung auf mich wirken ließ.

„Ja, ich liebe es, im Herbst hier hinaufzukommen."

„Macht es dir etwas aus, ein Foto von mir zu schießen, damit wir das hinter uns bringen können?" Ich wischte mir schnell das Gesicht ab und prüfte mein Haar im Selfie-Modus meines Handys, dann bat ich Blake, ein Foto von mir zu machen, auf dem ich vor der Aussicht posierte.

„Also gut. Hast du Hunger?", fragte Blake, als sie mir das Handy zurückgab und ihren Rucksack abnahm. Die letzte Stunde des intensiven Wanderns hatte mich meinen leeren Magen vergessen lassen. Kaum waren die Worte über ihre Lippen gekommen, knurrte mein Magen.

Ich beäugte Blakes Rucksack in gespannter Erwartung, als sie anfing, ihn auszupacken. Sie zog eine leichte, karierte Picknickdecke heraus und breitete sie auf dem Boden aus. Dann zog sie eine Auswahl an Bagels aus einer Kühltasche, sowie eine Schale mit Beeren, vier riesige Kekse und eine Thermoskanne. Okay, das fühlte sich definitiv mehr nach einer Verabredung an, als ich es erwartet hatte. Und irgendwie gefiel es mir. Ich konnte mich nicht erinnern, wann ich das letzte Mal mit jemandem zusammen war, der sich so viel Mühe gegeben hatte.

„Bediene dich. Die Bagels und Kekse sind aus dem Novel Gossip. Ich war mir nicht sicher, welche Beläge du magst, also habe ich ein paar verschiedene gekauft. Es gibt geräucherten Lachs oder Schinken, Salat und Tomate oder Pastrami oder einen Bagel mit Avocado und sonnengetrockneten Tomaten."

Mir wurde ganz warm bei dem Gedanken, dass Blake Extra-Bagels den Breakback Ridge hinaufschleppte, um sicherzugehen, dass ich eine Auswahl hatte.

Blake saß auf der Decke mit dem Rücken an einen Felsen gelehnt und mit Blick auf die Aussicht. Ich ließ mich neben ihr nieder und griff nach dem Bagel mit geräuchertem Lachs, den ich sofort zu verschlingen begann.

„Der. Ist. Unglaublich. Lecker." Ich schloss die Augen und genoss den festen, knusprigen Bagel mit allem Drum und Dran.

Als ich die Augen öffnete, grinste Blake mich an und mein Puls stockte. Wie schaffte sie es, so verdammt gut auszusehen, nachdem sie praktisch stundenlang eine Felswand hochgeklettert war? Das einzig offensichtliche Anzeichen für körperliche Anstrengung waren ihre leicht geröteten Wangen. Ich fragte mich, ob Blakes Wangen bei jeder Art von körperlicher Anstrengung rot wurden ... Meine ohnehin schon heißen Wangen begannen bei diesem Gedanken zu glühen. Blakes Grinsen wurde breiter, als hätte sie meine Gedanken gelesen.

„Was?", fragte ich und kniff die Augen zusammen.

„Nichts. Ich freue mich nur, dass dir der Bagel so gut schmeckt." Sie biss in den Pastrami-Bagel und sah sehr zufrieden mit sich selbst aus.

Wir aßen unsere Bagels in geselligem Schweigen und schauten zu, wie Boote über den Hudson fuhren und wie ein paar weiße Schäfchenwolken langsam über den ansonsten blauen Himmel zogen.

„Kaffee?" Blake hob die Thermoskanne hoch.

Nachdem sie einen Campingbecher gefüllt hatte, reichte sie ihn mir und bot mir dann einen Keks an.

„Dieser Keks ist ein Gedicht." Ich versuchte, meinen Gesichtsausdruck dieses Mal weniger orgasmisch zu halten, aber es war eine Herausforderung. Der Biss der Walnüsse und die knusprige äußere Schicht des Kekses ergänzten das saftige, klebrige Innere perfekt. Er war so gehaltvoll, dass ich nur die Hälfte schaffte, bevor ich ihn zur Seite legen musste. Ich lehnte mich leicht stöhnend auf dem Felsen zurück.

„Das war so befriedigend. Danke, dass du das alles mitgebracht hast. Du kannst gern einen der zerquetschen Müsliriegel essen, die ich eingepackt habe, wenn du willst."

Blake, die sich ebenfalls an den Felsen lehnte, wandte sich mir zu und lächelte, was die Schmetterlinge in meinem Bauch zum Flattern brachte. „Gern geschehen. Und ich glaube, ich verzichte auf den Müsliriegel, aber ich weiß das Angebot zu schätzen."

Wir schauten uns in die Augen und ein Schauer lief mir über den Rücken. „Komm her, du", sagte Blake. Ihre Stimme war leise und warm.

Ich rutschte näher an sie heran, aber dann überkam mich Panik und ich erstarrte.

„Was ist los?"

„Ich bin eklig und verschwitzt und rieche wahrscheinlich nach Fisch." Ich schnitt eine Grimasse.

„Das ist mir egal." Blake beugte sich vor und küsste mich sanft auf die Lippen, bevor sie sich zurückzog und mich ansah. „Ich kann nichts riechen. Aber ich verstehe es. Weißt du noch, der Tag, an dem ich dich im Novel Gossip getroffen habe, der Tag nach der Junggesellinnenparty? Ich war so paranoid, dass ich schrecklichen Kaffeeatem hatte, weil ich mir nicht die Zähne geputzt hatte, dass ich buchstäblich jedes Mal, wenn ich in deine Nähe kam, versucht habe, die Luft anzuhalten."

Ich lachte. „Ist das dein Ernst? Ich dachte, ich hätte schlecht gerochen." Ich schüttelte den Kopf. „Das ist wahnsinnig komisch. Gott, es ist so seltsam, zu denken, dass die Junggesellinnenparty erst zwei Wochen her ist. Die Dinge haben sich seitdem so verändert."

„Oh, wie was zum Beispiel?", fragte Blake ein wenig zu unschuldig.

Ich warf ihr einen neckischen Blick zu, beugte mich dann vor und küsste sie, wobei ich ihr sanft in die Unterlippe biss.

„Wie das hier."

„Darf ich dich daran erinnern, dass du mir vor zwei Wochen einen hübschen rosa Vibrator geschenkt hast? Vielleicht haben sich die Dinge nicht so sehr verändert, wie du denkst." Blake grinste und beugte sich vor, um mich erneut zu küssen, dieses Mal mit einem Hauch von Zunge.

Sosehr ich den Kuss auch genoss, konnte ich nicht anders, als zu erwidern: „Ach ja? Nun, erstens war der Vibrator für Amanda. Nicht für dich."

„Autsch." Blake schmollte.

„Und zweitens dachte ich bis vor Kurzem noch, du würdest mich hassen. Ich würde also sagen, dass sich seitdem jede Menge verändert hat."

Blake riss die Augen weit auf. „Dich hassen? Ich dachte, du magst mich nicht, aber ich habe dich nie gehasst. Du hast immer ... nun, ich habe mich in deiner Nähe immer sehr unbeholfen gefühlt, aber ich habe dich nie gehasst."

Ich brauchte einen Augenblick, um ihre Worte zu begreifen. Als ich es tat, glaubte ich nicht ganz richtig gehört zu haben. Blake Mitchell fühlte sich in meiner Gegenwart unbeholfen? Das war ... unerwartet.

„Warum warst du in meiner Gegenwart unbeholfen?"

Blakes Blick wurde immer intensiver. „Was glaubst du denn?"

Die Welt schwankte plötzlich aus dem Gleichgewicht, als ich unsere bisherigen Interaktionen im Lichte dieser Information neu bewertete. All die Male, bei denen ich dachte, Blake sei mir gegenüber reserviert oder schroff gewesen, war sie in Wirklichkeit nur unbeholfen, weil sie mich *mochte*?

„Fühlst du dich immer noch unbeholfen in meiner Nähe?"

„Nun, heute nicht. Ich denke ... ich denke, je besser ich dich kennenlerne, desto wohler fühle ich mich."

„Das freut mich, zu hören. Ich denke, du solltest dich zurücklehnen, damit du dich noch wohler fühlen kannst." Ich beugte mich vor, drückte Blake sanft auf die Picknickdecke und spreizte die Beine über ihr, bevor ich mich hinunterbeugte, um sie erneut zu küssen.

ERST ALS BLAKE mich auf den Rücken drehte und ich während unserer kurzen Verschnaufpause unserer sehr genüsslichen Knutscherei zufällig in Richtung Himmel schaute, bemerkte ich, dass Wolken aufzogen.

„Ähm, weißt du, wie spät es ist? Ich glaube nicht, dass es heute regnen sollte, aber der Himmel sieht etwas bedrohlich aus."

„Ist das so wie der Regentropfen von neulich oder meinst du es ernst?" Blake grinste mich an.

Ich verdrehte die Augen. „Ich habe es neulich ernst gemeint und ich meine es jetzt auch ernst."

Blake schaute zum Himmel und ihr Grinsen

verschwand. „Okay. Das sieht nicht gut aus." Sie schaute auf die Smartwatch an ihrem Handgelenk. „Meine Uhr sagt, dass es eine fünfzigprozentige Regenwahrscheinlichkeit gibt. Und irgendwie ist es schon nach zwei. Wir sollten uns wohl auf den Rückweg machen."

Wir rückten unsere Klamotten zurecht und packten das Picknick ein. Es dauerte nicht lange, bis wir uns auf den Weg nach unten machten.

Auf halber Strecke fing es an, zu regnen. Meine Turnschuhe waren stark abgetreten und verloren ihren Halt. Ihr Zustand, in Verbindung mit dem Regen, zwang mich, mein Tempo auf dem felsigen Gelände noch zu verlangsamen. Es kostete mich meine ganze Konzentration, das Gleichgewicht zu halten. Blake hielt inne, um mir bei den größeren Felsbrocken zu helfen, und passte ihr Tempo an meins an. Ich fühlte mich schlecht, weil ich sie aufhielt.

„Nur eine Sekunde." Blake entdeckte etwas abseits des Pfades. Sie ging hinüber und griff nach einem langen, stabilen Stock.

„Es tut mir leid. Ich hätte dich vorwarnen sollen, wie steinig es ist. Würde der helfen?" Blake hielt mir den Stock hin, nach dem ich dankbar griff.

Wir hatten das Ende des Weges fast erreicht, als der Himmel seine Schleusen öffnete und uns mit Regen nur so überschüttete. Meine Füße quietschten in den Schuhen und die Jacke, die ich trug, war nicht wasserdicht. Der Boden war bereits flacher geworden, also fing ich an, zu joggen, und hoffte, es zum Auto zu schaffen, bevor ich völlig durchnässt war.

„Kommst du zurecht? Wir sind fast da!", rief Blake.

„Ja, nur ein bisschen nass ..."

Mein Magen überschlug sich, als mein linker Fuß auf einem Stein ausrutschte. Ich verdrehte mir den Knöchel und verlor das Gleichgewicht. Ich streckte den Stock aus und hoffte, er würde mich stützen, aber er traf nur auf einen weiteren nassen Stein und rutschte ab.

Für einen kurzen Moment fiel ich, und dann schlug ich auf dem Boden auf.

Mühsam setzte ich mich auf und merkte, dass der dicke Schlamm einen Großteil meiner Vorderseite bedeckte. Ich spürte einen stechenden Schmerz in meinem Knöchel.

„Scheiße! Geht es dir gut?" Blake eilte zu mir herüber.

„Ja, alles gut", sagte ich wegen der Schmerzen ein wenig schroff. Ich stand unsicher auf und zuckte zusammen, als ich meinen linken Fuß belastete.

„Wo tut es weh? Irgendein Taubheitsgefühl oder Kribbeln?" Blake hockte sich neben mich, zog vorsichtig meine Socke hinunter und begutachtete meinen Knöchel mit gerunzelter Stirn.

„Es tut da weh." Ich zeigte auf die empfindliche Stelle. „Aber kein Taubheitsgefühl oder Kribbeln."

„Okay, gut. Die Tatsache, dass du darauf stehen kannst und keine anderen Symptome hast, ist vielversprechend. Hoffentlich ist es nur eine leichte Verstauchung und kein Bruch." Blake schaute zu mir auf. Ihre Augen waren sanft und besorgt, das nasse Haar klebte an ihrer Stirn und jeder Rest von Irritation war verschwunden.

Ich widerstand dem Drang, mich zu ihr zu beugen und ihr das Haar aus den Augen zu streichen, sie hochzuziehen und zu küssen, bis die Sorge in ihren Augen verschwand. Aber da mein Knöchel pulsierte und es in Strömen regnete, war ein Kuss jetzt nicht gerade die praktischste Angelegenheit.

„Meinst du, du kannst den Rest des Weges zurücklaufen? Ich schätze, wir sind etwa zehn Minuten vom Auto entfernt. Ich könnte dich stützen."

Zögerlich trat ich einen Schritt vor. Es war schmerzhaft, aber nicht quälend.

Blake trat näher an mich heran. „Hier, leg deinen Arm um meine Schulter." Ich folgte ihren Anweisungen und sie schlang ihren Arm um meine Taille. Langsam humpelten wir zum Parkplatz zurück. Der Regen hatte sich zu einem leichten Nieseln verringert.

Als wir Blakes Wagen erreichten, öffnete sie die Beifahrertür.

„Setz dich."

Ich schaute auf meine Kleidung hinunter. „Ich bin ganz dreckig. Ich werde dein Auto einsauen."

„Nein, wirst du nicht. Jetzt lass mich noch einmal deinen Knöchel ansehen." Blakes Stimme war so entschlossen, dass ich gehorchte.

Vorsichtig ließ ich mich auf den Sitz sinken und drehte mich leicht, sodass meine Beine seitlich aus dem Auto heraushingen. Blake ging in die Hocke und untersuchte meinen Knöchel erneut. Sie berührte ihn ganz sanft. „Ich kann noch keine Schwellung oder Prellung sehen." Blake nahm ihren Rucksack ab, kramte darin herum und holte einen Kühlakku aus der Kühltasche, in der sich unsere Bagels befunden hatten.

„Drück den auf deinen Knöchel." Blake runzelte wieder die Stirn. Ihre Stimme war so streng und autoritär. Ein köstlicher Schauer lief mir über den Rücken. Die herrische Dr. Mitchell war irgendwie heiß. *Ich frage mich, wie Blake zu Rollenspielen steht ...*

In diesem Moment schaute Blake zu mir auf. Ihre Mundwinkel zuckten, was meine Arztfantasien zunichtemachte.

„Was?"

„Du, ähm, hast noch ein bisschen Schlamm im

Gesicht." Blakes Lippen zuckten erneut und dann lachte sie breit.

Ich riss die Sonnenblende herunter, um mich im Spiegel zu betrachten, und brach in Gelächter aus.

„Oh mein Gott! Ein *bisschen*? Ich hoffe wirklich, dass dieser Schlamm verjüngende Eigenschaften hat, denn da ist eine komplette Gesichtspackung." Schlamm klebte an meiner Nase, meinen Wangen und meiner Stirn. Der Regen musste etwas davon abgewaschen haben, denn schmutzige Tropfen liefen über den unteren Teil meines Gesichts und meinen Hals. Ich sah absolut katastrophal aus.

Blake griff nach ein paar Taschentüchern aus dem Handschuhfach und wollte sie mir gerade reichen, als sie innehielt. „Warte! Wir sollten ein Foto davon für einen deiner lustigen Posts machen."

„Einen meiner lustigen Posts? Hast du dir meine sozialen Medien angeschaut?", fragte ich scherzhaft und freute mich insgeheim, dass Blake mich im Internet gestalkt hatte.

Röte kroch über Blakes Wangen. „Kein Kommentar. Jetzt gib mir dein Handy."

20

JENNY

ALS BLAKE vor dem Haus meiner Eltern vorfuhr, hatte ich es geschafft, das meiste des Schlamms von meinem Gesicht zu wischen.

Ich schnallte mich ab und beugte mich vor, um die Tür aufzustoßen.

„Warte, ich helfe dir raus." Blake riss ihren Sicherheitsgurt ab.

„Ich glaube, es geht, wirklich. Es fühlt sich schon viel besser an", protestierte ich.

Ohne mich zu beachten, sprang Blake aus dem Auto, ging zur Beifahrerseite herum und bot mir ihren Arm an. Als ich zu laufen anfing, war ich dankbar für Blakes Unterstützung. Wie die Teilnehmer eines sehr langsamen Dreibeinlaufs machten wir uns auf den Weg zur Haustür meiner Eltern.

Als wir eintraten, wurden wir sofort von Walter angesprungen, der sich auf mich stürzte und seine Augen vor Aufregung weit aufriss.

„Au, Walter! Beruhige dich." Ich wandte mich an Blake. „Meine Eltern sind heute Nachmittag nicht da und er ist wütend, weil er allein zu Hause gelassen wurde. Willst du reinkommen?" Kaum waren die Worte aus meinem Mund, kribbelte es in meinem Magen.

„Klar."

Wir humpelten den Flur entlang und Walter tänzelte immer noch um uns herum. Seine kleine Zunge hing heraus und seine goldbraunen Ohren wippten.

Als wir das Wohnzimmer erreichten, blieb ich stehen. „Macht es dir etwas aus, wenn ich schnell dusche, um den restlichen Schlamm abzuwaschen?"

„Keineswegs. Vielleicht mache ich das nach dir auch."

Der Gedanke, gemeinsam zu duschen, schoss mir durch den Kopf, aber ich verwarf ihn schnell wieder. Mein Knöchel war nicht in der Lage, mich bei Intimitäten mit Blake in der Dusche zu tragen. Das erforderte sowohl Gleichgewicht als auch Kraft.

„Ich benutze das Bad meiner Eltern, dann können wir gleichzeitig duschen."

Blake bestand darauf, mir ins Zimmer meiner Eltern zu helfen, bevor sie mit dem Handtuch und den sauberen Klamotten, die ich ihr gegeben hatte, ins andere Badezimmer ging.

Als ich sah, wie viel Dreck ich unter der Dusche abspülte, war ich umso erleichterter, dass ich Blake nicht zum gemeinsamen Duschen eingeladen hatte. *Das ist nicht sexy.* Im Gegenteil, es war sogar ziemlich erschreckend.

Fünfzehn Minuten später kam ich viel sauberer und behaglicher in frischen, trockenen Klamotten wieder heraus. Ich fand Blake in meinem weißen *The Eras Tour*-T-Shirt und einer marineblauen Jogginghose auf der Couch, wo sie Walter streichelte. Unter dem Ärmel des T-Shirts konnte ich den Hauch der Tätowierung sehen, die mir bereits beim Junggesellinnenabschied aufgefallen war. Am liebsten hätte ich den Ärmel hochgezogen, um sie zu inspizieren.

Blake sprang auf, als sie mich sah, und half mir zur Couch hinüber, wo sie sich neben mich setzte.

„Du solltest deinen Fuß entlasten und ihn alle paar Stunden kühlen. Wenn wir ihn hochlegen, wird die Schwellung zurückgehen", sagte Blake mit Autorität. Sie legte ein Kissen auf ihren Schoß und tätschelte es, wobei sie eindeutig erwartete, dass ich mich auf das Sofa legte und meine Füße auf das Kissen hob. Ich gehorchte nicht. Ich hatte andere Pläne.

„Danke, dass du dich um mich kümmerst, aber im Ernst, es geht mir gut. Es tut gar nicht so sehr weh."

„Hmmm." Blake schaute ungläubig und liebenswert besorgt mit gerunzelter Stirn. „Ich kann nicht anders, als mich dafür verantwortlich zu fühlen. Ich hätte dich warnen müssen, wie steinig es ist, und dass du Wanderschuhe brauchst."

„Sei nicht albern. Ich hätte es selbst besser wissen müssen, nicht meine alten Turnschuhe zu tragen." Da ich die Ärztin Blake trotzdem sehr anregend fand, beschloss ich, die Tatsache auszunutzen, dass wir allein zu Hause waren. Ich hoffte nur, Blake würde nicht schlecht auf das reagieren, was ich gleich sagen würde. Ich schluckte.

„Obwohl, Frau Doktor, es gibt da noch etwas, zu dem ich Ihre medizinische Meinung benötige." Ich klimperte mit den Wimpern und tat mein Bestes, um aufrichtig und unschuldig zu wirken. Dann biss ich mir auf die Lippe.

Blake starrte mich eine Sekunde lang ausdruckslos an, bevor sie die Augen mit Erkenntnis weit aufriss. *Bitte lass sie darauf stehen.* Ich konnte sehen, wie sie versuchte, sich ein Lächeln zu verkneifen, bevor sie sich zu mir hinunterbeugte. Ihre Stimme klang leise und leicht heiser. „Natürlich, wie kann ich helfen?" Mein Magen zog sich zusammen. *Gott sei Dank.*

„Ich habe ständig diese ... Bedürfnisse. Ich mache mir Sorgen, dass sie außer Kontrolle geraten."

Blake nickte und spitzte ihre Lippen. „Hmmm. Das klingt ernst. Ich bin froh, dass Sie eine Ärztin fragen. Auf einer Skala von eins bis zehn, wie schwerwiegend würden Sie es einschätzen?"

„Eine Acht."

„Okay. Und wo spüren Sie diese Bedürfnisse?"

Ich biss mir wieder auf die Lippe. „Hauptsächlich an meinem ... meinem Mund." Okay, ich war nicht die Beste im Rollenspiel, aber zum Glück schien es Blake nichts auszumachen.

„Ich verstehe. Ich fürchte, dann muss ich ihn inspizieren." Blake strich mit ihrem Daumen sanft über meine Unterlippe, beugte sich vor und küsste mich zärtlich, bevor sie sich zurückzog und mir in die Augen sah. „Wie hat sich das angefühlt?"

„Mmmh. Gut. Aber die Bedürfnisse sind nicht verschwunden. Ich glaube sogar, sie sind noch schlimmer geworden. Vielleicht jetzt sogar eine Zehn?"

Okay, ich war wirklich schlecht im Rollenspiel, aber ich genoss es zu sehr, um jetzt einen Rückzieher zu machen. Ich war Blake so nah, dass ich meine Sandelholzseife an ihr riechen konnte.

Blake runzelte die Stirn. „Ich befürchte, das bedeutet, dass ich die Intensität der Behandlung erhöhen muss. Bitte legen Sie sich hin." Ich legte mich der Länge nach auf die Couch und Blake spreizte die Beine über mir, bevor sie sich hinunterbeugte und mich noch leidenschaftlicher küsste als zuvor. Ich erwiderte ihre Küsse, fuhr mit meinen Händen unter das T-Shirt, das sie trug, und genoss das Gefühl der weichen, warmen Haut ihres Rückens.

Nach ein paar Minuten zog Blake ihren Kopf zurück und schaute mich an. Ihre Lippen waren rot und ihre Wangen gerötet. „Hat sich Ihr Zustand seit Beginn der Behandlung verbessert?"

„Meinem Mund geht es definitiv besser, aber jetzt hat sich das Gefühl auf, ähm, andere Teile meines Körpers ausgebreitet." Meine Wangen glühten vor Hitze.

„Ach wirklich?" Blakes Augen funkelten, aber sie behielt den ernsten Ausdruck bei.

„Nun, dann ... sollte ich wohl besser Ihre Ohren inspizieren", murmelte sie und ihr Atem war warm an meiner Wange. Blake wanderte mit ihrem Mund über meine Wange zu meinem linken Ohrläppchen und neckte es sanft mit ihren Zähnen, sodass mein Innerstes kribbelte. Ich stöhnte.

Nachdem Blake meinem rechten Ohr die gleiche elektrisierende Behandlung zuteilwerden ließ, bewegte sie ihre Hand zu meinen Brüsten und streichelte sie. „Spüren Sie es hier auch?"

„Ja", murmelte ich, berauscht vor Verlangen.

„Ich fürchte, meine Hände allein werden nicht ausreichen, um Sie zu heilen. Sind Sie damit einverstanden, wenn ich meinen Mund benutze?"

Ich nickte.

Geschickt öffnete Blake meinen BH, zog ihn hoch und schob mein T-Shirt nach oben. Sie beugte sich hinunter und nahm eine meiner Brustwarzen in den Mund, um sie mit ihrer Zunge zu necken. Ich schloss meine Augen und konzentrierte mich auf dieses Gefühl. Oh *Gott, das fühlt sich so gut an*. Ich fing wieder an, zu stöhnen.

Blake schob ihre Hand langsam an meinem Bauch hinunter zu meinem Schritt. „Spüren Sie es hier auch?"

„Hmmm." Sie neckte weiter meine Brustwarze, während sie ihre Hand in meine Jogginghose schob und mich durch die Unterwäsche berührte. *Fuck.* Das Verlangen, das ich spürte, überstieg alles andere.

Über mein Stöhnen hörte ich ein leises Wimmern. Es klang nicht nach Blake. Ich öffnete meine Augen und zuckte zusammen.

„Was ist los? Ist alles in Ordnung?" Blake zog sich zurück.

Ich fing an, zu kichern. „Ja, tut mir leid. Das war unglaublich. Es ist nur ... Walter." Ich deutete hinter Blake, wo Walter auf die Couch gesprungen war. Er hechelte heftig mit heraushängender rosa Zunge, während er intensiven, besorgten Blickkontakt mit mir hielt.

Blake drehte sich um und brach in Gelächter aus, als sie seinen Ausdruck sah. „Oh mein Gott. Denkt er, ich tue dir weh oder so? Der arme kleine Kerl."

„Vielleicht. Es könnte an meinem Stöhnen liegen oder daran, dass wir seinen Lieblingsplatz im ganzen Haus besetzt haben. Oder daran, dass er den ganzen Tag allein war und wir ihm jetzt keine Aufmerksamkeit schenken. Was auch immer es ist, er ist eindeutig nicht glücklich!"

Glucksend schüttelte Blake den Kopf. „Walter, der Sexpolizei-Hund."

„Walter, komm runter. Komm schon, Kleiner." Ich forderte ihn mit einer Geste auf, von der Couch zu springen, aber er rührte sich nicht. „Walter, runter!"

„Lass uns ihn einfach ignorieren. Er wird wahrscheinlich bald das Interesse verlieren. Also, wo war ich ..." Blake beugte sich wieder zu meinen Brüsten hinunter und ich versuchte, mich darauf zu konzentrieren, die Empfindungen zu genießen. Aber jedes Mal, wenn ich die Augen öffnete, hockte Walter immer noch hinter Blake und starrte mich aufmerksam an. Es war, gelinde gesagt, verstörend. Selbst mit geschlossenen Augen konnte ich seinen Blick, der sich in mich bohrte, noch spüren.

„Es tut mir so leid. Ich kann das nicht machen, wenn er mich so ansieht. Das ist mir zu unheimlich. Vielleicht sollten wir in mein Zimmer gehen, damit wir Walter aussperren können ...“

Das Klirren von Schlüsseln ließ mich mitten im Satz innehalten und mein Magen zog sich zusammen.

„Scheiße, Mom und Dad müssen früher nach Hause gekommen sein.“

Wir sprangen auf und rückten unsere Kleidung zurecht. Ich hatte keine Zeit, meinen BH wieder anzuziehen, also stopfte ich ihn unter ein Kissen. Als Mom und Dad dreißig Sekunden später hereinkamen, saßen wir beide unbeholfen auf der Couch und hofften, dass ihnen nicht auffiel, was wir gerade getrieben hatten. *Mein Gott, es ist, als wäre ich wieder an der Highschool und würde versuchen, die Tatsache, dass ich mit Johnny Butler schlafe, vor meinen Eltern zu verbergen.*

Meine Eltern, die beide Jeans, Thermojacken und Mützen trugen, blieben stehen, sobald sie uns entdeckten. Trotz der unerwünschten Unterbrechung konnte ich mir ein Lächeln nicht verkneifen. Sie waren so verdammt niedlich. Fünfunddreißig Jahre verheiratet, über zwanzig Jahre, in denen sie zusammen arbeiteten, und sie liebten sich immer noch über alles. Während ich es genoss, Zeit mit Blake zu verbringen, war es doch das, was ich wirklich wollte.

„Hallo, Blake“, sagte Mom mit einem Hauch von Überraschung in der Stimmung. Mom wusste, dass ich in der

Vergangenheit nicht Blakes größter Fan gewesen war, und ich hatte ihr nichts von den jüngsten Entwicklungen in unserer Beziehung erzählt.

„Hallo, Mrs. und Mr. Lynton", antwortete Blake mit leicht rosa Wangen.

Mom zog ihre Mütze von ihrem kurzen blonden Haar, das langsam grau wurde, und setzte sich neben Blake, während Dad eine Kanne Kaffee aufsetzte.

Während meine Eltern und Blake Small Talk führten, schwor ich mir, dass wir das nächste Mal zu Blake nach Hause gehen würden. Kein Walter und keine Eltern, die uns störten. Und das nächste Mal sollte besser bald kommen, bevor ich vor sexueller Frustration explodierte.

21

BLAKE

GEORGE STELLTE ein Stück Zitronen-Blaubeer-Kuchen mit zwei Gabeln in die Mitte des Tisches.

„Hoffentlich hast du nach der Hochzeit jetzt nicht genug davon."

„Gott, nein." Ich nahm eine der Gabeln, stach in das Stück Kuchen und schob es mir in den Mund. „Er schmeckt immer noch unglaublich, obwohl ich beim Backen keinerlei Rolle gespielt habe."

„Obwohl oder weil?", fragte George und grinste.

„Unhöflich." Ich funkelte sie an. „Amandas Kuchen hat ebenfalls unglaublich gut geschmeckt, danke auch vielmals."

George ignorierte mein Widerwort, trank einen Schluck von ihrem Kaffee und beugte sich dann vor. „Und, wie ist die Verabredung mit deiner Kumpeline gelaufen?" Sie zwinkerte.

„Kumpeline? Im Ernst, George?" Ich hob eine Augenbraue.

„Nun, ich weiß nicht, wie ich sie nennen soll. Du hast

gesagt, sie sei nicht deine *Freundin*." Damit hatte sie recht. Ich war mir auch nicht ganz sicher, was die richtige Bezeichnung war.

„Nun, deine Bagels und Kekse waren ein Hit, danke. Aber es hat geregnet und Jenny hat sich den Knöchel verstaucht." Ich seufzte und ärgerte mich immer noch über mich selbst, weil ich mich dazu hinreißen ließ, mit Jenny zu knutschen und dabei jedes Gefühl für Zeit und Raum zu verlieren. Hätte ich nicht so die Kontrolle verloren, wäre mir aufgefallen, wie spät es schon war und dass Wolken aufzogen. Und Jenny hätte sich nicht verletzt. „Zum Glück passierte es kurz vor dem Ende des Wanderweges, sodass wir schnell Eis auflegen und den Fuß ruhen konnten. Jenny hat mir heute Morgen eine SMS geschickt, dass es ihr schon viel besser geht, was eine Erleichterung ist."

„Zumindest war Dr. Mitchell da, um sicherzustellen, dass die richtige medizinische Behandlung erfolgte."

Hitze stieg mir in die Wangen. Rückblenden zu Samstagnachmittag hatten mich in den letzten zwei Tagen gequält. Ich hätte nie gedacht, dass ich auf Rollenspiele stehe, aber mit Jenny hatte ich es unglaublich heiß gefunden. Obwohl, um ehrlich zu sein, fand ich alles, was mit Jenny zu tun hatte, unglaublich heiß. Vor allem, ihre Brustwarze mit meinen Lippen zu necken oder sie vor Lust stöhnen zu lassen.

„Warum wirst du auf einmal so rot und siehst so unbeholfen aus? Habt ihr beide ...?" George beugte sich vor und wackelte mit den Augenbrauen.

„Kein Kommentar", sagte ich fest, während mein Gesicht immer noch brannte.

„Tut mir leid, ich war nur neugierig. Ich freue mich einfach sehr für dich." George lehnte sich auf ihrem Stuhl zurück. „Aber es läuft gut? Bist du glücklich?"

„Ja, vielleicht zu gut." Ich verzog das Gesicht.

George schnaubte. „Komm schon, so etwas wie ‚zu gut' gibt es nicht."

„Ich mache mir nur Sorgen, dass ich mich zum Scheitern verurteile. Es soll eine lockere, spaßige Affäre werden, aber ich weiß nicht, ob ich weiß, wie man Affären hat."

„Hmmm. Ich schätze, eine anstrengende Wanderung mit einem romantischen Picknick schreit nicht gerade nach einem lockeren Flirt."

Ich seufzte. „Ja, vielleicht war das nicht meine beste Idee. Bis Grace war ich der Ernste-Beziehungen-Typ und seit ihr bin ich ein *Kein*-Beziehungen-Typ. Ich habe noch nie etwas mit jemandem angefangen, wenn ich wusste, dass es ein Enddatum gibt. Was ist, wenn ich anfange, sie wirklich zu mögen?" Ich kaute auf meiner Unterlippe. Was, wenn ich jetzt schon an ihr hing? Der ganze Sinn meiner ‚Keine Beziehungen-Regel' war es, Herzschmerz zu vermeiden, den ich nach mehreren Trennungen erlebt hatte. „Ich glaube, ich habe mich an Halloween ein wenig hinreißen lassen und mich in etwas hineingestürzt, ohne es richtig zu durchdenken. Das kann nur schlecht enden, oder?"

„Nun, viele Leute verabreden sich, stellen dann fest, dass die andere Person nichts für sie ist, und trennen sich dann freundschaftlich. Das ist nicht unbedingt ein schlechtes Ende. Vielleicht ist es das, was euch beiden passieren wird?"

„Hmmm." Ich stach geistesabwesend mit meiner Gabel in den Kuchen. „Ich habe einfach nicht das Gefühl, dass wir in diese Richtung steuern." Ich schaute mich um, um sicherzugehen, dass niemand in Hörweite war, und senkte meine Stimme. „Ich mag sie wirklich, George. Ich kann nicht aufhören, an sie zu denken und mich zu fragen, was sie gerade macht ... Wir verstehen uns so gut, dass ich mir nicht vorstellen kann, dass wir nach ein oder zwei Verabredungen Schluss machen werden. Das hier fühlt sich *echt* an. Bizarr und völlig unerwartet, aber echt."

„Das ist aufregend!" George sah aufrichtig begeistert aus. „Nun, vielleicht trennt ihr euch nicht. Vielleicht wird Jenny ihren Aufenthalt verlängern, oder ihr könntet eine Fernbeziehung führen, bis ihr eine Lösung gefunden habt."

Ich presste die Lippen zusammen und schüttelte den Kopf. „Ich habe so viel Zeit, Mühe und Geld in den Aufbau der Praxis investiert, und ich liebe es hier. Ich kann mir nicht vorstellen, in Los Angeles zu leben, mit dem ganzen Verkehr, der Umweltverschmutzung, meine Familie nicht sehen zu können, wann immer ich will ... Und Jenny könnte nicht hierherziehen. In Sapphire Springs gibt es nicht gerade viel Arbeit für eine Influencerin."

George musterte mich aufmerksam und beugte sich über ihren Kaffee auf dem Tisch. „Nun, mir scheint, du hast zwei Möglichkeiten. Entweder brichst du die Sache jetzt ab oder du lässt sie weiterlaufen und siehst, wohin es führt. Der Vorteil von Option eins ist, dass du dich nicht weiter an sie bindest, aber nachdem, was du sagst, ist der Zug vielleicht schon abgefahren. Der Nachteil ist, dass du vielleicht jede Menge heißen Sex verpasst und dich immer fragen wirst, was hätte sein können. Bei Option zwei besteht natürlich das Risiko, dass du dich noch mehr in sie verknallst, und es schwer finden wirst, wenn sie zurück nach L.A. zieht. Aber zumindest wirst du bis dahin ihre Gesellschaft genießen. Oder ihr merkt beide, dass es nicht funktioniert, und trennt euch einvernehmlich."

Ich seufzte. Ich mochte Jenny schon zu sehr, um die Sache einfach zu beenden und mit meinem Leben weiterzumachen, ohne mich ernsthaft nach ihr zu sehnen.

„Wenn du es so sagst, klingt es völlig logisch. Du hast recht. Der Zug ist bereits abgefahren und wenn ich die Sache nicht weiterverfolge, werde ich mich wahrscheinlich immer fragen, wie es wohl geendet wäre."

Georges Augen leuchteten auf und sie setzte sich aufrechter hin. „Ausgezeichnet. Wenn es so ist, kannst du bitte deine unbetitelte Verehrerin fragen, hier vorbeizukommen, damit ich mich persönlich bei ihr bedanken und ihr einen Kaffee spendieren kann?"

Ich kniff die Augen zusammen. „Wofür willst du dich bei ihr bedanken?"

George grinste. „Ich habe gestern einen Anruf von *TimeOut New York* bekommen. Sie planen einen Artikel über Winterwochenenden im Hudson Valley und wollen über das Novel Gossip berichten. Offenbar haben Jennys Beiträge zu Halloween ihre Aufmerksamkeit erregt."

„Das ist großartig! Werde nur nicht so beliebt, dass du keine Zeit mehr hast, mit mir zu plaudern, wenn ich vorbeikomme, okay?"

„Hey, ich verspreche, dass ich nie zu beschäftigt sein werde, um dich zu sehen."

Ich nahm einen letzten Bissen vom Kuchen und lehnte mich auf meinem Stuhl zurück. „Jennys Spezialität scheint es zu sein, anderen Leuten zu helfen. Sie hat Amandas Junggesellinnenabschied und ihre Hochzeit gerettet, sie hat dir zu einem Artikel im *TimeOut* verholfen und jetzt hat sie auch noch angeboten, mit der Bürgermeisterin zu sprechen und eine Spendenaktion für meine unversicherten Patienten zu organisieren."

„Oh, das ist eine großartige Idee! Ich weiß, wie sehr dich das gestresst hat. Weißt du, ihr zwei passt großartig zusammen, weil du kranken Menschen hilfst und Jenny so viel Gutes tut. Vielleicht könnt ihr berühmte, lesbische Philanthropen werden." Georges Augen funkelten.

Ich schnaubte. „Hast du überhaupt zugehört? Jenny verlässt uns in drei Monaten. Und sie ist nicht lesbisch, sie ist bi. Und außerdem bin ich mir ziemlich sicher, dass man reich sein muss, um ein Philanthrop zu sein."

„Kleinigkeiten!" George winkte abweisend mit der Hand. „Aber im Ernst, ich bin froh, dass du dir von ihr helfen lässt."

Ich musterte Georges Gesicht. Ich hatte mit George nie darüber gesprochen, aber sie hatte offensichtlich mitbekommen, dass ich mich normalerweise nicht wohlfühlte, wenn mir jemand half. Ich war diejenige, die anderen half, nicht andersrum. Ich wollte niemandem einen Gefallen Schulden oder meine Kontrolle oder Unabhängigkeit an jemand anderen abgeben. So war ich schon mein ganzes Leben lang, aber seit Grace war es noch viel schlimmer geworden. Seit ich erfahren hatte, wie verheerend es sein kann, wenn jemand einen im Stich ließ.

Aber mit Jenny war es anders. Sie tat es nicht für mich. Sie tat es für Sapphire Springs. Und ich konnte mir nicht vorstellen, dass sie eine Gegenleistung dafür erwartete. Obwohl es mir nichts ausmachen würde, wenn sie es täte, denn ich half ihr auch gern.

„Also hast du dich noch einmal mit ihr verabredet?"

„Wir haben darüber geredet, morgen Abend etwas zu unternehmen, aber noch nichts Festes vereinbart. Ich denke, dass es die sicherste Lösung wäre, im Frankie's etwas trinken zu gehen oder im Builders Arms zu Abend zu essen."

„Du willst sie nicht einladen und für sie kochen?" Georges Mundwinkel zuckten und ich hatte den leisen Verdacht, dass sie mich auf den Arm nehmen wollte.

„Ähm, ich glaube nicht, dass das eine gute Idee ist. Du kennst meine Kochkünste." Seit Grace hatte ich das Interesse am Kochen verloren. Es fiel mir schwer, mich zu motivieren, etwas besonders Kreatives oder Interessantes zu kochen, wenn ich die einzige Person war, die es genießen würde. Meine Spezialität war fade und gesund. Hähnchenbrust mit gedünstetem Gemüse, Omelett mit Salat, Lachs mit Salat. Nicht gerade partytaugliche Gerichte. Da ich keine Übung mehr hatte, etwas auch nur annähernd Anspruchsvolles zu kochen, waren mein Selbstvertrauen und jegliche Fähigkeiten, die ich früher vielleicht hatte, geschwächt worden.

„Ich könnte dir das Rezept für das Entenragout schicken, das ich letztes Jahr für dich gekocht habe. Es schmeckt ausgefallen, ist aber erstaunlich einfach."

Mir lief das Wasser im Mund zusammen, als ich mich an Georges schmackhaftes Entenragout erinnerte, das sie mit hausgemachter Pasta serviert hatte.

„Das hast du auch gesagt, als du mir das Rezept für das Beef Wellington geschickt hast, das ich Dad zum Geburtstag gekocht habe, und es war eine absolute Katastrophe. Aber wenigstens liebt er mich bedingungslos. Jenny hingegen ..." Ich verstummte. „Wie dem auch sei, ich glaube, ich muss die Dinge etwas langsamer angehen. Auch wenn der Zug vielleicht schon abgefahren ist, weil ich schon an ihr hänge, habe ich doch eine gewisse Kontrolle darüber, wie sehr ich mich an sie binde. Und miteinander zu schlafen, führt immer dazu, dass ich noch stärker involviert bin. Ich weiß, dass es nicht das übliche Verhalten für eine Affäre ist, aber ich möchte noch etwas mehr Zeit mit ihr verbringen, um sicherzugehen, dass sich alles richtig anfühlt. Ich denke also, ich sollte es vorerst vermeiden, sie zu mir nach Hause einzuladen, wo wir leichten Zugang zu

meiner Couch ... und meinem Bett ... und all der Privatsphäre haben." Mein Bedürfnis nach Selbstschutz machte
sich bemerkbar. Wären Jennys Eltern nicht nach Hause
gekommen, hätte das eine zum anderen geführt, da war ich
mir sicher.

„Willst du, dass ich deine Anstandsdame bin? Ich
könnte an der Bar oder im Park direkt hinter euch sitzen
und euch wie ein Widerling anstarren, während ich
Popcorn oder vielleicht richtig laute Kartoffelchips mampf-
fe?" George tat so, als würde sie Popcorn aus einem großen
Eimer nehmen und kräftig darauf kauen, während sie die
Augen weit aufriss.

Ich lachte. „Nein, danke. Ich glaube, darauf verzichte
ich."

„Wenn es morgen Abend ist, kann ich sowieso nicht
aufpassen, weil wir hier unsere erste Sip-and-Paint-Veranstaltung abhalten."

„Das ist morgen?", fragte ich. Ich hatte vorgehabt, daran
teilzunehmen, aber mir war nicht bewusst, dass es schon so
bald stattfand. „Weißt du was, das wäre die perfekte Verabredung. Du würdest quasi die Anstandsdame spielen, nur
ohne das Popcorn und die Chips und die gruseligen Blicke.
Und wir werden in der Öffentlichkeit sein, also können wir
es nicht zu sehr übertreiben."

„Hör mal, ich will keine Kunden verlieren, aber Sip-
and-Paint scheint mir eher eine Aktivität für feste Beziehungen als für Affären zu sein ..." George schaute mich
skeptisch an. „Aber ich bin wahrscheinlich nicht die beste
Person, um Verabredungsratschläge zu erteilen."

George war schon so lange Single, wie ich sie kannte,
und auch ausgesprochen vage, was ihre Beziehungsvorge-
schichte anging. Ich dachte, sie würde mir davon erzählen,

wenn sie es wollte, also hatte ich nicht nachgefragt. Aber ich musste zugeben, dass ich ein wenig neugierig war.

„Ich finde, dass es perfekt ist. Ich schreibe ihr jetzt eine SMS." Ich zog mein Handy heraus und schickte Jenny eine SMS, bevor ich mich wieder an George wandte.

22

JENNY

„ICH HOFFE, dieser Wein bringt meine künstlerischen Fähigkeiten in Schwung. Ich habe seit der Highschool nichts mehr gemalt und ich hatte in Kunst eine vier." Ich schaute Blake an, die in einer identischen Schürze über ihrer schwarzen Jeans und dem roten Flanellhemd neben mir saß, und auf ihrem Handy durch Fotos blätterte. Sie schaute zu mir auf und ein Lächeln strahlte auf ihrem Gesicht. Mein Herz machte einen Sprung.

Gott, sie ist so heiß.

„Zum Glück wird heute niemand benotet, was wahrscheinlich das Beste ist, wenn man bedenkt, dass sie bereits eine Flasche Wein getrunken und noch nicht einmal mit dem Malen begonnen haben." Blake deutete auf drei Frauen in ihren Vierzigern, die so laut lachten, dass sie fast die Hintergrundmusik übertönten.

Ich gluckste. Als Blake vorgeschlagen hatte, zu einer Sip-and-Paint-Veranstaltung zu gehen, war ich etwas enttäuscht gewesen. Ich hatte gehofft, sie würde mich zu sich nach Hause einladen und wir könnten dort weitermachen, wo wir am Samstag aufgehört hatten – ohne unwillkommene Unterbrechungen durch Eltern oder Hunde. Aber jetzt waren wir hier und ich war froh, dass wir hergekommen waren. Und im Gegensatz zu einigen der Leute, mit denen ich in L.A. zusammen war, war es schön zu wissen, dass sie unsere Beziehung nicht geheim halten wollte, auch wenn sie nicht ernst war. Ich hatte mir heute Nachmittag dennoch optimistisch die Fingernägel geschnitten und hoffte, dass die Nacht bei Blake enden würde.

„Es sieht so aus, als würden wir anfangen", sagte Blake und unterbrach meinen Gedankengang.

Das Thema des Abends war „Male dein Haustier". Für diejenigen, die selbst keine Haustiere hatten, aber trotzdem teilnehmen wollten, hatte George ein vergrößertes Foto ihres Golden Retrievers Maximus auf eine Staffelei im vorderen Teil des Raumes gestellt. Maximus döste auch in einer Ecke, nur für den Fall, dass jemand das Lebendmodell malen wollte. Mein Handy lag auf dem Tisch neben meiner Staffelei und zeigte ein besonders niedliches Foto von Walter mit seiner herausgestreckten rosa Zunge.

„Ich empfehle euch, euer Haustier zuerst zu skizzieren, um die richtige Komposition zu finden, bevor ihr mit dem Malen beginnt. Ich zeige euch, wie ich Maximus skizzieren würde. Ruft einfach, wenn ihr Hilfe braucht." Die Kunstlehrerin war eine Frau in einem langen, fließenden, regenbogenfarbenen Kleid mit langen, gewellten, rosa Haaren, die dazu passten. Sie griff nach einem Bleistift und fing an, Maximus' Umriss zu zeichnen.

„Auf geht's." Ich griff nach meinem Bleistift und verbrachte die nächsten Minuten damit, mich zu konzentrieren, während ich erfolglos versuchte, Walters Wesen zu erfassen.

Ich warf einen Blick zu Blake hinüber, die bereits fertig

war. Meine Kinnlade klappte auf, als ich die Skizze von ihrer Katze sah. „Wow! Die ist wirklich gut.“

Natürlich war Blake auch in Kunst gut. Früher hätte ich einen Anflug von Eifersucht auf Blakes Talent verspürt, aber jetzt fühlte ich einfach nur ... Stolz? Diese neuen Gefühle waren seltsam, aber definitiv nicht unwillkommen.

„Okay, Leute! Jetzt fangen wir mit dem Malen an. Kommt alle nach vorn und holt euch die Farbe, die ihr für euren Hintergrund braucht.“ Die Lehrerin deutete auf einen Tisch an der Vorderseite, auf dem eine Reihe von Farben in großen Pumpflaschen stand.

„Scheiße! Ich habe Walters Umrisse immer noch nicht fertig. Ich habe wirklich Probleme mit den Proportionen. Hilfe!“

Blake schaute mich an. „Willst du wirklich, dass ich dir helfe?“

„Ja, das wäre toll.“ Wenn ich die erste Skizze nicht richtig hinbekäme, würde mein ganzes Gemälde eine Katastrophe werden. Ich wollte mich gerade von meinem Stuhl erheben, aber Blake beugte sich stattdessen neben mir hinunter, nahm meine Hand in ihre und lehnte sich über meine Schulter. Sie war mir so nahe, dass ich die Wärme ihres Körpers spüren und den leicht süßen Duft ihres Shampoos riechen konnte. Ein starker Drang, sie nach vorn zu ziehen, damit sie mit gespreizten Beinen auf mir saß und ich in ihre volle Unterlippe beißen konnte, überkam mich. *Warte, Jenny. Sei geduldig. Mach hier KEINE Szene, indem du beim Sip-and-Paint zu knutschen anfängst.*

Geduld gehörte nicht zu meinen Stärken und um mich abzulenken, konzentrierte ich mich auf ihre langen, schlanken Finger, die meine Hand hielten und den Bleistift führten, während sie geschickt Walters Umrisse skizzierte. Aber dann stellte ich mir sofort vor, wie diese Finger meinen Kiefer umschlangen, über meinen Rücken kratzten, meine Jeans aufknöpften und ...

„Na also!" Blake ließ meine Hand los und trat einen Schritt zurück. Heiß und erregt, wie ich war, fühlte sich die Stelle neben mir, an der sie sich über mich gebeugt hatte, plötzlich sehr leer an. Ich wollte sie wieder in meiner Nähe haben.

Nachdem ich mich einen Moment gesammelt hatte, betrachtete ich die Leinwand vor mir und blinzelte. Blake hatte es irgendwie geschafft, meine Skizze von einem tragischen Frankensteinhund in Walter zu verwandeln.

„Das ist unglaublich! Das sieht tatsächlich aus wie Walter. Danke."

„Gern geschehen. Soll ich dir deine Farben holen, damit du deinen Knöchel ausruhen kannst?"

„Es geht mir gut, wirklich." Mein Knöchel war zwar immer noch etwas empfindlich, aber ich war mehr als fähig, mir meine eigenen Farben zu holen. Trotzdem rührte es mich, wie sehr sich Blake darum sorgte.

Wir gingen nach vorn, um uns Farben zu holen, und benutzten dann, wie von der Lehrerin angewiesen, den größten Pinsel, um den Hintergrund auszufüllen. Ich versuchte, die Vorgehensweise der Lehrerin zu kopieren, mit schnellen, breiten Pinselstrichen zu arbeiten. Aus den Augenwinkeln sah ich, dass Blake dieselbe Technik zu verwenden schien. Aber als ich mich zurücklehnte und unsere beiden Leinwände betrachtete, war Blakes Hintergrund ein glattes Himmelblau, während meiner ein ungleichmäßiges, klumpig wirkendes Hellgrün war. Meine Pinselstriche waren deutlich zu erkennen, aber nicht auf eine schöne, impressionistische Art und Weise. Wohl eher nach dem Motto „Schau mal, was mein Kleinkind gemalt hat".

„Zum Glück kommt Fred gut mit Hunden klar, sodass er und Walter hoffentlich miteinander auskommen werden", sagte Blake und legte ihren Pinsel weg. „Walter scheint ein ziemlich entspannter Hund zu sein – außer wenn seine Besitzerin knutscht, natürlich." Sie grinste.

Oh scheiße. Walter und Katzen. „Leider ist Walter vor ein paar Monaten mit einer Katze aneinandergeraten, deshalb bin ich mir nicht sicher ... Wir müssen sie vielleicht getrennt halten, aber das sollte nicht allzu schwierig sein." Meine Worte hingen unangenehm in der Luft, wie eine Erinnerung daran, dass diese Beziehung ein Verfallsdatum hatte.

Ein Blick, den ich nicht lesen konnte, huschte über Blakes Gesicht. „Ja natürlich. Es sollte keinen Grund für sie geben, sich zu treffen. Ähm, ich hole mir noch ein Getränk. Möchtest du auch noch eins?"

„Klar, ich komme mit." Wir gingen zum Tresen, an dem George bediente, und unterhielten uns mit ihr, bevor wir mit gefüllten Weingläsern zu unseren Plätzen zurückkehrten, gerade rechtzeitig, als die Lehrerin klatschte, um aller Aufmerksamkeit zu erregen.

„Okay, Leute, euer Hintergrund sollte jetzt getrocknet sein, also ist es an der Zeit, den Star des Abends zu malen, euer Haustier."

Nachdem die Lehrerin ein paar praktische Ratschläge gegeben hatte, nahmen wir unsere Pinsel zur Hand und fingen an, zu malen. Ich schaute immer wieder zu Blake hinüber, die sich darin vertieft hatte, Fred festzuhalten. Sie hatte die Stirn gerunzelt und die Lippen zusammengepresst. Auf ihrem Gesicht lag ein Ausdruck intensiver Konzentration, während sie geschickte Pinselstriche auf die Leinwand setzte.

Es erinnerte mich daran, wie sie meinen Knöchel angesehen hatte, nachdem ich ihn mir am Wochenende verstaucht hatte. Und das erinnerte mich daran, wie sie mich auf der Couch meiner Eltern angesehen hatte, wie sich ihre Lippen auf meinen anfühlten, wie ihre Lippen über meine Brustwarze strichen. Die Sehnsucht, die mich jedes Mal quälte, wenn ich so einen Flashback hatte – was häufig der Fall war –, stieg wieder in mir auf und ich rutschte auf meinem Stuhl herum. Ich zwang meine Aufmerksamkeit zurück auf die Leinwand vor mir. Hoffentlich würde das Malen von Walter die gleiche Wirkung haben wie Walter im echten Leben am Samstag – das Hunde-Äquivalent einer kalten Dusche.

Eine Stunde später legte ich den Pinsel weg, seufzte laut und starrte auf mein Werk. Es war schlecht. Sehr schlecht. Der Wein hatte meine kreativen Fähigkeiten kein bisschen verstärkt.

Als ich betrachtete, was ich getan hatte, breitete sich ein starkes Verlangen zu lachen von meinem Bauch zu meiner Brust aus, bis ich es nicht mehr unterdrücken konnte. „Oh mein Gott", sagte ich und meine Stimme bebte vor Lachen. „Armer Walter, was habe ich dir nur angetan?"

Blake, die damit beschäftigt war, Fred den letzten Schliff zu geben, schaute mich an, dann das Bild und dann wieder mich, bevor sie vor Lachen aufheulte.

Sie hatte Mühe, zu sprechen, und brachte schließlich ein ersticktes: „Sein Gesicht ... neulich ... Sexpolizei ..." heraus, bevor sie wieder in Gelächter ausbrach. Ihr Lachen trieb mich an den Rand der Hysterie, Tränen liefen mir übers Gesicht, als ich nach Luft schnappte.

Ich wusste nicht, wie ich es geschafft hatte, aber Walter starrte uns mit großer Missbilligung an. Nicht nur das, er hatte auch ein Auge, das deutlich größer war als das andere und die Art, wie ich ihm die Haare ins Gesicht gemalt hatte, ließ ihn so aussehen, als würde er durch einen Windkanal laufen. Er sah absolut furchterregend aus.

„Ich glaube nicht, dass ich dieses Bild zu Hause aufhängen werde", keuchte ich kichernd.

George, die im Café herumgeschlendert war und die Arbeiten aller bewundert hatte, kam zu uns herüber. Sie riss die Augen weit auf, als sie mein Bild sah. „Meine Güte", brachte sie hervor und war sichtlich sprachlos.

Zu ihrem Glück gesellte sich die Kunstlehrerin zu ihr und schaute mir über die Schulter. „Sehr beeindruckend. Weißt du, es erinnert mich an einige von Picassos eher surrealistischen Werken. Ich finde es toll, wie du mit Proportionen und Winkeln gespielt und ein wirkungsvolles, beunruhigendes Werk geschaffen hast. Sehr clever."

„Danke." Ich lehnte mich auf meinem Stuhl zurück, nahm das Lob an und ignorierte die Tatsache, dass alles, was der Lehrerin an meiner Arbeit gefiel, komplett unbeabsichtigt war.

George und die Lehrerin wandten sich dann Blakes Gemälde zu, das wirklich unglaublich war. Ich hatte Fred zwar noch nie getroffen, aber dem Foto auf Blakes Handy nach zu urteilen, hatte sie ihn gekonnt festgehalten. Es war so realistisch, dass es aussah, als könnte er jeden Moment von der Leinwand springen.

Als wir damit fertig waren, Blake mit Komplimenten zu überschütten, wandte ich mich an sie.

„Würdest du ein Foto von mir neben meinem Meisterwerk machen?" Das Foto von mir nach der Wanderung mit meiner Schlammgesichtsbehandlung war erstaunlich gut angekommen, also würde dieses vielleicht auch funktionieren. Allerdings war nicht klar, ob unschmeichelhafte Schlammpackungen und wahnsinnig schreckliche Kunst mir helfen würden, neue Sponsorenverträge zu bekommen.

Von Serena gab es nichts als Funkstille und mein Kontostand sah langsam ziemlich traurig aus.

Ich schüttelte meine Sorgen ab, reichte Blake mein Handy und setzte ein Lächeln auf.

Dreißig Minuten später hatten wir unseren Wein ausgetrunken und unsere Bilder waren trocken genug, um mit nach Hause genommen zu werden.

„Brauchst du eine Mitfahrgelegenheit?", fragte Blake, als sie ihr Bild von der Staffelei nahm.

Es hörte sich so an, als wollte Blake mir anbieten, mich zu meinen Eltern zu fahren, nicht zu ihr. Meine Brust zog sich zusammen. Hatte sie sich die Sache mit uns anders überlegt? *Vielleicht ist sie nur müde oder fühlt sich nicht hundertprozentig wohl. Denk nicht zu viel darüber nach.* Aber es war schwer, nicht zu viel darüber nachzudenken, wenn man so sehr an Ablehnung gewöhnt war. Man fing an, sie zu erwarten.

Mir wurde bewusst, dass Blake mich anstarrte, und ich hatte ihre Frage immer noch nicht beantwortet.

„Das wäre großartig, Danke." Ich musste irgendwie nach Hause kommen und eine Mitfahrgelegenheit war verlockender, als in der kalten, dunklen Nacht nach Hause zu stolpern.

Als Blake durch die Seitenstraßen zum Haus meiner Eltern fuhr, fragte sie: „Was hast du denn mit deinem Bild vor, wenn du es nicht zu Hause aufhängen willst?"

„Nun, da es ein surrealistisches Meisterwerk ist, denke ich, dass es verdient, öffentlich ausgestellt zu werden, damit die Massen es genießen können. Vielleicht in deiner Praxis? Wenn nicht, werde ich mich an das MOMA und Dia Beacon wenden und sehen, ob sie interessiert sind."

Blake schnaubte. „Ich fühle mich geschmeichelt, dass du zuerst an mich gedacht hast. Aber obwohl ich vorhabe, die Praxis – und auch mein Haus – zu dekorieren, bin ich mir nicht sicher, ob dein, ähm, Meisterwerk das ist, was ich mir vorgestellt habe. Die Patienten wollen eine beruhigende, besänftigende Umgebung. Vielleicht ein paar Aquarelllandschaften oder fröhliche, geometrische Formen? Nicht den Stoff, aus dem Albträume sind."

„Also gut." Ich schnaufte. „Aber du verpasst etwas."

Wir scherzten den Rest des Weges nach Hause, ich schlug weitere schreckliche Bilder vor, die ich für Blakes Praxis malen könnte, und Blake lehnte sie alle entschieden ab.

Als Blake vor dem Haus meiner Eltern hielt und den Motor abstellte, stieg eine nervöse Vorfreude in mir auf, die sich wie das gleiche mulmige Gefühl anfühlte, das ich bekam, wenn ich zu viel Kaffee trank.

Ich holte tief Luft und drehte mich zu ihr um. „Danke, dass du das vorgeschlagen hast. Es hat wirklich Spaß gemacht. Möchtest du ... möchtest du mit reinkommen?" Mein Verlangen und meine Ungeduld überwältigten mein Unbehagen über die Aussicht auf einen weiteren Walter-Sexpolizei-Zwischenfall und die Möglichkeit, mit Blake zu schlafen, während meine Eltern am anderen Ende des Flurs waren.

Blake hielt inne und das nervöse Gefühl verstärkte sich, während ich auf ihre Antwort wartete. „Lieber nicht, tut mir leid. Mein erster Termin ist morgen um acht."

Eine Welle der Enttäuschung überschwemmte mich. In der Dunkelheit konnte ich Blakes Gesichtsausdruck nicht erkennen. War das nur eine Ausrede?

„Natürlich, kein Problem." Ich schnallte mich ab und wollte gerade die Autotür öffnen, als Blake sich nach vorn beugte und eine Hand auf meinen Oberschenkel legte. Es brachte meine Nervenenden zum Kribbeln und schlug die Enttäuschung in die Flucht.

„Hey", sagte sie mit sanfter und leiser Stimme. „Möchtest du ..."

Sie brauchte nicht zu Ende zu sprechen. Ich drehte meinen Körper, um mich ihr zuzuwenden. Ehe ich mich versah, küssten wir uns, als wären wir wieder auf der Couch. Ich konnte nicht genug von ihrem Mund bekommen, neckte ihre Unterlippe mit meinen Zähnen, streichelte ihre Zunge mit meiner. Ich wollte ihr näher sein und den Druck ihres Körpers an mir spüren, wollte ihren Körper mit meinen Händen erkunden, aber die verdammte Mittelkonsole des Autos befand sich zwischen uns.

„Tuuuuuuuut!" Wir zuckten beide zusammen. Blakes Arm oder ein anderer Körperteil musste gegen die Hupe gestoßen sein. Im Haus meiner Eltern ging ein Licht an. *Scheiße.*

„Hoppla. Ich sollte lieber gehen, bevor sie im Schlafanzug herauskommen, um nachzusehen, was hier los ist!" Es war zwar keine große Sache, wenn meine Eltern uns beim Küssen erwischten, ich war schließlich erwachsen, aber ich hatte ein schlechtes Gewissen, sie zu stören. Außerdem machte es mich unglaublich an, mit Blake zu knutschen, was mich nur noch frustrierter machen würde, wenn sie in ein paar Minuten allein wegfuhr.

„Okay", murmelte Blake und drückte mich zu einem letzten Kuss zurück.

„Vergiss nicht, dein Bild aus dem Kofferraum zu holen", rief Blake mit etwas zu viel Verzweiflung in der Stimme. Ich stolperte aus dem Wagen und lächelte über ihre Worte, während unser Kuss noch immer in meinem Körper nachhallte.

23

BLAKE

„WIR HABEN eine sehr künstlerische Woche. Erst Sip-and-Paint und jetzt das!" Jenny deutete auf die massive Stahlskulptur, die sechsmal so groß war wie sie selbst und scheinbar der Schwerkraft trotzte, wie sie im Skulpturenpark auf einem grasbewachsenen Feld prekär balancierte. „Vielleicht müssen wir es ausgleichen, indem wir uns ein paar kitschige Weihnachtsliebesfilme anschauen."

Ich schmunzelte. „Ist es nicht ein bisschen zu früh für Weihnachtsliebesfilme? Es ist doch erst November."

Jenny setzte ein scheinbar entsetztes Gesicht auf, riss die Augen weit auf und starrte mit offenem Mund. „Es ist nie zu früh für kitschige Weihnachtsliebesfilme, die so schlecht sind, dass sie schon wieder gut sind. Aber wenn du nicht mit mir auf der Couch kuscheln und ein paar davon anschauen willst, wird Walter sicher gern an deiner Stelle mitmachen." Sie schaute lächelnd auf Walter hinunter, der eifrig am Sockel der Skulptur schnüffelte.

Ich wünschte mir nichts sehnlicher, als es mir mit Jenny auf der Couch gemütlich zu machen. Mein Plan, die Dinge langsam anzugehen, war nicht gerade befriedigend, und meine Entschlossenheit, es nicht zu überstürzen, geriet ins Wanken. Je mehr ich darüber nachdachte, desto mehr schien es eine dumme Idee zu sein. Dies sollte eine lockere Affäre sein, was bedeutete, dass es nur um Sex ging, richtig? Zwanglose Affären waren nicht dazu da, die Dinge langsam anzugehen. Worauf zum Teufel wartete ich also?

„Armer Walter. Erst wird er traumatisiert, weil er mit ansehen musste, wie seine Hundemama von einer fremden Frau auf der Couch angegriffen wurde, und jetzt muss er sich auch noch im November Weihnachtsliebesfilme anschauen. Der kleine Kerl hat schon so viel durchgemacht. Ich glaube, ich muss ein Opfer zum Wohle des Teams bringen und mich selbst zur Verfügung stellen.“

„Ich verspreche dir, du wirst es nicht bereuen“, sagte Jenny neckisch. Ein Summen der Vorfreude vibrierte tief in meinem Bauch.

Jennys Lächeln verblasste. „Würde es dir etwas ausmachen, noch einmal in die Rolle meiner offiziellen Fotografin zu schlüpfen, während wir hier sind? Ich bin mit meinen Beiträgen in den sozialen Medien völlig im Rückstand. Mir fehlt es wirklich an Motivation, vor allem, wenn ich aufregende Dinge zu tun habe, wie ...“ Sie schaute mich an und verstummte. Sie biss sich auf die Lippe und ein Stromstoß lief mir über den Rücken. „Wie deine Spendenaktion.“ Ja, natürlich, die Spendenaktion.

Zu meinem großen Erstaunen hatte Jenny bereits einen Projektantrag für einen Gesundheitsfonds für Sapphire Springs geschrieben. Wir hatten ihn am Mittwoch beim Mittagessen im Novel Gossip besprochen und dann hatte sie es irgendwie geschafft, ihn am Donnerstagabend bei der monatlichen Vorstandssitzung im Dorf zu präsentieren. Der Vorstand hielt es für eine großartige Idee und vorausgesetzt, Jenny konnte genügend Geld beschaffen, hatten sie grünes Licht gegeben. Alles ging unglaublich schnell. Meine fotografischen Fähigkeiten unter Beweis zu stellen, war das Mindeste, was ich tun konnte.

„Ja, natürlich, das ist in Ordnung. Ich könnte ein Foto von dir machen, auf dem du so tust, als würdest du die Skulptur halten, damit sie nicht auf Walter fällt?" Ich grinste.

„Oh, das gefällt mir! Weißt du, wenn du irgendwann einmal die Nase voll davon hast, Ärztin zu sein, kannst du eine Karriere als Content Creator anfangen."

Jenny reichte mir ihr Handy und ging zur Skulptur hinüber, um Walter aufzufordern, sich direkt unter den Teil zu setzen, der beim Umfallen zuerst auf dem Boden einschlagen würde. Sie tat so, als würde sie die massive Stahlkonstruktion schieben und stöhnte dabei dramatisch auf. Eine Erinnerung daran, wie ich auf der Couch auf Jenny saß und ihre Brustwarzen mit meinen Lippen neckte, während sie stöhnte, tauchte in meinem Kopf auf und lenkte mich von der anstehenden Aufgabe ab. *Konzentriere dich, Blake.*

„Ähm, ich habe nur Fotos gemacht. Sollte ich deine Soundeffekte auf Videos festhalten?"

Jenny schüttelte lächelnd den Kopf. „Nein, schon okay. Die waren nur für dich gedacht."

„Danke?" Ich lachte, schaute dann auf das Handy hinunter und blätterte durch die Fotos. „Die sind wirklich gut geworden." Ich schaute auf und suchte im Skulpturen-park nach weiteren fotogenen Möglichkeiten. „Warum mache ich nicht ein Foto von dir neben der roten Skulptur dort?"

„Klingt gut."

Wir machten uns auf den Weg zu einer monumentalen

Skulptur mit leuchtend roten, bananenförmigen Metallstücken, die sich auffällig vom blauen Himmel abhoben.

Jenny war genauso auffällig, als sie davorstand und mich anlächelte. Ihr blondes Haar, der grüne Mantel, ihre blaue Jeans und die schwarzen Stiefel boten einen weiteren atemberaubenden Kontrast zum leuchtenden Rot der Skulptur.

Mir stockte der Atem, als ich sie über die Kameraapp ihres Handys musterte. Ich konnte nicht glauben, dass ich hier war, mit mir. Diese hinreißende, lustige, gütige Frau, die Amandas Junggesellinnenabschied und ihre Hochzeit gerettet hatte, und nun alles tat, um auch mir zu helfen. Diese hinreißende, lustige, gütige Frau, in die ich schon seit über einem Jahrzehnt verknallt war. Es traf mich wie ein Schwerlaster. *Scheiße. Ich mag sie wirklich.*

Sobald ich mit den Fotos zufrieden war, ging ich direkt zu ihr hinüber.

„Ist alles in Ordnung?", fragte Jenny, als ich bei ihr ankam.

„Ja, wieso?"

„Du siehst nur aus wie eine Frau auf einer Mission."

„Ich schätze, das ergibt Sinn." Ich trat näher an Jenny heran, sodass ich nur noch Zentimeter von ihr entfernt war.

„Und was ist deine Mission?" Jennys Augen funkelten jetzt.

„Meine Mission ist es, dich zu küssen, wenn du einverstanden bist." Ich grinste und war Jenny so nah, dass ich ihren schwachen, blumigen Duft riechen konnte. Ich befeuchtete meine Lippen in Erwartung.

Jenny rollte mit den Augen und kicherte. „Wie in einem kitschigen Liebesfilm ... aber ja, ich bin einverstanden."

Ich legte meine Hände an ihre Taille und führte Jenny sanft zurück, bis sie sich gegen die Skulptur lehnte. Sie schaute zu mir auf, öffnete leicht ihre Lippen und begegnete meinem Blick. Dann waren meine Lippen auf ihren und ich schob meine Hände unter ihren Mantel und ihr Oberteil. Jenny schlang ihre Arme um meine Taille und zog mich näher an sich. Verdammt. So großartig dieser Kuss auch war, ich wollte unbedingt mehr. Mehr als das, was wir in einem öffentlichen Skulpturenpark tun konnten. Ich wollte nackt mit ihr sein, ganz allein, sofort. Ich musste meinen Kuss intensiviert haben oder vielleicht wurde das Bild irgendwie telepathisch an Jenny übertragen, denn sie stöhnte laut auf. Das Stöhnen verstärkte die pulsierende Sehnsucht zwischen meinen Schenkeln noch mehr.

Ein scharfer Schmerz zuckte durch mein Bein.

Errötet und atemlos löste ich mich von Jennys vom Kuss geschwollenen Lippen.

„Autsch! Mein Bein. Was zum ...“

Ich schaute nach unten und sah, wie Walter mich anfunkelte. Er war wütend.

„Was ist los?“ Jenny schaute über meine Schulter.

„Alles in Ordnung. Walter hat mich nur gekratzt. Also, wo waren wir ...“

Ich drehte mich wieder zu Jenny und Walter kratzte mich erneut. „Okay, okay, ich hab's verstanden, Kumpel.“ Ich trat einen Schritt zurück. „Ähm, hat er das auch schon mit anderen Leuten gemacht, oder sollte ich es persönlich nehmen?“

Jenny lachte. „Das ist neu. Aber ist dir aufgefallen, dass er nur reagiert, wenn ich stöhne? Vielleicht solltest du es als Kompliment auffassen. Offensichtlich hat mich noch niemand so zum Stöhnen gebracht, wie du es tust.“ Jennys Stimme klang neckend, aber ich konnte die Welle des Stolzes nicht unterdrücken, die in mir aufstieg.

„Nun, in diesem Fall verschreibe ich Walter eine Expositionstherapie, um ihn zu heilen." Ich beugte mich wieder vor, befeuchtete meine Lippen und war darauf aus, Jenny erneut zum Stöhnen zu bringen.

***

„WIE GEHT es eigentlich deinem Knöchel?", fragte ich, als wir zum Auto zurückgingen. „Ich habe mich heute Morgen für den Thanksgiving-Truthahnlauf angemeldet. Wenn es deinem Knöchel besser geht, sag mir Bescheid, ob du Lust hast, mit mir zu laufen. Es sind nur fünf Kilometer."

„Nur?", sagte Jenny und zog eine Augenbraue hoch. „Meinem Knöchel geht es gut, aber ich bin nicht wirklich eine Läuferin. Ich würde dich aufhalten. Ich werde dich aber von der Seitenlinie aus anfeuern."

Jennys Jubel würde mich auf jeden Fall auf der Main Street antreiben, aber ihre Gesellschaft wäre noch besser. „Wenn du nicht mitmachen willst, ist das völlig in Ordnung. Aber wenn du dir nur Sorgen machst, dass ich dadurch langsamer werde, ist das kein Problem. Ich versuche nicht, zu gewinnen, oder so, und wenn du dabei wärst, würde die ganze Sache viel mehr Spaß machen. Wir könnten ein paar Trainingsläufe zusammen machen, um uns vorzubereiten."

Jenny schaute mich eine Sekunde lang ernst an, bevor sie lächelte. „Okay, lass es uns machen. Aber wenn du mich auf der Jagd nach Ruhm zurücklassen willst, musst du mir versprechen, dass du es tust. Ich will dich nicht aufhalten."

Kichernd schüttelte ich den Kopf. „Ich werde dich nicht zurücklassen."

Wir erreichten mein Auto und mein Herz wurde bei dem Gedanken schwer, Jenny zurück zu ihren Eltern zu fahren.

„Hey, hast du etwas zum Abendessen geplant?", fragte ich spontan, weil ich nicht wollte, dass der Tag mit Jenny zu Ende ging. Ich wollte nicht allein nach Hause fahren und in ein leeres Haus zurückkommen. *Scheiß drauf, die Dinge langsam anzugehen.*

„Nein. Willst du dir einen Weihnachtsliebesfilm ansehen und Walter noch etwas Expositionstherapie verpassen?" Jennys Augen funkelten.

Ich lachte. „Nun ja, ich dachte, du könntest vielleicht mit zu mir kommen und wir könnten Walter auf dem Weg dorthin bei deinen Eltern absetzen. Meiner ärztlichen Meinung nach sollten wir es mit der Therapie nicht übertreiben, zumal Walter dort auch mit Fred zu tun hätte. Das könnte alles etwas zu viel für ihn sein."

Jenny nickte und grinste. „Gutes Argument. Was hast du dir für das Abendessen gedacht?"

„Wäre es für dich in Ordnung, wenn wir einfach eine Pizza von Michaels holen?" Ich wollte Jenny nicht mit meinen Kochkünsten abschrecken.

„Abgemacht."

ZWEI STUNDEN später saßen wir in meinem Wohnzimmer und schauten *Single All the Way.*

Fred, der eine Weile brauchte, um mit Fremden warm zu werden, hatte sich den Sessel neben dem Fenster reserviert, sobald wir im Wohnzimmer aufgetaucht waren.

Ich überlegte, ob ich noch ein Stück von der Pizza capriccioso essen sollte, die in der offenen Pizzaschachtel auf dem Couchtisch vor uns lag. Ich sollte es wirklich nicht ... aber sie war so lecker.

Jenny, die vielleicht spürte, dass ich innerlich aufgewühlt war, aber den Grund dafür nicht erkannte, schaute mich besorgt an. „Wie kommst du damit zurecht, im November einen Weihnachtsfilm zu sehen? Erlebst du irgendwelche Nebenwirkungen? Vielleicht ein plötzliches Verlangen, Weihnachtslieder zu singen, Lebkuchen zu essen oder Eierlikör zu trinken?"

Ich lachte und drehte mich zu ihr um. „Noch nicht, aber ich werde mich weiter beobachten. Vielleicht liegt es daran, dass ich nicht die volle Erfahrung mache. Ich erinnere mich genau, dass das Angebot beinhaltete, auf der Couch zu kuscheln." Ich zog meine Augenbrauen hoch.

„Pizzaessen und Kuscheln passen nicht gerade zusammen, aber wenn du fertig bist ..."

Jenny rutschte zur Seite, um mir Platz auf der Couch zu machen und grinste.

Sofort verlor ich das Interesse an der Pizza und rutschte zu Jenny hinüber. Ich brachte meine Decke mit.

„So ist es schon besser." Ich täuschte ein Gähnen vor, hob meine Arme über den Kopf und legte dann meinen rechten Arm um Jennys Schultern.

„Sehr geschmeidig." Wir schauten uns lächelnd an und dann legte Jenny ihren Kopf an meine Schulter. Ich atmete aus und genoss es, wie sich Jennys warmer Körper an meinen presste. Daran könnte ich mich durchaus gewöhnen.

Wir verbrachten den Rest des Films kuschelnd. Als der Abspann lief, schaute Jenny zu mir auf. „Und, bist du konvertiert?"

„Ich bin zwar immer noch der Meinung, dass man sich vom Prinzip her außerhalb des Dezembers keine Weihnachtsfilme ansehen sollte, aber ich gebe widerwillig zu, dass ich alles unterstütze, was mit Pizza und Kuscheln auf der Couch mit dir zu tun hat. Selbst wenn es sich um jahreszeitlich unpassende Filme handelt."

„Das höre ich gern." Jenny streckte ihren Hals und küsste mich auf die Wange. Ich drehte mich so, dass ich ihren Kuss auf meinem Mund erwischen konnte, und verlagerte mein Körpergewicht, um eine bequeme Position einzunehmen.

Unsere Küsse, die zärtlich begannen, wurden schnell zu etwas Feurigerem.

„Willst du dieses Arztding noch einmal machen?", fragte ich zwischen zwei Atemzügen.

„Ähm, wenn es für dich in Ordnung ist, will ich es lieber einfach nur mit dir machen."

„Das ist absolut in Ordnung", sagte ich und küsste sie erneut.

Ich zog mich zurück, schaute ihr tief in die Augen und sah das gleiche Verlangen, das ich verspürte, darin gespiegelt. Ich strich mit dem Daumen über ihre Unterlippe, drückte sie leicht nach unten und küsste sie wieder.

„Möchtest du in mein Schlafzimmer gehen?"

Jenny nickte. Ich griff nach ihrer Hand und führte sie aus dem Wohnzimmer und den Flur hinunter in mein Schlafzimmer. Mein Herz klopfte vor Aufregung laut in meiner Brust.

„Also, wo waren wir?", fragte ich, als wir die Seite meines Bettes erreichten.

„Ich glaube, du wolltest dich gerade komplett ausziehen", antwortete Jenny mit einem Funkeln in den Augen.

„Ach, ist das so? Ich kann mich nicht daran erinnern, dass wir das besprochen hätten." Ich knöpfte mein Hemd auf und meine Hände zitterten vor Nervosität, als Jenny ihr Oberteil über den Kopf zog und einen schwarzen Spitzen-BH und herrliche Kurven enthüllte. *Verdammt noch mal.*

Äußerst unkoordiniert zerrte ich an meiner Jeans und meinen Socken und fiel in meiner Verzweiflung, beides loszuwerden, fast um. Als ich wieder aufschaute, hatte Jenny sich ebenfalls ihrer Jeans und Socken entledigt und stand in passender schwarzer Unterwäsche vor mir. Ihre Haare fielen nach vorn herunter. Das Lächeln, das auf ihrem Gesicht strahlte, ließ vermuten, dass sie meine stümperhafte Entkleidung beobachtet hatte. Aber ich war zu erregt, um mich darum zu sorgen.

„Du bist so verdammt sexy", murmelte ich mit heiserer Stimme.

Ich trat vor, schlang meine Hände um ihre Taille und zog sie zu einem weiteren Kuss zu mir heran, während ich mit den Fingern über ihren Rücken glitt. Wir pressten unsere Körper aneinander, küssten uns leidenschaftlich, fast hektisch, aber es war nicht genug. Die zwei Lagen Stoff zwischen ihren Brüsten und meinen mussten verschwinden. Während wir uns weiterküssten, griff ich hinter mich und öffnete meinen schlichten, schwarzen Baumwoll-BH mit einer Hand, dann tat ich dasselbe mit Jennys. Das Gefühl ihrer warmen, weichen Brüste an meinen verstärkte die Hitze, die zwischen meinen Schenkeln pulsierte.

„Fuck. Du machst mich ganz wild", keuchte ich zwischen zwei Küssen.

Da ich immer noch mehr wollte, drehte ich uns um, sodass Jenny mit dem Rücken zum Bett stand. Ich drückte sie sanft darauf, bevor ich ihr den Slip auszog. Einen Moment lang hielt ich inne, um ihren Anblick ganz aufzunehmen. Die weichen Rundungen ihres Bauches, ihre Brüste, ihr wunderschönes Gesicht.

Um den Abstand zwischen uns zu schließen, senkte ich mich auf sie herab und küsste mir meinen Weg von ihrem Mund über ihren Hals bis zu ihrem Schlüsselbein. Jenny warf ihren Kopf zurück, wimmerte vor Lust und griff mit einer Hand in mein Haar, während sie mit der anderen Hand an meinem Rücken auf und ab glitt. Der Duft ihrer Haut, so blumig und frisch, war berauschend. Ich erinnerte mich an die Geräusche, die sie gemacht hatte, als ich ihr Ohrläppchen nach unserer Wanderung geneckt hatte, widmete mich wieder ihrem Ohr und biss sanft hinein. Jennys Wimmern verwandelte sich zu einem Stöhnen und für einen kurzen Moment war ich froh, dass Walter nicht hier war. Fred, der wahrscheinlich seinen Lieblingsplatz auf der Couch zurückerobert hatte, war es egal.

Nachdem ich ihrem Ohr etwas Aufmerksamkeit geschenkt hatte, arbeitete ich mich langsam an Jennys Körper hinunter. Mit der Zunge umkreiste ich eine ihrer harten Brustwarzen, bevor ich sie in den Mund nahm, daran saugte und sie sanft mit meiner Zunge reizte. Ich streichelte ihre andere Brust mit meiner Hand. Jenny griff fester in mein Haar und ihr Stöhnen wurde noch lauter, was mir einen Schauer über den Rücken jagte. Verdammt, ich liebte dieses Geräusch. Ich blieb noch eine Weile dort, küsste, leckte, saugte und streichelte, bis Jennys Stöhnen so laut wurde, dass ich befürchtete, sie würde zum Orgasmus kommen, bevor ich die Gelegenheit hatte, sie zu lecken. Verdammt, so wie es schien, könnte ich allein durch die Geräusche, die sie machte, zum Höhepunkt kommen.

„Das fühlt sich so gut an", keuchte sie schließlich.

Ich ließ ihre Brustwarzen zurück und rutschte tiefer, küsste die weiche Haut ihres Bauches und strich mit den Händen über blasse, silberne Dehnungsstreifen und ein Muttermal direkt über ihrem Bauchnabel. Ich folgte mit meinem Mund und küsste die weiche Haut ihres Unterbauchs.

Jenny stieß einen lauten, verlangenden Ton aus.

Sanft ließ ich meine Finger zwischen ihre Beine gleiten. Sie war heiß, feucht und bereit für mich.

„Darf ich dich lecken?", fragte ich. Meine Stimme klang heiser vor Verlangen.

„Verdammt, ja!", quietschte Jenny.

Allmählich küsste und leckte ich mir meinen Weg zwischen ihre Beine, wobei ich der Innenseite ihrer Oberschenkel besondere Aufmerksamkeit schenkte. Ich streckte einen Arm nach oben und fing wieder an, mit meiner Hand ihre linke Brustwarze zu reizen, während ich langsam und lang von ihrem Eingang bis zu ihrer Klitoris leckte. Ich wiederholte es ein paarmal, genoss ihren Geschmack und ihr Wimmern, bevor ich mich darauf konzentrierte, mit meiner Zunge über ihre Klitoris zu reiben. Ich blieb dort eine Weile und experimentierte mit verschiedenen Techniken, um zu sehen, was die lautesten Geräusche hervorrufen würde, während ich mit ihrer Brustwarze spielte. Ab und zu tauchte ich meine Zunge tiefer, drückte sie in sie hinein und kräuselte sie, bevor ich wieder zu ihrer Klitoris hinaufglitt.

Jennys Hüfte fing an, zu zucken, und ihr Atem wurde hektisch.

„Ich will dich in mir spüren", keuchte Jenny.

Ich mochte es zwar, die Dinge langsam anzugehen und zu necken, aber selbst ich wurde mit meiner Selbstbeherrschung langsam ungeduldig.

Während ich meinen Mund auf ihrer Klitoris behielt, zog ich meine Hand von ihrer Brustwarze und strich mit meinen Fingern sanft durch ihre Nässe. Ich umkreiste ihren Eingang und Jenny bewegte lustvoll die Hüfte.

Ich schob zwei Finger in sie hinein und fing langsam, ganz langsam, an, sie hinein und herauszubewegen. Jedes

Mal, wenn ich tief eindrang, krümmte ich sie und Jenny stöhnte vor Lust auf.

„Mmmm, das fühlt sich gut an", keuchte Jenny.

Allmählich beschleunigte ich die Bewegungen meines Mundes und meiner Hand, aber jedes Mal, wenn Jenny kurz davor war, zu kommen, reduzierte ich die Intensität für ein oder zwei Minuten, bevor ich sie wieder erhöhte.

Nach ein paar Runden des Edgings stöhnte Jenny auf. „Oh mein Gott, du machst das mit Absicht. Kannst du mich nicht einfach kommen lassen?"

Ich hob den Kopf, musterte die Rundungen ihrer Brüste und starrte in ihr lächelndes, errötetes Gesicht, das auf mich herabschaute. Großer Gott, war sie heiß.

„Du musst Geduld lernen", sagte ich grinsend, bevor ich mich wieder auf ihre Klitoris konzentrierte. Ich wollte Jenny einen überwältigenden Orgasmus bescheren – und mir dabei Zeit lassen. Ich meine, ich hatte siebzehn Jahre darauf gewartet, dies zu tun. Ich wollte ihr Stöhnen, ihr Wimmern, ihre Nässe, ihre ungeduldigen Hüftstöße und ihre nackte Herrlichkeit genießen. Ich trieb sie ein weiteres Mal an den Rand des Abgrunds, verlangsamte meine Hand und Zunge und wurde wieder schneller.

Dieses Mal reduzierte ich die Intensität nicht. Ich machte weiter. Ich saugte ihr kleines Nervenbündel in meinen Mund, ließ es unter meiner Zunge schnippen und fügte einen weiteren Finger hinzu.

Schwindlig vor Verlangen steigerte ich die Intensität meiner Zunge an ihrer Klitoris und bewege meine Hand schneller. Ich wünschte mir so sehr, dass sie kam, so sehr. Ich hatte es schon immer genossen, meine Partnerinnen zu befriedigen, aber die Erfüllung, die ich spürte, wenn ich Jenny leckte, war etwas ganz anderes. *So fühlt es sich also an, wenn siebzehn Jahre aufgestauter Lust endlich freigesetzt werden.*

Jenny packte mich bei den Haaren und wieder dachte ich, dass ich nur von ihrer Hitze und Nässe, ihren Geräuschen und dem Wissen, dass sie fast am Abgrund war, selbst kommen würde.

Und dann zitterten ihre Schenkel, sie bäumte den Rücken auf, zog sich auf meinen Fingern zusammen und schrie: „Fuck, ja!" Ich machte weiter, durch ihren Orgasmus hindurch und wollte nicht, dass er endete, bis sie schließlich meinen Kopf wegstieß. Sie zitterte immer noch mit Nachbeben.

„Genug!", sagte Jenny und lachte.

Ich löste mich von ihren Beinen und wurde mir plötzlich bewusst, dass der Arm, auf den ich mich gestützt hatte, wehtat. Verschwitzt und atemlos schaute ich zu ihr auf.

Sie schaute mit rosigen Wangen und lächelnd auf mich herab.

„Komm her, du. Das war unglaublich."

Mit stolzgeschwellter Brust rutschte ich zu ihr hoch und sie zog mich zu einem sanften Kuss zu sich heran, bevor sie mich auf den Rücken drückte und die Beine über mir spreizte.

„Aber, hallo." Ich grinste zu ihr auf.

„Hallo, meine Hübsche", erwiderte Jenny und lächelte zurück, bevor sie sich zu einem Kuss hinunterbeugte.

„Ich bin gerade so erregt", murmelte ich und hoffte, Jenny würde den Wink verstehen, dass ich nicht viel Vorspiel brauchte.

„Du musst Geduld lernen, schon vergessen?", sagte Jenny und grinste.

Jenny ließ sich Zeit, neckte meinen Hals und meine Brüste mit Küssen, leckte und biss sie sanft, bis ich mich vor

Verlangen wand. Sie drückte eins ihrer Beine zwischen meine, wodurch ich wenigstens etwas hatte, an dem ich mich reiben konnte. Und das tat ich. Es war sowohl lustvoll als auch übermäßig frustrierend.

Gerade als ich dachte, dass ich es nicht mehr aushalten könnte und Jenny anflehen müsste, mich kommen zu lassen, verlagerte Jenny ihr Gewicht auf ihren linken Arm. Sie beobachtete meinen Gesichtsausdruck. Ihr Gesicht war nur wenige Zentimeter von meinem entfernt und sie ließ ihre rechte Hand an meinem Körper hinunter und zwischen meine Beine gleiten. Mit den Fingern kreiste sie sanft über meine Klitoris, tauchte sie zu meinem Eingang hinab und wieder zurück. Jenny, deren Augen nur auf meine gerichtet waren, schien mir direkt in die Seele zu schauen. Großer Gott, ich hatte vergessen, wie intim Sex sein konnte. Während ich sie küsste, strich ich mit den Händen über die glatte Haut ihres Rückens und ihrer Seiten und griff ein paarmal hinunter, um ihren Hintern zu packen. *Verdammt, ich liebe es, sie zu berühren.*

„Ich würde dich gern lecken. Ist das okay?", murmelte Jenny in der Nähe meines Ohrs und ließ Funken in meine Nervenenden sprühen.

„Ja", keuchte ich.

Ohne die Magie ihrer Finger zu unterbrechen, bahnte sich Jenny ihren Weg an meinem Körper hinunter, hielt ab und zu für einen Kuss oder ein Lecken inne, bevor sie sich zwischen meinen Beinen niederließ. Sie wartete einen Moment, dann ersetzte sie die Finger, die meine Klitoris umkreisten, durch ihre Zunge. Sekunden später glitten diese Finger in mich hinein. Ich atmete tief aus, erleichtert, dass sie mich nicht hatte warten lassen, so wie ich es getan hatte.

„Das fühlt sich so verdammt gut an", brachte ich hervor

und schloss die Augen, um mich auf die Empfindungen zu konzentrieren.

Jenny summte gegen meine Klitoris und sandte Vibrationen aus, die meine empfindlichen Nerven zum Kribbeln brachten, bevor sie etwas Geheimnisvolles mit ihrem Mund tat, das sich unglaublich anfühlte. Mein sexbesessenes Gehirn nahm sich vor, sie später zu fragen, damit ich es an ihr ausprobieren konnte.

Jenny steigerte allmählich die Intensität ihrer Bewegungen und die Lust breitete sich von den Tausenden von Nerven in meiner Klitoris in meinen ganzen Körper aus. Die Spannung in mir stieg und mein Atem wurde rasend. *Fuck.* Ich war so nah dran.

Mein Körper stand in Flammen und war kurz davor zu explodieren.

Jenny stieß ihre Finger wieder in mich hinein und plötzlich schoss ein Feuerwerk durch mich hindurch. Intensive Wellen der Euphorie überwältigten meinen Körper. *Mein Gott, das muss einer der besten – wenn nicht sogar der beste Orgasmus meines Lebens sein.*

Als ich mich wieder erholt hatte, kam Jenny langsam zu mir zurück und verteilte auf ihrem Weg nach oben Küsschen auf meinem Körper.

„Das war unglaublich, danke", murmelte ich, als sie auf Augenhöhe war, und zog sie zu einem Kuss heran.

Sie senkte den Kopf mit wirrem Haar auf meine Brust und umarmte mich. Ein glücklicher Seufzer entsprang ihrem Mund. Ich zog die Bettdecke hoch, um sie zuzudecken, und schlang meine Arme um sie.

Köstlich entspannt und gemütlich lagen wir schweigend aneinandergekuschelt da. Ich hatte vergessen, wie sehr ich das vermisst hatte. Vibratoren boten keine warmen, glückseligen Streicheleinheiten oder gaben einem das Gefühl von emotionaler Verbundenheit und Sicherheit.

„Hey, möchtest du über Nacht bleiben?", fragte ich nach einer Weile leise, weil ich nicht wollte, dass der Tag zu Ende ging.

„Das wäre schön." Jenny schmiegte sich an meine Brust. „Ich will nicht gehen."

Ich wollte auch nicht, dass sie ging. Aber ich wusste, dass sie irgendwann gehen würde. Nicht heute Nacht, aber irgendwann in nächster Zeit. Wenn sie mich bis dahin nicht satthatte.

Ich schloss meine Arme fester um sie und versuchte, mir diesen Moment genau einzuprägen. Jenny schmiegte sich an mich, was ein kribbelndes Gefühl in meinem Bauch auslöste, und meine Gedanken wandten sich wieder mehr körperlichen Gelüsten zu. Ich strich mit meinen Fingern leicht auf Jennys Rücken auf und ab, um zu testen, ob sie Interesse hatte. Sie bewegte ihre Hand zu der Stelle, an der der Funke entstanden war, und wir legten wieder los.

24

JENNY

LICHT drang durch die Schlitze zwischen meinen Augenlidern und weckte mich.

Als ich die Augen öffnete, schaute ich mich verwirrt im Zimmer um. Eine schlichte Holzkommode, ein Ganzkörperspiegel und ein Einbauschrank sahen allesamt fremd aus. Meine Brust zog sich zusammen. *Wo zum Teufel ...?*

Plötzlich kehrten die Erinnerungen an die letzte Nacht zurück. Ich atmete erleichtert auf und ließ mich wieder aufs Bett fallen. Ich war bei Blake. Und der Grund, warum das Zimmer so ungewohnt aussah, war, dass Blake mich gestern Abend sehr abgelenkt hatte. Um ehrlich zu sein, war ich mir nicht sicher, wie ich unseren atemberaubenden Sex auch nur eine Sekunde lang vergessen konnte.

Es lag nicht nur daran, dass die Orgasmen unbeschreiblich waren – auch wenn sie unglaublich waren. Es war auch die emotionale Verbindung, das Gefühl der Nähe, mit jemandem zu schlafen, den ich mochte und der mich auch zu mögen schien, das mich überwältigt hatte. Ja, in den Beziehungen, die ich in den letzten Jahren geführt hatte, hatte es gegenseitige Anziehung gegeben, aber das hier ...

das hatte sich anders angefühlt. Als ich in Blakes Augen schaute, hatte sich mein Herz überschlagen, weil ich sah, wie etwas – etwas, das tiefer ging als Lust oder Anziehungskraft – sich in ihnen widerspiegelte. Gestern Abend hatte es sich fantastisch angefühlt, aber heute Morgen verursachten die Erinnerungen daran Knoten in meinem Magen. *Das kann nur böse enden.*

Ich drehte mich auf die Seite und hoffte, dass der Anblick von Blake neben mir mir versichern würde, dass es sich hier um eine lockere Affäre handelte, die ohne Herzschmerz enden konnte. Aber wo Blake hätte liegen sollen, fand ich nur zerknitterte, weiße Laken und ein Kissen.

Ich kletterte aus dem Bett und durchsuchte das Zimmer nach meinen Kleidern. Dabei entdeckte ich meine Jeans und Socken in der hintersten Ecke des Raums, meinen BH halb unter der Kommode und den Rest meiner Kleidung auf dem Boden direkt neben Blakes Seite des Bettes. Ich zog mich an und machte mich auf die Suche nach Blake.

Blakes Haus war eine bezaubernde Hütte. Nun, zumindest von außen war sie bezaubernd mit weißen Wetterschenkeln mit blauen Verzierungen und einer blauen Tür, eingebettet in einen leicht überwucherten englischen Garten im Landhausstil. Das Innere hatte viel Potenzial – wunderschöne Holzböden, ein Kamin im Wohnzimmer und große Fenster –, aber es war auffallend kahl. Als wäre Blake eingezogen und nie dazu gekommen, das Haus richtig einzurichten, was mit ziemlicher Sicherheit genauso passiert war. Es stand in krassem Gegensatz zu meiner bunten, ziemlich überladenen Wohnung in L.A.

Ich hörte eine Tür knallen und folgte dem Geräusch durch den Flur in die Küche, wo ich innehielt, um die Szene vor mir zu mustern. Blake, mit zerzaustem Haar, einer grauen Jogginghose und einem marineblauen

„Columbia University"-Kapuzenpulli, beugte sich über eine Pfanne auf dem Herd und hatte einen konzentrierten Gesichtsausdruck. Fred saß auf einem Barhocker auf der anderen Seite der Theke und beobachtete sie. Beim Anblick der beiden wurde mir ganz warm ums Herz. Ich lehnte mich gegen den Türrahmen, um diese charmante häusliche Szene so lange wie möglich unbemerkt zu genießen. Die Bewegung musste Blakes Aufmerksamkeit erregt haben, denn sie schaute auf.

Sie verzog das Gesicht zu einem Lächeln, als sie mich entdeckte. „Guten Morgen. Ich dachte, ich backe uns Pfannkuchen."

„Lecker! Ich liebe Pfannkuchen." Das warme Gefühl in meiner Brust verstärkte sich. Ich konnte mich nicht daran erinnern, wann jemand, mit dem ich zusammen gewesen war, das letzte Mal für mich gekocht hatte. Und Blakes Lächeln machte auch Sachen mit mir. Warme, schnulzige Sachen.

Ihr Lächeln erlahmte. „Ich habe tatsächlich noch nie Pfannkuchen gebacken. Hoffentlich werden sie gut."

Es war irgendwie reizend, Blake, die sonst so kompetent und selbstbewusst war, beim Kochen besorgt zu sehen. Ich trat hinter sie und schlang meine Arme um ihre Taille. „Ich bin sicher, sie werden köstlich. Kann ich helfen?"

Blake brummte und genoss meine Umarmung offensichtlich. „Nein, ich habe alles unter Kontrolle, danke. Sie sollten jeden Moment fertig sein. Möchtest du einen Kaffee?"

„Kaffee wäre wunderbar", sagte ich und sehnte mich plötzlich verzweifelt nach einem Koffeinschub.

Ich löste meine Arme von Blake und setzte mich zu Fred auf den Barhocker neben ihm, während ich Blake beim Kaffeekochen zusah.

Fred schien meine Anwesenheit an diesem Morgen nicht zu stören, also streichelte ich ihn zaghaft. Er fing an, zu schnurren, also machte ich weiter und verdrängte die schuldbewussten Gedanken an Walter, der über diese Szene mit Sicherheit empört wäre. Aber Fred war mit seinem makellosen silbergrauen Haar, den grünen Augen und der bezaubernden kleinen Nase so verdammt niedlich. Er sprang auf meine Oberschenkel und kuschelte sich an meinen Bauch.

„Sieht aus, als hättest du einen Freund gefunden." Blake grinste. Sie reichte mir einen Kaffee und wandte sich dann wieder den Pfannkuchen zu.

„Scheiße!", rief Blake gerade, als mich der verbrannte Geruch erreichte. Ich schaute auf und sah Blake, die die Pfanne mit einer Hand vom Herd zog und mit der anderen den Rauch wegwedelte.

„Ich war beim Kaffeekochen abgelenkt. Zum Glück habe ich noch mehr Teig", sagte Blake, während sie eine geschwärzte Scheibe in den Mülleimer warf.

Zehn Minuten später stellte Blake einen großen Pfannkuchen vor mir auf den Esszimmertisch. Mein Magen knurrte mit Vorfreude. Die Aktivitäten der letzten Nacht mussten eine Menge Energie verbraucht haben.

„Okay, sie sehen ein bisschen seltsam aus, aber wenigstens sind sie nicht verbrannt", sagte Blake, als sie sich neben mich setzte.

Sie sahen in der Tat etwas seltsam aus. Als wären sie sehr hoch aufgestiegen und dann ... zusammengefallen. Aber es war egal, wie sie aussahen, was zählte, war der Geschmack.

Ich übergoss ihn mit Ahornsirup und nahm einen Bissen.

Oh, Gott.

Es schmeckte ekelhaft.

Kalkig, salzig und bitter trotz der großen Menge Ahornsirup, die ich darübergegossen hatte. Ich zwang mich, den Bissen hinunterzuschlucken, ohne eine Grimasse zu schneiden.

Blake schaute mich erwartungsvoll an, also brachte ich ein schwaches „Mmmmmm" hervor. Ich schaute auf den riesigen Pfannkuchen hinunter und musste mich fast übergeben, als ich daran dachte, den Rest zu essen.

Blakes Augenbraue zuckte bei meinem nicht überzeugenden Geräusch. Ich wollte mir gerade noch ein weiteres Stück hinunterzwingen, als Blake selbst einen Bissen nahm.

Ich beobachtete ihren Gesichtsausdruck, als sie auf dem Pfannkuchen kaute, ihre Augen sich weiteten und sie ihre Lippen fest zusammenpresste. Es grenzte fast schon an Komik. Meine Mundwinkel fingen an, zu zucken.

Als sie den Bissen mühsam hinunterschluckte, schaute sie mich entsetzt an.

„Mein Gott, was habe ich getan? Die schmecken ekelhaft."

Meine Mundwinkel zuckten erneut, als ich versuchte, mein Kichern zu unterdrücken. „Hey, ist schon okay. Es ist der Gedanke, der zählt. Hast du, ähm, vielleicht aus Versehen eine ganze Dose Backpulver in die Mischung gekippt?"

„Nicht die ganze Dose. Ich konnte keinen Messlöffel finden, also habe ich einfach etwas hineingekippt. Da habe ich mich wohl verschätzt. Und dann das Gleiche auch mit dem Salz gemacht", sagte Blake reumütig.

Wir sahen uns in die Augen und auch Blakes Mundwinkel zuckten. Dann konnte ich mein Kichern nicht länger unterdrücken. Wir brachen beide in schallendes Gelächter aus.

„Ich kann nur sagen, dass ich hoffe, dass du bei der Verabreichung von Medikamenten präziser bist, sonst muss ich dich möglicherweise den Behörden melden“, sagte ich und kicherte immer noch.

„Warum gehen wir nicht stattdessen ins Novel Gossip zum Frühstück? Und ich kaufe eine Pfannkuchen-Fertigmischung fürs nächste Mal, wenn du vorbeikommst, damit sich so etwas wie heute Morgen nicht wiederholt“, sagte Blake, als wir uns beruhigt hatten und schaute verlegen.

Während mein Herz einen Sprung machte, weil Blake annahm, dass es ein nächstes Mal geben würde, nahm ich mir mental vor, dass ich das Pfannkuchenbacken übernehmen würde. Kochen schien eins der wenigen Dinge zu sein, in denen Blake nicht überragend war. Es war ein Wunder, dass Amandas Kuchen so gut geworden war.

Plötzlich wurde mir bewusst, dass ich seit dem Abendessen am Vortag nicht mehr auf mein Handy geschaut hatte – also seit mehr als zwölf Stunden, was ein Weltrekord für mich sein musste. Angst stieg in meiner Brust auf. Auch wenn mir nicht danach war, sollte ich prüfen, wie die Inhalte, die ich gestern geteilt hatte, ankamen, und versuchen, mit einigen meiner Follower in Kontakt zu kommen. Leider konnte ich in meinem Job am Wochenende nicht einfach abschalten.

„Das Novel Gossip klingt nach einer großartigen Idee. Aber macht es dir etwas aus, wenn ich ein paar Minuten auf mein Handy schaue, bevor wir losfahren?“ Ich fühlte mich schuldig, dass ich unseren Morgen in die Länge zog, aber ich wusste, dass ich während des gesamten Frühstücks abgelenkt wäre, wenn ich nicht nachsehen würde.

„Nein, natürlich nicht. Ich gehe schnell duschen und ziehe mir etwas Anständiges an.“

Blake stand auf und gab mir einen Kuss. Ich ging zur

Couch hinüber, wo ich mein Handy gestern Abend zum Aufladen liegengelassen hatte.

Sobald ich TikTok öffnete, wusste ich sofort, dass etwas nicht stimmte. Mein Posteingang war voll mit neuen Nachrichten. Und den Vorschautexten nach zu urteilen, die ich sah, waren sie von wütenden Tierliebhabern. Als ich scrollte, zog sich mein Magen zusammen.

JEN_D
Man sollte dir verbieten, Tiere zu besitzen

MARYLOVESDOGS43
Walter hat etwas Besseres verdient als dich

USER48372
Ich werde dich löschen, sobald ich diese Nachricht geschrieben habe.

EINIGE DER ANDEREN Nachrichten waren noch viel bösartiger. Panik stieg in meiner Brust auf und ich versuchte, herauszufinden, was diese neue Welle des Zorns meiner Follower ausgelöst hatte. Die Antwort fand ich unter Aktivitäten. Melanie93 hatte vor zehn Stunden ein Video gepostet, in dem ich erwähnt wurde. Und das Vorschaubild des Videos war ein Foto von mir, auf dem ich lächelte, darüber ein großer roter Kreis mit einer diagonalen Linie und dem Wort *GECANCELT*. *Scheiße, scheiße, scheiße.*

Etwas zittrig fuhr ich mit dem Finger über das Video,

holte tief Luft und klickte es an. Es hatte bereits 7.000 Likes.

Das Foto verharrte ein paar Sekunden lang, bevor eine attraktive Brünette, vermutlich Melanie, zu sprechen begann. „Ihr erinnert euch vielleicht noch daran, dass Jenny Lynton letzten Monat fast gecancelt wurde, nachdem herauskam, dass einer ihrer Sponsoren, Ruff Dog Food, eine Reihe falscher Behauptungen aufgestellt hatte, ihr Produkt sei ökologisch nachhaltig, obwohl es in Wirklichkeit voll von regenwaldzerstörendem Palmöl war, das auch schlecht für Hunde sein kann. Gestern Abend wurde ein weiteres von Jenny empfohlenes Produkt, Bark4Treats, von der FDA wegen möglicher Salmonellenkontamination zurückgerufen. Einmal mag ein Fehler sein ... aber zweimal? Ich weiß, dass ich keinen Leuten folgen will, die Geld mit dubiosen Firmen verdienen, die die Gesundheit unserer Hunde und unsere Regenwälder gefährden, also ...“ Das Foto von mir mit dem roten Kreis und dem Schriftzug *Gecancelt* tauchte wieder auf.

Mit einem Übelkeitsgefühl im Bauch starrte ich mein Handy ausdruckslos an. *Scheiße.*

Ich prüfte meine Followerzahl. Sie war seit gestern um über tausend gesunken. *Verdammt.*

„Worum ging es denn dabei?“ Ich erschrak beim Klang von Blakes Stimme und drehte mich um. Ich sah sie an der Tür stehen, die Augenbrauen in Falten gezogen, das Haar nass und ein Handtuch darum gewickelt. Sie stand eindeutig nicht auf lange Duschen.

Beim Anblick von Blakes besorgtem Gesicht stiegen mir Tränen in die Augen.

„Oh, nichts.“ Ich schluckte und bohrte meine Fingernägel in meine Handfläche, um die Tränen zu unterdrücken. Blake kam herüber und setzte sich neben mich auf die

Couch. „Das klang aber nicht nach nichts", sagte sie sanft. „Willst du darüber reden?"

Ich machte den Fehler, tief in Blakes sanfte, braune Augen zu schauen, und eine Träne löste sich aus meinem Auge und lief mir über die Wange. *Reiß dich zusammen, Jenny.*

Ich holte tief Luft. „Walter und ich waren Markenbotschafter für Ruff Dog Food, was im Grunde bedeutet, dass sie mich dafür bezahlt haben, Beiträge über ihr Produkt zu schreiben. Du weißt schon, so etwas wie Walter in einem süßen Outfit, der eine Schüssel mit ihrem Futter frisst, wobei die Packung deutlich im Hintergrund zu sehen ist?"

Blake nickte.

„Nun, wie dem auch sei. Ich habe mich gefreut, mit ihnen zusammenzuarbeiten, denn Walter mochte ihr Futter wirklich und es sollte ein qualitativ hochwertiges, umweltfreundliches Produkt sein. In einigen meiner Beiträge habe ich den Aspekt der Umweltfreundlichkeit sogar besonders hervorgehoben, weil viele Hundefutterprodukte nicht ökologisch nachhaltig sind."

Ich hielt inne, um mir die Augen abzuwischen, und Blake schaute mich erwartungsvoll an.

„Nun, um es auf den Punkt zu bringen, es hat sich herausgestellt, dass viele Produkte von Ruff Dog Food ihren Behauptungen nicht gerecht werden, was bedeutet, dass meine Beiträge falsch waren. Ein paar Leute haben Videos gepostet, in denen sie mich der Lüge und der Werbung für fragwürdige Produkte bezichtigten. Eins davon ging auf TikTok viral, was dazu führte, dass ich viele Follower verlor und jede Menge böse Kommentare und Nachrichten bekam. Ich habe auch ein paar Sponsorenverträge verloren."

Blake legte ihre Hand auf meinen Oberschenkel und

drückte sie. „Scheiße, das tut mir leid. Es klingt wirklich anstrengend, aber es scheint nicht deine Schuld zu sein. Du konntest nicht wissen, dass sie dich anlügen. Du wurdest auch betrogen.“

„Leider sehen das nicht alle so. Sie meinen, ich hätte mehr tun sollen, um mich zu vergewissern, dass Ruff glaubwürdig ist, bevor ich ihr Geld annahm und ihre Produkte empfahl. Und vielleicht haben sie recht. Ich habe ihnen einfach geglaubt.“

Ich seufzte und wieder überkamen mich Schuldgefühle. Ich liebte Hunde so sehr. Der Gedanke, dass ich ungesunde Produkte beworben hatte und Walter und die Hunde im Tierheim, denen ich das überschüssige Futter gespendet hatte, diese essen ließ, machte mich fertig.

„Ich wüsste nicht, was du hättest tun können, außer das Futter zu Tests einzuschicken oder ihre Lieferantenkette zurückzuverfolgen. Und sicherlich würde niemand von einem Influencer erwarten, dass er solchen Aufwand betreibt.“

Ich zuckte mit den Schultern. „Ja. Wie dem auch sei, die Lage begann sich gerade erst zu entspannen. Und dann hat Melanie93 das hier gepostet.“

Ich reichte Blake mein Handy, die sich das Video schweigend ansah und zusammenzuckte, als Melanie93s Worte erneut abgespielt wurden.

„Scheiße. Das tut mir leid, Jenny“, sagte sie, als das Video zu Ende war.

„Es ist noch nicht einmal wahr. Ich hatte nie etwas mit Bark4Treats zu tun, oder auch nur von ihnen gehört, aber es ist egal. Jetzt ist mein Posteingang voller wütender Nachrichten und ich habe noch mehr Follower verloren.“

Blake runzelte die Stirn. „Wenn es nicht stimmt, kannst

du sie dann nicht dazu zwingen, es zu löschen oder sie wegen Verleumdung verklagen?"

Ich seufzte. „Serena, meine Agentin, sagt normalerweise, ich soll mich einfach nicht darauf einlassen. Als die Sache mit Ruff publik gemacht wurde, habe ich mich in einer Instagram-Story bei meinen Fans entschuldigt und erklärt, dass ich nicht länger mit Ruff zusammenarbeite. Vielleicht möchte sie, dass ich dieses Mal etwas Ähnliches mache, aber es ist unwahrscheinlich, dass ich damit viel erreichen kann. Außerdem wäre jede Art von Klage wahnsinnig teuer und ich würde die Sache vielleicht sogar noch schlimmer machen. Normale Leute zu verklagen, die sich für die Umwelt und Hunde einsetzen, ist wahrscheinlich kein guter Zug, selbst wenn das, was sie sagen, völlig falsch ist."

„Scheiße, das ist wirklich schwierig. Lass mich wissen, wenn ich dir irgendwie helfen kann."

Meine Brust fühlte sich an, als würde sie von ein paar riesigen Tüten Ruff-Hundefutter zerquetscht.

„Danke. Ich werde Serena anrufen, aber ich glaube, ich muss einfach abwarten, bis sich das Ganze gelegt hat."

Blake schüttelte den Kopf. „Ich weiß nicht, wie du das machst. Ich wäre ständig gestresst, dass ich irgendetwas Falsches sagen könnte. Du musst es wirklich lieben, um damit weiterzumachen."

Blakes Worte verärgerten mich etwas. „Ich habe nicht wirklich eine Wahl. Ich wäre pleite und müsste für immer bei Mom und Dad in Sapphire Springs wohnen, wenn ich das hier nicht weitermachen würde." Ich zuckte zusammen, als ich hörte, wie es herauskam. Früher hatte ich gedacht, in Sapphire Springs zu bleiben, wäre schrecklich. Aber jetzt ... jetzt konnte ich den Reiz erkennen.

„Es tut mir leid, ich weiß, das ist dein Job. Aber du hast

viele Fähigkeiten und du bist klug. Ich bin sicher, du könntest etwas anderes machen, wenn du wolltest. Ich meine, du warst unglaublich, als du bei Amandas Hochzeit eingesprungen bist, und ..."

Verärgerung stieg in mir auf und ich unterbrach sie. „Im Gegensatz zu dir habe ich keinen Medizinabschluss von einem Ivy League-College. Ich habe nicht gerade eine Menge Qualifikationen. Meine Möglichkeiten sind begrenzt, Blake."

Blake presste verletzt die Lippen zusammen und Schuldgefühle überkamen mich.

„Entschuldige. Ich wollte dich nicht anfahren. Ich weiß, du versuchst nur, zu helfen. Ich bin super aufgewühlt wegen dieser ganzen Sache und lasse es an dir aus. Vielleicht bin ich auch ein bisschen knurrig vor Hunger ..." Ich legte einen Arm um sie, drückte sie sanft und schenkte ihr ein kleines Lächeln. „Wie wäre es, wenn wir ins Novel Gossip gehen und uns etwas zu essen besorgen?" Etwas von der Anspannung in Blakes Gesicht löste sich und sie brachte ein schwaches Lächeln zustande.

„Klingt gut. Weißt du schon, was du bestellen willst? Vielleicht sollte ich vorher anrufen, damit es schon auf uns wartet und wir beide unsere Hungerswut so schnell wie möglich loswerden können." Zu meiner Erleichterung funkelten Blakes Augen.

„Wenn George das machen könnte, wäre es unglaublich. Und ich werde zu einhundert Prozent Pfannkuchen bestellen." Ich grinste und fühlte mich etwas besser. Blake und ich hatten unsere erste sehr kleine Meinungsverschiedenheit – wenn man es überhaupt so nennen konnte – und alles war gut. Bald würden wir leckere Pfannkuchen essen. Und hoffentlich würde der Algorithmus aufhören, Melanie93s Video zu präferieren, und es würde in der Versenkung verschwinden.

25

BLAKE

„OHHH! Schau dir diese Bilder an. Die sind wunderschön. Sie würden sich gut in deinem Haus machen." Jenny zog die Augenbrauen hoch. Ihr Gesichtsausdruck war halb scherzhaft, halb hoffnungsvoll, als sie meine Hand griff. Sie zog mich zu einem Stand, an dem stilisierte Drucke von örtlichen Sehenswürdigkeiten ausgestellt wurden.

Ich folgte ihr lächelnd. Als Jenny am letzten Wochenende zu mir gekommen war, hatte ich einen Ausdruck auf ihrem Gesicht gesehen – möglicherweise Bewertung oder Enttäuschung –, als sie die leeren Wände sah.

Ich hatte Weihnachtsmärkte schon vor Jahren als Sammelbecken für kitschigen, überteuerten Schnickschnack und überwältigende Menschenmassen abgeschrieben, also hatte ich nicht erwartet, auf dem Hudson Highlands-Weihnachtsmarkt etwas zu finden, das mir gefiel. Aber ich hatte bereits eine schöne Servierplatte als Weihnachtsgeschenk für meine Eltern gekauft und zu meiner Überraschung gefiel mir das Stöbern an den Ständen der örtlichen Kunsthandwerker. Allerdings war unklar, wie viel von meinem Vergnügen auf den Markt selbst und wie viel auf meine Begleitung zurückzuführen war. In den letzten Wochen hatte Jennys Gesellschaft ... nun ja, alles verbessert und ihre allgemein positive Einstellung war ansteckend. Das war einer der Gründe, warum ihre Enthüllung am letzten Wochenende ein solcher Schock gewesen war.

Ich hatte mich gewundert, warum sie so lange in Sapphire Springs bleiben wollte, aber ich hatte nie erwartet, dass es so etwas wäre. Es machte mich fertig, dass ich keine Ahnung gehabt hatte, was sie durchmachen musste. Obwohl ich ihr auf den sozialen Medien folgte, hatte ich die Story, die sie vor ein paar Wochen geteilt hatte, um die Anschuldigungen zu widerlegen, komplett übersehen. Und ich hatte schon vor einiger Zeit aufgehört, die Kommentare unter ihren Beiträgen zu lesen, nachdem ich mich zu sehr über anzügliche Bemerkungen aufgeregt hatte, sodass mir der ganze Skandal entgangen war.

Jenny griff nach einem der Drucke. „Schau mal, das ist die Main Street! Schade, dass deine Praxis nicht mehr mit auf dem Bild ist, aber dort sind das Novel Gossip und das Builders Arms.“

Ich schaute über ihre Schulter. Der Künstler hatte das Wesen der Main Street perfekt eingefangen.

„Wow, das ist wirklich schön.“

Ich musterte weitere Drucke und entdeckte unter anderem den Skulpturenpark, den wir letztes Wochenende besucht hatten, und die Aussicht vom Gipfel des Breakback Ridge. Die Farben waren leuchtend und kräftig, die Motive ein echter Hingucker, und sie waren auch nicht zu teuer.

Der Gedanke, etwas an meinen Wänden zu haben, das Jenny ausgesucht hatte, vor allem von Orten, die wir gemeinsam besucht hatten, erfüllte meine Brust mit Wärme. Sie würden mich nicht nur an unsere gemeinsamen Erlebnisse erinnern, sondern auch an diesen Moment. Neben Jenny zu stehen, die in einem grünen Mantel, schwarzer Jeans und Stiefeln wie immer umwerfend aussah, die ein Bild nach dem anderen anschaute und ausrief, wenn sie bekannte Orte entdeckte. In letzter Zeit hatte ich mir so oft gewünscht, ich könnte Momente mit Jenny wie Filmmaterial in meinem Gedächtnis einbrennen. Leider funktionierte mein Verstand nicht so. Aber vielleicht würden diese Bilder helfen.

„Ich bin definitiv besser darin, Kunst zu bewundern, als sie selbst zu schaffen", sagte Jenny und grinste mich an, bevor sie sich wieder den Drucken zuwandte.

Ich gluckste. „Hey, du bist eine Meisterin des Surrealismus, schon vergessen? Auf einer Stufe mit Picasso."

Jenny stieß mich sanft mit dem Ellbogen an, schüttelte den Kopf und schenkte mir ein Lächeln, das ich wieder und immer wieder sehen wollte –, aber im wirklichen Leben, nicht nur als Wiederholung in meiner Erinnerung.

„Weißt du was, ich denke, ich werde ein paar für mein Wohnzimmer kaufen."

Jenny lächelte bei meiner Aussage noch breiter und mein Herz schlug höher vor Glück. Wir verbrachten die nächsten Minuten damit, unsere Lieblingsbilder auszusuchen. Die Main Street, Breakback Ridge, der Skulpturenpark und die Red Tractor Farm. Mit all diesen Orten verband ich starke Erinnerungen an Jenny.

Doch als ich bezahlte, schlichen sich negative Gedanken ein. Sie flüsterten Warnungen und saugten die Wärme aus meiner Brust, sodass sie sich eng und leer anfühlte.

Gemeinsam Kunst für das Wohnzimmer auszusuchen, schreit nicht gerade nach einer lockeren Affäre, Blake. Es schreit eher: „*Lass uns einen Möbelwagen buchen und zieh bei mir ein!*"

Ist es wirklich eine gute Idee, deine Wohnung mit Erinnerungen an eine Beziehung zu schmücken, die zum Scheitern verurteilt ist?

Wie wirst du dich fühlen, wenn sie wieder in L.A. ist und du umgeben von Bildern, die dich an Jenny erinnern, einsam und allein auf der Couch sitzt?

Mühsam schob ich die Gedanken beiseite. Die Bilder *mussten* nicht schmerzhaft sein. Wie lautete dieses Zitat noch mal? *Es ist besser, geliebt und verloren zu haben, als überhaupt nicht geliebt zu haben.* Mit „lieben" ersetzt durch „sehr mögen", natürlich. Gemocht. Definitiv nicht geliebt.

Als wir den Stand verließen, legte ich meinen Arm um Jenny, genoss die Kurven ihres Körpers, die schon so vertraut und beruhigend waren, und ihren leicht blumigen Duft.

Lebe einfach in diesem Moment und genieße die Zeit, die du mit ihr hast.

„Willst du noch etwas trinken, bevor wir weitergehen? Das ganze Stöbern macht mich durstig", sagte Jenny und nickte in die Richtung eines Standes, der heiße Donuts und Getränke verkaufte.

Ein heißes Getränk klang nach dem perfekten Weg, um die gedanklichen Warnungen zu vertreiben. Wir holten uns dampfende Becher mit Apfelwein und setzten uns auf Holzkisten, die zu provisorischen Sitzgelegenheiten umfunktioniert worden waren.

„Olivia sollte nächstes Jahr einen Stand für ihre Kerzen mieten. Sie wären die perfekten Weihnachtsgeschenke." Jenny trank einen großen Schluck ihres Apfelweins.

Ich runzelte verwirrt die Stirn. „Kerzen?"

„Du weißt schon, die Kerzen, die sie selbst macht? Die, die sie in ihrem Laden verkauft."

Mist. Mir wurde klar, dass ich schon seit Monaten nicht mehr in Olivias Geschäft gewesen war. Ich war so sehr mit der Arbeit beschäftigt, dass ich in letzter Zeit wahrscheinlich nicht die beste Schwester, Freundin oder Tochter gewesen war.

Ich nickte, weil ich nicht wollte, dass Jenny erfuhr, was für eine schreckliche Schwester ich war. „Ich wollte schon lange fragen. Gibt es etwas Neues in der Bark4Treats-Sache?", fragte ich darauf bedacht, das Thema zu wechseln.

Seit Jenny mir erzählt hatte, was passiert war, hatte ich ihre sozialen Medien genau im Auge behalten und die Kommentare gelesen. Zu meiner Erleichterung hatte Jenny am Montagabend eine Story gepostet, in der sie erklärte, dass sie nichts mit Bark4Treats zu tun hatte. Sie wirkte aufrichtig und von Herzen kommend und, den Kommentaren nach zu urteilen, schien sie allgemein gut aufgenommen worden zu sein. Es frustrierte mich sehr, dass das Video von Melanie93 immer noch kursierte. Ich hatte den Eindruck, dass es nach dem ersten Beitrag nicht viel Beachtung gefunden hatte, aber wer wusste schon, was für Nachrichten Jenny erhielt. Bei dem Gedanken daran überkam mich Übelkeit.

Ich hatte Jenny am Mittwochabend gefragt, wie es lief, als sie mit thailändischem Essen und einer Liste mit weihnachtlichen Liebesfilmen vorbeikam. Sie hatte sich vorsichtig optimistisch geäußert, dass nicht zu viel Schaden entstanden sei, aber ich hatte bis jetzt damit gewartet, noch einmal danach zu fragen.

Jennys Lächeln schwankte und ich wünschte mir sofort, ich hätte sie nicht daran erinnert. Aber sie klang optimistisch, als sie sprach: „Es sieht so aus, als hätte es sich beruhigt. TikTok hat aufgehört, das Video zu pushen, und es hat definitiv nicht die gleiche Resonanz gefunden wie die Beiträge über meine Verbindung zu Ruff. Ich habe gestern noch einmal mit Serena gesprochen und sie ist nicht allzu besorgt."

Meine Brust fühlte sich plötzlich leichter an. „Ich bin so froh, das zu hören. Welch eine Erleichterung."

„Ja, das ist es wirklich. Ich habe mir schon Sorgen danach gemacht, dass dies der Sargnagel für meine Karriere als Influencerin sein könnte."

Ich schüttelte den Kopf. „Es erstaunt mich immer noch, dass eine Person eine haltlose Anschuldigung erheben kann und man deswegen seine ganze Karriere verlieren könnte."

Jenny starrte in ihren Apfelwein. „Ja, schau, ich bin schon der Meinung, dass die Absagekultur durchaus ihre Berechtigung hat, aber sie kann sehr unberechenbar sein und die Konsequenzen sind nicht immer sehr angemessen. Menschen können wegen echter Fehler ihren Lebensunterhalt verlieren, während ein reicher, berühmter, weißer Typ, der eine Reihe von Frauen sexuell belästigt hat, die Zensur umgeht und sich schnell wieder aufrappeln kann. Und anders als vor Gericht können deine Ankläger dir echten Schaden zufügen, ohne dass sie irgendetwas zweifelsfrei beweisen oder überhaupt Beweise vorlegen müssen. Versteh mich nicht falsch. Ich denke, die meisten, die gecancelt werden, haben es wahrscheinlich verdient, aber es gibt eben auch echte Fehler."

Jennys Lächeln verblasste völlig. Um das Thema zu wechseln, warf ich meinen leeren Becher in den Mülleimer neben uns. „Sollen wir uns weiter umsehen? Vielleicht finden wir ja auch etwas, das wir im Wartezimmer meiner Praxis aufhängen können."

„Nun, es gibt immer noch mein surrealistisches Meisterwerk. Erstaunlicherweise haben sich weder das MOMA noch Dia Beacon darum gerissen, also ist es immer noch zu haben." Jenny grinste, nahm meine Hand und drückte sie.

„Oh, was?" Ich täuschte Überraschung vor. „Die könnten doch sicher ein paar Dalis oder Warhols loswerden, um Platz für dein Piece de Résistance zu schaffen?"

Jenny lachte und mein Herz fühlte sich so voll an, dass es hätte explodieren können.

Das hier. Herumzualbern, aber auch über Dinge reden zu können, die wichtig sind. Zusammen in der Öffentlichkeit zu sein und Händchen zu halten. Das war *wirklich* schön.

Ich drückte ihre Hand ebenfalls, als wir zu den Ständen gingen.

Zu meiner Freude ließ sie nicht los.

26

BLAKE

„DAS SIEHT TOLL AUS!", rief Jenny, als wir zurücktraten und unser Werk bewunderten.

Die vier Bilder, die wir auf dem Weihnachtsmarkt gekauft hatten, hingen nun an den Wänden meines Wohnzimmers. Ich musste zugeben, dass sie den Raum sehr veränderten. Es fühlte sich jetzt warm und bewohnt an. Wie ein Zuhause.

„Das tut es wirklich. Danke, Babe." Ich schlang meinen Arm um Jenny und zog sie zu mir. Dann wurde mir plötzlich klar, was ich gerade gesagt hatte.

Ich erstarrte. *Babe?*

„Babe" hatte ich Grace genannt, wahrscheinlich als wir etwa sechs Monate zusammen waren. Es war ein Kosename, den ich mit ernsthaften Beziehungen verband, ein Kosename, den ich mit Grace, mit Anna, mit Hanh verband. Ein Kosename, den ich seit Grace nicht mehr benutzt hatte. Aber er war mir einfach so herausgerutscht.

In gewisser Weise war es nicht überraschend. Wir hatten in den letzten Wochen so viel Zeit miteinander verbracht, dass es sich anfühlte, als liefe unsere Beziehung im Schnelldurchlauf. Ich meine, Jenny hatte bereits bei offener Tür gepinkelt und währenddessen mit mir geplaudert. Und die Tatsache, dass wir zusammen aufgewachsen waren, auch wenn wir uns damals nicht nahegestanden hatten, gab uns diese gemeinsame Grundlage, ein Grundverständnis. Es *fühlte* sich auf eine gute Art und Weise so an, als wären wir bereits seit sechs Monaten oder vielleicht sogar noch länger zusammen. Aber ... war das gut? Würde sich Jennys Abreise im Januar eher wie die Trennung nach einer zwölfmonatigen Beziehung anfühlen als wie die nach einer zweieinhalbmonatigen? Das würde es doch sicher noch schmerzhafter machen.

„Was war dein Plan für das Abendessen?", fragte Jenny und unterbrach meine Gedanken.

„Ich dachte, ich könnte ein Brathähnchen mit Gemüse versuchen. Ist das in Ordnung für dich?" Als ich mit George über einfache Gerichte beraten hatte, die ich für Jenny zubereiten könnte, hatte sich Brathähnchen relativ sicher angehört – und viel gesünder als das Essen, das wir uns nach dem Pfannkuchenvorfall zur Sicherheit stets auswärts geholt hatten.

„Warum kochen wir nicht zusammen?", schlug Jenny ein wenig zu hartnäckig vor. Nicht, dass ich es ihr verübeln könnte.

Zehn Minuten später genoss ich es, wieder in der Küche zu stehen, was meine Theorie bestätigte, dass Jennys Gesellschaft alles besser machte. Ich mochte es, mich zu unterhalten, während ich rhythmisch Kartoffeln, Butternusskürbis und Fenchel zum Braten zerkleinerte. Als ich fertig war, schwenkte ich das Gemüse in Olivenöl und Thymian und würzte es. Ich drehte mich um, als Jenny sich bückte und eine ganze Zitrone in die Öffnung des Huhns drückte. Die Tatsache, dass ich diesen Anblick irgendwie heiß fand, sagte etwas darüber aus, wie sehr ich in Jenny vernarrt war.

„Geschafft!", sagte Jenny triumphierend. Eine blonde Haarsträhne fiel ihr ins Gesicht, als sie sich erhob.

Sie schob das Haar mit dem Handrücken weg – der einzige Teil ihrer Hand, der nicht mit rohem Hähnchensaft beschmiert war –, aber es fiel sofort wieder herunter.

Ich ging zu ihr hinüber und streckte meine Hand aus. „Hier, lass mich das machen."

Ich strich ihr sanft die Strähne hinters Ohr und fuhr mit den Fingerspitzen über ihre Wange, wobei ich ihr in die Augen sah. Ein kleiner Schauer lief mir über den Rücken, als wir uns gleichzeitig in die Unterlippe bissen. Ich packte sie mit beiden Händen an der Taille und zog sie zu einem Kuss heran, der einen Stromstoß durch meinen Körper sandte. Die sexuelle Seite unseres Zusammenseins fühlte sich immer noch brennend heiß an. Ich konnte nicht genug bekommen.

Aber dieses Mal fühlte sich etwas nicht ganz richtig an. Jennys Lippen verrieten mir, dass ihr der Kuss gefiel, aber der Rest ihres Körpers ... nicht so sehr. Sie fühlte sich steif an, gehemmt. Mein Magen zog sich zusammen. War etwas nicht in Ordnung?

Ich löste mich von ihr. „Hey, ist alles in Ordnung?"

Ein Grinsen breitete sich auf ihrem Gesicht aus. Erleichterung durchflutete mich und beruhigte meinen Magen.

„Ja, aber ich hatte meine Hände gerade im Hintern eines rohen Hühnchens, also versuche ich nur, dich nicht anzufassen. Obwohl ich dich natürlich anfassen will, was mich ein bisschen verrückt macht."

„Ach wirklich?" Ich stieß ein boshaftes Kichern aus,

bevor ich mich vorbeugte und Jennys Ohrläppchen zwischen meine Zähne klemmte, während ich ihren Hintern packte und sie noch näher an mich heranzog. „Das macht dich also verrückt, was?", murmelte ich in der Nähe ihres Ohrs.

Jenny stöhnte. „Oh mein Gott, das ist so unfair."

Ich küsste mir langsam einen Weg an ihrem Hals hinunter und genoss Jennys lustvolles Wimmern.

Jenny zog sich kichernd zurück, als ich ihr Schlüsselbein erreichte. „Okay, okay! Warum schieben wir das nicht alles in den Ofen und geben mir die Chance, mir die Hände zu waschen, bevor ich dich in einem Anfall von Leidenschaft aus Versehen mit rohem Hühnerschleim beschmiere!"

„Mmmm. Roher Hühnerschleim! Sehr sexy", sagte ich und lachte, als ich mich widerwillig von Jenny löste. So viel Spaß ich auch hatte, Jennys Vorschlag klang vernünftig.

„Also, wo waren wir?", fragte Jenny und kam auf mich zu, nachdem sie sich die Hände gewaschen und das Essen in den Ofen geschoben hatte.

„Ich glaube, du wolltest mich gerade sexy mit rohem Hühnchen einreiben." Ich wackelte anzüglich mit den Augenbrauen.

Jenny tat so, als würde sie mich böse anfunkeln, und ihre Mundwinkel zuckten. „Sehr witzig. Tatsächlich habe ich eine Idee. Komm mit."

Jenny griff nach meiner Hand und führte mich in Richtung Schlafzimmer, während mein Herz mit Vorfreude höherschlug.

Als wir unser Ziel erreicht hatten, steuerte sie auf die Schublade meines Nachttischs zu, in der ich eine Reihe von Sexspielzeugen aufbewahrte, und kramte darin herum.

„Aha! Ich dachte doch, dass ich die hier drin gesehen hätte." Jenny zog triumphierend die Plastikhandschellen heraus, die ich bei Amandas Junggesellinnenabschied gewonnen hatte, und kam mit einem bösen Grinsen zu mir herüber. „Vor dem Hintergrund, dass du mich gerade in handlungsunfähigem Zustand ausgenutzt hast, ist es nur fair, dass ich es dir heimzahle ..."

Jenny ließ die Handschellen vor mir baumeln und zog fragend eine Augenbraue hoch. Ich beäugte sie.

Ich mochte es, in den meisten, wenn nicht in allen Bereichen meines Lebens, die Kontrolle zu haben, auch im Schlafzimmer.

Aber zu meiner Überraschung war der Gedanke, Jenny die Kontrolle übernehmen zu lassen, nicht abtörnend. Das warme, kribbelnde Gefühl zwischen meinen Beinen deutete sogar darauf hin, dass es mich vielleicht, nur vielleicht, sogar *antörnen* könnte. Ziemlich anregend. Ich vertraute Jenny genug, um mich ihr gegenüber verletzlich zu zeigen, und etwas auszuprobieren, was mir nicht behagte. Mit Grace hatte ich mich so nie gefühlt, trotz der Jahre, die wir zusammen waren.

„Okay", sagte ich und hoffte, dass ich es nicht später bereuen würde.

Jenny riss die Augen auf und grinste noch breiter. „Okay? Nun, wenn das so ist, dann ziehen wir dich besser aus."

Fünf Minuten später waren wir beide nackt und ich war mit Handschellen ans Kopfende des Bettes gefesselt. Es war eine etwas unbehagliche, aber erregende Erfahrung. Es war auch seltsam befreiend. Ich konnte mich nur zurücklehnen und Jennys Küsse und Liebkosungen genießen, die sich auf unerklärliche Weise noch intensiver anfühlten.

Alle meine Sinne schienen geschärft, als sie sich langsam an meinem Körper hinunterbewegte. Das Gefühl ihrer Brüste, die meine Brust und dann meinen Bauch streiften, die warme Nässe ihres Mundes, als sie meine Brustwarzen mit der Zunge umkreiste und dann mit Küssen und Lecken zu meinen Schenkeln hinunterwanderte.

Was dann folgte, waren die atemberaubendsten, extremsten Orgasmen meines Lebens. Orgasmen, plural.

„Das war unglaublich, Babe", sagte ich, als sich die letzten Schauer gelegt hatten. Das „Babe" war mir wieder herausgerutscht und dieses Mal war es mir völlig egal.

Jenny wischte sich den Mund ab, bevor sie nach oben rutschte und sich neben mich legte.

„Jederzeit", sagte sie grinsend.

Jenny strich mit ihren Fingern über die Tätowierung, die sich um meinen Oberarm zog, und zeichnete ihre Konturen nach. Die Haut an der Unterseite meines Oberarms war kitzlig und ihre Berührung ließ mich zusammenzucken.

Jenny zog ihre Finger weg. „Entschuldige, kitzelt das? Ich wollte dich schon die ganze Zeit fragen. Das ist ein Adler, nicht wahr? Gibt es eine Geschichte dazu?"

Hitze stieg mir in die Wangen. Ich hatte gehofft, Jenny würde diese Frage nicht stellen, aber ich konnte es ihr nicht verdenken. An ihrer Stelle hätte ich genau dasselbe getan.

„Ja, es ist ein Weißkopfseeadler." Ich hielt inne und überlegte, wie viel ich mit ihr teilen sollte. Ich war immer noch nackt ans Bett gefesselt, nachdem ich mich gerade extrem verletzlich gemacht hatte, warum also jetzt aufhören? „Wie es sich für ein totales Klischee gehört, habe ich es machen lassen, nachdem meine Ex und ich ..." Ich schluckte und die Pause wurde länger als beabsichtigt.

„Schluss gemacht habt?", fügte Jenny hinzu und hatte die Augen vor Mitgefühl weit aufgerissen. „Tut mir leid, wenn du nicht darüber reden willst, ist das völlig in Ordnung."

Ich holte tief Luft. Aus irgendeinem Grund wollte ich Jenny die Geschichte erzählen. „Nein, ist schon okay. Es ist kompliziert. Ich lernte Grace in der ersten Woche meiner Assistenzärztinnenzeit in New York kennen und es wurde ernst zwischen uns – sehr ernst. Wir wohnten zusammen, sprachen über Heirat, Kinder, über die Gründung einer gemeinsamen Praxis, all diese Dinge. Und dann eines Tages, kam sie nicht zum Abendessen nach Hause. Ein paar Stunden später erhielt ich einen Anruf, von einer Frau." Ich schloss meine Augen und erinnerte mich daran, wie panisch ich mich bei diesem Anruf gefühlt hatte. „Grace war in Williamsburg von einem Taxi angefahren worden."

Jenny riss die Augen noch weiter auf. „Oh mein Gott. Scheiße. War sie ... okay?"

„Ja, ja, sie hat sich vollständig erholt. Und soweit ich weiß, ist sie glücklich und gesund. Aber als es passierte, waren sich die Ärzte nicht sicher, ob sie überleben würde. Ich war außer mir vor Sorge. Zunächst dachte ich nicht viel über die Frau, Bec, nach, die mich angerufen hatte und die an ihrem Bett stand, als ich ankam. Sie sagte, sie sei eine Freundin von Grace. Als sich Grace' Prognose verbesserte und ich Zeit zum Nachdenken hatte, ergaben bestimmte Dinge einfach keinen Sinn. Wir waren drei Jahre zusammen gewesen und kannten die Freunde der jeweils anderen gut, aber von Bec hatte ich noch nie gehört. Offensichtlich stand sie Grace so nah, dass sie sich häufiger bei ihr meldete als bei unseren anderen Freunden. Und ich fing auch an, mich zu fragen, was Grace in Williamsburg gemacht hatte. Eigentlich sollte sie im Krankenhaus in Park Slope sein, wo sie ihre Facharztausbildung absolvierte. Und dann, eines Tages, als Bec zu Besuch war, erwähnte sie, dass sie in Williamsburg wohnte."

Jenny, die die Stirn gerunzelt hatte, stöhnte nun.

„Ja. Nach dem Unfall war ich sechs Wochen lang ihre Hauptpflegeperson. Ich behielt meinen Verdacht für mich. Es war unerträglich, aber ich wollte sie nicht danach fragen, bis sie sich so weit erholt hatte, dass sie allein leben konnte. Denn ich wusste, wenn sie meine Befürchtungen bestätigte, würde es mir noch schwerer fallen, mich weiter um sie zu kümmern. Aber ich wollte sie nicht im Stich lassen, wenn sie Hilfe brauchte." In diesen sechs Wochen war mir so übel, weil ich mir stets Sorgen um Grace' Gesundheit und um uns gemacht hatte.

Ich fuhr mit flacher Stimme fort. „Als sie wieder laufen konnte, fragte ich sie danach. Sie bestätigte, dass sie seit fast sechs Monaten eine Affäre mit Bec hatte, und zog am nächsten Tag aus."

„Scheiße. Das tut mir so leid, Blake. Das ist wirklich beschissen." Jenny streichelte mein Haar.

„Ja."

Es war mehr als nur scheiße. Ich liebte Grace. Aber es war nicht nur das. Ich hatte mein Leben um sie herum geplant, so sehr, dass es sich anfühlte, als hätte ich viel mehr als nur eine Beziehung verloren. Ich hatte eine zukünftige Familie verloren, eine Praxis, gemeinsame Hoffnungen und Träume. Weiterzumachen, war mit einem massiven Trauerprozess verbunden, der sehr lange dauerte – gut über ein Jahr. Und das Schlimmste war, dass mir das Ganze schon einmal passiert war, wenn auch weniger dramatisch, nämlich mit Anna und Hanh. Als wir etwa zwei oder drei Jahre lang zusammen gewesen waren und ich mein Leben mit ihnen geplant hatte, verließen sie mich. Und ich war völlig fertig. Anna, um bei den Ärzten ohne Grenzen im Südsudan zu arbeiten. Hanh, weil sie nicht glaubte, dass ich „die Richtige" war. Ich hatte aus meinen Erfahrungen mit Anna und Hanh nicht gelernt, aber nach Grace wollte ich mich nie wieder in diese Position bringen. Ich wollte mein Glück nicht von jemand anderem abhängig machen. Ich wollte unabhängig sein, auf mich selbst aufpassen.

Die Ironie des Ganzen fiel mir auf. Und doch war ich hier an ein Bett gefesselt. Und bis wir dieses ziemlich heftige Gespräch begonnen hatten, hatte ich mich eigentlich ganz gut amüsiert – obwohl ich Jenny vielleicht bitten sollte, die Handschellen abzunehmen, die sich ein wenig in meine Handgelenke bohrten. Ich merkte, dass Jenny mich anstarrte, denn ich war noch gar nicht zu dem Teil mit der Tätowierung gekommen.

„Entschuldige. Also bin ich an diesem Nachmittag gegangen. Und ein paar Wochen später habe ich mir die Tätowierung stechen lassen. Nach dieser Erfahrung beschloss ich, dass ich lieber Single bleiben wollte. Also habe ich mir einen Weißkopfadler stechen lassen, der durch den Himmel schwebt, weil Weißkopfseeadler allein fliegen." Ich machte mir nicht die Mühe, zu erwähnen, dass dies das dritte Mal in Folge war, dass so etwas passierte.

„Oh." Ein Ausdruck von etwas – war es Enttäuschung oder Schmerz? – flackerte über Jennys Gesicht.

Beklemmung stieg in mir auf. *Verdammt!* Ich musste etwas sagen, erklären, wie Jenny in all das hineinpasste, was ich gerade gesagt hatte, aber ich war mir nicht sicher, ob ich es überhaupt selbst wusste. Trotz unserer lockeren Affäre fühlte es sich nicht mehr so an, als würde ich allein fliegen, und ich gab es nur ungern zu … ich genoss es sehr.

„Es war ganz sicher nicht meine beste Entscheidung,

mir direkt nach einer schlimmen Trennung eine Tätowierung stechen zu lassen. Eine neue Frisur wäre eine weniger dauerhafte Entscheidung gewesen, aber ich habe mich ...“

Es klingelte an der Tür.

Wir erstarrten.

Wer zum Teufel konnte das sein? Ich erwartete niemanden und es war zu spät für Besucher, die ohne Vorwarnung auftauchten, was ich, ehrlich gesagt, zu keiner Tageszeit in Ordnung fand.

„Vielleicht gehen sie einfach wieder?“, fragte Jenny hoffnungsvoll.

Klopf, klopf. Jetzt klopfte es an der Tür.

Ich stöhnte auf. „Scheiße, das könnte einer meiner Patienten sein, der einen Notfall hat. Ich stehe besser auf und sehe nach. Kannst du mich losmachen?“

Jenny schnappte sich den Schlüssel vom Beistelltisch, kroch ans Kopfende des Bettes und fing an, an den Handschellen herumzufummeln.

Und zu fummeln und zu fummeln.

Panik stieg in meiner Brust auf und schnürte mir die Kehle zu.

„Scheiße, es tut mir leid. Ich kann sie nicht öffnen“, sagte Jenny nach gefühlten Minuten.

Das Klopfen an der Tür ging weiter. Die Person wurde langsam ungeduldig.

„Scheiße. Macht es dir etwas aus, nachzusehen, wer das ist?“

Jenny nickte, sprang vom Bett, zog sich an und stürmte aus dem Zimmer. Ich erinnerte mich daran, dass ich beim Junggesellinnenabschied bereits gedacht hatte, dass die Handschellen keine gute Qualität hatten, aber diese Beobachtung war mir völlig entfallen. Ein Bild der gesamten Freiwilligen Feuerwehr von Sapphire Springs, die um mich herumstanden, während ich nackt auf dem Bett lag, und die Köpfe schüttelten, bevor sie mich aus den Handschellen befreiten, tauchte unaufgefordert in meinem Kopf auf. Ich atmete tief und beruhigend ein. *Jenny wird sich darum kümmern.*

Das Geräusch der sich öffnenden Tür bot eine willkommene Ablenkung. Ich lauschte aufmerksam und hoffte inständig, dass es niemand war, der dringend ärztliche Hilfe benötigte. Ein weiteres Bild von mir, wie ich versuchte, den Zustand des Patienten zu beurteilen, während ich nackt und an ein Bett gefesselt dalag, tauchte in meinem Geiste auf.

Warum zum Teufel hatte ich Jenny nicht gebeten, die Bettdecke über mich zu ziehen, damit ich nicht so entblößt war?

„Oh, hallo, Jenny. Ich dachte doch, jemand wäre zu Hause. Ist Blake hier?", fragte eine Frau.

Ich seufzte. Ich erkannte die Stimme. Es war meine Nachbarin und frühere Englischlehrerin, Mrs. Harding. An der Highschool war sie eine meiner Lieblingslehrerinnen gewesen, obwohl sie sehr altmodisch war, und sie redete gern. Sehr viel. Sie war in guter Verfassung, also war es zumindest unwahrscheinlich, dass sie medizinische Hilfe brauchte. Wahrscheinlicher war, dass sie sich einsam fühlte und auf einen Plausch vorbeigekommen war.

„Ähm, nein, tut mir leid, sie ist im Moment nicht verfügbar." Jenny klang unbeholfen und ziemlich verdächtig. Ich hoffte, dass Mrs. Harding es nicht bemerkte und hier hereinplatzte, weil sie befürchtete, Jenny hätte mich umgebracht.

„Nicht verfügbar?" Mrs. Harding klang verwirrt.

„Ja, sie ist, ähm, unpässlich."

Ich rutschte vorsichtig auf dem Bett hin und her und

versuchte, meine Arme zu entlasten, die zu schmerzen anfingen, weil sie so lange in einer ungewohnten Position fixiert gewesen waren.

„Oh." Es gab eine Pause. Ich war mir fast sicher, dass Mrs. Harding dachte, ich sei im Badezimmer. „Ich verstehe. Nun, ich wollte nur mit ihr über das Beschneiden eines meiner Bäume sprechen, der über ihre Seite des Zauns hängt. Ich hatte gehofft, sie könnte mir Zugang zu ihrem Garten gewähren."

Meine Nase kribbelte und ich verspürte den starken Drang zu niesen. *Verdammt.* Die Wände in meinem Häuschen waren dünn und das Schlafzimmer befand sich direkt neben der Eingangstür. Wenn ich nieste, würde Mrs. Harding mich bestimmt hören. Ich hielt den Atem an und versuchte, gegen den Drang anzukämpfen.

„Ich bin sicher, dass Blake kein Problem damit hätte. Ich werde ihr Bescheid ..."

„Es ist nur schwierig, ihn von meiner Seite aus zu beschneiden, weil der Baum so viele Äste hat, wissen Sie. Eigentlich soll man sie im Herbst nicht beschneiden, aber ich konnte es im Frühling nicht tun, weil mir die Schulter wehtat, weswegen ich Blake aufsuchen musste. Sie war so nett und hat mir ein paar Dehnübungen und entzündungshemmende Mittel gegeben und es ist direkt geheilt. Aber der Baum ist jetzt zugewachsen und ich will mir dieses Chaos nicht die nächsten fünf Monate ansehen müssen, also habe ich beschlossen, etwas zu unternehmen."

Das Bedürfnis zu niesen, wurde unerträglich. Wenn ich die Hände frei hätte, könnte ich mir die Nase reiben, was mir vielleicht Linderung verschaffen würde.

„Das ergibt Sinn. Ich bin mir sicher, dass Blake Ihnen gern Zutritt gewährt." Jennys Stimme klang höflich, wenn auch ein wenig angespannt.

Ich würde Mrs. Harding nur zu gern in meinen Garten lassen, damit sie tun konnte, was auch immer sie wollte, wenn sie nur gehen würde, damit ich niesen und Jenny sich wieder um meine Befreiung bemühen konnte. Ich versuchte, mit der Nase zu wackeln, so wie Samantha aus *Verliebt in eine Hexe* und hoffte, dass ich das Kitzeln damit aus meinen Nasenlöchern vertreiben würde, das sich seinen Weg nach oben gebahnt hatte. Zu meiner großen Erleichterung funktionierte es. Der Niesreiz ließ nach. *Gott sei Dank.* Ich entspannte mich wieder auf dem Bett.

„Glauben Sie, dass Blake bald verfügbar sein wird? Ich hatte auch gehofft, mit ihr über ein paar verrottende Zaunpfähle sprechen zu können und darüber, ob wir jemanden bezahlen sollten, der sie für uns ersetzt." Mrs. Harding machte kaum eine Atempause, bevor sie fortfuhr. „Ich weiß, dass die Ärzte immer sagen, man solle mehr Ballaststoffe essen und mehr Wasser trinken, um die Dinge in Bewegung zu bringen, aber ich denke, ein paar Teelöffel Rizinusöl sind das beste Mittel. Das hat meine Oma auch immer gesagt und es wirkt Wunder." Ich brauchte einen Moment, um zu begreifen, wovon Mrs. Harding sprach. Ja, sie dachte tatsächlich, ich sei unpässlich auf der Toilette. Ein überwältigendes Bedürfnis zu lachen, stieg in meiner Brust auf. *Lach. Bloß. Nicht.* Ich biss die Zähne zusammen.

„Ähm, danke. Ich werde diese Information an sie weitergeben."

„Wenn sie kein Rizinusöl hat, kann ich rübergehen und welches holen. Leider wirkt es normalerweise nicht sofort, sodass es ihr vielleicht keine augenblickliche Linderung verschafft."

„Das ist sehr nett von Ihnen, aber ich glaube, sie hat welches."

Bitte, bitte lass das das Ende des Gesprächs sein.

„Sie und Blake stehen sich jetzt also nah? Das ist ja schön. Ich kann mich nicht erinnern, dass Sie befreundet waren ..."

Mrs. Harding redete weiter, aber ich hörte nicht länger zu, weil Fred plötzlich auf das Bett sprang und anfing, sich zärtlich an meinem Unterarm zu reiben.

An meinem entblößten, sehr kitzligen Unterarm.

„Fred, nein!", flüsterte ich, aber wie immer ignorierte er mich. Fred machte weiter, kuschelte sich an meinen Unterarm und löste damit einen starken Drang zum Kichern aus. *Reiß dich zusammen, Blake.* Ich atmete noch ein paarmal tief ein und versuchte, mich auf das Gefühl der Luft, die in meiner Lunge hinein und herausströmte, zu konzentrieren und nicht auf das unerträgliche Kitzeln von Fred. Ich zappelte, aber es schreckte Fred nicht ab. Er fuhr fort, sich an mir zu reiben, und hielt ab und zu inne, um mich anzustarren. Fred wollte eindeutig gestreichelt werden und fragte sich wohl, warum ich nicht kooperierte.

„Es tut mir leid, mein Kleiner, aber ich kann dich nicht streicheln", flüsterte ich ihm zu, bevor ich mich wieder auf die tiefen Atemübungen konzentrierte, um dem Kitzeln entgegenzuwirken.

Schließlich hörte ich, wie sich die Tür schloss, und ein paar Sekunden später erschien Jenny im Türrahmen.

„Scheiße, es tut mir leid, dass das so lange gedauert hat. Sie hat einfach immer weitergeredet."

„Es ist nicht deine Schuld! Aber kannst du Fred bitte von mir runternehmen? Er kitzelt mich!"

Jenny scheuchte Fred weg und verbrachte die nächsten zwanzig Minuten damit, mit den Handschellen zu kämpfen.

Gerade als ich dachte, wir müssten die Feuerwehr rufen, klickte der Riegel und meine Hände waren frei.

„Ja!", rief Jenny.

Ich setzte mich auf, und nachdem ich meine Arme ausgeschüttelt hatte, umarmte ich Jenny und zog sie an mich. „Vielen lieben Dank." Ich drückte sie fest, bevor ich mich von ihr löste. „Aber ich denke, nächstes Mal sollten wir in qualitativ hochwertigere Fesselausrüstung investieren."

Jenny grinste. „Nächstes Mal, was? Nun, es freut mich, zu hören, dass dich diese Erfahrung nicht abgeschreckt hat." Sie beugte sich zu einem Kuss vor, stoppte jedoch kurz bevor sie meine Lippen erreichte.

„Scheiße! Wir haben das Hühnchen vergessen!"

Ich griff nach meinem Handy von der Kommode und drückte aufs Display, um die Uhrzeit zu prüfen. Mir wurde flau im Magen. Das Hühnchen war bereits seit über zwei Stunden im Ofen.

Wir rannten durch den Flur in die Küche und öffneten die Ofentür. Ein Schwall von Rauch entwich und löste den Feueralarm aus. Das gesamte Gemüse war zu schwarzen Brocken verbrannt und auch die Oberseite des Hähnchens war schwarz.

Jenny zog das Essen heraus und stellte es auf die Herdplatte, während ich herumlief, die Fenster öffnete und die Abzugshaube einschaltete, um die Küche von Rauch zu befreien.

„Glaubst du, dass das Hühnchen essbar ist?" Ich beäugte es skeptisch.

Mit einiger Mühe sägte Jenny ein Stück ab. Das war kein gutes Zeichen. Als es abgekühlt war, steckte sie es sich in den Mund und kaute energisch. „Nein. Es ist eher wie Dörrfleisch, nur ohne den Geschmack."

Kichernd schüttelte ich den Kopf.

„Pizza?", fragte Jenny lächelnd.

Ich nickte. „Du wirst dich freuen, zu hören, dass ich zum Frühstück für morgen Müsli gekauft habe. Nicht einmal ich kann das vermasseln." Und damit zog ich sie mit einem leicht schmerzenden Arm in eine seitliche Umarmung, während ich mit der anderen Hand das Pizzamenü auf dem Handy aufrief.

27

JENNY

„WAS?!“ Amanda starrte mich mit weit aufgerissenen Augen und Mund an.

Die Hälfte der Leute im Novel Gossip starrten Amanda an, weil sie gerade in einer ohrenbetäubenden Tonlage und Lautstärke geschrien hatte. Es half nicht, dass sich unser Tisch in der Mitte des belebten Cafés befand, wo die anderen Gäste uns bestens sehen und hören konnten.

„Willst du mir sagen, dass du in den drei Wochen, in denen ich weg war, mit Blake angebandelt hast und jetzt mit ihr zusammen bist?“

Ich seufzte. Ich hatte es hinausgezögert, Amanda die Neuigkeiten zu erzählen, weil ich diese Reaktion vorausgesehen hatte. Und alles über ihre Flitterwochen auf Hawaii zu hören, war viel interessanter, als über meine verwirrenden Gefühle für Blake ins Kreuzverhör genommen zu werden. Aber jetzt, da wir mit dem Brunch fertig waren und unseren zweiten Kaffee tranken, konnte ich es nicht länger aufschieben.

„Nun, du hast doch immer gesagt, wie toll sie ist. Ich hatte sogar den Eindruck, dass du uns verkuppeln wolltest.

Und es ist nur eine lockere Affäre, da ich zurückziehen werde. Es ist keine große Sache."

Das Problem war nur, dass es sich weder locker noch wie keine große Sache anfühlte. Im Gegensatz zu den anderen lockeren Beziehungen, die ich gehabt hatte – bei denen wir uns höchstens ein oder zweimal pro Woche getroffen und die meiste Zeit im Bett verbracht hatten –, hatten wir uns seit unserem Besuch im Skulpturenpark fast jeden Tag gesehen.

Fast jeden Tag seit zwei Wochen.

Und ja, wir hatten viel Zeit im Bett verbracht. Eine Menge sehr angenehmer Zeit im Bett. Aber wir hatten auch jede Menge andere Aktivitäten unternommen, die sich sehr ... pärchenhaft anfühlten, wenn das ein Wort ist. Sich Liebesfilme auf der Couch anzusehen, mit George im Novel Gossip herumzuhängen. Um Himmels willen, ich hatte sogar zugestimmt, mich für den Truthahnlauf anzumelden, um mehr Zeit mit ihr verbringen zu können. Diese Tatsache hatte ich Amanda gegenüber nicht erwähnt. Sie wusste, was ich vom Joggen hielt.

Als Blake darüber scherzte, Walter eine Expositionstherapie zukommen zu lassen, um seine Abneigung gegen unser Knutschen zu überwinden, hatte ich mich gefragt, ob die Exposition zu Blake mich von meiner Anziehungskraft zu ihr heilen könnte. Aber leider hatte es den gegenteiligen Effekt. Ich hatte in letzter Zeit viel mit Blake zu tun und es hatte nicht dazu beigetragen, meine Gefühle für sie zu dämpfen.

„Ich meine ... das habe ich, aber ich dachte nicht, dass es tatsächlich funktionieren würde. Ich dachte, du hättest lockeren Affären abgeschworen?" Amanda kniff die Augen zusammen.

„Hatte ich auch ..." Ich zuckte zusammen. „Aber es ist

einfach ... passiert. Wir fühlen uns zueinander hingezogen, wir kommen erstaunlich gut miteinander aus und du hast mich allein gelassen, also hatte ich nichts anderes zu tun ..." Ich zog einen aufgesetzten Schmollmund.

Amanda schüttelte den Kopf, aber ihre Augen funkelten. „Oh nein, das wirst du mir nicht in die Schuhe schieben."

Ich stemmte die Hände an die Hüften und tat so, als wäre ich empört. „Entschuldige bitte. Das ist zu einhundert Prozent deine Schuld. Wenn du mich nicht gebeten hättest, Blake beim Junggesellinnenabschied zu helfen, die Hochzeit auf einer romantischen Farm abgehalten und uns zusammengesetzt, und mich dann ein paar Wochen lang alleingelassen hättest, wären Blake und ich sicher nie zusammengekommen."

Amanda verzog das Gesicht zu einem Grinsen. „Ich kann nur sagen, dass ich hoffe, dass du und Blake euch über beide Ohren ineinander verliebt, damit ich bei eurer Hochzeit die Lorbeeren einheimsen kann."

Ich schnaubte. „Okay, das wird definitiv nicht passieren. Sosehr ich es auch genieße, wieder in Sapphire Springs zu sein, gibt es hier keine Arbeit für mich. Seit ich hier bin, hat Serena ohne Erfolg versucht, mir neue Sponsorenverträge zu verschaffen."

Mein fehlendes Einkommen machte mir immer mehr zu schaffen. Während Mom und Dad mich großzügigerweise mietfrei bei sich wohnen ließen und die Untervermietung meiner Wohnung in L.A. meine Miete dort deckte, sah mein Bankkonto langsam sehr traurig aus. Die Zahl meiner Follower war seit dem Melanie93 Video weiter gesunken und lag nun gefährlich nah bei 2,7 Millionen. Wenn ich unter diese Anzahl viel, würde die Whamz-Kampagne platzen und ich wäre völlig aufgeschmissen. Und selbst wenn sie zustande käme, wären es nur zehntausend Dollar, mit denen ich mich nicht lange über Wasser halten könnte.

Ich schaute zu George hinüber, die hinter der Kasse stand und einem lächelnden Kunden ein Buch und die Quittung reichte. Ich hatte darüber nachgedacht, George um einen Job zu bitten, um mir über die Runden zu helfen, aber ich befürchtete, dass sie sich verpflichtet fühlen würde, mir zu helfen, obwohl es sich für sie wahrscheinlich nicht lohnte, mich zu trainieren, wenn ich im Januar abreiste.

Amanda starrte mich erwartungsvoll an, also fuhr ich fort. „Und es ist auch nicht so, dass Blake nach L.A. ziehen könnte. Sie hat sich eindeutig ihrer medizinischen Praxis verschrieben."

Und sie fliegt gern allein.

„Es ist interessant, dass alle deine Gründe, warum es nicht klappen wird, von praktischer Natur sind, während du die Möglichkeit, dass du und Blake euch ineinander verlieben könntet, nicht ausgeschlossen hast."

Ich funkelte sie an, ließ es aber darauf beruhen. Wie ich Amanda kannte, würde sie mein Leugnen nur weiter ermutigen. Es war besser, das Thema ganz zu wechseln.

„Oh! Ich habe vergessen, etwas zu erwähnen. Ich helfe dem Dorfvorstand bei einer Spendenaktion zur Gründung eines Sapphire Springs Medical Fonds am Samstag des Thanksgiving-Wochenendes. Ich habe Maya bereits gefragt, ob ihre Schauspielschüler eine Aufführung geben können – zur Unterhaltung und auch, um ihre Eltern zur Teilnahme zu ermutigen. Hast du noch andere Ideen, wie wir die Schüler einbinden könnten?"

„Ein Medizinfonds, was?" Amanda zog eine Augenbraue hoch, als meine Wangen zu glühen begannen. Ich hatte es vermieden, Blake zu erwähnen, aber Amanda hatte die Verbindung eindeutig hergestellt.

„Was?"

„Nichts ... Das ist sehr nobel von dir und ich bin sicher, es hat nichts mit unserer gemeinsamen Freundin Blake zu tun. Ich könnte herausfinden, ob wir einen Auftritt der Schulband organisieren können. Sie haben vor ein paar Wochen ein Medley mit Popsongs gespielt, das war wirklich gut. So etwas wäre doch perfekt."

Ich klatschte in die Hände. „Das klingt großartig! Wenn du Fragen könntest, wäre das wirklich toll."

ALS ICH NACH HAUSE GING, zog ich mein Handy heraus. Zwei neue Nachrichten von Serena. Ich las die letzte zuerst.

> PS: Wer ist dieser Blake, den du in letzter Zeit in deinem Bildnachweis erwähnst? Hast du doch noch einen heißen, flanelltragenden Holzfäller für eine Affäre gefunden? Vielleicht solltest du ein Bild von euch beiden teilen oder mir wenigstens eins von ihm schicken, damit ich es durch dich miterleben kann.

Ich lachte. Serena hatte fast recht. Blake war im Grunde meine heiße, unglaublich ablenkende, flanelltragende Holzfällerin.

Ich scrollte nach unten zu Serenas früherer Nachricht und mein Herz schlug ein wenig höher.

> Hi Jenny! Ich wollte dich nur wissen lassen, dass ich ein paar neue potenzielle Sponsoringmöglichkeiten für dich auslote. Hoffentlich gibt es bald Neuigkeiten. x

Ich hoffte inständig, dass sich einer von Serenas Kontakten bald meldete.

Mit etwas mehr Schwung im Schritt ging ich weiter die Main Street hinunter, vorbei an Bäumen, die bereits ihre Blätter verloren hatten. Der Geruch von Holzfeuer lag in der Luft. Ich hatte gerade die Abzweigung zum Haus meiner Eltern erreicht, als mein Handy erneut piepste. Ich zog es aus der Manteltasche und lächelte. Es war meine Holzfällerin.

> Hi. Hast du heute Nachmittag Zeit? Hast du Lust, Mrs. Hardings verdammten Baum zu stutzen? Ich will nicht, dass sie sich verletzt, aber ich hätte nichts gegen etwas moralische Unterstützung, falls sie mich über Stuhlgang ausfragt und versucht, mir Lebertran in die Kehle zu schieben.

Ich kicherte über Blakes sorgfältig formulierte Nachricht und über die Erinnerung an die vergangene Nacht. Ich konnte es immer noch nicht fassen, dass ausgerechnet Mrs. Harding an Blakes Tür geklopft hatte, während sie nackt an ein Bett gefesselt war. Aber seltsamerweise hatte ich sie trotz der Situation ausnahmsweise einmal nicht als einschüchternd empfunden. Als ich sie ohne ihre Lehrerinnenkleidung sah, in hellbrauner Hose und in einem gemütlichen Strickpullover, ungeschminkt und mit einem lockeren Dutt auf dem Kopf, sah sie plötzlich wie jede andere Frau in ihren Sechzigern aus und nicht mehr wie eine einschüchternde Autoritätsperson. Vielleicht half Expositionstherapie also nur, um Ängste zu überwinden, nicht aber gegen Anziehungskraft.

Denn obwohl ich Mrs. Harding nicht länger Furcht einflößend fand, genoss ich, je mehr Zeit ich mit Blake verbrachte, ihre schlechten Witze und komischen Kommentare zu den oft schrecklichen Filmen, die wir uns ansahen. Ich schätzte die Wärme und das Mitgefühl, die sich hinter ihrem manchmal ruppigen Äußeren verbargen, und liebte diese Sache, die sie mit ihrer Zunge machte ... Ihre SMS waren immer noch schockierend knapp, aber jetzt wusste ich, dass das einfach Blakes Art war, SMS zu schreiben. Sie brachte mich zum Lachen.

> Rizinusöl, nicht Lebertran. Ich komme vorbei, um dich moralisch und physisch zu unterstützen

Als ich meinen Weg nach Hause fortsetzte, wurde mir klar, welch seltsame Wendung mein Leben genommen hatte. Wenn mir vor sechs Monaten – ja, selbst vor drei Monaten – jemand gesagt hätte, dass ich mich auf einen Nachmittag freuen würde, an dem ich Blake Mitchell und Mrs. Harding beim Stutzen eines Baumes helfe, hätte ich angenommen, derjenige sei high, und mich schnell aus seiner Gesellschaft verabschiedet. Aber jetzt war ich wirklich begeistert von der Aussicht, wenn das leichte Gefühl in meiner Brust etwas zu bedeuten hatte. Ich schüttelte den Kopf und lachte leise vor mich hin. Das Leben war voller Überraschungen.

Aber gewöhne dich nicht zu sehr daran. Blake will keine langfristige Beziehung und ich will nicht pleite gehen.

28

JENNY

„DU SOLLTEST OHNE MICH WEITERMACHEN", keuchte ich dramatisch durch schmerzhafte Atemzüge, als wir am Dorfladen vorbeikamen.

„Ich lasse dich nicht zurück, du Truthahn." Blake verlangsamte ihr Lauftempo zu meinem, das man – passenderweise – bestenfalls als Trott bezeichnen konnte. „Es wird viel einfacher, wenn wir die Main Street hinter uns haben. Das ist der schwierigste Teil."

„Ich wusste gar nicht, dass die Main Street so steil ist", schnaufte ich und meine Lunge brannte, als ich die eiskalte Novemberluft einatmete. Ja, es *sah* vielleicht so aus, als hätte sie nur eine leichte Steigung, aber wenn man sie hinaufrannte, war es eine ganz andere Geschichte.

Blake gluckste und zeigte keinerlei Anzeichen von Überanstrengung.

Wir joggten/trotteten mit etwa der Hälfte von Sapphire Springs und den Bewohnern der umliegenden Städte die Main Street hinauf, als wir am jährlichen Sapphire Springs Truthahnlauf teilnahmen. Amanda, Peter und Maya hatten uns vor ein paar Minuten überholt, ebenso wie – was mir peinlich war – meine Mutter, die seit Wochen mit ihrer Freundin Becky trainiert hatte. Die andere Hälfte von Sapphire Springs war gekommen, um uns anzufeuern.

Bekannte Gesichter säumten die Straße und riefen uns aufmunternde Worte zu. Für einen Moment flackerte das Bild meines warmen Bettes in meinem Kopf auf und ich sehnte mich nach meiner flauschigen Bettdecke. Doch der Jubel von Dan, seiner Frau und seiner Tochter, die vor dem Builders Arm standen, lenkte meine Aufmerksamkeit wieder darauf, die Main Street zu erklimmen. Ich freute mich, dass die Plakate, die Dan mich vor dem Builders Arms hatte aufhängen lassen, um für die Spendenaktion zu werben, noch nicht abgefallen oder überklebt worden waren. Ich drücke die Daumen, dass die Veranstaltung am Samstagabend gut besucht wäre.

Abgelenkt durch die Bewunderung meiner Arbeit wäre ich fast über meine eigenen Füße gestolpert. Ein Schauer der Angst verursachte einen Salto in meinem Magen, bevor ich es schaffte, wieder Fuß zu fassen. Blake warf mir einen Blick zu. „Bist du sicher, dass dein Knöchel in Ordnung ist?"

„Er ist völlig in Ordnung. Ich war nur etwas abgelenkt." Meine Oberschenkel, meine Lunge und mein Herz hingegen ...

Im Nachhinein betrachtet hätte ich Blake vielleicht einfach vom Straßenrand aus anfeuern sollen, anstatt mit ihr zu laufen. Aber da die Gemeindeverwaltung großzügigerweise zugestimmt hatte, den Erlös des Truthahnlaufs an den Gesundheitsfonds zu spenden, wollte ich mich voll und ganz an diesem Erlebnis beteiligen. In den letzten zwei Wochen waren wir zur Vorbereitung ein paarmal gemeinsam langsam gejoggt, aber es hatte eindeutig nicht gereicht.

Wir waren schon fast am Novel Gossip und George stand in einer warmen Pufferjacke und mit Mütze vor der Tür. Sie hielt ein Schild hoch und feuerte uns an. Ich vergaß den Schmerz vorübergehend, als ich nah genug herankam, um es zu lesen. „Weiter so, Blake! Weiter so, Jenny!"

„Oh! Schau dir ihr Schild an!", gelang es mir, zu keuchen.

„Kommt nach dem Rennen auf einen Kaffee und Pfannkuchen vorbei, wenn ihr Zeit habt!", rief George.

Der Gedanke an Georges Pfannkuchen half mir, das Tempo zu erhöhen. Das Novel Gossip hatte heute nicht geöffnet, aber an den Tagen, an denen es geschlossen war, wurde es zu einer Erweiterung von Georges Wohnung über dem Café. Ich würde nicht lange bleiben können, weil ich nach Hause musste, um Mom und Dad bei den Vorbereitungen für Thanksgiving zu helfen, aber für zwei Pfannkuchen hätte ich bestimmt genug Zeit. Obwohl ich mich vielleicht auf einen beschränken sollte, da ich heute zweimal Thanksgiving-Essen bekommen würde.

Olivia, die ebenfalls über ihrem Geschäft wohnte, stand in ihrem Bademantel und mit einer Tasse Kaffee in der Hand vor der Tür, winkte uns zu und rief: „Weiter so, Team!" Ich warf einen sehnsüchtigen Blick auf ihren Kaffee, zwang mich aber, weiterzulaufen. Nicht mehr lange und ich würde Pfannkuchen und einen köstlichen Milchkaffee genießen.

Die Main Street wurde endlich flacher und plötzlich fühlte es sich nicht mehr so an, als würde meine Lunge gleich kollabieren. Im Nu joggten wir die Straße zur Highschool hinauf und die Ziellinie kam in Sicht, wo eine große Menge von Zuschauern und den Teilnehmern wartete, die bereits durchs Ziel gelaufen waren.

„Jetzt sind wir fast da!", rief Blake aufmunternd und mit einem breiten Grinsen im Gesicht.

Die Energie der jubelnden Zuschauer ließ mich noch einmal aufleben und einen Moment lang war ich versucht, an Blake vorbeizusprinten, damit ich sie später necken konnte, sie geschlagen zu haben. Aber stattdessen griff ich nach Blakes Hand und wir flogen mit den Händen hoch in der Luft gemeinsam über die Ziellinie.

Manchmal hatte ich das Gefühl, dass ich mit Blake alles tun konnte.

BLAKE

ICH LEHNTE mich aufs Kissen zurück und stieß einen zufriedenen Laut aus, der irgendwo zwischen einem Seufzen und einem Brummen lag.

Der heutige Tag war so gut wie perfekt gewesen. Der Truthahnlauf, wohlverdiente Pfannkuchen und Kaffee mit George, Thanksgiving-Essen mit Jennys Familie, gefolgt von einem Thanksgiving-Essen mit meiner Familie, gefolgt von jeder Menge dramatischem Stöhnen, dass wir nie wieder etwas essen würden. Gefolgt davon, dass wir uns eine Stunde später auf wundersame Weise besser fühlten und zusammen ins Bett fielen.

„Es ist so praktisch, dass unsere Familien an Thanksgiving zu unterschiedlichen Zeiten essen, aber nächs–" Ich schloss plötzlich den Mund. *Scheiße.* Ich wollte gerade sagen: *„Nächstes Jahr müssen wir beim Essen strategischer vorgehen und uns zurückhalten."*

Aber es würde kein nächstes Jahr geben.

Hier mit Jenny zu liegen und kein nächstes Jahr oder ein Jahr danach zu haben, fühlte sich ... unvorstellbar an.

Wenn Jenny meinen Fehler bemerkt hatte, ließ sie es sich nicht anmerken.

Ich schloss die Augen. Als ich Jenny zu Thanksgiving ins Haus meiner Eltern einlud, wusste ich, dass das nicht gerade unserem „lockeren" Status entsprach. Vielleicht grub ich mir ein noch tieferes Loch, indem ich Jenny in mein Leben und meine Familie mit einbezog. Aber ich bereute es nicht. Den heutigen Tag mit ihr zu verbringen, fühlte sich einfach so richtig an. Und da Jenny mich auch zur Feier ihrer Familie eingeladen hatte, schien es zumindest auf Gegenseitigkeit zu beruhen.

„Wie spät ist es? Ich habe das Gefühl, dass ich gleich einnicken werde." Jenny drehte sich um und griff nach ihrem Handy auf dem Nachttisch. „Oh Gott, es ist erst einundzwanzig Uhr, aber es fühlt sich an wie Mitternacht. Das muss der ganze Truthahn sein, der mich so schläfrig macht." Sie berührte das Display und setzte sich mit einem breiten Grinsen im Gesicht auf.

„Wow! Ich habe eine SMS von der Bürgermeisterin bekommen. Der Truthahnlauf hat etwas mehr als siebentausend Dollar für den medizinischen Fonds eingebracht. Das ist mehr, als wir erwartet haben!"

Ich drückte sie. „Das ist großartig, Babe!" Auch wenn siebentausend Dollar zwar nicht ausreichen würden, um hohe medizinische Kosten zu decken, wäre es doch eine bemerkenswerte Hilfe, um das Gehalt von Mrs. Gutiérrez zu bezahlen, eine Krankenschwester im Ruhestand, die sich bereit erklärt hatte, einen Tag pro Woche unversicherten Anwohnern zu helfen, Finanzierungsmöglichkeiten zu finden. Selbst wenn wir nur die Einstellung von Mrs. Gutiérrez erreichten, würde das für einige meiner Patienten einen riesigen Unterschied machen und auch mir eine Last von den Schultern nehmen.

Jenny schmiegte sich wieder an mich, ich streichelte ihr Haar und sah sie zärtlich an.

„Hey. Ich wollte nur noch einmal sagen, vielen Dank, dass du das alles machst. Die Bürgermeisterin und den Vorstand zu überzeugen, uns zu helfen, die Spendenaktion, das ganze Marketing. Das ist unglaublich. Ohne dich wäre das alles nicht möglich gewesen." Während ich sprach, schnürte mir ein Kloß die Kehle zu. *Gott, ich werde emotional.*

Jenny lächelte. „Du brauchst mir nicht zu danken. Ich bin so froh, dass ich diese Zeit damit verbringen konnte, etwas Sinnvolles zu tun. Es hat mir wirklich Spaß gemacht, also war es überhaupt keine Last. Hoffen wir einfach, dass es ein Erfolg wird."

„Ich bin sicher, das wird es." Ich streichelte wieder ihr Haar. Der Kloß in meinem Hals verschwand, als ich mich ins Bett sinken ließ und mich auf die Wärme von Jennys Körper konzentrierte, der an meinen gepresst lag. Ich seufzte erneut. „Ich wünschte, wir könnten für immer so bleiben."

Die Worte *für immer* hingen in der Luft. So hatte ich es nicht gemeint. Aber jetzt, da ich es gesagt hatte, wusste ich, dass es wahr war. Wenn es eine Möglichkeit gäbe, unsere Beziehung von einer lockeren zu einer ernsten zu machen, würde ich sie sofort ergreifen. Aller Herzschmerz, den ich mit Grace erlebt hatte, verblasste bei dem Gedanken daran, wie gut Jenny und ich zusammen sein könnten. Wie gut wir bereits zusammen waren. Aber das war keine Option.

Nach ein paar Momenten des Schweigens sprach Jenny schließlich. „Weißt du, ich habe gedacht ... wenn der Sponsorenvertrag mit Whamz im Januar nicht zustande kommt –

er scheint immer noch in der Schwebe zu sein –, könnte ich noch ein paar Wochen länger bleiben.“

Mein Herz machte bei dieser Aussicht einen Sprung. Vielleicht könnten aus ein paar weiteren Wochen ein paar weitere Monate werden ...

Mach dir keine zu großen Hoffnungen, Blake.

29

JENNY

ICH WACHTE vor Blake auf und verbrachte ein paar Minuten damit, sie anzustarren, ihre langen, dunklen Wimpern zu bewundern, den Schwung ihrer Lippen, ihre kräftige Nase, die vereinzelten Silbersträhnen in ihrem Haar. Ich verhielt mich definitiv creepy, aber wenn Blake wach war, hatte ich nicht die Möglichkeit, sie so lange anzustarren, also nutzte ich diese Gelegenheit voll aus.

Ich versuchte, den Druck in meiner Blase zu ignorieren. Ich wollte mich nicht bewegen. Meine Blase meldete sich jedoch mit zunehmender Dringlichkeit. Ich zwang mich, den Blick von der schlafenden Schönheit neben mir abzuwenden, rutschte unter der warmen Bettdecke hervor und stieg aus dem Bett, bevor ich mir Blakes Bademantel schnappte.

Sobald ich zur Toilette gegangen war, war Koffein meine nächste Priorität. Ich kochte eine Kanne Kaffee und trug sie zusammen mit zwei Tassen zurück in Blakes Schlafzimmer. Ich entledigte mich des Bademantels, schenkte mir eine Tasse Kaffee ein und kletterte vorsichtig zurück ins Bett, wo ich mich gegen das Kopfteil lehnte. Dann zog ich mein Handy heraus und begann mit meiner üblichen Morgenroutine, bei der ich meine E-Mails und sozialen Medien prüfte.

Die warmen, wohligen Gefühle verschwanden, sobald ich meine E-Mails öffnete.

Meine Telefonrechnung war überfällig.

Die Prämie für Walters Haustierversicherung war diese Woche fällig.

Und meine eigene Krankenversicherung war nächste Woche dran.

Scheiße.

Ich loggte mich in mein Bankkonto ein, um nachzusehen, wie schlimm genau es um mich stand.

Mir wurde flau im Magen.

Es reichte nur für meine Telefonrechnung, Walters Versicherung und etwa zweimal Brunch im Novel Gossip, aber danach würde ich anfangen müssen, alles mit meiner Kreditkarte zu bezahlen.

Ich schloss die Augen, trank einen großen Schluck Kaffee und atmete dann aus.

Reiß dich zusammen, Jenny.

Anstatt mich zu stressen oder George um Arbeit anzubetteln, musste ich mich einfach auf meinen aktuellen Job konzentrieren. Wenn die Spendenaktion morgen vorbei war, würde ich mich wirklich bemühen, mehr Beiträge zu teilen und mehr Likes und Follower zu bekommen. So wenig Lust ich Moment auch auf die Erstellung von Inhalten hatte, war es doch mein Job, und ich musste handeln, bevor ich in einem Meer von Schulden versank.

Die Bettdecke, die meine Beine bedeckte, bewegte sich und ich blinzelte nach unten, wo ich Blake sah, die mich mit verschlafenen Augen und einem Lächeln anstarrte.

„Guten Morgen, meine Schöne", sagte sie mit heiserer Stimme. „Ist alles in Ordnung?"

Ich erwiderte ihr Lächeln. Nach dem unglaublichen Tag, den wir gestern miteinander verbracht hatten, wollte ich nicht alles ruinieren, indem ich Blake erzählte, dass ich fast pleite war. „Jetzt, wo du wach bist, ist alles mehr als in Ordnung. Willst du einen Kaffee?" Ich deutete mit einem Nicken auf die Kanne und Tasse auf dem Nachttisch.

Blake stützte sich auf ihren Ellbogen. „Was ich jetzt wirklich will, ist ein Kuss."

Ich lachte und legte mein Handy weg. Das Erstellen von Inhalten und die Sorge um Geld konnte ich noch ein wenig aufschieben. Ich rutschte nach unten, bis ich mich ebenfalls auf die Ellbogen stützte und schaute Blake in die Augen, als ich nur noch Zentimeter von ihrem Gesicht entfernt war. „Ist das alles, was du willst?"

Blakes Lächeln wurde breiter. „Du wirst einfach abwarten müssen", sagte sie und zog mich zu sich heran.

ICH HATTE Blake zur Arbeit geschickt und war auf dem Weg nach Hause, um die Vorbereitungen für die Spendenaktion zu beenden, als mein Handy klingelte. Serena.

Warum sollte sie mich anrufen? Wenn sie mich dafür tadeln wollte, dass ich nicht genug teilte, konnte ich ihr wenigstens sagen, dass ich vorhatte, wieder mehr zu tun.

„Jenny!" Serena klang positiv – sogar aufgeregt – und ein Teil der Anspannung in meinen Schultern löste sich.

„Hi, wie geht es dir?"

„Gut, gut. Hör mal, ich habe großartige Neuigkeiten für dich. Mahler sucht eine neue Markenbotschafterin für ihre Pilates-Kollektion. Jemanden, mit dem man sich identifizieren kann, und keine von diesen superfitten Frauen mit Bauchmuskeln und Oberschenkellücke. Sie wollen dich!"

„Oh, wow! Das ist unglaublich." Benommen von der Neuigkeit blieb ich stehen und ignorierte Serenas zweideutiges Kompliment. Mahler war eine der beliebtesten neuen Activewear-Marken auf dem Markt. Sie würden meine finanziellen Probleme mit Sicherheit lösen und noch einiges mehr. Hoffentlich würde es ihnen nichts ausmachen, dass man sich noch etwas mehr mit mir identifizieren konnte, seit ich wieder zu Hause war. Trotz Blakes Kochkünsten und unserer neuen Joggingroutine liefen meine Bauchmuskeln, falls es sie gab, definitiv nicht Gefahr, in nächster Zeit zum Vorschein zu kommen.

„Es gibt nur einen Haken. Sie wollen dich morgen für ein Fotoshooting hier haben. Die andere Markenbotschafterin, die sie im Visier hatten, hatte gestern einen Surfunfall, also brauchen sie dich. Du musst einspringen."

Mir wurde flau im Magen. Die Spendenaktion. *Scheiße.*

Ich stöhnte. „Die machen das am Thanksgiving-Wochenende?"

Das Thanksgiving-Wochenende war dem Verzehr von Essensresten und den Black Friday-Einkäufen vorbehalten, die jedes Jahr länger und länger zu dauern schienen. Nicht für Fotoshootings. Was dachten sich diese Leute denn dabei?

„Gibt es eine Möglichkeit, das Fotoshooting zu verschieben, oder könnten sie jemand anderen für dieses eine Shooting finden? Ich habe morgen Abend schon Pläne." Ich biss mir nervös auf die Lippe.

„Sie haben darauf bestanden, dass sie dich dafür hier brauchen werden. Sie haben alles für das Shooting organisiert – Genehmigungen, Kamerateam, Visagistin und so weiter. Ich weiß, es ist nicht das beste Timing, aber anscheinend ist es sehr schwer, diese Genehmigung zu bekommen, und sie mussten nehmen, was sie kriegen konnten. Das Fotoshooting ist der Beginn einer Kampagne für ihre neueste Kollektion und sie wollen, dass ihre neue Markenbotschafterin dabei ist. Sie haben Joanie Tanner für das Shooting auf der Liste, falls du nicht kannst, aber du bist ihre erste Wahl. Wenn du es bis morgen früh um zehn nicht schaffst, müssen sie leider auf sie zurückgreifen."

Ich war mir ziemlich sicher, dass ich mindestens ihre zweite Wahl war, da ich eine verletzte Surferin ersetzte, aber ich hatte andere Sorgen. Ich holte tief Luft und versuchte, die Dinge in Ruhe zu überdenken. Für die Spendenveranstaltung war im Grunde alles vorbereitet. Ich sollte die Veranstaltung moderieren und die Tombola leiten, aber das *musste* nicht unbedingt ich machen. Blake konnte es übernehmen. Wenn ich mich heute in die Vorbereitungen stürzte, sollte ich alles so weit schaffen, dass sie auch ohne mich reibungslos ablaufen würde. Ich hatte die ganze harte Arbeit bereits geleistet.

„Vorausgesetzt, ich finde einen Flug, könnte ich es schaffen. Ich schaue nach und melde mich bei dir. Und haben sie … Was ist ihr Angebot?" Mein Mund fühlte sich plötzlich trocken an. *Bitte lass es genug sein, um mich wenigstens für ein oder zwei Monate über die Runden zu bringen. So etwas würde doch sicher fünfstellig bezahlt werden?*

„Mach dir keine Sorgen wegen der Flüge. Ich habe schon nachgesehen. Es gibt ein paar Plätze auf einem JetBlue-Flug, der heute Abend vom JFK abfliegt, also hast du noch genug Zeit zum Packen. Ich schicke dir die Details. Es ist zwar teuer, aber Mahler sagt, sie würden deinen Flug übernehmen. Und was das Angebot angeht … wir sollten alles durchgehen, um sicherzustellen, dass du damit zufrieden bist. Lass es mich kurz holen." Es gab eine Pause und dann räusperte sich Serena. „Also, sie wollen, dass du dich für ein Jahr verpflichtest, mindestens einen Post pro Woche machst, in dem du ihre Kleidung trägst, und drei weitere Fotoshootings. Sie fanden deine letzten Beiträge über das Leben auf dem Land zwar süß, aber sie wünschen sich wirklich eine kalifornische Atmosphäre – viele Fotos am Strand von Santa Monica, beim Wandern im Runyon Canyon und so weiter. Ich habe ihnen gesagt, dass ich denke, dass du sofort zurückziehen kannst, wenn das Angebot stimmt ... und du wirst von ihrem Angebot überwältigt sein, Jenny!" Bei den letzten Worten quietschte Serena fast. „Einhunderttausend Dollar! Und wenn alles gut läuft, sind sie bereit, es um weitere zwölf Monate zu verlängern."

Einhunderttausend Dollar? Mein Gehirn kam ins Stocken. So viel Geld würde einen enormen Unterschied machen.

Aber anstelle der Aufregung, die ich normalerweise bei solchen Nachrichten spürte, fühlte sich meine Brust eng an. Alles passierte so plötzlich. Ich dachte, ich hätte noch sechs Wochen – vielleicht sogar noch mehr, wenn Whamz absagen würde – mit Blake, mit meiner Familie, in Sapphire Springs. Weitere sechs Wochen, um mich auf den Abschied vorzubereiten. Weitere sechs Wochen, in denen sich die Dinge mit Blake auf natürliche Weise auflösen sollten, sodass ich relativ schmerzlos gehen konnte. Mir stiegen die Tränen in die Augen und meine Kehle war bei diesem Gedanken wie zugeschnürt. Blake jetzt zu verlassen, würde *nicht* schmerzlos sein.

Ich holte tief Luft und versuchte, meine Gefühle unter Kontrolle zu bringen. Ich hatte gewusst, dass es früher oder später enden würde. Und um meiner Finanzen und meiner Karriere willen würde es leider früher als erwartet sein. Es hätte keinen Sinn, diese Chance auszuschlagen, die mir finanzielle Sicherheit geben und mein Profil schärfen könnte, um in einer Stadt zu bleiben, die für mich karrieretechnisch eine Sackgasse war. Nicht für eine Frau, mit der ich seit einem Monat zusammen war und die deutlich gemacht hatte, dass sie nicht an einer ernsthaften Beziehung interessiert war. Sosehr ich Blake auch mochte, meine Beziehungsbilanz war der Beweis dafür, dass es sowieso bald zu Ende wäre, und wo würde ich dann stehen? Pleite und mit gebrochenem Herzen.

„Jenny? Bist du noch da? Soll ich dein Schweigen als Zeichen dafür nehmen, dass du von dem Angebot völlig verblüfft bist und es kaum erwarten kannst, auf der gepunkteten Linie zu unterschreiben?"

Ich wischte mir über die Augen und versuchte, meine Stimme fröhlich zu halten. „Ja, es ist großartig. Danke, Serena. Ich werde es machen." Hoffentlich hatte meine Tante nichts dagegen, dass ich bei ihr wohnte, bis meine eigene Unterkunft wieder frei war.

Serena atmete aus. „Fantastisch! Du kannst den Vertrag morgen früh unterschreiben, wenn du ins Büro kommst. Und Joanie wird sich bereithalten, falls du deinen Flug verpasst, also sieh zu, dass du es schaffst!"

BLAKE

DAD RÄUSPERTE SICH. Er stand in der Tür zu meinem Büro, sah verlegen aus und hielt drei große Kartons in der Hand.

„Entschuldige, mein Schatz, ich habe aus Versehen zehn *Kartons* Papier für den Drucker bestellt anstatt zehn *Packungen* Papier. Hättest du, ähm, zufällig Platz in deinem Büro für ein paar davon?"

Ich gluckste. „Mach dir keine Sorgen. Irgendwann werden wir sie benutzen. Wenigstens ist es keine Milch oder etwas Verderbliches. Ein paar Kartons sollten unten in den Schrank passen."

Ich warf einen Blick auf die Uhr. Drei Minuten bis zu meinem nächsten Patienten. Ich hatte gehofft, kurz zur Toilette gehen zu können, aber das musste warten. Ich bat Dad, hereinzukommen, und öffnete den Schrank.

Als Dad drei Kartons leichter wieder hinausging, drehte er sich um. „Ach, übrigens, Jenny hat angerufen. Sie wollte wissen, ob du Zeit hättest, mit ihr persönlich zu sprechen. Ich habe ihr gesagt, dass du den ganzen Nachmittag ausgebucht bist, aber ich wollte dich wissen lassen, dass sie angerufen hat."

„Danke, Dad." Ich runzelte die Stirn, beugte mich zu meinem Computer und rief meinen Kalender auf. Er war komplett mit Terminen vollgestopft. Wenn das so weiterging, würde ich nie zur Toilette kommen, geschweige denn Zeit haben, mit Jenny zu reden. Hoffentlich konnte das, was Jenny besprechen wollte, warten. Wahrscheinlich ging es um die Spendenaktion. Aber es war seltsam, dass sie persönlich mit mir sprechen musste. Wir hatten uns bereits heute Abend zum Essen verabredet. Unbehagen bereitete sich in meinem Magen aus. Ich warf einen Blick auf die Uhr. Mein nächster Patient war in einer Minute dran. Ich hatte Zeit, ihr eine SMS zu schreiben.

Dad sagt, du hast angerufen. Ich habe den ganzen Nachmittag Patienten. Können wir heute Abend reden?

Mein Telefon klingelte. „Mr. Ortega ist hier, Blake", sagte Dad.

Ich legte mein Handy weg und ging zur Tür, um meinen Patienten zu begrüßen, während ich versuchte, Jenny aus meinen Gedanken zu verdrängen. Mr. Ortega verdiente meine volle Aufmerksamkeit.

ALS ICH ENDLICH FERTIG WAR, zückte ich mein Handy, als ich die Klinik verließ, und wollte Jenny anrufen, um zu erfahren, ob sie Zeit hatte. Das Unbehagen hatte sich den ganzen Nachmittag über nicht verflüchtigt und ich wollte es unbedingt loswerden.

„Blake."

Ich schaute von meinem Handy auf und sah Jenny auf der Bank vor der Praxis sitzen. Mir drehte sich der Magen um. Sie wartete auf mich.

„Hey, was gibt es?", fragte ich, als Jenny aufstand. Ihr Lächeln erreichte ihre Augen nicht und die Art, wie sie ihren Körper bewegte, versetzte mich in höchste Alarmbereitschaft. Irgendetwas stimmte nicht.

„Es tut mir leid, dass ich dich so überfalle, aber wir müssen reden." Mir wurde flau im Magen. Das klang nicht gut.

„Ist alles in Ordnung?" Ich versuchte, meine Stimme leicht zu halten.

Jenny schaute sich um. Die Bäume hatten schließlich ihre Blätter verloren und das kalte Wetter schien die Leute zu Hause zu halten. Die Main Street war fast menschenleer.

„Warum gehen wir nicht in die Richtung zu deinem Haus?"

„Okay", sagte ich mit trockenem Mund.

Wir begannen, die Straße hinunterzugehen, und zum ersten Mal seit langer Zeit herrschte eine unangenehme Stille zwischen uns. Jenny hatte eindeutig etwas Wichtiges zu sagen und ich wollte keinen Small Talk führen, bevor sie mir nicht verriet, was los war. Jennys Körpersprache – die Hände in den Taschen, der angespannte Kiefer, der Blick auf den Bürgersteig – machte mir Sorgen. Und es war sehr ungewöhnlich, dass die gesprächige, quirlige Jenny so lange schwieg. Nach ein paar Minuten hielt ich es nicht länger aus.

„Jenny, was ist los?"

Sie schaute zu mir herüber und ich bemerkte, dass ihre Augen blutunterlaufen waren. „Ich habe heute Morgen einen Anruf bekommen. Es war ein Jobangebot. Ich soll

Markenbotschafterin für Mahler werden und es ist zu gut, um es auszuschlagen.“

Ich stieß einen Atemzug aus und lächelte. „Aber das ist doch fantastisch! Warum ... warum klingst du nicht glücklich darüber?“

Tränen stiegen in Jennys Augen. „Sie wollen, dass ich morgen für ein Fotoshooting nach L.A. komme. Ich muss heute Abend losfliegen, um es rechtzeitig zu schaffen.“

Scheiße, die Spendenaktion. Mir wurde flau im Magen. Kein Wunder, dass Jenny so aufgewühlt aussah. Das war definitiv nicht ideal. Ich hasste es, in der Öffentlichkeit zu sprechen, und das Organisieren von Veranstaltungen war auch nicht meine Stärke. Aber ich konnte Jenny auf keinen Fall bitten, hierzubleiben und auf eine einmalige Gelegenheit zu verzichten. Sie hatte mir schon so viel geholfen.

„Hey, hör mal, ich verstehe es. Natürlich ist das wichtiger als die Spendenaktion. Wir kriegen das schon hin. Ich bin sicher, George, Olivia und meine Eltern werden uns helfen, und ich kann die Veranstaltung moderieren.“

Jennys Lippen bebten. Ich legte meinen Arm um sie und zog sie zu mir heran. Ich spürte, wie ihre zittrigen Atemzüge ihre Lunge zum Beben brachten.

„Hey, ich weiß, dass es nach all deiner harten Arbeit scheiße ist, aber wir werden es zu einem Erfolg machen. Und wir werden jede Menge Fotos schießen, die wir dir zeigen können, wenn du zurückkommst.“ Ich hielt inne. Sie hatte nicht erwähnt, wann sie zurück sein würde. „Wie lange wirst du dort sein?“

Jenny wandte den Blick ab und räusperte sich. „Also ... es ist eine Bedingung des Deals, dass ich mindestens die nächsten zwölf Monate in L.A. verbringe.“

Mein Magen sackte bis zum Asphalt hinunter, als ich diese Nachricht verarbeitete. Jenny würde gehen. Heute

Abend. Endgültig. Die sechs Wochen, von denen ich dachte, dass wir sie noch hätten, lösten sich in Luft auf. Die sechs Wochen, von denen ich dachte, dass ich mich auf Jennys Abreise vorbereiten konnte ... weg.

„Oh", brachte ich heraus. Jetzt ergab Jennys Reaktion einen Sinn. Jetzt erlebte ich eine sehr ähnliche Reaktion. Tränen brannten in meinen Augen.

„Es tut mir so leid, Blake. Aber es ist einfach zu gut, um es abzulehnen. Wir wussten von Anfang an, dass dies ein Verfallsdatum hat. Ich musste immer gehen. Es ist nur früher, als geplant. Ihr Angebot ist lebensverändernd. Es ergäbe einfach keinen Sinn, Nein zu sagen."

Ich blinzelte die Tränen weg und Übelkeit überwältigte mich. Natürlich ergab es für Jenny keinen Sinn, das Angebot ihres Lebens für ein paar weitere gemeinsame Wochen auszuschlagen. Rational gesehen, wusste ich das. Aber das machte es nicht besser. *Scheiße.*

„Ich verstehe es. Es ist scheiße, aber ich verstehe es." Ich bohrte meine Fingernägel in meine Hand.

„Wir können trotzdem in Kontakt bleiben?" Jennys Stimme schwankte. „Und ich versuche, zweimal im Jahr herzukommen, also können wir uns dann sehen?"

Der Schmerz in meiner Brust wurde größer. Auch wenn eine Fernbeziehung nicht infrage kam, wünschte ich mir, Jenny hätte es vorgeschlagen. Aber eine Fernbeziehung machte auch keinen Sinn, wenn wir nicht vorhatten, tatsächlich zusammen zu sein. Es würde den unvermeidlichen Liebeskummer nur hinauszögern.

Du könntest umziehen, Blake. Es ist ja nicht so, als wäre es schwer für dich, in L.A. einen Job zu finden. Ich presste meine Lippen zusammen. Ich durfte nicht noch einmal den Fehler machen, mein Leben um eine Partnerin herum aufzubauen und auf den Scherben sitzen zu bleiben, wenn sie unweigerlich ging und alles zerfiel. Schon gar nicht, wenn Jenny nicht bereit war, das Gleiche für mich zu tun.

Und was den Kontakt anging ... Ich holte tief Luft. „Ich bin mir nicht sicher, ob es eine gute Idee ist, wenn wir in Kontakt bleiben, zumindest in der ersten Zeit. Der Therapeut, den ich nach meiner letzten Trennung aufgesucht habe, meinte, dass es normalerweise am besten ist, einen klaren Schlussstrich zu ziehen. Ich denke nur ... ich denke, es könnte zu verwirrend sein, zumindest am Anfang. Es tut mir leid.“

„In Kontakt bleiben“ suggerierte, dass wir Freundinnen wären. Aber wir waren nie wirklich Freundinnen gewesen und ich wusste nicht, ob ich das für Jenny sein konnte. Ich mochte sie zu sehr. Wenn wir in Kontakt blieben, würde ich jeden Tag mit ihr sprechen wollen. Ich wäre furchtbar eifersüchtig, wenn sie mit jemand anderem zusammenkommen würde. Und das wäre auch nicht gesund.

Wieder hoffte ein Teil von mir, dass Jenny anderer Meinung wäre; dass sie dafür kämpfen würde, dass wir in irgendeiner Form zusammenblieben. Dass sie irgendetwas tun würde, was zeigte, dass die letzten sechs Wochen für sie genauso besonders gewesen waren wie für mich. Aber sie nickte langsam. „Ich hasse die Vorstellung, nicht mit dir zu sprechen, aber ich werde respektieren, was du brauchst. Wenn du deine Meinung änderst, lass es mich wissen. Wirst du ... wirst du mir wenigstens eine SMS schicken, um mich wissen zu lassen, wie die Spendenaktion läuft?“

„Ja, natürlich.“

Jenny blieb stehen und mir wurde klar, dass wir die Abzweigung zu ihrem Elternhaus erreicht hatten. Sie schaute auf die Uhr und drehte sich dann zu mir um. „Es tut mir so leid, Blake, aber ich muss meine Taschen holen und zum Bahnhof fahren. Ich danke dir ... für alles. Ich werde dich wirklich vermissen. Es ... es tut mir so leid, dass wir nicht mehr Zeit miteinander verbringen konnten." Sie wischte sich über die Augen, als die Tränen rollten, und ich umarmte sie, bevor sie sah, dass auch ich zu weinen begann. Ich drückte sie so fest, wie ich konnte, ohne ihr wehzutun.

„Ich werde dich auch vermissen", murmelte ich in ihr Haar.

Es gab noch so viel mehr, was ich sagen wollte, so viel mehr, wofür mir die Worte fehlten, aber ich wusste, dass es nichts bringen würde. Jenny wissen zu lassen, wie viel sie mir bedeutete, wie sehr ich sie vermissen würde. Stattdessen versuchte ich, die Umarmung zu genießen. Ich wollte das Gefühl ihres warmen Körpers, der an meinen gepresst war, und die Weichheit und den Duft ihres Haares in mein Gedächtnis einbrennen. Schließlich lösten wir uns aus der Umarmung und ich blinzelte heftig, um meine Tränen zu verbergen.

„Viel Glück für die Spendenaktion morgen." Jenny brachte ein schwaches Lächeln zustande. „Ich schicke dir den Zeitplan und alle Informationen per E-Mail. Und bitte ruf mich an oder schreib mir eine SMS, wenn du irgendwelche Fragen hast."

„Viel Glück für dein Fotoshooting. Du wirst es fantastisch machen." Ich zwang meine Lippen zu etwas, das hoffentlich einem Lächeln ähnelte.

Und damit überquerte Jenny die Straße in die Richtung ihres Elternhauses. Ich schaute ihr hinterher, stand mit Schmerzen in der Brust und zugeschnürter Kehle auf dem Bürgersteig und versuchte, die Tränen unter Kontrolle zu halten.

31

JENNY

DIE ZUGFAHRT zum Grand Central und die Fahrt mit dem Taxi vom Grand Central zum JFK-Flughafen verbrachte ich damit, das Bild von Blakes schmerzverzerrtem Gesicht zu verdrängen, als ich ihr die Neuigkeiten verkündet hatte. Ich scrollte durch frühere Mahler-Kampagnen und versuchte, die Vorfreude auf morgen zu steigern. Aber es half nichts gegen das flaue, schwere Gefühl in meinem Magen. Walter lag zusammengerollt in seiner Transportbox, seine braunen Locken hingen ihm über die Augen und er sah genauso mürrisch aus, wie ich mich fühlte.

Das Taxi setzte mich an Terminal 5 ab. Ich schnappte mir einen Kofferwagen und machte mich auf den Weg, um mein Gepäck einzuchecken und durch die Sicherheitskontrolle zu gehen. Mein Gesicht war vom Weinen aufgequollen. Ich hatte noch ein paar Minuten Zeit bis zum Boarding, also schlenderte ich auf der Suche nach Schönheitswundermitteln, die verhindern würden, dass Mahler den Deal auf der Stelle stornierte, wenn sie mich sahen, durch den Duty-Free-Laden. Ich bezahlte gerade für ein Serum und eine

Feuchtigkeitscreme, die große Versprechen in Sachen Verjüngung gaben, als der Aufruf zum Boarding für meinen Flug über den Lautsprecher ertönte.

Ich hatte keine Zeit, über meine Probleme nachzudenken, als ich zum Gate eilte, das Tickets scannte und meinen Rucksack ins Gepäckfach schob. Ich machte es Walter in seiner Transportbox unter dem Sitz vor mir bequem. Doch sobald ich angeschnallt war und das Flugzeug zur Startbahn rollte, kamen mir Zweifel.

Ich würde Blake vermissen. Sehr sogar.

Es verblüffte mich, dass ich mich in so kurzer Zeit so heftig in jemanden verlieben konnte.

Und es war nicht nur Blake, die ich vermissen würde. Mom und Dad, Amanda, George ... während ich Sapphire Springs früher als erstickend und langweilig empfunden hatte, hatte ich in den letzten Wochen zu schätzen gelernt, was es mir bot. Ein Gefühl von Gemeinschaft und Zugehörigkeit. Kleine Qualitätsgeschäfte, die ihre Kunden wirklich zu schätzen wussten. Das Fehlen von Verkehr. Die unmittelbare Nähe zur Natur. Geringere Lebenshaltungskosten. Viel Platz für Walter. Mehr Zeit zum Innehalten und Nachdenken.

Doch obwohl es viele gute Gründe gab, in Sapphire Springs zu bleiben, gab es ein großes Hindernis. Die Arbeit. Die Unternehmen in Sapphire Springs waren nicht gerade eine lukrative Quelle für Sponsorenverträge und bisher hatte mir trotz meiner jüngsten Beiträge zum Thema Landleben auch keine Marke, die sich auf Flanell oder Wanderausrüstung spezialisiert hatte, einen Auftrag angeboten. Wenn ich das nicht tun konnte, was würde ich sonst machen?

Alle anderen Jobs, die mir einfielen, würden mich unglücklich machen.

Sosehr ich George und meine Eltern auch liebte, es würde mir schnell langweilig werden, im Novel Gossip zu kellnern oder im Familienbauunternehmen zu arbeiten. Aber vielleicht war es egal, wenn ich von Menschen umgeben war, die ich liebte? Könnte ich einen langweiligen Job, der mich nicht begeisterte, ertragen, um bei Blake und in der Nähe meiner Familie und Freunde zu sein? Ich seufzte laut und erntete dafür einen spitzen Blick von der Frau mittleren Alters, die neben mir saß und offensichtlich versuchte, zu schlafen. Ich wusste tief in meiner Seele, dass ich nicht erfüllt wäre. Dass ich unglücklich wäre und dass dieses Unglücklichsein sich auf alles andere auswirken würde. Und wenn sich die Geschichte wiederholte und meine Beziehung zu Blake einfach im Sande verlief, wäre ich noch unglücklicher.

Aber ich war auch mit meinem derzeitigen Job nicht zufrieden. Ich fürchtete mich davor, wieder zu meinem normalen Tagesablauf zurückzukehren und für Produkte und Dienstleistungen zu werben. Der Vertrag mit Mahler würde mir ein gewisses Maß an finanzieller Stabilität verschaffen ... Aber wenn ich das nicht mehr machen wollte, war es das Geld denn wert? Und was passierte, wenn ich älter würde? Gäbe es noch Arbeit für eine Influencerin, wenn ich fünfzig war?

Wieder sah ich Bilder von Blake in meinem Kopf. Als ich mich daran erinnerte, wie Blake und ich in ihrem Wohnzimmer Bilder aufhängten, wurde mir eine weitere Erkenntnis bewusst. Ich war so besorgt darüber, dass meine lockere Affäre zu Blake im Sande verlaufen und nie ernst werden könnte. Aber es *war* bereits ernst. Alles, was wir im letzten Monat getan hatten, schrie *ernste* Beziehung, abgesehen von dem Etikett, das wir ihr verpasst hatten. Ich hatte genug Erfahrung mit lockeren Affären, um zu wissen, dass dies keine war. Ich schüttelte den Kopf. *Warum zum Teufel habe ich das nicht früher erkannt?*

Und ja, Blake hatte vielleicht gesagt, sie sei ein Adler, der allein fliegt. Aber sie war in den letzten Wochen nicht allein geflogen und sie schien meine Gesellschaft zu genießen. Vielleicht ging es ihr ja genauso.

Ich kaute auf meiner Lippe. Ich musste mir eine Karriere überlegen, die mir wirklich Spaß machte, die langfristig und nachhaltig war und von der ich meine Rechnungen bezahlen konnte. Und idealerweise eine, die ich in Sapphire Springs ausüben konnte.

Bis jetzt hatte sich für mich immer alles ergeben. Ich hatte mir nicht vorgenommen, Assistentin eines Hollywood-Schauspielers oder eine Influencerin zu werden. Es war einfach … passiert. Mit achtzehn nach L.A. zu ziehen, war die letzte große Entscheidung, die ich proaktiv getroffen hatte. Aber wenn ich wirklich glücklich sein wollte, musste ich herausfinden, was ich wirklich wollte, und dem nachgehen.

Ich entsperrte mein Handy und fing an, nach Jobideen zu suchen. Nach fünf fehlgeschlagenen Berufswahltests, die mir immer unwahrscheinlichere Karrierevorschläge unterbreiteten, darunter Schlachthausmitarbeiterin und Müllwagenfahrerin, schloss ich die Augen und versuchte mir vorzustellen, wie mein ideales Leben aussehen würde.

Blake und ich, Walter und Fred, die es sich auf der Couch in Blakes Haus gemütlich machten. Blake beugte sich vor, fing an, mich zu küssen … *Reiß dich zusammen, Jenny. Das hier soll helfen, einen Karrierewechsel zu finden, und keine sexuelle Fantasie werden.* Meine Eltern zum Sonntagsessen zu sehen. Mit Amanda beim Brunch zu quatschen. Sich mit George im Novel Gossip zu treffen und … und … *Denk nach, Jenny, was würde dich glücklich machen?* Ich saß auf meinem Flugzeugsitz, unfähig zu schlafen, und zermarterte mir das Hirn nach Inspiration.

Die Bemerkung, die Blake vor ein paar Wochen gemacht hatte, kam mir wieder in den Sinn. „Aber du hast viele Fähigkeiten und du bist klug. Ich bin sicher, du könntest etwas anderes machen, wenn du wolltest. Ich meine, du warst unglaublich, als du bei Amandas Hochzeit eingesprungen bist, und ...“

Plötzlich war ich hellwach und die Aufregung verdrängte das flaue Gefühl in meinem Magen. Natürlich. Es war so verdammt offensichtlich.

Ich wusste nicht, warum ich nicht schon früher daran gedacht hatte.

32

BLAKE

ICH STAND IN DER GROSSEN, leeren Aula der Sapphire Springs Highschool und war überwältigt von der Aufgabe, die vor mir lag. Das Einzige, was mich davon abhielt, nach Hause zu gehen und mich mit Fred auf der Couch unter einer Decke zu verkriechen, war die Tatsache, wie sehr diese Spendenaktion meinen Patienten helfen würde. Gott, die Couch hörte sich im Moment wirklich gut an.

Ich holte tief Luft und drückte die Schultern durch. *Nein, diese Spendenaktion muss stattfinden. Es sind nur ein paar Stunden. Das kannst du durchstehen.* George, Amanda und Olivia wären jede Minute hier, um beim Aufbau zu helfen. Das würde die Dinge einfacher machen.

Ich hatte George heute Morgen die Nachricht von Jenny überbracht, als ich auf der Suche nach Koffein und moralischer Unterstützung ins Novel Gossip gestapft war. George hatte mich mit Milchkaffee versorgt und mir mindestens zweimal jede essbare Option auf der Speisekarte angeboten. Die Sorge stand ihr ins Gesicht geschrieben. Aber ich hatte heute keine Lust zu essen – nicht einmal ihren Zitronen-Blaubeer-Kuchen. Nachdem ich meinen zweiten Kaffee getrunken hatte, schrieb ich Olivia eine SMS. Jenny musste es Amanda bereits erzählt haben, denn sie hatte mir gestern Abend eine Nachricht geschickt, um zu sehen, wie es mir ging.

Gegen drei Uhr morgens hatte ich ernsthaft in Erwägung gezogen, nach L.A. zu ziehen. In einem seltsamen Zustand, halb schlafend, halb wach, hatte ich mir vorgestellt, Ärztin der Reichen und Berühmten zu werden. All meine finanziellen Sorgen und der Stress mit Patienten, die sich eine medizinische Behandlung nicht leisten konnten, würden verschwinden. Und ich würde endlose, sonnige, unbeschwerte Tage mit Jenny verbringen, am Strand spazieren gehen und Wandern. Aber selbst in meinem schlaflosen, emotional verwirrten Zustand wusste ich, dass es keine Option war, alles aufzugeben, was ich hier aufgebaut hatte. Ich hatte so viel Zeit damit verbracht, meine Praxis zu etablieren und mich um diese Gemeinschaft zu kümmern, dass ich nicht einfach alles stehen und liegen lassen konnte. Wenn Jenny mich schließlich verließ – was angesichts meiner Beziehungserfolgsbilanz wahrscheinlich erschien –, wusste ich, dass ich es bereuen würde, Sapphire Springs für sie verlassen zu haben.

Ich hörte, wie die Tür zuschlug. Ich schaute von den Notizen in meinen Händen auf und sah Olivia, George und Amanda herüberkommen. Ehe ich mich versah, wurde ich in eine riesige Umarmung geschlossen. Ich verweilte in ihren Armen und ließ mich von ihrer Wärme trösten.

„Wie kommst du zurecht?" Amanda musterte mein Gesicht mit gerunzelter Stirn.

„Nicht besonders gut, aber jetzt, wo ihr alle hier seid, auf jeden Fall ein bisschen besser."

„Es tut mir so leid, Blake. Das ist wirklich scheiße." Das

Mitgefühl in Amandas Stimme ließ die Tränen wieder aufsteigen und löste weiteres Blinzeln aus.

„Was können wir tun, um zu helfen?" George klatschte in die Hände.

Ich gab ihnen Aufgaben, die Stühle zu verteilen und die Tische für die Erfrischungen und die stillen Auktionen aufzustellen. Ich stürzte mich ebenfalls in die Arbeit und hoffte, dass mich die körperliche Betätigung von meiner Sorge um die Spendenaktion und den Gedanken an Jenny ablenken würde.

Ein paar Stunden später überblickte ich die ordentlichen Stuhlreihen, den Erfrischungsstand mit Georges Backwaren, Wein und einer Kaffee- und Teestation sowie die auf langen Tischen verteilten Artikel der Stillen Auktion. Wir hatten die Thanksgiving-Dekorationen angebracht, die Jenny besorgt und in einigen Fällen sogar selbst angefertigt hatte. Als wir den riesigen Papptruthahn aufhängten, bei dem ich ihr am Dienstagabend geholfen hatte, verlor ich fast wieder die Fassung. Sie hatte einen so konzentrierten Gesichtsausdruck gehabt, als sie versuchte, die Umrisse eines Truthahns nachzuzeichnen, dass ich schließlich so frustriert gewesen war und es selbst gemacht hatte. Die Erinnerung daran, wie sie mich angrinste, nachdem wir mit dem Ausschneiden und Ausmalen fertig waren, versetzte mir einen tiefen Stich ins Herz. „Ohne dich hätte ich das nicht geschafft", hatte sie gesagt. Und ich hätte diese Spendenaktion nicht ohne sie machen können. Aber jetzt musste ich mich daran gewöhnen, alles wieder ohne sie zu machen. Ich kniff die Augen zusammen, als könnte ich erzwingen, dass sich die Erinnerungen an Jenny auflösten, dann öffnete ich sie wieder und atmete tief durch.

Alles war bereit. Jetzt brauchten wir nur noch eine große Besucherzahl, großzügige Spenden und ich musste mich lange genug zusammenreißen, um das Ganze zu einem Erfolg zu machen. Morgen könnte ich es mir mit Fred auf der Couch unter der Decke gemütlich machen. Aber jetzt musste ich beenden, was Jenny angefangen hatte.

33

JENNY

MEIN FLUG LANDETE KURZ vor fünfzehn Uhr auf dem JFK – aufgrund mechanischer Störungen mit fast dreißig Minuten Verspätung. Ich hatte kaum geschlafen, aber mein Kopf schwirrte vor Aufregung. Ich hatte versucht, vor dem Rückflug nach New York einen Anruf zu tätigen, um mich zu vergewissern, ob meine Idee funktionieren würde, war jedoch nicht durchgekommen. Es war also nicht klar, ob ich das Geschäft meines Lebens gerade für nichts weggeworfen hatte. Aber als ich in L.A. ankam und mein Rückflugticket bereits gebucht hatte, war ich von meinem Plan so überzeugt, dass ich, nachdem ich mein Gepäck abgeholt hatte, mit federndem Schritt direkt wieder zum Abfluggate ging.

Insgesamt gesehen hatte Serena die Nachricht erstaunlich gut aufgenommen. Obwohl es sicher half, dass Joanie, Mahlers Ersatzoption, ebenfalls eine von Serenas Klientinnen war. Serena würde ihre Provision so oder so bekommen.

Als ich mit Walters Transportbox in der Hand durch den JFK zum Gepäckband ging, klingelte mein Handy.

Zwanzig Minuten später legte ich mit einem breiten Grinsen im Gesicht auf. Eine Last fiel von meinen Schultern.

Ich wollte unbedingt Blake anrufen, um ihr die Neuigkeiten mitzuteilen und ihre Stimme zu hören. Und um sie wissen zu lassen, dass ich auf dem Rückweg war. Ich hatte sie am LAX nicht angerufen – ich wollte nicht, dass sie sich Hoffnungen machte, um sie dann wieder zu zerstören, wenn mein Vorschlag abgelehnt wurde. Und jetzt ... und jetzt war ich weniger als drei Stunden davon entfernt, sie leibhaftig zu sehen. Dies waren Neuigkeiten, die man jemandem persönlich überbrachte, nicht per SMS oder Telefonanruf. Ich holte tief Luft. Es würde meine Geduld auf die Probe stellen, aber ich konnte noch drei Stunden warten.

Apropos Geduld: Wir hatten das Gepäckband erreicht, das immer noch leer war, also kniete ich mich hin, um nachzusehen, wie es dem armen Walter erging. „Du warst so ein kleiner Champion, hast eine Zugfahrt und zwei Flüge ohne Beschwerden mitgemacht. Bald sind wir wieder zu Hause, Kumpel", sagte ich und fütterte ihn durch das Gitter mit einem Leckerli. Er schaute skeptisch, verschlang das Leckerli jedoch eifrig und leckte mir danach die Finger ab, was darauf hindeutete, dass er nicht zu sauer war, obwohl er in weniger als vierundzwanzig Stunden quer durch das Land und wieder zurück geschleppt worden war.

Ich wippte ungeduldig auf meinen Beinen, als das Gepäck auf dem Gepäckband eine Ewigkeit brauchte, um aufzutauchen. Ich hatte eine Fahrkarte für den 16:13 Uhr-Zug gebucht, aber wegen der Verspätung des Fluges war ich mir nicht sicher, ob wir es schaffen würden. Es war jetzt bereits 15:25 Uhr. Wenn ich Glück hatte, würde es nur fünfunddreißig Minuten dauern, um zum Grand Central zu fahren. Damit blieb jedoch nicht viel Zeit, um am Grand Central-Bahnhof zu den Gleisen zu gelangen.

Rumms. Rumms. Die ersten Koffer erschienen auf dem Gepäckband und mein Herzschlag verlangsamte sich ein wenig. Ich entdeckte meinen großen, lila Koffer, hob ihn herunter und ging mit Walter in der einen und dem Koffer in der anderen Hand zum Ausgang.

Zum Glück war es kein Problem, ein Taxi zu bekommen. Schon bald ratterten wir den Van Wyck-Expressway und dann den Long Island-Expressway hinunter, bevor wir in den klaustrophobischen, gelbblau gestreiften Queens Midtown-Tunnel fuhren und schließlich in Midtown Manhattan auftauchten.

Das Taxi setzte uns an der Ecke 43. Straße und Vanderbuilt ab. Ich schnappte mir Walter, meinen Rucksack und meinen Koffer, kämpfte mich die Treppe zum Grand Central hinunter und sprintete zu den Gleisen, während ich den Koffer hinter mir herzog. Mein Herz raste, als ich einen Blick auf die Uhr warf. 16:10 Uhr. Drei Minuten. *Verdammt.* Es würde so knapp werden. Ich war mir nicht sicher, ob wir es schafften oder nicht.

Zu meiner Erleichterung stand der Zug noch da, als wir den Bahnsteig erreichten. Da ich nichts riskieren wollte, sprang ich in den nächstgelegenen Wagen und ging dann durch die Mitte des Zuges weiter.

Außer Atem und mit einem Herzen, das eine Million Meilen pro Stunde schlug, brach ich auf dem ersten freien Platz zusammen, den ich fand. *Gott sei Dank.* Ich stellte Walters Transportbox auf den Boden, schloss die Augen und schnappte nach Luft.

Wir hatten es geschafft. Der Zug würde gegen 17:40 Uhr in Sapphire Springs ankommen. Wenn ich wieder zu Atem gekommen wäre, würde ich Mom und Dad anrufen und fragen, ob mich einer von ihnen vom Bahnhof abholen könnte. Mit etwas Glück würde ich kurz vor achtzehn Uhr in der Aula ankommen, sodass noch genügend Zeit für ein Wiedersehen mit Blake blieb, bevor die Spendenaktion um neunzehn Uhr begann.

Dreißig Minuten später schaute ich aus dem Fenster und bewunderte den Blick auf den Hudson River, während die Sonne unterging, als ich merkte, dass ein paar seltsam schwebende Flecken vor meinen Augen tanzten. *Bitte lass mich jetzt keinen Schlaganfall erleiden. Das ist das Letzte, was ich brauche.* Ich blinzelte und stellte fest, dass die weißen Dinger in meinem Blickfeld Schneeflocken waren. Der erste Schneefall der Saison. Ich sah den tanzenden Flocken zu und war plötzlich euphorisch. Ich hatte vergessen, wie wunderschön Schnee war.

Der Himmel verdunkelte sich und die Schneeflocken wurden dichter, wirbelten umher, als hätten sie es ebenfalls eilig, irgendwo hinzukommen.

Meine Meinung über Schnee änderte sich drastisch, als der Zug eine halbe Stunde später zum Stehen kam und eine Stimme aus den Lautsprechern tönte.

„Aufgrund eines unerwarteten Schneesturms kommt es auf der Metro Nordlinie zu Verspätungen. Wir wurden gebeten, den Zug anzuhalten, bis weitere Nachforschungen durchgeführt worden sind. Wir danken Ihnen für Ihre Geduld."

Mist.

Die Schneeflocken hatten plötzlich ihren Reiz verloren. Nein, sie waren weder schön noch romantisch. Diese verdammten Eiskristalle waren einfach nur lästig.

Ich trommelte ungeduldig mit den Fingern auf meinen Oberschenkeln, während ich den sich rasch verdunkelnden Himmel musterte und darauf hoffte, dass der Schnee aufhörte. Ich atmete ein paarmal tief und beruhigend durch. Wir würden es schon schaffen. Die Spendenaktion begann erst um neunzehn Uhr. Obwohl ich idealerweise mindestens eine Stunde vorher dort sein wollte, damit ich Zeit hatte, mit Blake zu reden und zu helfen, wo ich nur konnte, hatten wir noch Zeit. Sicherlich würde der Zug bald wieder weiterfahren. Es war ja nicht so, dass der Schnee *so* stark war – es hatte schon viel Schlimmeres gegeben. Ich schaute aus dem Fenster, nur um mich zu vergewissern, und alles, was ich sehen konnte, war Schneegestöber. Er war so dicht, dass die Sicht auf null reduziert war. *Verdammt.* Ich holte noch einmal tief Luft. *Wir schaffen das schon.*

Zehn Minuten später hatte ich die beruhigenden Atemzüge und die beschwichtigenden Kommentare zu mir selbst zum Fenster hinausgeworfen und sie durch Panik ersetzt. Ich sagte mir immer wieder, dass es eigentlich egal war, ob ich die Spendenaktion verpasste, aber ich wollte es wirklich unbedingt schaffen. Um Blake dort zu unterstützen. Um zu helfen, dass sie ein Erfolg wurde.

Ich erwog ernsthaft, aus dem Zug zu steigen, durch den Sturm in die nächste Stadt zu stapfen und ein Taxi zu rufen, als der Zug ruckartig zum Leben erwachte und langsam Fahrt aufnahm. *Gott sei Dank.*

Ich lehnte mich auf meinem Sitz zurück und schrieb Mom, die sich mit mir am Bahnhof treffen wollte, eine SMS mit den neuesten Informationen. Wenn es keine weiteren Verspätungen gab, sollte ich um achtzehn Uhr dreißig bei Blake sein. Das gab mir zwar nicht so viel Zeit für unser Wiedersehen, wie ich gehofft hatte, aber es war trotzdem noch in Ordnung. Ich schloss die Augen.

Wenig später wurde ich wachgerüttelt. Jemand berührte meine Schulter.

„Es tut mir leid, Ma'am, aber Ihr Ticket war für Sapphire Springs, und wir sind gerade daran vorbeigefahren."

Verwirrt brauchte ich ein paar Sekunden, um zu begreifen, was passiert war. Als es mir klar wurde, zog sich mein Magen zusammen. Ich war eingeschlafen und hatte meine Station verpasst.

„Oh nein!"

Die Schaffnerin schaute mich mitfühlend an und schaute auf ihre Uhr. „Wir werden in wenigen Minuten in Milford Falls ankommen. Der nächste Zug zurück nach Sapphire Springs fährt in etwa einer Stunde."

Scheiße. Ich würde den größten Teil der Spendenaktion verpassen, wenn ich auf den nächsten Zug wartete.

Mom. Vielleicht könnte Mom mich abholen. Ich rief sie an und zu meiner Erleichterung stimmte sie zu.

Während ich darauf wartete, dass der Zug in Milford Falls einfuhr, rechnete ich schnell nach. Es war fast achtzehn Uhr dreißig. Es sollte weniger als fünfzehn Minuten dauern, um Sapphire Springs zu erreichen, also sollte ich noch vor Beginn der Spendenaktion dort eintreffen ... gerade so. Ich hätte vielleicht keine Zeit mehr, mit Blake zu sprechen, aber zumindest wäre ich da, um sie zu unterstützen.

Sobald der Zug in den Bahnhof einfuhr, stieg ich aus und rannte zum Parkplatz, wo ich mich mit Mom verabredet hatte. Während ich wartete, ließ ich Walter aus seiner Transportbox, damit er sich die Beine vertreten konnte. Zehn Minuten später fuhr Mom in ihrem Pritschenwagen vor. Ich warf mein Gepäck und die Transportbox auf den Rücksitz und sprang mit Walter auf den Beifahrersitz.

Mom schaute mich an. „Hallo, mein Schatz. Also

verrätst du mir jetzt, was los ist? Nicht dass ich mich nicht freuen würde, dass du so schnell wieder da bist, aber ...“

Ich ignorierte Moms Frage, umarmte sie und stellte ihr stattdessen eine andere Frage, die ihr gleichzeitig die gewünschte Antwort gab. „Ich freue mich auch, dich zu sehen, Mom. Kannst du mich bitte bei der Spendenaktion absetzen?“

„Aha, ich verstehe.“ Mom grinste. Sie ließ den Motor an, bevor ich auch nur die Tür schließen konnte. Ich hatte sie schon fast zugezogen, als der Wagen ruckartig zurücksetzte und mit hoher Geschwindigkeit vom Parkplatz in Richtung Sapphire Springs raste.

Ich hielt mich an der Seite der Tür fest. „Mom, komm schon. Du fährst mich nicht zu Blake, weil es um einen medizinischen Notfall geht. Ich weiß, dass die Benefizveranstaltung gleich anfängt, aber du kannst langsamer fahren. Wenn du weiter so rast, übergebe ich mich auf sie, sobald ich aus dem Auto steige. Und das ist nicht der Eindruck, den ich machen will. Wie du vielleicht schon vermutet hast, versuche ich, sie zurückzugewinnen, und nicht sie abzuschrecken.“

Mom rollte mit den Augen und seufzte. „Okay, okay“, sagte sie und drosselte ihr Tempo.

Zehn Minuten später kamen wir in Sapphire Springs an und fuhren in Richtung Schule. Ich war nur vierundzwanzig Stunden aus Sapphire Springs weggewesen, aber als ich die Main Street hinauffuhr, die von den altmodischen, gusseisernen Laternenpfählen beleuchtet wurde, vorbei an den vertrauten, wunderschönen, alten roten Backsteingebäuden, den amerikanischen Flaggen, dem Builders Arms, dem Novel Gossip und Olivias Blumenladen, kam es mir vor, als wäre das alles schon viel länger her. Wärme strahlte durch meinen Körper.

Ich war zu Hause.

Mit diesem angenehmen Gedanken klappte ich die Sonnenblende hinunter, um im Spiegel zu prüfen, wie ich aussah. *Großer Gott!*

Mein Haar rutschte aus dem traurigen Pferdeschwanz, den ich bereits vierundzwanzig Stunden lang trug, meine Augen waren trüb mit dunklen Tränensäcken und mein Gesicht sah blass aus.

Ich durchsuchte meinen Rucksack nach meiner Haarbürste und fand das Serum und die Feuchtigkeitscreme, die ich am Flughafen gekauft hatte. Ich trug beides auf mein Gesicht auf und hoffte, dass sie mich wie versprochen verjüngen würden, und fing an, mein Haar zu bürsten. Mom bog von der Main Street ab und fuhr die dunkle Seitenstraße zur Schule hinunter.

Gerade als ich meine Bürste wieder in die Tasche stecken wollte, wurde mein Körper durch einen plötzlichen Ruck nach links geschleudert und ich prallte mit der Seite gegen die Tür. Ich packte Walter und hielt ihn fest, während unsere Körper in seltsame Richtungen geschleudert wurden. Mein Magen zog sich zusammen, als ich versuchte, zu verstehen, was passiert war.

Und dann hörte alles mit einem schrecklichen Ruck auf, sich zu bewegen. Was zum …?

Das Auto war seltsam geneigt.

Wir mussten von der Straße abgekommen sein. Angst schnürte mir die Kehle zu, als ich zu Mom hinüberschaute. Zum Glück war sie noch in einem Stück und murmelte etwas von vereisten Straßen.

„Geht es dir gut?", fragten wir gleichzeitig und nickten beide zur Antwort. *Gott sei Dank.* Ich untersuchte schnell Walter, der zu meiner Erleichterung ebenfalls unversehrt zu sein schien.

Mit einiger Mühe kämpften wir uns aus dem Pritschenwagen und begutachteten den Schaden. Der Truck selbst sah nicht beschädigt aus, aber er wirkte ... festgefahren. Sehr festgefahren. In einem Graben.

„Scheiße." Es war 18:52 Uhr. Ich versuchte, mir auszurechnen, wie lange ich brauchen würde, wenn ich den Rest des Weges joggte und mein Truthahnlauf-Training wiederaufleben ließ, aber ich konnte Mom nicht guten Gewissens im Stich lassen.

Ich fröstelte und zog Walter, der in meinen Armen lag, näher an mich. Es schneite immer noch leicht und die Temperatur war gesunken, seit die Sonne untergegangen war.

Aus dem Augenwinkel entdeckte ich Autoscheinwerfer, die auf uns zukamen. Ein kleines, rotes, sportlich wirkendes Coupé wurde langsamer und hielt neben uns am Straßenrand. *Bitte, bitte, lass das jemanden sein, den wir kennen.*

„Jenny? Sue?" Tom Harrison, derselbe Mechaniker, der vor gefühlten Monaten mit Blake und mir am Karrieretalk teilgenommen hatte, sprang heraus.

„Hi, Tom. Wir, ähm, hatten einen kleinen Zwischenfall", sagte Mom verlegen.

„Das kann ich sehen." Tom hielt inne und ging um den Wagen herum, um ihn genau zu inspizieren. „Seid ihr auf dem Weg zur Spendenaktion?"

„Ja!", sagte ich etwas zu laut. Tom warf mir einen seltsamen Blick zu und ich merkte, dass ich auf der Stelle auf und ab hüpfte. Vermutlich eine Art und Weise, wie mein Körper die nervöse Energie abbauen wollte, die sich den ganzen Tag über angestaut hatte.

„Ich auch. Ihr werdet heute Abend kaum jemanden finden, der euch abschleppt. Warum nehme ich euch nicht mit zur Spendenaktion und wir können es morgen klären?"

Ich ging auf sein Auto zu, hielt Walter im Arm und wollte so schnell wie möglich wieder auf dem Weg sein. „Das klingt großartig! Vielen Dank!" Ich würde mein Gepäck morgen abholen. Heute Abend hatte ich Wichtigeres zu tun.

Ich öffnete die Beifahrertür, um mich auf den Rücksitz von Tom Coupé zu quetschen, aber Mom hielt mich an der Schulter fest. „Ich setze mich nach hinten, damit du schneller aussteigen kannst."

Als wir sicher saßen, ließ Tom den Wagen an und wir fuhren los. Ein paar Minuten später tauchte der willkommene Schein der Schulbeleuchtung vor uns auf. Ich warf wieder einen Blick auf mein Handy. 18:57 Uhr. Mein Herz, das in der letzten Stunde so laut geschlagen hatte, dass ich es in meinen Ohren rauschen hörte, wurde schwer. Mein Plan, vor der Spendenaktion mit Blake zu sprechen, war offiziell gescheitert. Aber wir hatten immer noch eine Chance, die Aula zu erreichen, bevor die Veranstaltung begann.

Tom parkte an einer Stelle, die definitiv kein offizieller Parkplatz war, da er zwei anderen Wagen den Weg versperrte. „Ich werde in der Pause rausgehen und umparken", sagte Tom schulterzuckend und schaltete in den Parkmodus.

„Vielen Dank, Tom!" Ich sprang aus dem Auto und rannte mit Walter zum Eingang. Ich hatte ein schlechtes Gewissen, weil ich nicht auf Mom wartete, aber ich wusste, dass sie es verstehen würde. Dad hatte ihr sowieso einen Platz freigehalten.

Olivia saß an einem Tisch direkt neben der Tür und verkaufte Eintrittskarten.

„Kann ich bitte ein Ticket haben?" Schmetterlinge flatterten in meinem Bauch, als ich die Frage an Olivias geneigten Kopf richtete.

Olivia schaute von dem Geld auf, das sie sortierte, und riss die Augen vor Überraschung weit auf. „Jenny! Was machst du denn hier? Ich dachte, du wärst in L.A."

„Ja, ich ... Das war ich, aber ..." Ich verstummte. Es fühlte sich nicht richtig an, Blakes Schwester von meinen Plänen zu erzählen, bevor ich die Gelegenheit hatte, mit Blake zu sprechen.

Ich konnte es mir nicht verkneifen, meinen Blick nach vorn in den Saal schweifen zu lassen, um nach Blake Ausschau zu halten. Über dem Meer von Köpfen – es sah aus, als hätten wir unglaublich viele Besucher – sah ich Blake, die sich auf die Bühne zu bewegte. Ich wusste zwar, dass Blake es hasste, in der Öffentlichkeit zu sprechen, aber es war zu spät, um ihr hinterherzulaufen und anzubieten, es zu übernehmen. Ich wusste, dass sie es gut machen würde. Mehr als Gut. Großartig.

Olivia folgte meinem Blick und grinste. „Ich verstehe."

„Ich möchte sie nicht ablenken, während sie spricht. Kann ich mich irgendwo hinsetzen, wo sie mich nicht sieht, ich aber trotzdem hören kann, was sie sagt?" Ich schaute mich um.

Olivia deutete auf ein paar Sichtblenden hinter Georges Getränkestand. „Du könntest dich hinter diese Sichtschutzwände dort stellen. Ich glaube, George benutzt sie, um dahinter Vorräte zu lagern. Willst du, dass ich auf Walter aufpasse?"

„Das wäre fantastisch, danke!" Blake hatte die Bühne erreicht und stand kurz vor dem Podium, also ging ich zügigen Schrittes zu George hinüber, deren Kinnlade aufklappte, als sie mich sah.

„Jenny! Was zum …?“, zischte George.

„Ich werde es später erklären. Ist es okay, wenn ich mich hier hinten verstecke? Ich will nicht, dass Blake mich sieht, falls es sie ablenkt.“ George nickte, grinste und winkte mir zu, hinter ihren Stand zu kommen. Ich schob eine der Trennwände beiseite, sodass ich mich in die Lücke quetschen konnte. Dort setzte ich mich auf einen Karton mit Weinflaschen. Zu meiner Freude gab es eine kleine Lücke zwischen den Sichtblenden, durch die ich die Bühne sehen konnte.

„Ich bin so froh, dass du wieder da bist“, sagte George, bevor auch sie Platz nahm.

Ich atmete erleichtert auf. Ich hatte mir Sorgen gemacht, Olivia und George könnten sauer auf mich sein, weil ich nach L.A. geflogen war, aber sie schienen sich wirklich zu freuen, mich zu sehen.

Hoffentlich wäre es mit Blake genauso. Ich hatte es den ganzen Tag so eilig gehabt, dass ich nicht viel Zeit damit verbracht hatte, darüber nachzudenken, wie Blake reagieren würde. Was, wenn sie mir nicht verzieh, dass ich gegangen war? Was, wenn sie wirklich ein alleinfliegender Adler war und nichts Langfristiges mit mir anfangen wollte?

Bei diesem Gedanken zog sich mein Magen zusammen, aber er wurde von einem schrillen Quietschen unterbrochen.

34

BLAKE

ICH WAR ZWAR ÜBERWÄLTIGT von der Zahl der Anwesenden, aber das trug nichts dazu bei, meine Nerven zu beruhigen, als ich mich auf den Weg zum vorderen Teil der Aula machte.

Ich erinnerte mich daran, wie ich beim Karrieretalk auf der gleichen Bühne gesessen hatte. Mein Herz hatte gestockt, als Jenny in den Saal geschlendert kam und in ihrem Overall so unglaublich gut aussah. Es war schwer, zu glauben, dass das weniger als zwei Monate her war, und jetzt würde ich alles dafür geben, dass sie wieder hereinspazierte. Es hatte sich so vieles verändert. Auch meine Einstellung zu Beziehungen. Jenny hatte mich daran erinnert, was ich verpasste, wenn ich mich ihnen gegenüber verschloss. Und obwohl ich jetzt Schmerzen spürte, bereute ich die Zeit, die wir miteinander verbracht hatten, nicht.

Es war kurz nach sieben, also holte ich tief Luft und ging zum Mikrofon auf der Bühne. *Du schaffst das, Blake. Du hast in der Praxis schon mit fast jedem im Publikum gesprochen.*

Ich räusperte mich und trat näher an das Mikrofon

heran, wodurch ein quietschender Ton durch den Saal schallte. Ich zuckte zusammen und schloss für eine Sekunde die Augen, als mir die Hitze in die Wangen stieg. *Du schaffst das.*

„Das tut mir leid. Danke, dass Sie heute Abend gekommen sind und dem Wetter getrotzt haben, um hier zu sein. Wie die meisten von Ihnen wissen, heiße ich Blake Mitchell und leite die Arztpraxis hier in Sapphire Springs." Ich schaute mich in der Aula um, die jetzt fast voll war, und sah George in die Augen, die mir ein ermutigendes Lächeln schenkte.

„Der Zugang zu medizinischer Versorgung ist für ein sicheres, gesundes und glückliches Leben in unserem Land von entscheidender Bedeutung, aber leider ist sie für einige von uns einfach nicht bezahlbar." Ich machte eine Pause, um den Satz wirken zu lassen, und fühlte mich bereits wohler.

Ich fuhr fort und beschrieb, wie Menschen aufgrund ihres Einwanderungshintergrunds oder ihres finanziellen Standes keinen Anspruch auf staatliche Leistungen hatten und wie schwierig es sein konnte, andere Möglichkeiten der Finanzierung zu finden, bevor ich erklärte, wie der Sapphire Springs Medical Fonds unversicherten Einwohnern von Sapphire Springs helfen würde, die sich medizinische Versorgung nicht leisten konnten.

„Ich möchte sie alle ermutigen, heute Abend großzügig zu spenden, um diese Initiative zu unterstützen. Mein besonderer Dank gilt der Bürgermeisterin und dem Gemeinderat, die diesen Fonds ins Leben gerufen haben, und auch Jenny Lynton, die heute Abend leider nicht hier sein kann. Sie war für die Organisation der gesamten Veranstaltung verantwortlich." Meine Stimme schwankte. Ich holte tief Luft.

Ein lautes Krachen ließ mich zusammenzucken und unterbrach meinen Versuch, mich zu sammeln.

Was zum Teufel war das?

Ich suchte die Menge nach der Quelle des Lärms ab, während das Herz in meiner Brust schlug. Den meisten im Publikum schien es genauso zu gehen. Ein leises Murmeln erfüllte den Raum.

Eine der Sichtblenden hinter Georges Stand war umgefallen.

Und dort lag jemand auf dem Boden und kam langsam wieder auf die Beine.

Mein Herz überschlug sich.

Dieser Jemand war Jenny.

Ich blinzelte ungläubig.

Aber auch das Publikum starrte sie an. Es war nicht nur ein Hirngespinst von mir.

Verwirrung und Euphorie durchfluteten meine Adern und strahlten von innen aus mir heraus.

Das war sie wirklich. Irgendwie war Jenny hier.

JENNY

OH MEIN GOTT!

Mein Gesicht brannte vor Peinlichkeit. Gegen Ende von Blakes Rede war ich aufgestanden und näher an den Spalt herangerückt, durch den ich gestarrt hatte, um sie besser sehen zu können. Dabei stolperte ich über den Fuß einer der Sichtblenden, sodass sowohl ich als auch die Trennwand umkippten.

Ich kämpfte mich auf die Beine, hoffte, dass ich nicht zu zerzaust aussah, und schaute zur Bühne hinauf, wo Blake stand, stumm und blinzelnd, und mich anstarrte. Tatsächlich starrte mich das gesamte Publikum an. So viel dazu, Blake während ihrer Rede nicht abzulenken.

Ich holte tief Luft, räusperte mich und fuhr mir mit einer zittrigen Hand durch die Haare, um sie zu glätten.

„Hallo, allerseits. Tut mir leid", sagte ich und winkte unbeholfen, während mein Blick auf Blake gerichtet war.

Ich ging auf die Bühne zu. Jetzt, wo Blake und der Rest von Sapphire Springs wussten, dass ich hier war, schien es sinnlos, weiter Abstand zu halten. Blake beendete ihre Rede, reichte das Mikrofon an die Bürgermeisterin weiter und kam die Treppe hinunter auf mich zu. Ich musste mich zurückhalten, die letzten paar Meter nicht zu rennen und mich auf sie zu stürzen, und begnügte mich stattdessen mit einem beschleunigten Schritt. Doch als ich mich Blake näherte, stockte ich.

Scheiße.

Ich konnte den Ausdruck auf ihrem Gesicht nicht lesen, aber sie lächelte nicht.

BLAKE

MEIN VERSTAND KÄMPFTE IMMER NOCH DAMIT, Jennys Wiederauftauchen zu verarbeiten. Mir fehlten die Worte.

Was um alles in der Welt hatte sie wieder in Sapphire Springs zu suchen?

Da die Bürgermeisterin mitten in ihrer Rede war, gab es leider keine Möglichkeit, es herauszufinden. Ich war für diese Spendenaktion verantwortlich. Ich konnte nicht einfach mit Jenny zur Tür hinausrennen und Antworten verlangen. Und so wichtige Gespräche wie dieses konnten nicht im Flüsterton oder mit heimlichen SMS-Nachrichten geführt werden.

Mit rasendem Herzen griff ich nach Jennys warmer, weicher Hand und zog sie sanft zu zwei freien Plätzen. Als wir saßen, ließ ich ihre Hand nicht los und sie meine auch nicht.

Das war ein gutes Zeichen. Könnte sie … war es möglich, dass sie für immer zurück war? Meine Brust blähte sich bei dem Gedanken auf. Ich warf Jenny einen Seitenblick zu. Sie spürte, dass ich sie ansah, drehte sich zu mir und schenkte mir ein umwerfendes Lächeln, als sie meine Hand drückte.

Das war noch vielversprechender.

Wir saßen in quälender Stille da, hielten uns an den Händen, während wir die Aufführungen der Schüler verfolgten, und zählten den Countdown hinunter, bis Jenny mir berichten konnte, was in den letzten vierundzwanzig Stunden passiert war. Ich konnte mich nicht auf die Aufführungen konzentrieren, so sehr lenkte mich Jennys Anwesenheit neben mir ab.

Sobald die Pause begann, schaute ich mich nach einem Ort um, an dem wir ungestört reden konnten. Wenn wir nicht schnell flüchteten, würden wir von wohlmeinenden Zuschauern aufgehalten werden.

„Wird dir warm genug sein, wenn wir nach draußen gehen?"

Jenny nickte, schnappte sich ihren Mantel und ihre Mütze und wir marschierten zum nächstgelegenen Ausgang.

Die kalte Luft schlug uns entgegen, als wir durch die Tür entkamen.

„Wow." Im Laufe des Nachmittags, während ich mit

der Spendenaktion beschäftigt gewesen war und über Jennys plötzliche Abreise trauerte, hatte sich die Welt in ein Winterwunderland verwandelt. Eine dicke, weiße Schneedecke überzog die Bäume neben der Aula und dem Sportplatz, der von Scheinwerfern beleuchtet wurde. Und hier stand Jenny, leibhaftig und wunderschön wie immer, und lächelte mich an.

Ich wollte sie so gern in die Arme schließen und küssen, aber ich traute mich nicht. Zuerst musste ich herausfinden, warum sie zurück war.

Die Luft brannte in meiner Lunge, als ich tief einatmete. „Also, ähm, was machst du hier?", schaffte ich es, zu fragen, und ärgerte mich über meine nicht ganz so elegante Ausdrucksweise.

„Dir auch Hallo." Jenny lächelte, aber das Lächeln wurde schnell schwächer. Sie biss sich nervös auf die Lippe. „Also, ich habe beschlossen, zu bleiben. In Sapphire Springs."

Aufregung, Erleichterung und Sorge stiegen in mir auf.

Blieb sie wegen mir? Was würde sie hier machen? Sosehr ich auch mit ihr zusammen sein wollte, ich wollte nicht, dass sie alles für mich aufgab oder ihr Leben um mich herum gestaltete. Aus eigener Erfahrung wusste ich, wie schlimm das enden konnte. Vor allem wollte ich, dass Jenny glücklich war. Aber würde sie in Sapphire Springs wirklich glücklich sein? Oder wollte sie vielleicht gar nicht mit mir zusammen sein und es war etwas anderes im Gange? *Hör auf, Hypothesen aufzustellen, und frag sie einfach.*

„Du ... wirklich? Warum hast du deine Meinung geändert?"

Jenny zog ihre Mütze ab und ihr Haar glitt in Wellen darunter hervor und umrahmte ihr Gesicht perfekt. Ihre

Wangen und ihre Nase waren rosa und die Augen funkelten.

„Gestern hatte ich noch das Gefühl, dass ich, aus den Gründen, die ich dir genannt habe, keine andere Wahl hatte, als Mahlers Angebot anzunehmen. Aber sobald ich in den Zug gestiegen war, kamen mir Zweifel. Und als ich in L.A. ankam, waren mir zwei Dinge klar geworden. Erstens: Ich *habe* eine Wahl. Zweitens: Ich habe genug davon, eine Influencerin zu sein, und entgegen meiner früheren Meinung habe ich auch andere Fähigkeiten. Es war tatsächlich etwas, das du gesagt hast, was mir ein Licht aufgehen ließ. Was habe ich denn die ganze Zeit, die ich in Sapphire Springs verbracht habe, gemacht? Veranstaltungen geplant. Und ich liebe es. Ich kann meine Kreativität, mein Organisationstalent und mein Geschick im Umgang mit Menschen einsetzen … Ich kann Menschen dabei helfen, besondere Tage zu feiern, und wohltätige Zwecke unterstützen. Also habe ich Miriam angerufen und vorgeschlagen, dass wir Geschäftspartner werden. Sie war schon vor ihrer Schwangerschaft überfordert und freut sich riesig, jemanden zu haben, mit dem sie die Last teilen kann. Sobald sie wieder an Bord ist, werden wir versuchen, auf andere Arten von Veranstaltungen zu expandieren. Meine Erfahrung im Bereich der sozialen Medien wird uns beim Aufbau unserer Marke sehr nützlich sein, aber das wird nur ein kleiner Teil meiner Arbeit werden.“

„Das klingt fantastisch.“ Ich atmete tief ein und aus. Die Aufregung in Jennys Stimme war deutlich zu hören. Jenny war nicht meinetwegen zurückgekommen. Sie machte nicht den Fehler, wie ich, ihr ganzes Leben um eine Liebhaberin herum zu planen. Sie hatte etwas gefunden, das ihr wirklich Spaß machte, und verfolgte es mit Inbrunst.

Ich freute mich, dass Jenny sich nicht nur meinetwegen

entschieden hatte, zu bleiben. Aber spielte ich überhaupt eine Rolle? Ich hatte gehofft, sie würde etwas sagen, dass darauf hindeutete, dass meine Anwesenheit in Sapphire Springs ein weiterer Grund war, warum sie hier sein wollte. Aber sie hatte mich nicht einmal erwähnt. Wie passte ich in ihr neues Leben in Sapphire Springs?

Ich fühlte mich wieder wie an der Highschool, als ich die Frage stellte, aber ich brauchte Klarheit. Ich wollte nicht den Rest der Spendenaktion damit verbringen, nicht zu wissen, wie es um uns stand.

„Also, ähm, was denkst du über uns? Ich meine, bist du daran interessiert, richtig zusammen zu sein? Ich meine, ähm, an einer echten Beziehung?" Ich zuckte zusammen, als die Worte aus meinem Mund kamen. Das klang echt peinlich wie eine Teenagerin.

Jenny riss die Augen weit auf. „Bist du sicher? Willst du das? Was ist daraus geworden, ein Weißkopfseeadler zu sein?"

Ich starrte Jenny ausdruckslos an. „Was?"

Ich schien eindeutig etwas nicht zu verstehen.

„Du weißt schon, du bist ein Adler, der allein fliegt." Sie strich mit ihrer Hand über meinen Arm, wo meine Tätowierung war, und brachte meinen Körper zum Summen.

Ich gluckste. „Oh. Ja. Nun, was das angeht. Was ich über Weißkopfseeadler nicht wusste, und worauf mich mein Bruder sehr schnell verwies, nachdem ich mir die Tätowierung hatte stechen lassen, war, dass Weißkopfseeadler zwar allein fliegen, aber monogam sind. Sie bleiben Jahr für Jahr in ihrer Beziehung, bis einer von ihnen stirbt. Auch wenn ich allein fliege, würde ich nichts lieber tun, als Nacht für Nacht zu dir nach Hause zu kommen." Ich hielt meine Stimme leicht und grinste, um die erschreckende Erkenntnis zu verbergen, dass ich dies trotz unserer kurzen gemeinsamen Zeit miteinander absolut ernst meinte.

Jenny kicherte. „Wenn das eine Einladung ist, zusammenzuziehen, sollten wir noch ein paar Monate warten, bevor wir den Möbelwagen buchen, aber ich würde nichts lieber tun, als in deinem Nest mit dir zu schlafen." Ich verdrehte die Augen über ihr schreckliches Wortspiel und versuchte, das Hochgefühl, das durch meine Adern floss, zu unterdrücken.

Ich schlang meine Arme um ihre Taille und lächelte sie an.

„Ich freue mich so, dass du zurückgekommen bist." Meine Stimme war sanft und leise.

„Ich freue mich so, zurück zu sein."

Sie beugte sich zu mir und wir küssten uns, als wären wir monatelang getrennt gewesen und nicht nur wenige Stunden. Ich schloss die Augen, atmete ihren vertrauten Duft ein und hielt mich an ihr fest, als würde ich sie nie wieder loslassen.

Und das hätte ich auch nicht, wenn es nicht angefangen hätte zu schneien. Erst langsam, indem es auf unsere Köpfe rieselte und sich auf unseren Schultern niederließ, und dann heftiger, als der Schnee in einem wunderschönen, eisigen Tanz um uns herumwirbelte.

35

JENNY

MIT EINEM MAGEN voller Schmetterlinge klopfte ich an die Tür. Wenn das hier schiefging, könnte es alles zunichtemachen. Wir würden nächstes Jahr nicht zusammenziehen können. Wahrscheinlich würden wir sogar getrennt leben müssen, bis einer von ihnen starb – ein Szenario, das ich aus mehreren Gründen nicht in Betracht ziehen wollte. Es stand viel auf dem Spiel, viel mehr als an dem Tag, als wir unsere gegenseitigen Eltern an Thanksgiving offiziell kennengelernt hatten, was unglaublicherweise erst etwas mehr als eine Woche her war.

„Und jetzt benimm dich, okay?", sagte ich und schaute auf Walter hinunter. „Nur weil @charlietheinstagramcat ein Arschloch war, heißt das nicht, dass alle Katzen so sind. Es wäre sehr engstirnig von dir, so etwas anzunehmen. Fred ist wirklich ganz reizend."

Ich hörte Schritte, die sich näherten, holte tief Luft und atmete erst wieder aus, als Blake die Tür öffnete.

„Hi, Babe." Blake grinste und beugte sich vor, um mir einen schnellen Kuss auf die Lippen zu geben. „Hey, Walter, bist du bereit, Fred kennenzulernen?"

Walter zerrte an der Leine, um hineinzugehen.

„Das werten wir als Ja!"

Blake öffnete die Tür und Walter und ich traten ein.

„Fred ist hinten im Wohnzimmer."

Wir gingen den Flur hinunter, wobei sich mein Magen zusammenzog, und betraten das farbenfrohe Wohnzimmer, wo Fred zusammengerollt in seiner üblichen Ecke der Couch lag. *Bitte mögt einander. Bitte mögt einander.*

Wie geplant, behielt Blake Freds Körpersprache genau im Auge, während ich meine ganze Aufmerksamkeit auf Walter richtete.

Fred entdeckte Walter sofort, blieb jedoch auf der Couch sitzen und schaute neugierig, aber unbekümmert. Fred schien den Eindringling völlig entspannt zu sehen.

Walter hingegen hatte Fred immer noch nicht entdeckt. Er schnüffelte am Teppich, und nahm möglicherweise Freds Geruch oder – was wahrscheinlicher war – den eines Stücks Pizza wahr, das wir gestern Abend fallengelassen hatten.

„Walter, schau mal. Dort ist Fred!", sagte Blake, hockte sich neben ihn und deutete auf Fred.

Walter fing an, in die andere Richtung zu wandern. Ich schüttelte kichernd den Kopf und ein Teil der Anspannung löste sich. „Gott, er ist hoffnungslos! Walter, schau mal, da ist eine Katze! Vielleicht sollte ich seine Augen untersuchen lassen."

„Heute Mittag konnte er so gut sehen, dass er das Stück Prosciutto, das ich fallenließ, innerhalb von Sekunden weggeschnappt hat, also bin ich mir nicht sicher, ob das das Problem ist." Blake gluckste. „Vielleicht sollte ich Fred auch auf den Teppich setzen, damit sie auf gleicher Höhe sind?"

Ich nickte und Blake hob Fred hoch und ließ ihn auf den Teppich plumpsen. Fred setzte sich sofort hin und beäugte Walter immer noch interessiert, aber, soweit ich es beurteilen konnte, nicht bösartig.

Endlich bemerkte Walter Freds katzenhafte Anwesenheit. Er erstarrte.

Mein Herz setzte einen Schlag aus. Das war der Moment der Wahrheit. Ich packte seine Leine, bereit, ihn zurückzuziehen oder mich notfalls zwischen Fred und Walter zu werfen, um zu verhindern, dass einer von beiden beim Tierarzt landete.

Walter machte zaghaft einen Schritt auf Fred zu.

Fred stand auf und machte einen Schritt auf Walter zu.

„Oh Gott, ist das stressig!", murmelte ich Blake zu.

Beide gingen einen weiteren Schritt nach vorn. Und noch einen. Und noch einen.

Und dann blieben sie etwa einen halben Meter voneinander entfernt stehen. Mein Puls rauschte in meinen Ohren. *Bitte stürzt euch nicht aufeinander.*

Es schien, als würden sie sich gegenseitig anstarren.

Und dann, ganz plötzlich, bewegte sich Walters Schwanz.

„Er wackelt mit dem Schwanz! Das muss doch ein gutes Zeichen sein, oder?", rief ich.

Blake nickte und grinste.

Walter, der immer noch mit dem Schwanz wedelte, machte schnell drei weitere Schritte auf Fred zu. Jetzt standen sie sich fast Angesicht zu Angesicht gegenüber.

Und dann beugte sich Walter vor, schnupperte an Freds kleiner rosa Nase und leckte sie ab.

„Ja!", murmelte ich und atmete aus. Ich versuchte, nicht zu laut zu sein, um keinen der beiden zu erschrecken.

Plötzlich sprangen sie beide zurück. *Scheiße, vielleicht habe ich mir zu früh zu viele Hoffnungen gemacht.*

Sie fingen an, im Kreis zu laufen, und beäugten sich gegenseitig aus sicherer Entfernung.

Dann beschleunigte Walter das Tempo, lief zu Freds Hintern herum und schnüffelte daran.

„Ein Hinternschnüffeln! Das ist vielversprechend", sagte Blake leise und lächelte.

Wir verbrachten den Rest des Nachmittags damit, die beiden im Auge zu behalten, während wir den Papierkram für die Spendenaktion erledigten. Wir hatten genug Geld gesammelt, um Mrs. Gutiérrez zu bezahlen, uns mindestens ein Jahr lang bei der Beantragung von Finanzhilfen zu helfen, und außerdem einen beträchtlichen Betrag, der für die Übernahme der Arztkosten von Bewohnern in Sapphire Springs verwendet werden könnte, die sich diese sonst nicht leisten könnten. Ich hatte mir vorgenommen, diese Arbeiten während der Woche zu erledigen, war aber nicht dazu gekommen, weil ich zu sehr damit beschäftigt gewesen war, mich mit Miriam zu treffen, um mich über die Hochzeiten zu informieren, die sie gebucht hatte, und um unsere Pläne zu besprechen. Miriam und ich hatten uns sehr gut verstanden und ich sprudelte immer noch vor Aufregung über meine berufliche Veränderung. Es gab zwar keinen Hunderttausenddollarscheck, aber es würde meine Rechnungen und einiges mehr abdecken. Und wenn wir das Geschäft so ausbauen würden, wie ich es geplant hatte, könnte es recht lukrativ werden. Aber selbst wenn nicht, würde ich etwas tun, das ich liebte.

Nach dem Abendessen, als ich das letzte Geschirr abgetrocknet und Blake die Küchentheke abgewischt hatte, zog sie mich in ihre Arme und gab mir einen langsamen, sanften Kuss, der meine Leidenschaft weckte.

„Mmmm", stöhnte ich.

„Da sich die Kinder anscheinend gut vertragen" – Blake

deutete mit einem Nicken in Richtung Couch, wo sich Walter und Fred in gegenüberliegenden Ecken gegenübersaßen – „was hältst du davon, wenn wir ins Schlafzimmer umziehen?" Blake küsste meine Kieferpartie und fing an, sanft in mein Ohrläppchen zu beißen.

„Ja", stieß ich aus und war plötzlich unglaublich ungeduldig, Blake die Kleider vom Leib zu reißen.

Eine Stunde und mehrere Orgasmen später legte Blake ihren Kopf zurück.

„Jenny?"

„Mh-hm", murmelte ich begierig darauf, weiterzuküssen.

„Ist dir bewusst, dass wir seit über einer Stunde im Bett liegen und du schon zwei sehr laute Orgasmen hattest?" Ich zuckte zusammen und hoffte, dass Mrs. Harding mich nebenan nicht gehört hatte. „Walter hat mich kein einziges Mal gekratzt, gejammert oder sich wie sonst sexkontrollierend verhalten."

„Oh, wow! Vielleicht sollten wir nachsehen, ob noch alles in Ordnung ist." Ein Bild von Blut, das nach dem @charlietheinstagramcat-Zwischenfall aus Walters Bein floss, blitzte in meinem Kopf auf. Wir lösten uns voneinander und gingen immer noch nackt den Flur entlang, wobei wir in jedem Zimmer nach unseren Haustieren Ausschau hielten. Blake erreichte das Wohnzimmer zuerst und winkte mich zu sich, nachdem sie einen Blick hineingeworfen hatte.

Als ich neben Blake ankam, zeigte sie auf die Couch und mein Herz explodierte fast schlagartig.

Fred und Walter lagen in einem perfekten Kreis zusammengerollt gemeinsam auf der Couch.

„Oh mein Gott! Das ist so verdammt niedlich!", rief ich, schlang meinen Arm um Blakes Taille und zog sie zu mir.

Wir standen ein paar Minuten lang im Flur und beobachteten sie.

„Vielleicht fühlte sich Walter einfach ausgeschlossen. Vielleicht hat er jetzt einen Kumpel, der ihm Gesellschaft leistet, und will unseren Sex nicht mehr kontrollieren?"

„Nun, es gibt nur eine Möglichkeit, diese Hypothese zu testen!", sagte ich grinsend und zog Blake zurück ins Schlafzimmer.

36

JENNY

„JENNY!", kreischte eine hohe Stimme.

Ich war damit beschäftigt, eine E-Mail über Blumenarrangements zu tippen, und sprang von meinem Sitz auf, verlor das Gleichgewicht und wäre beinahe auf die hinter mir sitzenden Novel Gossip-Gäste gestürzt.

Als ich mich wieder aufrichtete, sah ich Blake, die mich angrinste und deren dunkles Haar ihr in die Augen fiel. Dunkles Haar, das sie sich nicht aus den Augen streichen konnte, weil an jeder Hand ein aufgeregter Zwilling hing. Ava und Liam ließen los und stürmten zu mir hinüber. Blake fuhr sich erleichtert mit der Hand durchs Haar.

„Aber hallo!", sagte ich und umarmte die Zwillinge. „Wie geht es meinen beiden liebsten Vierjährigen?"

Ava und Liam kletterten jeweils auf einen Stuhl. Blake setzte sich neben mich, beugte sich vor und küsste mich länger, als es in der Gegenwart der Zwillinge wahrscheinlich angemessen war.

„Gut! Wir waren auf dem Spielplatz und Tante Blake hat uns auf der Schaukel so hoch angeschubst, dass wir fast ins All geflogen sind", verkündete Liam völlig unbeeindruckt von unserer Zurschaustellung von Zärtlichkeiten.

„Wow! Tante Blake muss wirklich sehr stark sein." Ich schaute Blake an und unsere Blicke begegneten sich. Mein Herz war voll.

„Tante Blake ist erschöpft." Blake beugte sich vor, schenkte sich ein Glas Wasser ein und trank einen großen Schluck. Trotz ihrer Worte strahlte sie. Ich wusste nicht, woran es lag – ob es der Medizinfonds war, der ihr eine Last von den Schultern genommen hatte, meine Rückkehr oder etwas ganz anderes –, aber in den letzten Wochen war sie energiegeladener und fröhlicher als seit meiner ursprünglichen Ankunft im Oktober. „Also, was wollt ihr Kinder?"

„Milchshakes!", schrien die Zwillinge gleichzeitig.

„Etwas leiser bitte, ihr zwei", sagte Blake und versuchte, streng zu klingen, was ihr völlig misslang. „Also, wo ist George?" Blake drehte sich um und winkte George zu, die bereits auf uns zukam.

„Hat da jemand Milchshakes gesagt?" George legte zwei Malblöcke und ein paar Buntstifte vor die Zwillinge. Sie schnappten sich die Buntstifte und fingen an, zu kritzeln.

„Ich glaube, jeder in Sapphire Springs hat jemanden Milchshakes rufen hören", antwortete Blake und grinste George an. „Das tut mir leid."

Unbekümmert nahm George unsere Bestellungen auf. Ich hatte gerade meinen Kaffee bestellt, als die Eingangstür aufging. George schaute kurz auf und ein nicht zu entziffernder Ausdruck huschte über ihr Gesicht, als ein Pärchen eintrat.

„Hallo! Bitte setzen Sie sich. Ich bin gleich bei Ihnen." Sie schaute auf ihre Uhr und runzelte die Stirn.

„Ist alles in Ordnung?", fragte Blake.

George schaute mit einem schiefen Lächeln auf dem Gesicht auf. „Ja, tut mir leid. Es ist nur so, dass das Team von *TimeOut New York* heute kommt, um die Fotos für den Artikel zu schießen, also bin ich ein wenig abgelenkt. Sie sollten jeden Moment hier sein."

„Oh schei– ich meine, oh!" Blake warf einen Blick auf die Zwillinge, die ins Malen vertieft waren und ihren Fluchausrutscher nicht bemerkt hatten. „Dann sollten wir dich vielleicht in Ruhe lassen. Die beiden sind heute ziemlich, ähm ... energiegeladen. Olivia wollte uns bald hier treffen, um zu übernehmen, aber wir können auch einfach noch ein bisschen im Park spielen, bis sie den Blumenladen zumacht." Blakes Familie hatte ihrem Bruder ein kinderfreies Wochenende geschenkt, damit er seinen zehnten Hochzeitstag mit seiner Frau feiern konnte, und so wechselten sie sich bei der Betreuung der Zwillinge ab.

George schaute auf Ava und Liam hinunter, die engelsgleich aussahen, während sie friedlich vor sich hinkritzelten.

„Nein, nein. Geht nicht. Wir sind ein familienfreundliches Café und ich möchte, dass sie das sehen", sagte George mit Nachdruck, bevor sie sich umdrehte und zum Tresen zurückging.

Blake und ich tauschten besorgte Blicke aus. Es war nur eine Frage der Zeit, bis die Zwillinge das Interesse am Ausmalen verloren.

Die Tür öffnete sich erneut und Blake und ich schauten auf. Unser Grinsen wurde breiter.

Amanda entdeckte uns, als sie mit Maya durch die Tür hereinkam und auf uns zusteuerte.

„Hallo! Wie geht es meinen liebsten Turteltäubchen?", fragte Amanda und ihr Grinsen spiegelte mein eigenes wider. „Abgesehen von dir und Jasper natürlich, Maya, ihr teilt euch diese Ehre", fügte sie hastig hinzu. „Wisst ihr, nach meinen jüngsten Erfolgen, habe ich darüber nachgedacht, eine Partnervermittlung zu gründen. Meine Hochzeit hat euch alle zusammengebracht."

Ich lachte. Blake und ich waren voll und ganz dafür verantwortlich, dass Maya und Jasper zusammengekommen waren. Aber jetzt war wahrscheinlich nicht der richtige Zeitpunkt, um unsere *Emma*-Intrige zu beichten. Vielleicht würden wir ihnen eines Tages davon erzählen – vielleicht auf Mayas und Jaspers Hochzeit, die ich hoffentlich planen durfte. Allein der Gedanke, einer weiteren Freundin bei der Feier ihres besonderen Tages zu helfen, ließ meinen Körper vor Aufregung vibrieren. In meinem Kopf schwirrten jetzt schon mögliche Orte, Farbgestaltungen und Konzepte herum.

„Wenn du Kunden für deine Partnervermittlung suchst, solltest du an mich denken", sagte George und lächelte, als sie zwei riesige Milchshakes vor die Zwillinge und Kaffees vor mich und Blake stellte.

Ich warf Blake einen kurzen Blick zu, aber ihr Gesicht verriet nichts. Sie hatte den Eindruck erweckt, George sei glücklich als Single, aber vielleicht war das gar nicht der Fall. Neugierig geworden, nahm ich mir vor, Blake später danach zu fragen. Die Zwillinge schoben die Buntstifte beiseite, griffen nach ihren Milchshakes und schlürften mit lauten Schlucken.

Amanda grinste. „Das werde ich garantiert! Nun, wir lassen euch in Ruhe eure Getränke genießen. Sehen wir uns morgen zum Brunch, Jenny?"

Ich nickte eifrig. Nachdem ich Amanda jahrelang nur zweimal im Jahr persönlich gesehen hatte, war es einfach wunderbar, mich nun regelmäßig mit ihr zu treffen. Amanda und Maya gingen zu einem Tisch in der Nähe und als ich ihnen nachsah, entdeckte ich Mrs. Harding in der Ecke des Cafés, die in ein Buch vertieft war. Trotz meines Plans, nicht sofort mit Blake zusammenzuziehen, hatte ich in den letzten Wochen viel Zeit in ihrem Haus verbracht und war Mrs. Harding ein paarmal begegnet. Die einschüchternde Erscheinung, die sie früher für mich hatte, war nun durch eine neue Realität ersetzt worden. Ich konnte sehen, dass sie sich um ihre Schüler sorgte, auch wenn die Art und Weise, wie sie mit mir umgegangen war, unangebracht erschien.

Die Eingangstür öffnete sich erneut und zwei attraktive Frauen Ende zwanzig traten ein. Eine der Frauen, mit kurzen, schwarzen Haaren und einer roten Bomberjacke, trug eine große Kamera bei sich.

„Es geht los", sagte ich und nickte in die Richtung der Neuankömmlinge, die sich auf den Tresen zubewegten. Ich warf einen Blick auf die Zwillinge, die immer noch lautstark an ihren Milchshakes schlüpften, und atmete aus. Für den Moment war alles in Ordnung.

Das *TimeOut*-Team unterhielt sich ein paar Minuten lang mit George und fing dann an, einige Fotos der Inneneinrichtung des Novel Gossip zu schießen. Als ich George dabei zusah, wie sie hinter dem Tresen für ein Foto posierte, überkam mich eine Welle der Erleichterung, dass ich das nicht war. Ich vermisste es ganz und gar nicht, vor einer Kamera zu stehen.

„Jenny! Kann George uns noch einen Milchshake machen?", fragte Liam laut und rutschte mit Schwung von seinem Stuhl.

„Nein, ich denke, einer ist genu–"

Liam schlängelte sich plötzlich durch die Tische des Novel Gossips in Richtung Theke.

„Liam! Komm wieder her!", sagte Blake, sprang von ihrem Platz auf und folgte ihm.

„Wo will Liam hin?", fragte Ava neugierig.

Bevor ich antworten konnte, rutschte sie ebenfalls von ihrem Stuhl und jagte Liam hinterher.

Scheiße.

Ich konnte Blake hinter dem Tresen dabei sehen, wie sie jemanden anflehte, vermutlich Liam. Ava blieb stehen, spähte durch Blakes Beine und machte sich dann auf den Weg durch die Gänge der Buchhandelsabteilung des Novel Gossips. Ich begann, hinter ihr her zu joggen, und erhöhte mein Tempo, als ich bemerkte, dass George und das *TimeOut*-Team jetzt im hinteren Teil des Buchladens Fotos schossen.

Als ich an Blake vorbeikam, sah ich, dass sie versuchte, Liam, der offensichtlich beschlossen hatte, die Herstellung der Milchshakes selbst in die Hand zu nehmen, da George gerade beschäftigt war, eine zwei Liter Milchflasche abzuluchsen.

Ich trat in den Gang. Am Ende konnte ich George sehen, die vor einer Bücherwand stand und versuchte, für die Fotos zu posieren, während sie Ava und mich beobachtete, als wir auf sie zu kamen. Die *TimeOut*-Fotografin stand mit dem Rücken zu uns und bekam nicht mit, was vor sich ging.

„Ava, bitte im Geschäft nicht rennen", flehte ich und versuchte, keine Szene zu machen. Sie rannte weiter, drehte sich zu mir um und stürmte direkt in eine Pinguinbuchvitrine am Ende des Gangs. Die bezaubernde pinguinförmige Auslage voll mit Pinguinklassikern, schwankte bedrohlich hin und her. George sprang nach vorn und versuchte, sie aufzufangen. Ein Buch flog aus der Vitrine und traf die Fotografin, die daraufhin überrascht nach vorn sprang. George und die Fotografin stießen zusammen, als die Pinguinvitrine auf den Boden krachte.

Ava stieß einen ohrenbetäubenden Schrei aus. „Ich habe den Pinguin getötet!", jammerte sie.

In diesem Moment kam Blake mit Liam auf dem Arm am Tatort an.

Ich schaute zu ihnen auf und musste zweimal hinsehen. Blake und Liam waren beide in Milch getränkt.

Oh mein Gott. Was für ein absolutes Chaos.

Olivia ging an Blake vorbei und schüttelte mit amüsierter Verärgerung den Kopf. Sie richtete das Pinguin-bücherregal wieder auf und fing an, alle Bücher aufzuheben. „Das tut mir leid, George."

„Verdammt, ich glaube, wir tropfen immer noch." Blake tupfte Liams Gesicht mit einem Geschirrtuch ab und schaute auf den Gang hinter sich, der mit milchigen Tropfen bedeckt war. „Als ich den Knall hörte, habe ich mir Sorgen gemacht, dass jemand verletzt wurde. Es tut mir so leid, dass wir das Fotoshooting gestört haben." *Und den Laden verwüstet haben,* dachte ich. Vermutlich waren zwei Liter Milch hinter dem Tresen verschüttet worden. Ich hielt Avas Hand und half Olivia und George, die restlichen Bücher aufzuheben.

Zu meiner Erleichterung sah George nicht allzu sauer aus. „Mach dir nichts draus. Das lässt sich leicht abwischen." Sie schmunzelte. „Und du hast mich gewarnt, dass so etwas passieren könnte."

„Geht es euch beiden gut?", fragte ich und sah erst die Fotografin und dann George an, weil ich befürchtete, dass sie sich bei dem Zusammenstoß wehgetan haben könnten.

„Mir geht es gut", sagte die Fotografin und lächelte George an. Plötzlich wurden meine verkuppelnden *Emma-*

Instinkte aktiviert. *Ich frage mich, ob sie noch Single ist.* Innerlich schüttelte ich mich. *Beruhige dich, Jenny.*

Wir machten uns auf den Weg zurück in den Cafébereich des Novel Gossips, wo wir Mrs. Harding auf Händen und Knien hinter dem Tresen fanden, während sie die verschüttete Milch aufwischte. Blake und ich eilten herbei, um ihr zu helfen, und Olivia verließ mit den Zwillingen das Café, um sie zurück zum Spielplatz zu bringen, damit sie sich austoben konnten, ohne noch mehr Schaden anzurichten.

Fünf Minuten später waren die Böden sauber und im Novel Gossip war wieder Ruhe eingekehrt. Zurück an unserem Tisch, jetzt nur noch wir beide, lehnten wir uns auf unseren Plätzen zurück.

„Weißt du, ich glaube nicht, dass ich jemals genug davon bekommen werde", sagte ich und lächelte Blake an.

„Georges Fotoshootings zu ruinieren und allgemeines Chaos zu verursachen?" Blake grinste und zog eine Augenbraue hoch.

Ich lachte. „Nein, nicht das. Ich meine unser Leben hier. Die eingeschworene Gemeinschaft, unsere Familien, einander."

„Nun, das freut mich, zu hören, denn ich glaube, ich werde auch nie genug davon bekommen." Blake schaute mir in die Augen, beugte sich vor und drückte meine Hand. Und der Wunsch, sofort mit ihr zusammenzuziehen, war noch nie so stark gewesen.

EPILOG
BLAKE

18 MONATE SPÄTER

HEISS UND VERSCHWITZT und mit klopfendem Herzen kamen mir Zweifel an meinem Plan. Vielleicht war es nicht die beste Idee, mitten im Sommer auf den Breakback Ridge zu wandern.

Ich warf Jenny einen besorgten Blick zu. Obwohl sie rosige Wangen hatte und außer Atem war, lächelte sie breit. Ich folgte ihrem Blick und meine Schultern entspannten sich. Wir hatten es geschafft.

Wir hatten denselben Felsvorsprung erreicht, den wir bei unserer ersten gemeinsamen Wanderung hierher besucht hatten. Aber im Gegensatz zu jener ereignisreichen Tour trug Jenny diesmal richtige Wanderschuhe und ich war auf der Hut vor dem kleinsten Anflug einer Wolke am strahlend blauen Himmel.

Mein Blick schweifte zu der Stelle, an der wir beim letzten Mal unser Picknick gegessen hatten. Sie war leer. Ich atmete erleichtert auf. Vielleicht würden wir in den nächsten Stunden ungestört sein.

Wir gingen bis an den Rand des Felsvorsprungs und genossen die Aussicht. Anstelle des weiten Blicks auf das rote und orangefarbene Laub, das uns beim letzten Mal begrüßt hatte, waren die Bäume heute alle dunkel und tiefgrün.

„Es ist einfach wunderschön", seufzte Jenny und legte einen Arm um meine Taille.

„Nicht so wunderschön wie du", sagte ich und küsste sie auf die Wange.

Jenny kicherte und verdrehte die Augen. Ich lächelte. Jenny zum Kichern zu bringen, wurde nie langweilig. Und seit ihrem Karrierewechsel kicherte sie sogar noch häufiger. Sie liebte es, Menschen dabei zu helfen, wichtige Meilensteine zu feiern, egal ob es sich um Verlobungsfeiern, Hochzeiten oder Geburtstage handelte. Nach einer selbst auferlegten Social Media-Pause postete sie nur noch auf ihren privaten Konten, wenn ihr danach war. Vor allem, wenn Fred und Walter irgendwas besonders Niedliches machten.

„Sollen wir unser Picknick auspacken? Ich könnte wirklich etwas zu essen gebrauchen." Ich wusste nicht, ob es an meiner Nervosität oder an der Hitze lag, aber meine Beine waren ein wenig zittrig.

Sobald die Picknickdecke ausgebreitet und alle Lebensmittel, außer den Keksen, ausgepackt waren, nahm ich einen großen Schluck aus meiner Wasserflasche und lehnte mich gegen den Felsen.

„Ich kann mich nicht erinnern, dass du das letzte Mal, als wir hier oben waren, so außer Atem warst", stichelte Jenny.

„Letztes Mal wollte ich dich beeindrucken. Ich muss meine Erschöpfung gut versteckt haben."

„Oh, du versuchst also nicht mehr, mich zu beeindrucken?" Jenny grinste und zog dann einen gespielt aufgesetzten Schmollmund.

Ich stieß sie sanft an. „Haha. Sehr witzig."

Aber in gewisser Weise stimmte es. Ich fühlte mich mit Jenny so wohl, dass ich bei ihr ganz ich selbst sein konnte. Nicht auf eine langweilige Art und Weise, als wären all die Funken weg – wir verbrachten immer noch romantische Abende, hatten unglaublichen Sex und sahen einander nie als selbstverständlich an. Eher auf eine sichere, akzeptierte, ich-vertraue-darauf-dass-wir-uns-gegenseitig-sehr-lieben-und-dass-du-mich-nicht-verlassen-wirst Art.

Doch trotz dieser Zuversicht flatterten Schmetterlinge in meinem Bauch.

„Danke, dass du das ganze Essen mitgebracht hast. Es ist köstlich", sagte Jenny mit einem Bissen Hühnchensandwich im Mund.

„Du liebe Güte! Und du wirfst mir vor, dass ich nicht mehr versuche, dich zu beeindrucken", scherzte ich, als ein Stück Huhn aus Jennys Mund fiel. „Lass noch etwas Platz für den Nachtisch. Ich habe eine Überraschung für dich."

Ich hatte mir den gestrigen Nachmittag freigenommen, um das Picknick vorzubereiten. Zum Glück war die Arbeit viel überschaubarer geworden, seit wir den Medizinfonds eingerichtet hatten. Da ich nicht mehr mit Papierkram überhäuft wurde, konnte ich mir ab und zu einen Tag freinehmen, ohne gleich gestresst zu sein.

Nachdem wir die Brote aufgegessen hatten, lehnten wir uns auf dem Felsen zurück und beobachteten die Boote, die den Hudson River hinauf und hinunter fuhren.

Fünfzehn Boote später holte ich tief Luft. Es war an der Zeit. „Möchtest du einen Keks? Es ist einer von Georges Schokoladen-Walnuss-Keksen."

Jenny schüttelte den Kopf. „Nein, danke. Ich bin im Moment zu satt. Vielleicht später."

Verdammt.

„Nicht einmal einen kleinen Bissen?", kam ich nicht umhin, zu fragen.

„Im Ernst, ich kann im Moment nichts mehr essen, sonst explodiere ich noch. Vielleicht muss es warten, bis wir wieder zu Hause sind."

Ich verbrachte die nächste halbe Stunde damit, die Aussicht und Jennys Gesellschaft zu genießen und meinen inneren Aufruhr zu verbergen. Was, wenn sie den verdammten Keks nicht essen wollte?

„Mmmm. Ich glaube, mir ist jetzt viel mehr nach diesem Keks. Wie steht es mit dir?" Ich schaute sie hoffnungsvoll an.

Jenny runzelte die Stirn, als wollte sie genau berechnen, wie viel Platz in ihrem Magen noch war. *Bitte sag ja. Bitte sag ja.*

Sie nickte und ich atmete auf. „Ich glaube, ich könnte zumindest einen Bissen nehmen."

Ich versuchte, cool zu bleiben, obwohl mein Herz in meiner Brust raste. Ich wandte mich dem Rucksack zu und wühlte darin herum, um den Tupperware-Behälter herauszuholen, den ich sorgfältig am Boden der Tasche platziert hatte. Ich stand mit dem Rücken zu Jenny und schirmte die Tupperdose und ihren Inhalt ab. Vorsichtig zog ich den Keks heraus, atmete tief durch und drehte mich wieder zu Jenny um, die immer noch ins Tal starrte.

Ich räusperte mich.

Jenny drehte sich zu mir um und riss die Augen weit auf, als sie den riesigen Keks in meiner Hand betrachtete.

Den riesigen Keks, in dessen Mitte ein Ring in einem großen Stück Schokolade steckte.

Ich hatte eine ganze Rede darüber geplant, wie unglaublich Jenny war und wie sehr ich den Rest meines Lebens mit ihr verbringen wollte und wie wundervoll die letzten achtzehn Monate gewesen waren.

Aber als Jenny mir in die Augen sah, flogen alle meine Worte über den Felsvorsprung ins Tal und wurden von der Brise davongetragen. Jenny strahlte mit einem breiten wunderschönen Lächeln und mein Herz fühlte sich an, als könnte es explodieren.

„Oh, Blake." Jenny nahm mir den Keks aus der Hand und betrachtete den Ring genau. „Der ist wunderschön."

„Ähm, also, ist das ein Ja?", fragte ich.

Jenny beugte sich vor und presste ihre warmen, weichen Lippen sanft auf meine, bevor sie sich ein paar Zentimeter zurückzog. „Natürlich ist das ein Ja." Als mich Erleichterung und Aufregung überkamen, zog ich sie zu einem weiteren leidenschaftlicheren Kuss zu mir zurück.

„Willst du ihn anprobieren?", fragte ich, als wir uns schließlich voneinander gelöst hatten.

„Klar."

Ich zog den Ring aus der Schokolade, rieb die Kekskrümel ab und reichte ihn Jenny. Sie setzte ihn strahlend auf ihren Finger.

„Er ist wunderschön. Vielen Dank."

Ich atmete auf. „Gott sei Dank, hast du ja gesagt, denn ich habe das gestern machen lassen." Ich zog mein Hemd hoch und zeigte Jenny die obere rechte Ecke meines Rückens, wo eine kleine Tätowierung von zwei niedlichen kleinen Weißkopfseeadlern, die nebeneinander auf einem Ast saßen, nun den besten Platz einnahm.

Jennys fröhliches Lachen klang laut an meinen Ohren.

„Oh, ich liebe es." Sie strich mit den Fingern über die Haut neben der Tätowierung. „Vielleicht muss ich mir dieselbe stechen lassen." Jennys Augen funkelten und ich konnte nicht sagen, ob sie scherzte oder nicht.

Nach dreißig weiteren Minuten des Knutschens meldete sich meine Uhr. „Das ist unser Stichwort, um uns auf den Rückweg zu unserem Nest zu machen." Ich blinzelte über meinen schlechten Adlerwitz, was Jenny ein weiteres liebevolles Augenrollen entlockte. „Wir müssen rechtzeitig zum Abendessen zurück sein, damit Fred und Walter nicht sauer auf uns sind."

Nicht, dass Fred und Walter überhaupt bemerkt hätten, dass wir gegangen waren. Sie waren in letzter Zeit so besessen voneinander. Wenn wir nach Hause kämen, würden wir sie wahrscheinlich genau dort vorfinden, wo wir sie zurückgelassen hatten; zusammengerollt auf ihrem Lieblingsplatz auf der Couch. Wir fingen an, zu packen.

Bevor wir unsere Picknickstelle verließen, standen wir mit Rucksäcken auf den Rücken auf und genossen ein letztes Mal die Aussicht. Ich griff nach Jennys Hand.

„Wenn wir Adler wären, könnten wir von diesem Felsvorsprung hinunterfliegen und im Nu zu Fred und Walter zurückkehren", sagte Jenny und lächelte.

Ich stellte mir vor, wie wir gemeinsam über die grünen, belaubten Bäume hinunter zum Fluss schweben würden. Wir würden tief über dem Wasser fliegen, bis wir den Steg von Sapphire Springs erreichten, und Kajakfahrer und Passagiere auf Bootsfahrten mit unserer beeindruckenden Flügelspannweite und Luftakrobatik zum Staunen bringen. Dann würden wir die Main Street hinauffliegen und den Ausblick aus der Vogelperspektive auf unsere Familie, Freunde, Nachbarn und Touristen, die ihrem täglichen Leben nachgingen, genießen, bevor wir schließlich zu unserer Hütte zurückkehrten. Jeder Vogelfreund, der uns zufällig sah, würde staunen, zwei Weißkopfseeadler im Tandemflug zu sehen.

Ich grinste. „Das wäre unglaublich. Aber leider werden wir uns auf unsere eigenen Füße verlassen müssen, um nach Hause zu gelangen, und es ist schon spät. Bist du bereit für unsere erste Wanderung als verlobtes Pärchen?"

Jenny lachte. „Wenn du es so sagst, klingt es gleich viel verlockender. Ich bin bereit. Für die Wanderung und auch für ganz viele weitere gemeinsame Premieren." Sie drückte meine Hand.

Und damit drehten wir uns um und gingen, einen Schritt nach dem anderen, den Berg hinunter.

Ich hoffe, dass euch die Geschichte von Jenny und Blake gefallen hat. Wenn ihr eine kostenlose Bonusszene von ihrer Hochzeit lesen und erfahren wollt, wann die nächsten Bücher der Sapphire Springs-Reihe erscheinen, meldet euch bitte zu meinem Newsletter an: https://elizabethluly.com/deutschleser

Das nächste Buch in dieser Reihe, Georges Liebesgeschichte mit dem Titel Neues Kapitel: Liebe, ist jetzt erhältlich. Du kannst das Buch hier kaufen: https://mybook.to/NeuesKapitelLiebe

LIEBE LESENDE,

Vielen Dank, dass ihr *Nicht nur Freundinnen* gelesen habt.

Wenn es euch gefallen hat, würde ich mich sehr freuen, wenn ihr eine Rezension auf Amazon oder Goodreads hinterlassen oder eure Gedanken auf #booktok oder #bookstagram teilen würdet.

Wenn ihr eine kostenlose Bonusszene von Jennys und Blakes Hochzeit lesen und außerdem erfahren wollt, wann das nächste Buch der Sapphire Springs-Reihe erscheint, meldet euch bitte zu meinem Newsletter an: https://elizabethluly.com/deutschleser.

Das nächste Buch der Reihe, *Neues Kapitel: Liebe*, handelt von unserer Lieblings-Café-Buchladen-Besitzerin George, die ihre große Liebe findet, und steht jetzt zum Verkauf: https://mybook.to/NeuesKapitelLiebe.

Nochmals vielen Dank,

Eure Elizabeth

DANKSAGUNG

Vielen Dank an meine Familie für ihre ständige Unterstützung und Ermutigung.

Danke, Ann Leslie Tuttle für deine aufmerksamen Kommentare, Lauren C. für deine Hilfe, wenn ich nicht weiterkam, und Jenn Lockwood für dein ausgezeichnetes Korrekturlesen.

Danke an meine fantastischen Beta-Leserinnen Rhiannon, Jess, Rita, Carolyn, Jeannette, Dimitra, Hannah und Holly für euer hilfreiches Feedback und eure unterstützenden Kommentare, die mir die Welt bedeuten.

Ein riesiges Dankeschön an Sam von Ink & Laurel, die Jenny und Blake durch ihr fantastisches Einband-Design zum Leben erweckt hat.

Amy, danke, dass ich deinen Instagramnamen Novel Gossip als Namen für Georges Café verwenden durfte.

Danke an all die fantastischen Autoren-Podcasts, die mich inspirieren und mir so viel beibringen. Ein besonderes Lob geht an die Podcasts to *The Shit No One Tells You About Writing*, *The Manuscript Academy*, *Lesbians Who Write* und *How Do You Write?*

Und an alle anderen, die mich auf meinem Weg unterstützt und mir Feedback gegeben haben, vielen Dank.

ÜBER DIE AUTORIN

Elizabeth Luly lebt mit ihrer Frau, ihrem Kleinkind und ihrem Schnoodle in Melbourne in Australien in einem Haus, das bis zum Rand mit Büchern gefüllt ist. Sie liebt (in keiner bestimmten Reihenfolge) Liebesromane, Kaffee, Hunde und Reisen.

Meldet euch für ihren Newsletter an und bleibt über ihre Bücherneuigkeiten auf dem Laufenden: https://elizabeth luly.com/deutschleser.

Und findet sie hier:

Webseite: https://elizabethluly.com/deutschleser
Facebook: www.facebook.com/elizabethlulyauthor
Instagram: www.instagram.com/elizabethlulyauthor
Goodreads: https://www.goodreads.com/author/show/
22986218.Elizabeth_Luly

OHNE TITEL

Ebenfalls von Elizabeth Luly

SAPPHIRE SPRINGS-REIHE
Nicht nur Freundinnen (Buch 1)
Eine Grumpy/Sunshine Sapphire Springs Herbstromanze mit Blake, der örtlichen Ärztin in Sapphire Springs, und Jenny, einer Influencerin auf der Flucht vor einem Social Media-Skandal.

Neues Kapitel: Liebe (Buch 2)
Eine sapphische Sommerromanze zwischen George, der Golden Retriever-Besitzerin der Café-Buchhandlung Novel Gossip, und Hannah, einer ängstlichen Fantasy-Autorin, die sich mit jeder Menge Roman-Dilemmas quält.

ANDERE
From LA to London, With Love
Ein mit dem Koru-Preis ausgezeichneter M/F-Promiroman, mit Schauplatz in London, in dessen Mittelpunkt

Sophia Shah, eine bisexuelle, alleinerziehende Mutter, Chris Trent, ein gedemütigter Filmstar, und eine Reihe queerer Charaktere stehen.